KB233526

바다에 피는 꽃

바다에 피는 꽃

바다에 피는 꽃

이성애 지음

마음풍경

바다에 피는 꽃

지은이 | 이성애

1판 1쇄 인쇄 | 2010. 10. 8
1판 1쇄 발행 | 2010. 10. 13

펴낸곳 | 마음풍경
펴낸이 | 김종욱
책임편집 | 황경주

경기도 고양시 일산동구 장항2동 751번지
전화 | 031-900-8061(마케팅), 8060(편집)   팩스 | 031-900-8062
등록번호 | 제313-2005-245호 · 등록일자 | 2005. 11. 09

표지디자인 | 마야 · 편집디자인 | 신성기획 · 분판 출력 | 경운출력
종이 | 화인페이퍼 · 인쇄 | 서정문화인쇄사

ISBN 978-89-955496-5-0 03810
마음풍경 소리, 삶이 여물어가는 소리입니다.

이 책을 영원한 반려자인 김기용에게 바친다

"그는 내가 꿈을 향해 더 높이 날 수 있도록
오늘도 푸드득거리는 나의 날갯짓 돕기를
멈추지 않기 때문이다."

차례

1. 빈 땅

1982년.

꽃샘추위가 한바탕 더 휩쓸려는지 바람이 매섭게 귓불을 후벼친다. 산과 들에는 푸른 싹들이 쭈뼛거리기도 하겠지만, 도통 흙이라고는 찾아볼 수 없는 이 아스팔트 변에는 봄을 느낄 수 있는 그 어느 것도 없어 보인다. 거리의 가로수들도 주눅이 든 듯 아직 웅크린 모습이다.

걸음을 옮길 때마다 울려오는 공허감이 한섭의 전신을 비집고 파고든다. 그렇게 걷고 있는 그의 시야에 냉기가 흐르는 건물이 들어온다. 가정법원. 몇년 전 아내와 이혼을 하기 위해 들어갔던 건물이다. 그때나 지금이나 변함없이 한기를 뿜어내고 있다. 아마도 그 건물을 드나드는 사람들이 이미지를 그렇게 만들어 버렸는지도 모른다. 한순간 천하를 얻은 듯 행복해하던 사람들이 또 한순간에는 마치 저주 받은 인생을 선물로 받았던 양 몸서리치며 총총히 그 건물을 나서기도 한다. 그렇게 건물 앞에서 오가는 사람들을 바라보며 황망하게 서 있는 한섭에게 한 목소리가 매서운 바람 속에 섞여 스친다.

'피고 신한섭은 원고 장소정과의 결혼생활에서 지속적으로 충실하지 못한 결과, 애정과 신뢰가 바탕이 되어야 할 결혼생활이 이미 돌이킬 수 없는 파탄에 직면하였으므로, 더 이상 이 결혼생활을 유지할 수 없음을 인정, 이혼을 선고한다. 꽝! 꽝! 꽝!'

한섭은 광주학생운동의 진원지인 호남의 명문 고교를 거쳐 S 상대를 나왔다. 그야말로 일류 대열에서 한 치도 벗어나지 않는 이력이다. 대학졸업 후 K 은행에 입사한 이래 승승장구해 왔었다. 퇴직하기 전까지 그의 직함은 은행 지점장. K 은행이 설립된 이래 최연소 지점장으로 승격, 보수적인 금융업계에 일화로 전해져 내려오고 있다.

그의 고속승진 뒤에는 흠잡을 데 없는 배경도 있었겠지만, 혼신을 다해 일했던 그의 노력이 있었다. 한섭이 은행에 입사하던 때는 모두가 배고프던 시절이었다. 그 배고픔으로부터 벗어나기 위한 한 가지 정책으로 정부는 저축 프로그램을 대대적으로 홍보하고 있었지만 국민들의 반응은 냉랭하기만 했다. 하루 벌어 입에 풀칠하기도 바쁜데 뭘 저축할 것이 있었겠는가. 하지만 정부는 포기하지 않았다. 저축은 쓰고 남는 것으로 하는 게 아니라 부족한 가운데 모으는 것이라고 일깨웠다. 그리고 구체적인 '예' 까지 들고 나왔다. 밥을 지을 때마다 쌀 한 줌씩 저축용으로 준비한 쌀독에 넣어두라는 얘기였다. 사람들은 반신반의 하면서도 따랐다. 시간이 지나면 독에 쌀이 가득했고, 그 쌀을 팔아 돈을 만들어 은행 문턱을 넘었다.

　나라고 개인이고 간에 모두 허리띠를 졸라매고 살아야만 했던 형편이라 한섭은 예금주가 가져다주는 돈은 몇백 원까지도 소중하게 여겼고, 기업인들뿐만 아니라 소규모 상인들까지 찾아다니며 은행 이용을 장려하기도 했다. 그리고 그들의 입출금이 마치 자신의 것인 양 세세히 챙겨 나갔다. 그런 정성 때문이었는지 그의 실적은 입사동기들과는 확연한 차이를 가져왔다.

　한섭이 지점장으로 승진할 수 있었던 전격적인 계기는 그 외에 또 있었다. 어느 날 한 부인이 한섭을 찾아왔다. 한눈에도 돈 태가 자르르 흘렀다. 그런데 차려입은 모습과는 달리 몹시 초조해 보였다. 부인은 한섭에게 잠깐 함께 갈 수 있겠느냐고 조심스럽게 운을 떼었다. 한섭은 부인을 따라나섰다. 부인은 가는 도중에 비밀을 지켜달라는 당부를 거듭했다. 다른 지점으로 갈 수도 있었지만 각별히 한섭을 택한 건 많은 사람들로부터 그가 받고 있는 두터운 신망 때문이라고 덧붙였다. 한섭은 꼭 비밀을 지킬 것을 약조하며 2층 가옥으로 들어섰다.

　집에 들어선 부인은 먼저 대문을 꼭꼭 걸어 잠그고 행여 다른 가족이 있는지도 꼼꼼하게 살폈다. 그런 모습을 보자 한섭은 궁금증이 거품처럼 일기 시작하였다. '도대체 왜 이렇게 가족까지 조심스러워하는 걸까?'

　풀 수 없는 궁금증의 꼬리를 붙잡고 있을 때, 부인은 너무 오랫동안 기다리게 해서 미안하다는 말과 함께 집안 모퉁이를 돌아섰다. 나무를 비롯해 연탄재 그리고 잡동사니가 수북이 쌓여 있는 벽 모퉁이에서 걸음을 멈췄다. 부인이 잡동사니를 치워내는 동안 멍하니 보고만 있을 수 없어 한섭도 거들었다. 잡동사니로 가려진 벽은 그저 평범한 벽돌벽에 불과했다. 잡동사니를 다 치운 후, 부인은 맞물린 벽돌을 하나하나 빼내기 시작했다. 드디어 한 사람이 겨우 들어갈 수 있는 구멍이 뚫렸다. 부인은 그 구멍으로 몸을 반쯤 들이밀더니 뭔가를 끄집어냈다. 포대자루였다. 자루가 무거워 보여 거들려고 자루에 손을 댄 순간 한섭은 숨이 꽉 막히는 것만 같았다. 그건 돈 자루였다! 은행에서 늘 보던 돈이었지만, 개인이 그렇게 많은 현금을 집에 소유하고 있는 건 처음 보았다. 수억은 족히 돼 보였다!

부인은 지금은 사채놀이를 꽤 크게 하고 있지만, 원래는 시장통에서 일수를 찍었다. 시장에서 일수를 찍던 시절, 우연히 시장사람들로부터 한섭의 이야기를 듣게 되었다고 했다. 현찰은 자꾸 불어나고 글을 모르니 은행을 이용하는 것도 불안하기 짝이 없어 망설이다가 용기를 내어 한섭을 찾게 되었다는 것이 부인의 이야기였다.

한섭은 글을 모르는 부인이 어떻게 사채놀이를 할 수 있는지 궁금하기 짝이 없었다. 그런 한섭에게 부인은 두툼한 노트를 내밀었다. 그 노트를 본 순간 한섭은 그만 눈물을 왈칵 쏟을 뻔했다. 삐뚤삐뚤하게 쓰인 날짜만 숫자였고 나머지는 부인만 알아볼 수 있도록 만들어진 상형문자였다. 자식이 넷이나 있었지만 믿고 의지할 놈이 없다고 한탄하는 외로운 부인이었다. 처음엔 숫자도 읽을 줄 몰랐었으나 이를 악물고 배워 숫자 정도는 읽고 쓸 수 있게 되었다고 했다. 그렇게 해서 부인은 한섭의 VIP 고객이 되었고, 심심찮게 또 다른 큰손들을 연결시켜 주는 구심점이 되어 주었다. 동료들은 그런 한섭을 큰손 그물이라고 불렀다.

그렇게 철밥통을 차고 성공 가도를 달리고 있던 한섭의 샐러리맨 생활에 빨간 신호등이 켜진 건, 미국에 살고 있던 장모로부터 초청장이 온 때부터였다. 그 소식을 듣기 전까지는 그저 다음에 아이들 키워

놓고 미국에는 여행이나 다녀오겠다는 생각밖에 없었다. 그런데 장모님의 제안을 받은 후, 미래에 대한 생각이 밀물처럼 스멀스멀 비집고 들어오더니 급기야는 마음이 이지러지기 시작했다.

지점장을 거치고 나서 본점으로 진출해 본점부장을 거쳐 이사직에 오르는 건 지금처럼 잘나가줬을 때의 그림이다. 정권에서 소외당한 출신지역을 어깨에 걸머지고 제1 금융권에서 출세하기가 녹록치 않다는 게 부인할 수 없는 현실이었다. 지금까지 그 척박한 현실에 굴복하지 않겠다는 일념으로 달려와서 이룬 쾌거가 현재의 위치였지만, 그러한 성공을 고깝게 바라보는 시선을 무시해 버릴 수 없는 것 또한 문제였다. 단지 정권의 지지를 받지 못하는 비운의 출신지역이라는 멍에 아닌 멍에 때문에 내노라하는 선후배들이 제 1 금융권보다는 제 2 금융권으로 발길을 돌리고 있었다. 한섭은 구석에 처박혀진 미완성의 화폭을 떠올렸다. 자칫 잘못되면 자신도 먼지가 수북이 쌓인 그 미완성의 화폭처럼 될 수도 있다는 생각을 배제할 수가 없었다.

그러한 현실에 맞물려 뒤숭숭한 사회가 그를 더욱 답답하게 만들었다. 지나온 세월을 돌이켜보면 정치 돌풍이었다. 대통령 시해 사건으로 한때는 군정치가 끝나려나 하는 기대감으로 흥분되기도 하였으나, 희망의 *끄나풀*은 여지없이 잘리고 말았다. 거칠고 억센 군화가 더욱 종횡무진하고 있는 사회. 희망이 없어 보인다는 사실이 그를 더욱 혼란스럽게 만들었다.

'어차피 한번 왔다 가는 인생, 세계의 구심점인 미국에서 새로운 도전을 해보는 게 어떨까. 세계의 금융을 좌지우지하는 월스트리트로 진출을 해보는 거다.'

그런 생각을 하고 있노라면 짜릿한 전율이 온몸을 훑곤 하였다.

그런데 부모가 자녀를 초청할 경우, 독신 자녀만 가능하다고 하였다. 독신 자녀에는 이혼한 자녀도 포함되었다. 결국 온가족이 미국에 가기 위해서는 아내와 이혼을 해야만 하는 상황이었다. 자신과 아내 사이에 그까짓 서류상의 이혼은 별 문제가 아니어서 결행하기로 했다. 이혼 사유는 남편의 바람기 때문에 더 이상 결혼생활을 유지할 수 없다는 아내의 주장으로 마무리 짓기로 하고 이혼 절차를 밟기 시작했다. 이혼 절차가 무리없이 진행되자 아내와 아홉 살인 아들 상훈이 그리고 열두 살인 딸 상희는 서둘러 이민신청을 하기에 이르렀다.

오늘 그의 밤톨 같은 두 아이들과 사랑하는 아내를 훨훨 떠나보냈다. 가족들이 출국문을 빠져나간 후에도 한섭은 홀로 공항 주변을 서성거리며 텅 빈 하늘에서 눈길을 떼지 못했다. 왠지 모르게 불안하고 허전한 마음을 가누기가 힘들었다. 그때 태극무늬가 어렴풋이 보이는 파란색 비행기가 쉬~익~ 거리며 힘겹게 오르더니 노닥거리고 있는 구름 사이로 감쪽같이 사라지고 말았다. 비행기의 꽁무니가 구름 속으로 사라지면서 뿌린 열기가 그를 밀어내기라도 하듯, 한섭은 도로변에 털썩 주저앉아 버렸다. 어젯밤 아내가 잠까지 설쳐가며 다려준 양복바지에 굵은 눈물방울이 소나기처럼 후드득 쏟아졌다. 지나는 사람들이 흘끔거리며 그를 쳐다보았다. 한섭은 지나는 행인들의 흘끔거리는 시선에도 아랑곳하지 않고 몇 시간을 그렇게 앉아 있다가 겨우 마음을 추슬러 버스에 올랐다. 그는 일부러 택시를 타지 않았다. 가능한 한 가족들로부터 천천히 멀어지고 싶어서였다. 출퇴근 시간이 아니어서인지 버스는 크게 혼잡스럽지 않았다. 차장아가씨도 한쪽 난간에 기대어 꾸벅꾸벅 졸고 있었다. 저러다 정류장을 지나치면 어쩌나 싶은데, 정류장 바로 목전에서는 정확하게 눈을 뜨고 코맹맹이 소리로, "○○○입니다." 하고 외쳐댔다. 얼마나 입었는지 파란색 유니폼 여기저기에 보푸라기가 송송 일어나 있었고, 손때 묻은 앞호주머니는 동전의 무게를 지탱하지 못해 축 늘어져 있었다. 마치 차장아가씨의 힘겨운 나날을 대변해 주고 있는 듯했다. 지폐는 허리춤에 차고 있는 전대에 쑤셔 넣었다.

한섭은 그동안 이 땅에 살면서 바쁘다는 핑계로 무심코 지나쳤던 삶의 한 자락을 바라보며 혼자 씁쓸히 웃는다. 이제 자신은 그들의 일부가 아니라는 생각 때문에 측은지심이 든 걸까. 아니면 이 땅을 떠난다 생각하니 그 알량한 애국심이 발동하여 사회의 후미진 곳까지 들여다볼 여유가 생긴 걸까.

한섭은 그런 생각에 잠겨 있다가 자신도 모르게 가정법원 앞에서 내리게 된 것이다. 왜 하필이면 사랑하는 가족을 떠나보내고 제일 먼저 이곳을 찾아왔는지 모를 일이다. 어쩌면 몇년 전 이혼장에 도장을 찍고 이 건물을 나왔을 때도 마음이 이렇듯 허전했었는지 모른다. 그래서 발길이 허전한 마음으로 걸었던 그 길을 기억해 낸 건 아닐까. 입맛을 기억해 내는 혀끝처럼 말이다. 숭숭 뚫린 마음속으로 밀려드는 겨울 끝자락은 너무나도 차갑다. 그는 텅 비어버린 가슴에 꽃샘추위를 맞으며 빈 길을 후적후적 걷기 시작했다.

2. 여명의 윙크

주한 멕시코 대사관 앞은 미 대사관과는 대조를 이루고 있었다. 미 대사관 앞에는 비자를 받기 위해 컴컴한 새벽부터 줄을 서서 기다리는 사람들로 장사진을 이루고 있는 반면, 이곳 멕시코 대사관 앞은 한 가하기 그지없다.

한섭은 멕시코 대사관 한쪽 모퉁이에서 초조하게 누군가를 기다리고 있었다. 아내가 다려줬던 칼날같이 주름 잡혀 있던 양복바지는 이미 흐늘거리고, 직장 다닐 때 정갈하게 빗어 넘겼던 곱슬머리는 느슨하게 이마에 흘러내려와 있다. 가족들이 이민을 떠남과 동시에 한섭도 퇴직을 하고 송별파티까지 다 끝낸 상태라 지금은 특별히 만나야 할 사람도 없었다. 오히려 길을 가다 아는 사람을 만날까 봐 이쪽에서 더욱 조심스러웠다.

길모퉁이에서 초조한 모습으로 연신 손목시계를 들여다보던 한섭의 얼굴에 갑자기 환한 빛이 번진다. 대사관 입구에 사십대 중반으로 보이는 세련된 여인의 모습이 나타났기 때문이다. 검은 선글래스를 낀 여인은 잠깐 한섭이 기다리고 있는 쪽을 응시하다 어디론가 총총히 발걸음을 옮긴다. 한섭은 묵시라도 받은 듯 서둘러 여인의 뒤를 따른다.

여인은 익숙한 걸음걸이로 근처에 있는 한적한 다방문을 밀치고 들어선다. 띄엄띄엄 앉아 있는 사람들 중 그 누구도 지금 들어선 여인을 쳐다보지 않는다. 여인은 마치 예약된 좌석을 찾아가듯 후미진 자리에 가 앉는다. 레지가 묻지도 않고 커피 두 잔을 놓고 간다. 그 여인이 이곳에 오면 늘 그 자리에서 똑같은 것 두 잔을 시킨다는 사실을 알고 있는 듯하였다.

그때 한섭이 조급한 표정으로 문을 밀치고 들어선다. 문을 들어서자마자 앉아 있는 사람들의 모습을 더듬어가다 구석진 자리에 앉아 있는 여인을 발견하고 황급히 발걸음을 옮긴다.

“어유, 수고 많으셨습니다.”

한섭은 목례와 함께 감사를 표했다.

“확인해 보시죠.”

여인은 선글래스를 쓴 채 한섭의 인사에는 대꾸도 없이 여권을 내민다.

한섭은 여권의 마지막 장을 펴본다. 그곳에 비자가 꽝 찍혀 있다. 한섭은 그제야 긴 한숨을 끌어내리며 양복 안주머니에서 봉투를 꺼내 여인 앞에 놓는다.

“액수는 확실하겠죠?”

여인은 봉투를 받자마자 액수를 확인한 다음 재빨리 가방에 집어넣는다.

“그럼요, 어떤 일인데 실수를 하겠습니까.”

그렇게 말하는 한섭의 마음은 진심이었다. 처자식을 머나먼 이국땅으로 보내놓고 노심초사 이 비자만 무사히 받길 학수고대하고 있었는데 드디어 오늘에야 받게 된 것이다.

여인은 짙은 선글래스 너머로 한섭을 쳐다보며 하얀 쪽지를 내밀었다.

“멕시코 공항에 도착하면 이 번호로 전화를 해보세요. 안내해 줄 사람을 찾을 수도 있을 겁니다. 하지만 보장은 못 합니다. 그럼 전 이만……”

여인은 지체없이 일어나 총총 자리를 뜬다.

한섭은 엉거주춤한 자세로 여인에게 인사를 하고 의자에 몸을 부린다. 이제는 마음을 놔도 될 것 같다. 마치 사랑하는 가족을 이미 만난 것 같은 기분이었다. 한섭은 미 대사관을 통해서 관광비자나 방문비자를 신청할 수도 있었으나, 신청해도 떨어질 것은 불 보듯 뻔한 일이었다. 가족은 이미 미국으로 떠나고 없는 이혼남이 미국 여행을 하려고 한다. 혹은 이혼한 부인과 아이들을 만나기 위해 방문을 한다고 비자를 신청하는 건 영사에게, '나 미국에 주저앉으러 가요.' 하고 말하는 것에 불과하기 때문이었다. 그리고 한 번 비자심사에 떨어지면 두 번째는 더욱 힘들어진다기에 아예 처음부터 제삼국을 통한 밀입국을 결심하게 된 것이다. 멕시코 대사관에 직접 비자를 신청하는 것도 불안하여 백퍼센트 확실하게 일을 봐준다는 대행인을 소개 받았다.

어쨌든 일이 순조롭게 풀리고 있었다. 이제 일주일 후면 한국을 떠날 수 있게 되었다. 한섭은 흥분된 마음을 가라앉히기 위해 식은 커피 한 모금을 머금고 그 맛을 음미하기 시작한다. 마시는 사람의 취향 따위는 아랑곳 하지 않고 넣은 프림의 푸석한 맛 속에 숨어 있는 커피의 쓴맛이 느껴졌다. 달착지근한 프림과 커피의 쓴맛. 그건 밀입국의 서막과 딱 맞아떨어지는 맛이었다. 그는 혀끝에 머무는 알싸한 쓴맛을 간직한 채 다방문을 나섰다.

3. 포말의 절규

꽃이 피는 바다. 소정은 산과 들에만 꽃이 피는 줄 알았다. 그런데 바다에도 꽃이 핀다는 사실을 하와이에 와서야 알게 됐다. 사람이 새로운 사실을 발견하고, 사물에 대한 관찰에서 이치를 캐어내고, 내면의 성찰과 자각으로 깨달음을 얻는다는 건, 이제까지 살아온 공간에서 또다른 공간으로의 관입이 아닐까 하는 생각을 소정은 바다꽃을 바라보며 하게 되었다.

소정이 지금까지 알고 있었던 바다는 푸른 물과 모래사장이 전부였다. 어쩌면 그 바다는 사람들의 푸념을 받아주는 데 지쳐 있었던 것이 아닐까 생각해 본다. 바다가 어떻게 모양을 내고 싶어 하는지에는 관심도 가지지 않았던 시간들. 그런데 지금 소정이 내려다보고 있는 바다는 그런 바다가 아니다. 파도 자락마다 피어나는 하얀 포말들. 작은 송이로 시작해 큰 송이로 피어났다가 다시 작아지는 모습. 가끔은 안개꽃처럼 흐드러지게 퍼지기도 한다. 다년생 초본 식물과 같이 사그러지지 않는 파도 줄기. 그리고 밤이면 인간들이 만들어낸 인위적인 빛을 받아 알록달록 치장을 하고 하늘을 품는다. 이 바다는 맘껏 멋을 부리며 사람들을 초대하고 있는 게 아닌가! 그런 바다를 바라보는 동안에는 남편이 곁에 없다는 것도 잊은 채 잠시 행복에 젖어들곤 한다.

처음 한 달 동안은 바다에 꽃이 피는지 어쩐지도 모르고 아이들과 함께 마켓에 산더미처럼 쌓여 있는 물건들을 바라보며 벌어진 입을 다물지 못하였다. 한국에서 미제 물건은 미군기지에서 슬쩍슬쩍 흘러나오거나, 미국에 연고가 있는 사람들이 오가며 내다 판 보따리 물건들이 전부였다. 그렇게 어렵게 구입하던 미제 물건들이 어디 가나 넘쳐났으니 쇼핑하는 재미가 여간 쏠쏠하지 않았다. 하지만 그 짓도 한 달 남짓 하다보니 시큰둥해졌다.

처음에는 이곳저곳 열심히 데리고 다니던 주위 사람들도 두어 달이 지나자 슬슬 꽁무니를 빼기 시작했다. 자신들도 입에 풀칠을 하고 살아야 하니 자주 'excuse'를 할 수 없는 입장이라고 말했다. 그 'excuse'가 뭘 뜻하는지 정확히 알 수는 없었지만, 뭔가 입장이 곤란하다는 생각이 어렴풋이 들었다. 그렇다고 그 단어의 정확한 의미를 물을 수도 없었다. 어찌된 일인지 이곳에 사는 한국 사람들은 말을 할 때 거의 영어를 섞어 쓰고 있었다. 문장에서 가장 중요한 단어를 영어로 말할 때 대답은 "네, 네." 하면서도 이해를 하지 못한 적도 있었다. 때론 한국말 발음으로 외워뒀다가 비스므레하게 단어를 만들어 사전을 찾아보기도 했지만 매번 그렇게 한다는 게 쉬운 일이 아니었다. 그러다보니 생각지도 못했던 부분에서 벽이 느껴지곤 했다. 그건 다문화와 이중언어 속에서 살아가는 사람들에게는 아주 자연스런 현상인 것 같았다. 십 년 후 나의 자화상도 그들 속에 섞여 있을 거라 생각하니 이해 못 할 것도 없다는 생각이 들었다.

두 아이들은 외할머니 그리고 사촌들과 함께 시간 가는 줄 모르고 있었지만, 소정은 갈수록 마음이 불안해 견딜 수가 없다. 어쩌다 아이들이,

"아빠는 언제 오세요?"

하고 물으면 소정은 흠칫흠칫 놀라곤 했다. 그건 남편이 안전하게 밀입국을 하리라 생각하고 있는 그녀에게,

"아빠는 못 오시죠?"

하고 묻는 것만 같아서였다.

늦어도 2, 3개월 후면 함께할 수 있으리라는 믿음이 시간이 갈수록 흔들린다. 그건 하와이에 도착한 후 주위 사람들로부터 들은 밀입국에 대한 아슬아슬한 이야기들 때문이기도 했다. 방정맞은 생각이라고 떨쳐버리려 애를 쓰면 쓸수록 불안감은 거머리처럼 소정을 붙들고 늘어졌다. 한국에 있는 남편은 현재 모든 걸 정리하고 여관에서 머물고 있는 중이었다. 다른 가족이나 친구들에게 상황을 세세히 설명할 수 없어 모든 걸 비밀리에 진행하고 있었다. 그런 상황 때문에 소정은 남

편이 전화를 걸어오기만 기다려야 하는 입장이어서 외출도 삼가하고 있는 중이다.

우울증 환자처럼 집에 틀어박혀 하염없이 바다만 내려다보고 있는 딸이 안타까웠던지, 친정 엄마는 옆집 한국 여자에게 일자리를 부탁해 놨다고 소정에게 일러주었다. 친정 엄마로부터 그런 귀띔을 받은 지 얼마 되지 않아 옆집 여자가 소정을 찾아와 드디어 일자리가 났다고 알려줬다. 호텔에서 침실을 정리하는 일인데 '메이드'라고 했다. 경력도 없는 사람이 최고급 호텔에서 일하기가 쉽지 않은데 운 좋은 줄 알라며 생색까지 냈다. 옆집 여자가 하도 생색을 내기에 한영사전에서 'maid'를 찾아본 소정은 기가 꽉 막히고 말았다. 'maid'라는 것이 '하녀, 청소부, 시녀' 등등을 나타내고 있었다. 도대체 자신을 뭘로 보고 그런 일자리를 소개해 줬는지 괘씸하기 짝이 없었다. 옆집 여자한테 화가 난 것은 물론 친정 엄마에게 더욱 섭섭했다. 그래서 소정은 남편의 상황을 핑계로 정중히 그 일자리를 거절했다. 이유가 아주 그럴싸해서 친정 엄마도 잘난 체하는 그 이웃집 여자도 더 이상 뭐라고 말을 하지 못했다.

방 세 개짜리 아파트는 꽤 넓은 편이었다. 살림을 장만하면서 소파를 살까말까 망설이다가 남편이 오면 함께 사려고 미뤄두었다. 소파가 없는 마루는 훨씬 넓어 보였다. 카펫 위에서 아이들과 함께 뒹굴며 TV를 보는 맛도 나쁘지 않았다. 이민올 때 가져온 소품들로 장식된 아파트 실내는 한국에서 살던 집 분위기와 비슷했다. 창문을 닫고 있으면 서울 집에 있는 것만 같았다.

창문을 통해 들어오는 바람이 후텁지근한 더위를 함께 끌고 들어오지만, 그래도 종종 쏟아지는 시원한 빗줄기가 칙칙한 기운을 쓸어가 더위를 이겨내는 데 조금은 도움이 되기도 했다. 마음 같아서는 창문을 활짝 열어젖히고 싶은데 계단식으로 되어 있는 창문은 그럴 수도 없었다. 창문 손잡이를 잡고 오른쪽으로 빙빙 돌리면 유리창은 붕어 입처럼 뺑긋이 벌렸다가, 왼쪽으로 또다시 빙빙 돌리면 다시 오므리는 식으로 설치가 되어 있었다. 또 문마다 방충망이 씌워져 있어서 답답함을 가중시켰다.

소정은 거실 바닥에 놓여 있는 전화기를 뚫어져라 바라보고 있다. 오늘은 바다에 피는 꽃도 황홀하게 느껴지지 않았다. 왠지 모르게 서글프고 불안한 느낌이 소정을 휘감고 놓아주질 않았기 때문이다. 그때 전화벨이 앙칼지게 울어댄다. 소정은 숨까지 멈추고 수화기를 거머쥐었다.

"여, 여보세요?"

소정의 눈망울이 순간적으로 빛난다.

"나야!"

정겨운 남편의 목소리다.

"여보! 나, 나야, 나. 당신 괜찮아? 응? 밥은 잘 먹고 있는 거야?"

"……"

"여보! 여보! 당신 내 말 듣고 있어?"

"원 참! 대답할 시간을 주면서 물어야 대답을 하지."

한섭은 가능한 한 침착하게 대답하려 애썼다.

"그래, 그래. 여보, 당신 소식을 너무 기다리고 있다 보니까 그랬어."

그제야 소정은 목소리를 가다듬었다.

"아이들은?"

"아이들 걱정은 하지마. 당신 건강이나 잘 챙기고 그리고……"

소정은 감정을 억제하지 못해 말문이 막히고 만다.

"내 걱정도 하지마. 다 잘될 거야."

한섭도 목울대에서 치밀어 오르는 것을 억지로 밀어내리며 대답하고 있었다.

"그럼, 다 잘되야지."

소정도 손가락으로 눈물을 훔치며 감정을 다스리려 애쓰며 대답했다.

"나, 내일 아침에 홍콩으로 떠나. 미국에 도착하려면 아마 한 달쯤 걸릴 것 같아. 그리고 미국에 도착할 때까진 연락하기가 힘들 거야. 그렇게 알고 있어."

"그래요. 한 달 그까짓 거 금방 가겠지. 당신 정말 몸 조심해야 해요. 알았죠?"

"그래, 그래. 내 걱정은 말라니까."

"으,흐,흑……"

억누르고 있던 감정이 결국 삐져나와 소정의 어깨를 뒤흔들기 시작한다.

"소정아!"

"응!"

너무나 다정한 남편의 목소리에 소정의 흐느낌은 더욱 거세지고 있었다.

"기다려. 내 곧 갈게."

"……"

소정은 '찰칵'하고 끊기는 수화기 너머로 사라지고 없는 남편의 마지막 소리를 쫓았지만, 뚜 하고 울려오는 소리가 소정의 안타까운 마음에 사정없이 벽을 만들어 버린다. 소정은 수화기를 내려놓지도 못하고 엉엉 목놓아 울기 시작한다. 한 달이면 된다고 했는데 왜 이렇게 서러운지 모를 일이었다. 마치 다시는 못 올 곳으로 남편을 떠나보내고 있는 사람 같았다.

"여보, 미국이 뭐가 좋다고 위장이혼까지 해가면서 이곳에 왔을까. 어~어~엉~. 아무리 당신이 가고 싶다고 해도 그냥 한국에서 살걸. 엉~엉~"

바다에 피어 있는 포말들도 소정의 절규에 파르르 떤다.

4. 옛 손님

해가 기울자 거대한 도시가 탈바꿈을 시작한다. 들쭉날쭉한 건물들 사이로 어둠이 꾸물꾸물 밀려오고 있는 것을 한섭은 창문을 통해 바라보고 있다. 세상에 태어나서 혼자라는 사실이 이토록 뼈가 아리게 느껴진 적은 없었던 것 같다. 낯선 이국땅 고급스럽지 못한 호텔에서 맞는 밤이라 외로움이 더한지도 모르겠다. 붉고 흰 불빛들이 여기저기서 톡톡 튀기 시작하더니 우중충하던 도시가 어느새 치장을 끝냈다.

공항택시기사에게 약 10일 정도 머물면서 관광을 할 예정이라고 했더니 물 좋은 곳이 있다며 데려다준 곳이 이곳이었다. 걸어서 갈 수 있는 거리에 온갖 음식을 사 먹을 수 있는 푸드코트가 있으니 저녁에 출출하면 그곳에 가보라는 친절한 말도 잊지 않았다.

홍콩, 한국을 떠나 제일 먼저 도착한 곳이다. 관광객으로 위장을 하기 위해 일부러 이곳에서 잠시 체류를 하게 된 것이다. 여기저기서 얻어 들은 정보에 의하면, 한국 사람이 멕시코 공항에 내리면 일단 미국 밀입국 의심을 받을 수 있기에 단체관광을 하고 있는 것처럼 위장하는 것이 좋다고 했다. 그러나 한섭은 홍콩을 거쳐 멕시코로 가는 사람을 아직 만나지 못했다.

혼자 우두커니 호텔방에 있다보니 문득 사람이 그리워졌다. 바글거리는 사람들 틈에 섞여 있으면 이곳에서 머물 10일이 후딱 지나갈 것 같아 호텔 문을 나섰다. 호텔 프론트 데스크에서 건네준 약도를 짚으며 가다보니 택시기사의 말대로 얼마 가지 않아 인터내셔널 푸드코트가 보였다. 언젠가 아내를 따라서 가본 노량진 새벽시장보다도 사람들이 더 바글거렸다. 관광객들인지 현지인들인지 구별이 잘 되지 않았다. 어떤 사람들은 삶은 큰 게를 망치로 두들기며 먹고 있었다.

한섭은 우동 한 그릇을 사서 빈 자리를 찾아 앉았다. 국물을 홀짝거리고 있자니 시큼한 깍두기라도 있었으면 하는 생각이 간절했다. 아쉬운 표정으로 국물을 홀짝거리고 있는 한섭을 먼발치에서 한 여인이 넋을 잃고 쳐다보고 있다. 몸에 착 달라붙은 빨간 바지와 검정 니트 상의가 몸매를 있는 그대로 그려냈다. 신고 있는 하이힐이 아니더라도 그녀는 남달리 키가 훌쩍 크고, 어깨까지 흘러내린 굵은 웨이브의 머릿결이 세련미를 한결 더해주었다. 얇실한 눈매에 살짝 그어진 쌍꺼풀과 약간 긴 듯한 얼굴 그리고 가무잡잡한 피부에서 이국적인 이미지가 물씬 풍겨났다. 부드러운 코의 곡선과 약간 도톰한 입술에 칠해진 화려한 컬러도 홍콩의 밤거리와 잘 어울렸다. 그녀는 자신이 알고 있는 사람이 분명하다고 판단했는지 입가에 야릇한 미소를 띠며 여유로운 몸짓으로 발걸음을 내딛기 시작했다. 또박거리는 하이힐 소리가 비켜가는 수많은 발자국 소리에 묻혀 간헐적으로 들린다.

여인은 한섭 앞에서 걸음을 멈춘다.

"신형! 신형 맞죠?"

흥분된 어조다.

한섭은 이 불야성 속에서 자신을 아는 체하는 여인을 흘끗 올려다보는 순간 그만 우동 그릇을 테이블에 턱하니 놔버린다. 엉겁결에 입가에 묻은 국물을 손으로 쓰윽 훔치면서 한섭은 계속 믿을 수 없다는 표정이다.

"어? 너, 너는……"

한섭은 말을 잇지 못하고 더듬거린다.

"오랜만이네요. 이런 뜻밖의 만남, 정말 기대하지 못했는데……"

여인은 한섭 앞에 놓여 있는 의자에 앉으며 다시 야릇한 미소를 띤다.

한섭은 숨을 제대로 쉬지도 못하고 눈만 끔벅거린다.

"뭐라고 인사 좀 하세요. 그렇게 넋 나간 표정 거두시구요."

"그, 그래. 그런데, 너, 넌 어떻게 여기에……"

한섭은 더듬거리다 말꼬리를 흐린다.

"저요? 저 여기 살고 있어요."

약간 샐쭉한 표정이다.

"여기에? 너 일본……"

'너 일본으로 시집가지 않았니?' 하는 말을 꿀꺽 삼키고 말았다.

"이혼했어요."

여인은 아무렇지도 않게 뱉어버린다.

"이혼?"

한섭의 크면서도 이지적인 눈이 치켜 올라간다.

"그렇게 놀랄 필요 없어요. 다 제 팔자소관이죠."

그녀가 말한 팔자소관이란 단어에 한섭의 심장이 뜨끔거렸다.

"저는 그렇다 치고, 신형은 이곳에 웬일이세요? 그것도 혼자서? 여행 온 것은 아닌 것 같고 출장 온 거예요?"

여인은 마치 따지듯 파고들었다.

"글쎄, 그냥, 그냥 온 거지 뭐. 그냥."

"어머! 그런 대답이 어디 있어요. 여행이면 여행, 출장이면 출장이지. 그냥이 뭐예요? 형도 이혼했어요?"

"이혼? 무슨 소리야. 나 그런 거 안 했어."

말투와 표정이 단호했다.

"안 했으면 됐지, 그렇게 정색을 할 필요까진 없잖아요?"

여인은 아니꼽다는 듯 눈을 흘긴다.

"아니, 그러니까……"

한섭이 설명하려 들자,

"아유, 설명까지는 필요 없어요."

여인은 벌처럼 톡 쏘아붙인다.

호텔로 돌아온 한섭은 바지 주머니에서 명함 한 장을 꺼낸다. 대국호텔, 린치. 마카오에 있는 주소다. 그녀는 홍콩이 아니고 마카오에 살고 있다고 했다. 호텔에서 하는 일은 딜러. 지금은 딜러로서 경력이 쌓여 꽤 괜찮다고 했다. 한섭이 이곳에서 약 10일 정도 머무를 예정이라고 하자 그녀는 스스럼없이 마카오 구경은 자신이 시켜주겠다며 눈가에 웃음을 사르르 흘렸다. 한섭은 명함에 찍힌 린치라는 생소한 이름을 쳐다보며 이것이 영어 이름일까 아니면 중국 이름일까 혼자 생각을 뒤적거리다, 사람의 운명은 참으로 알 수 없다는 생각이 들었다.

린치, 그녀의 본명은 혜림이다. 함께 대학을 다녔다. 한섭은 군복무를 마치고 복학을 했으므로 대부분의 다른 재학생들에 비해 나이가 많았다. 그래서 한섭에게 다들 형이라는 호칭을 붙여줬다. 혜림은 한섭의 부인 소정과 단짝이었다.

혜림은 도전적이고 활발했지만 유난히 질투도 심하고 자신이 튀지 않고는 직성이 풀리지 않는 성격이었다. 귀찮은 건 딱 질색이었지만, 맘이 내키면 인정도 베풀 줄 알았다. 그런 반면 아내 소정은 여성스러움을 타고났다고나 할까. 조용하면서 다소곳하고, 걸음걸이도 사뿐사뿐, 옷도 늘 소박하게 입고 다녔다. 혜림과 소정이 함께 캠퍼스에 나타나면 활짝핀 가시 돋친 빨간 장미와 수줍은 듯 고개를 살짝 숙인 백합의 조화라고나 할까. 절대로 어울릴 것 같지 않은 두 꽃의 조화에 한섭은 종종 웃음을 터뜨렸다. 그런 그에게 혜림은 왜 웃냐고 대들었고 소정은 얼굴만 붉히고 있었다.

가시 돋친 장미는 장미대로 톡톡 쏘는 매력이 있었고, 백합은 보호본능을 유발시키는 매력을 지니고 있었다. 셋은 그렇게 어울려 다녔다. 그렇다고 한섭이 두 여인을 놓고 저울질했던 것도 아니고 삼각관계는 더더구나 아니었다. 어느 날 한섭이 백합의 집을 방문하기 전까지는 그저 마음이 잘 통하는 친구 사이였을 뿐이었다.

하루는 혜림이 캠퍼스에서 한섭을 보자마자 방방 뛰었다. 소정이가 분명히 등록금을 받아갔는데 다음 학기 등록을 하지 않았다는 것이었다. 한섭은 혜림을 진정시킨 후 자초지종을 듣게 되었다.

소정의 아버지와 혜림의 아버지는 죽마고우로 같은 마을에서 자라나 함께 동경유학까지 마쳤다. 그런 이유로 소정과 혜림은 어릴 적부터 친하게 지냈다. 그런데 무슨 이유인지는 모르겠으나 소정의 아버지는 사회의 막다른 골목에 서게 되었다. 정상적인 사회활동을 할 수 없게 되자 소정의 아버지는 점점 폐인이 되어갔다. 그런 딱한 친구를 위해 혜림의 아버지는 생활비를 보태주게 되었고, 소정은 혜림의 동생들 과외를 책임져 주는 대가로 학비를 받고 있었다.

한섭은 소정의 집 약도를 들고 찾아 나섰다. 작은 판잣집들이 서로 어깨를 맞대고 겨우겨우 지탱하고 있는 가파른 언덕길을 오르면서 한섭은 가슴 한구석이 싸아해지는 걸 느꼈다. 그 싸아함이 무얼 의미하는지 한섭도 알 수가 없었다. 다만 지금까지 생각하고 봐왔던 백합에 대해 새로운 감정이 물들어 가고 있는 것만은 사실이었다. 그런 알쏭달쏭한 감정을 수습하며 약도를 짚어 나갔지만 쉽게 찾을 수가 없었다. 지나는 사람에게 물으면 이쪽이라고 하고 또 다른 사람은 저쪽이라고도 했다. 이래서는 안 되겠다 싶어 길목에서 혼자 사방치기를 하면서 놀고 있는 꼬마에게 혹시 소정이네 집을 아느냐고 묻자, 고개를 갸우뚱거렸다. 그래서 생김새를 이야기해 주면서 대학생 언니라고 하자 저 꼭대기 왼쪽 집이라며 금방 알려줬다.

한섭은 웅크리고 있는 집의 널빤지 대문 앞에서 잠깐 머뭇거렸다. 방이 두어 칸 되어 보이는 집은 사람이 살고 있지 않은 듯 괴괴했다. 한섭이 널빤지 대문을 막 열려고 하는데, 한쪽 방에서 쿨룩거리는 기침소리가 들려왔다. 그러자 다른 방문이 다급하게 열리면서 소정의 모습이 보였다. 늘 조용하고 창백해 보이던 그녀가 더욱 파리해 보였다. 소정은 대문 밖에 서 있는 한섭을 보지 못하고 기침소리가 나는 방으로 후닥닥 뛰어 들어갔다. 줄기침은 그칠 줄 모르고 계속 이어지다 잠시 멈췄다. 한섭은 그 기침이 다시 발작하지 않기를 속으로 빌었다. 기침을 하고 있는 사람을 위해서라기보다는 그저 소정을 위해서 그렇게 빌었다. 그만큼 소정이 안타깝게 느껴졌기 때문이었다. 기침이 멈추고 얼마 지나지 않아 손에 대야를 든 소정의 모습이 다시 나타났다. 아직도 한섭의 존재를 눈치채지 못하고 있는 모양이었다. 한섭은 두어 번 억지 기침을 하면서 자신의 존재를 알렸다. 막 마루를 내려서려던 소정이 대문 쪽을 흘깃 쳐다보다 붙박이처럼 멈춰서 한섭을 바라보았다. 순간 소정의 얼굴에 복잡한 감정이 스치고 지남을 한섭은 놓치지 않았다.

“나 왔어.”

한섭은 소정의 감정을 빨리 다잡아주고 싶어 밝게 웃었다.

“여기를 어떻게……?”

소정의 얼굴이 붉게 물들어 가고 있었다.

“문 안 열어줄 거야?”

한섭은 계속 밝고 경쾌한 톤을 잃지 않으려 애썼다.

“그냥 밀면 되는데……”

소정은 널빤지에 달린 걸고리를 잡아당겼다.

“누가 편찮으신 거야?”

한섭은 짐짓 사정을 모른 척 물었다.

“아버지께서……”

아직 볼에 남아 있는 붉은 기운이 소정을 눈부시도록 아름답게 치장해 주었다.

“나 이렇게 그냥 세워둘 거야?”

　그 말을 하면서 한섭은 하마터면 소정을 끌어안을 뻔했다. 가녀린 어깨가 금방이라도 부서져 버릴 것만 같아서였다. 자신이 부서지지 않도록 든든한 바람막이가 되어주고 싶다는 생각이 거센 파도처럼 밀려왔다.

　소정은 그녀의 작은 공간으로 한섭을 안내했다. 방은 밖에서 보는 것보다 훨씬 작고 단출했다. 벽지의 꽃무늬가 닳아 본래의 꽃모양이 모두 사라지고 없었다. 군데군데 구멍난 곳을 때운 벽지는 본래의 꽃무늬와는 전혀 상관이 없는 문양을 만들고 있었다. 벽에 걸린 거라곤 대여섯 개의 옷을 걸 수 있는 나무 벽걸이가 전부였다. 늘 보던 소정의 외출복이 맥없이 걸려 있었다. 방구석에 놓여 있는 앉은뱅이 책상. 책꽂이도 없이 놓여 있는 책들. 쌓여 있는 책들 위쪽 벽에 붙어 있는 색바랜 표어. "인생은 선택의 결과다." 또박또박한 글씨체로 보아 소정이 쓴 듯했다. 한섭은 얼굴을 붉힌 채 고개를 떨구고 있는 소정을 와락 끌어안았다. 소정은 돌발적인 그의 행동에 몹시 당황한 듯 잠시 몸을 뺐다.

　"가만 있어. 가만. 잠깐만."

　거의 애원에 가까운 한섭의 부탁에 소정은 더 이상 뻗대지 않고 거칠게 울리는 그의 심장 박동을 말없이 듣고 있었다.

　그날 이후 한섭은 소정의 집을 제집 드나들듯 하였다. 학비를 아버지의 약값으로 다 써버린 소정은 결국 등록를 하지 않았다. 언제까지 혜림의 아버지로부터 도움을 받을 수 없다는 것이 그녀의 판단이었다. 손위 오빠는 불우한 현실을 비관한 나머지 집을 떠난 지 오래여서 소정은 하나밖에 없는 동생과 집안을 돌봐야만 하는 형편이었다. 소정은 이런 환경에서 대학 중퇴면 대단한 거라며 웃어 넘겼다.

　본격적으로 일자리를 알아보고 다니는 소정을 위해 한섭도 발벗고 나섰다. 주위에 알 만한 사람들에게 부탁을 하고 다녔지만 일자리는 쉽게 나지 않았다. 그러던 어느 날 도열 선배로부터 전화가 걸려 왔다. 누구냐고 꼬치꼬치 캐묻는 선배에게 그냥 아는 후배라고 어벌쩡하게 넘기고 말았는데 소정을 사무실로 데려와 보라고 했다. 한섭은 소정과 함께 선배의 사무실을 찾아갔다. 선배는 소정에게 한 바퀴 빙글 돌아보라고 했다.

　"아니, 지금 모델 심사해요?"

　의아한 표정으로 한섭이 물었다.

　"그래 임마. 모델 심사다. 역시 너의 취향은 탁월해."

하며 선배는 빙긋 웃었다.

　"네에?"

　소정도 한섭도 동시에 눈이 휘둥그레졌다.

　"놀라긴. 평화시장에서 봉제공장을 하고 있는 내 여동생 영주 알지? 영주가 이번에 색다른 기획을 하고 있는 모양이야. 지금이야 수출에 매달려 있지만, 머지않아 우리나라도 양장점 시대가 막을 내리고 기성복이 판을 칠 거라면서 준비작업을 하고 있는데 쓸 만한 모델이 필요한 모양이야. 물결이 밀려올 때 손을 쓰기 시작하면 이미 늦은 거라고 저렇게 투자를 해대니 원. 어쨌든 한번 모시고 가서 만나봐. 내가 미리 전화해 놓을 테니 염려 말고. 아셨죠, 제수씨?"

　선배는 연신 싱글거리며 두 사람을 번갈아가며 쳐다보았다. 소정은 화들짝 놀란 얼굴로 겨우 짤막한 인사를 남기고 황급히 사무실을 빠져나왔다. 소정의 뒤를 따르던 한섭은 뭐가 그렇게 좋은지 계속 싱글벙글 입을 다물지 못했다.

소정은 그렇게 해서 그 회사의 전속모델이 되는 행운을 얻었다. 시간이 지날수록 소정은 모델로서 가치를 인정받기 시작하였고, 그로 인해 집안 형편도 꼬인 실타래가 풀리듯 점점 윤택해지고 있었다. 드디어 산동네 집을 처분하고 아직 변두리에 속하지만 그래도 번듯한 벽돌집으로 이사까지 하게 되었다. 그곳에서 소정의 아버지는 유명을 달리하고 말았다. 실질적인 가장이 없는 장례식에서 한섭은 눈에 보이지 않는 상주 노릇을 톡톡히 해냈다.

눈치 빠른 혜림이 그걸 놓칠 리가 없었다. 아니나 다를까, 장례를 치른 후 혜림은 한섭에게 병적으로 매달렸다. 소정과 헤어지지 않으면 자결하고 말겠다는 혜림의 위협에도 한섭은 우직하게 버텨냈다. 그렇게 정신 못 차리고 허우적대던 혜림은 학교를 잠시 방문한 재일교포 학생을 보란 듯이 사귀었다. 그해 마지막 학기는 취업의 열기보다도 혜림의 열애가 더욱 캠퍼스를 후끈 달아오르게 했던 사건이었다. 달아오른 열기에 시간이 녹아내리기라도 하듯 졸업 날짜가 코앞에 다가와 있었다. 혜림은 졸업과 동시에 일본으로 횡하니 날아가 버렸다.

그런 그녀를 오늘 15년 만에 다시 만난 것이다. 혜림이 아닌 린치로……

5. 배반의 도시

한섭에게 홍콩과 마카오는 모두 유혹의 도시였다. 홍콩은 모조품의 천국으로 쇼핑이 매혹적이었다면, 마카오는 도박의 천국으로 사람들을 유혹하고 있었다. 휘황찬란한 불빛 아래서 본 사람들의 모습은 모두 한꺼풀의 가면을 쓰고 있는 듯하였다. 사람을 휘어감아 끌어들이는 그 화광은 마법과도 같았다. 도박장에서 흘러나오는 음악 역시나 사람들을 흥분의 도가니로 밀어넣기에 충분했다. 그런 분위기와는 달리 도박을 하고 있는 사람들의 모습은 심각했다. 요행을 바라는 그들을 통해 한섭은 자신을 바라보고 있었다. 다만 자신은 그들과 다른 요행을 기대하고 있을 뿐이었다.

혜림은 유니폼을 입고 능숙한 솜씨로 카드를 돌리고 있었다. 혜림의 테이블에는 두 명의 남자와 세 명의 여자가 배팅을 하고 있었다. 하나같이 줄담배를 피워댔다. 처음에는 혜림 앞에 토큰이 많이 쌓이지 않았으나 시간이 흐를수록 토큰이 쌓여갔다. 앞에 토큰이 많을 때나 적을 때나 혜림의 표정은 한결같았다. 그곳에서 그녀는 혜림이라는 여성보다도 린치라는 이름이 더 잘 어울렸다.

한섭이 혜림의 테이블을 구경하고 있을 때, 세 명의 남자가 어슬렁거리며 테이블 주위에 몰려들었다. 도박을 하러 온 사람들 같지는 않았다. 누군가를 감시하는 듯한 태도였다. 혜림을 한참 지켜보다가 또 다른 테이블로 건들거리며 옮겨갔다. 지금까지 전혀 표정이 없던 혜림이 오른쪽 손님을 쳐다보는 척하며 다른 테이블로 가고 있는 세 사람의 뒷모습을 재빠르게 훔치고 있었다.

얼마 후, 혜림은 유니폼의 단조로운 모습에서 벗어나 마카오의 불빛에 맞는 화려한 차림새로 나타났다. 혜림은 일이 끝난 후 한섭을 만나기로 한 건너편 호텔로 들어섰다. 한섭이 기다리고 있는 쪽을 살피다가 한쪽 구석에 있는 슬롯머신에 동전을 넣고 핸들을 당기자 운좋게 동전이 한바탕 쏟아져 내렸다. 혜림의 왼편 슬롯머신에 세 명의 남자가 머신 하나씩을 차지하고 앉았다. 혜림이 일을 하고 있을 때 테이블 주위를 잠깐 서성거렸던 사내들이었다. 그중 덩치가 제일 큰 남자가 담배를 피워물었다. 혜림은 미리 쥐고 있던 종이 조각을 빠른 동작으로 옆에 있는 재떨이에 버리고 자리를 뜬다. 덩치가 큰 남자는 재떨이에 담뱃재를 터는 척하며 혜림이 버린 종이를 집어 든다. 그리고 몇 번 더 동전을 머신에 집어넣고 당기다 별 재미가 없다는 듯 일어선다. 덩치 큰 사내가 자리에서 일어나자 다른 두 사내들도 그의 뒤를 따른다.

혜림은 한섭이 쇼윈도에서 도도한 빛을 발하고 있는 보석에 정신을 빼앗기고 있는 모습을 멀리서 잠시 지켜본다. 이제 한섭의 모습에서도 세월의 흔적이 여기저기 보이지만 아직도 매력적이다. 명석한 두뇌, 이지적인 멋 그리고 착한 심성까지 갖춘 저 남자. 한때 저 남자를 소유하고 싶어 열병을 앓았는데, 지금 자신 앞에 무방비 상태로 있다. 그의 젊음도 그리고 자신의 젊음도 예전 같지는 않지만, 그래도 아직은 불태울 수 있는 나이라 여기며 여유로운 몸짓으로 그를 향해 다가간다.

"뭘 그렇게 열심히 보고 있어요?"

무척 낭랑한 목소리다.

"어? 벌써 일이 끝난 거야?"

손목시계를 들여다본다.

"그럼요. 그런데 맘에 든 거 있어요? 선물 줄 사람이 누구예요? 애인?"

"애인은 무슨……"

강한 부정과 함께 말끝을 흐린다.

"왜요? 이곳에 머무르는 동안 제가 애인하면 안 돼요?"

혜림은 생글거리며 교태를 부린다. 그녀의 도톰한 입술에 빨간 립스틱 색깔이 유난히 붉게 빛난다.

"……!"

혜림의 당돌한 제의에 한섭은 그만 말문이 막히고 만다.

"어머머? 얼굴까지 붉어질 필요 뭐 있어요? 보는 사람도 없는데."

혜림은 대담하게 한섭의 팔짱을 낀다. 그러자 한섭은 불륜이라도 저지르고 있는 듯 멈칫거리며 혜림으로부터 벗어나려 한다.

"아이 형, 정말 순진하게 왜 이래요. 잠깐만 이렇게 있어요. 저 지금 무척 피곤하단 말예요."

혜림은 거머리처럼 착 달라붙는다. 귓불이 벌겋게 달아오른 한섭은 이러면 안 된다는 생각이 거미줄처럼 그를 감아오는데도 혜림이 이끄는 대로 발걸음을 옮겨 놓고 있었다. 풍성한 혜림의 머릿결이 한섭의 볼을 수줍게 어루만진다. 바람 한 점 없는 날씨에도 상큼한 혜림의 향이 한섭의 코끝을 스친다. 아내의 것과는 다른 향이다. 한섭은 애써 그 향으로부터 도망치듯 고개를 들어 하늘을 올려다본다. 밤하늘의 별들은 도시가 쏘아올리는 현란한 불빛에 지쳐 있었다. 한섭은 자신의 어깨에 기대어 걷고 있는 혜림의 옆모습을 슬쩍 훔쳐본다. 외로움에 푸욱 절여진 듯한 그녀의 모습에 가슴이 싸아해진다. 이 낯선 사람들 속에서 홀로 버텨가고 있는 혜림이 갑자기 안쓰러워 자신이 해줄 수 있는 게 뭐 없을까 하고 생각을 뒤적거린다. 그런 생각에 잠겨 있는 한섭에게 혜림은 마치 오랜 연인처럼 머리를 더욱 깊이 묻으며 측은한 목소리로 속삭인다.

"아무 생각도 하지 말고 우리 조금만 더 이렇게 걸어요. 행복한 꿈

길을 걸을 때 느껴지는 달콤한 감정은 말을 하는 순간 사라지는 법이
니까요.”

“……”

한섭은 혜림이 혼잣말처럼 중얼거리는 ‘행복’ ‘꿈길’ ‘달콤’이란 단
어들을 주우며 아내를 떠올린다. 지금 이런 모습을 아내가 보게 된다
면 정반대의 단어들이 열거될 것이다. 아내가 불행해진다. 그건 안 될
말이었다. 아내는 자신에게 어떤 사람인가? 비록 ‘사랑’ 또는 ‘달콤’
이라는 단어들이 일상에 갇혀버리고 없지만, ‘믿음’ ‘신뢰’ ‘편안함’
이라는 성숙된 느낌들이 자리하고 있지 않는가. 그렇다면 자신은 지
금 혜림의 팔을 떼어내야만 하는데 왜 용기를 내지 못하고 있는 걸까.
그건 측은함, 미안함 때문이라고 말하고 싶었다. 혜림의 외롭고 험한
인생의 일부분은 어쩌면 자신에게도 미말의 책임이 있다는 생각이
자꾸만 밀려와 냉정하게 뿌리칠 수가 없다. 힘들고 지친 그녀를 단
며칠만이라도 즐겁게 해주는 것도 그리 나쁘지는 않다는 생각이 든
다.

‘곧 떠나면 그만 아닌가. 한국으로 돌아갈 것도 아니고, 그 넓은 미
국땅으로 가는 길인데 무슨 일이야 있으려구. 편하게 생각하자. 더구
나 이 마카오에 아는 사람은 결코 없으니까.’

두 사람은 오랜 시간 함께한 연인처럼 깊어가는 어둠을 향해 계속
나아가고 있었다.

6. 그림자의 행방

소정은 남편과 마지막 통화를 하고 나서 느꼈던 비통함으로부터 이제 벗어나 있었다. 오히려 의욕에 차 있다. 더 이상 나약한 엄마가 아니라는 사실에 그녀의 모습은 당당해져 가고 있었다. 남편이 이곳에 도착하면 자립적인 자신의 모습을 보여줄 생각에 가슴이 설레기도 했다. 지금까지는 남편이 틀어준 둥지에서 어려움 없이 살아왔다면, 이제는 자신이 가족을 위해 둥지를 틀어야 할 시기라는 생각이 들었다.

소정은 지금 A급 호텔에서 maid로 일하고 있다. 이 일자리를 소개받고 미적거리고 있던 소정을 보다 못한 이웃집 여자가 한마디 하고 나섰다.

"이보세요, 기분 나빠하지 말고 내 말 잘 들으세요. 한국에서 살아온 위치를 이해 못하는 건 아니지만 이런 자리가 그렇게 쉽게 나오는 줄 아세요? 특히 한국에서 온 지 얼마 되지도 않은 사람이 그런 job을 쉽게 잡을 수 있는 것도 다 우리 존이 힘써서 된 거예요. 다음에 후회하지 말고 내일부터 당장 출근하도록 하세요. 우리 존의 입장이 얼마나 난처한 줄 아세요? 내일까지 출근 안하면 그 job 놓치는 줄 아세요. 그리고 남편이 도착할 때까지 그러고 있을 거예요? 능력 없는 여자 정말 매력 없어요."

밤송이처럼 콕콕 쑤시는 옆집 여자의 말에 더 이상 버틸 이유를 찾지 못해 출근을 하기 시작했다. 그리고 툭하면 "우리 존, 우리 존" 하며 입에 달고 사는 그 소리도 더 이상 듣기 싫었다. 옆집 여자는 초혼에 실패하고 아들 둘과 살고 있는데 존은 보이프랜드였다. 호텔에서 커스터디언들을 총 지휘하고 있는 매니저가 존의 친구이고, 존은 그 밑에서 수퍼바이저로 있다고 해서 호텔의 대단한 직책인 줄 알았는데, 그 커스터디언이라는 것이 청소부를 일컫는다는 말을 듣고 씁쓸하기 짝이 없었다.

'겨우 청소부를 애인으로 두고 있는 주제에 유세 떨기는……'
하면서 속으로 무시하고 들었다.

소정은 호텔에서 일을 시작하면서부터 자신과의 처절한 싸움에 들어갔다. 매일 아침 출근하기 전에 거울 앞에서,

'난 이제 점장 부인이 아니고 청소부일 뿐이다.'
하고 자신을 세뇌시켰으나 마음은 모래 위에 세워졌는지 하루에도 열두 번씩 와르르 와르르 무너지곤 했다.

'혹시 아는 사람이라도 만나면 어쩌나. 뭐라고 변명을 해야 할까. 집에 있자니 무료해서 잠시 파트타임으로 일을 하고 있다고 둘러댈까. 그것보다는 구태여 일할 필요는 없는데 영어를 배우기 위해서 나왔다고 할까.'

그런 잡념에 사로잡혀 있던 소정에게 시간은 위대한 치유약이었다. 소정이 녹초가 되도록 번민을 하고 있을 때나 하지 않을 때나 시간은 유유히 흐르고 있었다. 시간이 지나면서 청소하는 일에도 여러 단계가 있다는 사실을 알게 되었다. 룸을 청소하는 사람, 화장실만 전담하는 사람, 홀과 복도 그리고 건물 밖을 담당하는 사람. 그런 것을 알게 되면서 소정은 룸을 청소하는 것, 특히 특실 담당을 하게 된 데는 존의 든든한 배경이 한몫을 했다는 사실도 깨닫게 되었다. 그런 특혜를 입었다는 걸 알게 되면서 더욱 열심히 일을 하기 시작했다. 옆집 여자가 "우리 존, 우리 존." 하면서 생색을 내도 즐거운 마음으로 받아들

였다.

　소정은 일이 끝나면 부리나케 성인 영어교육 프로그램에 참석하기 위해 종종 걸음을 쳤다. 일을 하다보니 언어소통이 제일 우선이었다. 학교 다닐 때 영어를 꽤 한다고 생각했는데 어찌된 영문인지 한국에서보다도 영어에 더 자신이 없어졌다. 아이들 때문에 학교를 찾아가도 그저 눈치로 때려잡고, 일을 할 때도 그랬다. 함께 일하는 동료들은 소정이 이 분야에서 꽤 경력이 있는 걸로 알고 있다. 그것은 매니저가 소정을 그렇게 소개했기 때문이다. 그렇지 않았다면 특실을 배정받지 못했을 것이다. 그런 사정을 알기에 소정은 어느 누구보다도 더욱 열심이다. 그건 소개해 준 존에 대한 예의이고 보답이었다.

　가능하면 주위 사람들에게 신세를 지지 않기 위해 노력한다. 직장을 다니면서 보니 주위 사람을 도와주는 것이 여간 힘든 일이 아님을 느끼게 되었다. 자립한다는 건 거의 고통에 가까웠다. 남편 그늘에서 어리광만 부리며 살았던 한국에서의 시절이 부끄럽게까지 느껴졌다.

　오늘도 소정은 수업을 마치고 아이들이 기다리고 있는 집으로 가기 위해 버스를 탔다. 언제나 느끼는 거지만 이렇게 몇 사람 태우지 않고도 버스가 운행되고 있다는 것이 경이로울 따름이다. 한국의 만원버스를 생각하면 이곳의 버스는 자가용에 가깝다. 아이들이 밥을 챙겨 먹었을까 하는 걱정이 들면서도 밀려오는 육체적 노곤함이 그녀의 생각을 덮치곤 한다.

　"쏘쟁～ 쏘쟁～ 웨이크업!"

　소정은 쏟아지는 소리에 눈을 번쩍 떴다. 퉁퉁한 운전사가 소정을 향해 소리치고 있었다. 버스 안을 둘러봤다. 소정 외에 딱 한 사람이 더 있었다. 매일 같은 시간에 같은 버스를 운전하는 운전사는 소정과 안면을 트고 지냈다. 내려야 할 지점에서 내리지 않고 계속 꾸벅거리고 있자 빨리 내리라고 깨워 준 것이다.

"땡큐. 해버 나이스 나이트."

소정은 내리면서 운전사를 향해 아직은 서투른 발음으로 고마움을 표했다.

"You too. Don't work too hard."

운전사는 너무 무리하게 일하지 말라는 말과 함께 하얀 이를 끝까지 드러내면서 웃어 보인다.

"띵동띵동."

집 열쇠를 가지고 있으면서도 소정은 벨을 눌렀다. 그것은 아이들에게 엄마가 지금 돌아왔음을 알리는 신호였다.

"엄마, 엄마."

언제나처럼 문을 열자마자 엄마 품에 달려드는 아들 상훈이다.

"아이고, 내 새끼 오늘 학교에서 아이들하고 잘 놀았어?"

"응. 이제 나 영어 못한다고 놀리는 녀석들 없어. 놀리는 놈이 있으면 내가 재까닥 선생님한테 일러 주거든."

상훈이는 의기양양했다.

"그래. 잘했다. 아이들이 놀린다고 해서 절대로 기죽을 필요 없어. 그렇다고 폭력도 써서는 안 되고. 문제가 있을 때는 바로 선생님한테 말씀드려야 해. 아이구, 우리 착한 아들."

소정은 아들의 엉덩이를 토닥거리며 하루 피곤이 소리없이 녹아내림을 느낀다.

한국에서는 아이들이 학교에서 돌아오면, "오늘 학교에서 공부 잘

했어?" 하고 묻곤 했었는데, 지금 소정의 바람은 오직 아이들이 학교에서 언어적인 문제로 다른 아이들로부터 따돌림 당하지 않고 잘 융화하기만을 바라고 있다. 공부 잘하고 못하는 건 당장 관심사가 아니었다.

딸 상희는 엄마가 들어오는 것을 보고도 특별히 반갑다거나 수고했다는 인사도 없다.

"상훈이하고 저는 밥 먹었어요. 그리고 상 차려놨어요."

라는 말만 남기고 방으로 쏙 들어가 버린다.

소정은 그런 딸의 행동을 볼 때마다 가슴이 철렁하고 내려앉는다. 한국에서는 밝기만 하던 애가 시간이 흐를수록 말수가 적어지고 있었다. 학교에서 무슨 일이 있느냐고 물어도 별일 없다고만 한다.

이번 주 day-off(쉬는 날) 때는 꼭 딸 상희를 데리고 차근차근 물어보리라 다짐하며 딸이 차려놓은 밥상 맡에 앉는다. 제 딴에는 냉장고에서 있는 반찬 없는 반찬 다 꺼내놨다. 달걀부침도 있다. 달걀부침은 소정이 일을 하기 시작하면서 딸 상희가 배우기 시작한 최초의 요리다. 처음에는 태우기도 하고 덜 익어서 물컹거리기도 하더니, 이제 달걀부침만큼은 완벽하게 해낸다. 중학교 1학년짜리가 가족을 위해서 요리를 해주는 기특함 때문에 소정은 어느 반찬보다도 제일 먼저 달걀부침을 먹곤 한다. 그래서인지 딸 상희는 밥상에 달걀부침을 빼놓지 않고 올려놓는다. 그런 딸의 고마움에 늘 목이 메이곤 한다. 메인 목으로 달걀부침을 꿀꺽 삼키고 있는 소정에게 아들 상훈이 눈을 반짝거리며,

"참! 엄마, 편지 왔어요. 아빠한테 온 거 같아요. 열어보고 싶었는데 엄마 올 때까지 꾹 참고 있었어요."

아들이 편지라고 내민 봉투는 편지봉투가 아니고 노란 서류 봉투였다. 수신인은 소정으로 되어 있는데 발신인이 없었다. 소정은 고개를 갸웃거리며,

"글쎄, 아빠 이름이 없네."

하며 봉투를 뜯기 시작했다.

아들 상훈은 호기심이 가득찬 눈으로,

"엄마, 아빠가 보낸 거지?"

하고 물으며 소정의 턱밑으로 더욱 파고든다.

"어디 보자. 아빠가 우리 상희하고 상훈이한테 쓰실 말씀이 너무 많아 이렇게 큰 봉투를 보냈나?"

하는 여유로움까지 곁들인다. 그 말에 아들 상훈이는 더욱 흥분된 눈빛을 감추지 못한다.

소정은 봉투를 열고 내용물을 꺼내기 위해 손을 집어넣는 순간 기분이 묘했다. 편지가 아닌 사진이었다. 소정은 속으로,

"웬 사진이……"

하고 중얼거렸다. 소정은 내용물을 반쯤 꺼내다 말고 손동작을 뚝 멈췄다. 숨이 턱하고 막히면서 속이 부들부들 떨리기 시작하더니 손까지 덜덜 떨렸다.

"엄마, 어디 아파?"

그런 소정의 모습을 보고 아들 상훈의 관심이 봉투에서 엄마에게 옮겨졌다. 소정은 아차 싶어 이를 악물고 태연한 척 애를 쓰며 대답했다.

"으응, 갑자기 한기가 들면서 머리가 어지럽구나."

소정은 소르르 떨리는 속을 진정키시려 애쓰면서 얼른 사진을 다시

봉투에 집어넣었다.

"그리고 이, 이것은 아빠한테 온 것이 아니고 한국에 있는 엄마 친구가 보내온 거네."

소정은 불안한 얼굴로 엄마를 계속 쳐다보고 있는 아들을 슬며시 떼어내곤 화장실을 향해 걸음을 옮겼다. 조금 더 그렇게 있다간 아들 앞에서 눈물을 보일 것만 같아서였다. 몇 걸음 걷다가 다리가 후들거려 잠시 벽의 힘을 빌렸다. 넘어질 듯 휘청거리는 엄마의 뒷모습을 불안한 눈빛으로 바라보고 있던 아들 상훈이가 울먹이는 목소리로 방에 있는 누나에게 소리쳤다.

"누나, 누나, 빨리 나와 봐. 엄마가 아파."

소정은 아들의 울먹이는 외침을 뒤로 하며 화장실 문의 꼭지를 더듬어 겨우 잠갔다. 벌떡거리는 가슴을 한손으로 꽈악 누른 채 화장실 문이 잠겼는지를 다시 한번 확인을 한 후 바닥에 털썩 주저앉았다. 왼손에 들려 있는 누런 봉투를 내려본다. 심장의 박동이 잔뜩 성난 사람의 주먹질처럼 거칠어진다. 소정은 그 거친 박동을 진정시키기 위해 마른침을 한 번 꿀꺽 삼키고서 봉투 안으로 다시 손을 집어 넣는다. 집어넣는 그녀의 손이 마음에서 울리는 노기와 두려움의 진동을 느낀 듯 바들거린다. 바들바들 떨고 있는 손에 들려진 사진들도 함께 오돌거린다. 후들거리는 사진들을 들여다보고 있던 소정의 얼굴이 처참하게 일그러지는가 싶더니 두 손으로 머리를 감싸쥔 채 화장실 바닥에 나동그라지고 만다. 머리가 갑자기 횡해지더니 금방이라도 터질 것 같은 느낌과 함께 눈앞에 있는 사물들이 팽그르르 돌았기 때문이다. 소정은 나동그라지면서 입을 달싹거린다.

'세상에 어떻게……어떻게 이런 일이……!'

남편이 틀림없었다. 빨간 바지에 착 달라붙은 검은 니트 상의를 입고 있는 여인과 함께 포옹하고 있는 모습. 다정한 연인처럼 해변을 걷고 있는 모습. 행복하게 웃는 모습.

남편의 모습이 분명했지만 소정은 그래도 믿을 수 없다는 듯 힘겹게 몸을 일으켜 우글쭈글해진 사진들을 다시 들여다보다가 헉! 하며 울음을 터뜨린다. 하지만 울음은 밖으로 터지지 못하고 속으로 삼켜지고 있었다. 소정은 두 손에 사진을 꽉 움켜쥔 채 눈에 맺힌 이슬을 떨어뜨리지 않기 위해 이를 악물었다. 이 눈물 방울을 떨어뜨려버리면 남편의 불륜을 인정하는 것 같아서였다. 이 사실을 결코 받아들이고 싶지 않았다. 아니, 받아들일 수가 없었다. 내게 어떤 남편이었던가. 성실. 근면. 자상. 아니, 그런 단어만 가지고는 그를 표현할 수 없다. 마음. 그래 그는 마음을 속이지 않는 사람이었다. 최소한 소정은 남편에게 그런 믿음을 가지고 지금껏 살아왔다. 그런데……그런데 지금 자신의 손에 들어와 있는 이 증거물은 도대체 뭐란 말인가. 누가 이런 짓을 했을까? 미치지 않고서는 남편이 이토록 잔인한 일을 자행하지는 않았을 거다. 그렇다면 누굴까? 그 여자? 그 여자가 그랬을까? 왜? 뭣 때문에? 나보고 떨어져 나가란 말인가? 그렇다면 우리가 한 위장 이혼을 이 여자는 알고 있다는 건가?

그렇다면 그동안 남편은 바람을 피웠다는 사실 아닌가. 이것은 분명 엄청난 배신이었다. 원래 바람기가 있는 사람이었다면 또 그 병이 도졌구나 하는 생각이라도 하겠지만, 남편은 자신과 아이들에게 너무나 자상했다. 그렇다면 남편이 자신과 가족에게 연극을 하고 있었을까? 그렇게 완벽한 연기를 소화해 낼 수 있는 사람이었나? 지금 상황으로 보면 남편은 그 불가능한 연기를 해냈다는 말이다. 소정은 헛웃음을 허공에 뿌렸다. 허공에 뿌려지는 헛웃음 자락이 아랫눈썹에 가까스로 매달려 있던 눈물 방울을 툭 건드리자 맥없이 주르륵 흘러내렸다. 입술에 고여드는 짭짤한 눈물을 훔치며 소정은 한국에 있을 때 남편의 외도 꼬리를 잡은 친구들이 하나같이 했던 말들을 더듬어 갔다.

'다른 남자들은 다 외도를 해도 내 남편만은 아닐 거라고 생각했어.' '평생 단 한 번도 생일이나 결혼기념일 등을 지나친 적이 없었어.' '출장 때마다 잊지 않고 사다 준 다이아가 지 허물 덮으려고 그러는 줄 누가 알았겠어.'

소정은 그 말들을 남편과 연결 짓고 싶지 않아 고개를 세차게 흔들었다. 아무리 그래도 남편은 그럴 사람이 아니었다. 그만큼 그는 된 남자였다. 남편으로서 가장으로서 어떤 도덕성을 지니고 살아야 하는지에 대해 확고한 신념을 가지고 있던 사람이었다. 신념이라고까지는 하지 않더라도 '도리' '양심'이란 걸 늘 챙기고 살아가던 사람이었다. 하지만 너무나 명백한 증거가 이렇게 있지 않는가. 그녀는 터뜨리지 못한 울음을 끄억거리며 사진을 바닥에 패대기쳤다. 사진이 욕조에 부딪혀 맥없이 흩어졌다. 소정은 불현듯 뭣에 홀린 사람처럼 엉금엉금 기어 쭈글쭈글해진 사진들을 하나하나 화장실 바닥에다 펴기 시작했다. 어딘지 모르게 익숙한 그림 때문이었다. 활짝 웃고 있는 여자의 웃음이 찌그러져 있었다. 소정은 찌그러진 웃음 속에서 한 모습을 보았다. 사진 속 여자의 얼굴이 결코 낯설지가 않았다. 아, 아! 나이가 들었지만 분명 혜림이었다. 혜림! 소정은 미친 듯이 사진을 찢어댔다. 아이들 때문에 악을 쓰며 울 수가 없어 더욱 갈기갈기 찢었다. 두 사람이 가루가 되어 형체도 없이 사라질 때까지 찢고 또 찢었다. 결코 외도를 하지 않으리라는 남편에 대한 신념이 한순간에 맥없이 허물어지고 만 사실이 분하고 원통했다. 그렇다면 두 사람은 그동안 비밀리에 연락을 하고 있었던 것이 틀림없었다. 분노로 이글거리고 있는 소정의 눈빛은 이미 바랜 기억을 뒤쫓고 있었다.

자신이 혜림의 아버지로부터 더 이상 도움을 받지 않겠다고 다짐하고 학비로 아버지 약값을 치렀다. 그리고 남편과 데이트를 시작하면서 혜림은 멀어지고 있었다. 소정은 그저 서로의 가는 길이 달라 그러려니 생각했었다. 어쩌다 남편과 함께 혜림을 만날 때면 혜림은 별로 말이 없었다. 그런 혜림 때문에 분위기는 늘 썰렁해지고 말았고, 횟수가 거듭될수록 소정 또한 혜림을 꼭 만나야 할 이유가 없다고 생각되었다.

혜림은 자존심에 상처를 입을 때면 주로 말수가 적어지면서 결코 상대를 용서하지 않는 버릇이 있었다. 어떤 방법을 동원해서라도 자존심을 회복하곤 했다. 혜림의 아버지 도움을 그만 받겠다고 선언한 것이 혜림과도 결별하겠다는 것으로 받아들여질 수도 있었겠다는 생각이 들었지만 세월이 흐르면 이해해 주리라 믿었다. 그런 와중에 소정은 모델 일로 바쁘고 혜림은 학교 일로 바빴다. 그리고 혜림이 소리소문도 없이 일본으로 떠났다는 이야기를 남편을 통해서 듣게 되었다. 그때는 섭섭하기도 했지만 언젠가는 만날 날이 있으리라 믿으며 살아왔는데, 이렇게 허무하게 자신을 치고 들어왔다. 소정의 입가에 싸늘한 미소가 번진다. 결국 혜림은 자존심 회복을 이렇게 하고 있는 것이라 생각하니 용서할 수가 없었다. 혜림도 그리고 남편도…….

그동안 혜림이 가끔 한국에 왔을 때 남편을 만나고 있었음이 분명했다. 그렇지 않고서 어떻게 자신이 떠나자마자 이토록 스스럼없는 모습들을 연출해 낼 수 있단 말인가. 소정은 갈기갈기 찢겨진 사진들을 변기통에 처넣고 물을 확 내린다. 헤아릴 수 없이 수많은 모자이크가 몇 바퀴 물을 따라 회전하다가 쑤욱 변기통 속으로 사라진다. 물을 따라 돌다가 박자를 놓친 몇몇 모자이크가 변기 안쪽에 그대로 붙어 있다. 소정은 다시 물을 내려 한 조각도 남김없이 씻겨 내려가는 걸 뚫어져라 쳐다보면서 중얼거렸다. '더러운 것들.' 그렇게 더럽다 생각하니 갑자기 속이 메스꺼워지면서 구역질이 솟구쳤다. 두 사람이 함께 부둥켜안고 사라져간 긴 터널을 향해 헛구역질을 해댔다. 그건 마치 세월과 함께 차곡차곡 쌓아온 남편에 대한 신뢰를 쏟아내고 있는 듯했다.

요란한 토악질 소리를 듣고 딸과 아들이 공포에 찬 울음을 터뜨리며 문을 두들겨 댔다. 소정은 시뻘겋게 달아오른 얼굴로 덜컥거리는 문을 바라보다 다시 격렬한 토악질을 하기 시작했다. 아무것도 나오지 않는 그 토악질은 억지스러움에 가까웠다. 아이들에게 자신이 정말 몸이 아프다는 것을 믿게 하고 싶어서였는지도 모른다. 한참을 왝왝거리다 벽에 몸을 기대고 숨을 가쁘게 몰아쉬었다. 머리로 쏠렸던 피가 몸 밖으로 빠져나가는 것 같더니 얼굴은 잿빛이 되어 갔다.

그때 문이 벌컥 열렸다. 딸 상희가 어디서 열쇠 꾸러미를 찾아 화장실문을 연 것이다. 딸과 아들은 두려움으로 소정의 품에 안겨들면서 울어댔다. 소정도 이제껏 참아왔던 울음을 맘껏 쏟아냈다. 아이들에게는 그런 엄마의 울음소리가 육체적인 아픔의 포효로 들렸겠지만, 소정에게는 지금까지 미련하게 살아온 지난 세월의 서러움에 대한 폭발이었다.

7. 덫

　마카오. 서글픈 역사를 안고 살아가는 곳. 누군가의 지배를 받고 있다는 것만도 서러운데, 1999년이면 포르투갈에서 중국으로 소유권이 또 넘어가게 되는 곳. 미래에 대한 대책으로 몹시 불안해하고 있을 수도 있으련만 겉으론 아무런 변화도 느낄 수 없다.

　이 도시의 새벽은 밤의 이미지와는 전혀 다르다. 내숭을 떨고 있다고 해야 할까. 혜림의 성화로 마카오에 짐을 푼 한섭은 이중적인 도시를 묵묵히 바라보고 있다. 닭장처럼 빼곡하게 들어선 아파트의 한 공간이 바로 혜림의 집이다. 방도 특별히 따로 없는 이 아파트는 다른 사람의 출입을 완강하게 거부하고 있다는 느낌을 준다. 사람이 사는 공간이라면 최소한 방이라도 한 개 있어야 손님을 맞이할 것 아닌가? 그런데 이놈의 아파트는 그런 여유도 주지 않는다. 자신에게 집을 내어준 혜림은 어디서 지내는지 알 수가 없다. 다만 염려 말라는 말만 남겼다. 한섭은 혜림을 길거리로 몰아낸 것 같아 잠도 이루지 못하고 서성이고 있다.

　똑 똑 똑.

　느리면서도 긴장된 노크 소리가 이른 새벽공기를 힘겹게 가르며 오른다. 한섭은 현관문 쪽으로 고개를 돌린다.

　'누구일까?'

　조심스럽게 문쪽으로 다가선다. 잠시 망설이다 문고리를 푼다. 혜림이 피곤하고 초췌한 모습으로 서 있다.

　"아니, 혜림아?"

"자고 있지 않았어요?"

"그, 그냥 잠이 오지 않아서……"

"왜요? 여자 혼자 사는 아파트라서 불편해요?"

"아니, 그런 게 아니고……"

한섭은 어정쩡한 표정으로 어물거리고 만다.

"자고 있지 않은 걸 알았더라면 노크 대신 벨을 누를 걸 그랬나 봐요."

"피곤해 보이는데 샤워라도 하고 눈 좀 붙이지."

그렇게 말하는 한섭을 향해 혜림은 보일 듯 말 듯한 미소를 짓는다.

"그렇게 따뜻한 말을 듣고 있으니 이 공간도 사람 사는 곳이라는 생각이 들면서 갑자기 행복해지려고 하네."

혜림은 들고 있던 백을 소파 구석에 던져놓고 벽에 붙어 있는 스위치를 조정한다. 은은한 붉은 빛이 방을 포근하게 감싼다. 한섭은 그 실크빛에 순간 가슴이 일렁임을 느끼지만 애써 평정을 찾으며 불빛이 한결 부드럽다는 말을 건넨다. 혜림은 부드러운 불빛과 와인은 편안한 잠자리를 만드는 완벽한 조건이라며 탱글탱글한 잔 두 개를 꺼내 와인을 딴 다음, 잔 하나를 한섭에게 내밀며 그의 옆에 앉는다. 도발적인 붉은 와인을 받아든 한섭은 후각을 자극하는 와인의 아릿한 향에 미미한 현기증을 느끼며 홀짝 입을 축인다. 높은 계곡에서 떨어지는 엷고 가느다란 폭포처럼 와인이 식도를 타고 위장으로 떨어지는가 싶더니 또 다른 기관으로 스르륵 흘러 들어간다. 그동안 밀입국에 대한 부담감으로 바짝 긴장하며 숨을 죽이고 있던 신경들이 전선에 전류가 공급되듯 푸드득 살아남을 느낀다. 한섭은 전신을 타고 흐르는 짜릿함을 놓치고 싶지 않아 다시 한 모금 홀짝거린다.

혜림은 와인을 홀짝거리고 있는 한섭을 바라본다. 이 남자는 이제 자신의 공간에 갇혀 있다. 그를 맘껏 향유하고 소유하고 싶다. 결혼 전 이 남자를 소유할 수 있으리라 믿고 있던 어느 날 그 소유권이 이미 다른 사람에게 넘어가고 없다는 걸 알았을 때의 허탈감, 배신감 그리고 분노. 숨이 막혀버릴 것 같았다. 어느 모로 보나 자신이 소정보다도 못할 것이 없었다. 자존심 다 팽개치고 구걸하듯 매달렸건만, 이 남자는 무지렁이처럼 별 볼일 없는 소정에게 가고 말았다.

걸레처럼 너덜거린 상처난 자존심을 안고 무작정 누군가를 찾아 나섰다. 이 남자로 인해 갈기갈기 찢겨진 자존심을 꿰매어줄 사람이면 충분했다. 그런 면에서 전 남편은 안성맞춤이었다. 그런데 세월이 흐르고 보지 않으면 잊혀지리라 생각했는데 한섭에 대한 집착과 미련은 줄어들지 않았다. 그래도 이를 악물고 견뎌내려 했었다. 그러나 발악에 가까운 노력도 모두 허사가 되고 말았다. 그렇게 우직했던 그 남자가 드디어 그녀의 손에 놓여 있는 것 아닌가! 그녀는 지금 깔깔거리며 웃고 싶은 심정이다.

혜림은 생각을 감추며 한섭과 호흡을 맞추듯 와인을 홀짝거린다. 빨갛게 칠해진 그녀의 입술에 달콤한 와인이 촉촉이 배인다. 혜림은 풍성한 머리를 가늘고 긴 손끝으로 끌어모아 오른쪽 어깨에 올려놓으며 한섭에게 좀더 다가앉는다. 한섭은 어색한 표정을 지으며 약간 옆으로 비켜 앉는다. 그런 한섭의 행동에 혜림의 표정이 언뜻 구겨지는 듯하더니 이내 편안한 표정을 다시 연출해 낸다.

"내가 무서워요?"

한섭을 향해 농담 반 진담 반으로 묻는다.

"아, 아니……"

황급히 부인하며 반사적으로 그녀에게 조금 다가앉는다.

"그럼 불편해요?"

턱을 치켜들며 요염한 눈빛으로 한섭을 바라본다.

"……"

대답 대신에 한섭의 숨결이 평정을 잃어가고 있다. 한섭의 옆얼굴을 쳐다보며 혜림은 메마른 미소를 띤다. 이 남자가 그동안 소유했을 행복을 기필코 헤집어 버리고 말겠다는 욕구가 더욱 강하게 솟구치기 시작한다.

"밤새 잠을 못 이룬 모양인데 잠깐 눈을 붙이세요. 저도 한숨 자야겠어요."

와인 잔을 만지작거리고 있던 한섭은 어색한 상황을 탈피할 수 있는 이 순간을 붙잡는다.

"그럴까?"

하지만 한섭은 하나밖에 없는 침대를 흘끗 쳐다본다.

"걱정할 거 없어요. 난 오랜만에 푹신한 이불을 깔고 잘래요."

혜림은 두툼한 이불을 꺼내 주섬주섬 바닥에 깔기 시작한다. 한섭은,

"아냐, 내가 바닥에서 잘 테니까 혜림이 저 침대에서 자."

하며 혜림이 깔고 있는 이불을 붙잡는다. 이불을 깔고 있던 혜림의 볼이 와인 때문인지 발그레하니 물들어 있다. 한섭도 몸이 촉촉하게 젖어드는 기운을 느낀다.

순간 혜림의 손끝에서 이불이 스르륵 떨어지더니 한섭에게 와락 안겨든다. 한섭은 중심을 잃고 휘청거린다. 한섭의 심장이 강풍에 밀려 창문을 사정없이 두들겨대는 빗방울처럼 튀기 시작한다. 제어장치 없

는 한섭의 거친 심장 박동이 늦가을 나무 끝에 대롱거리고 있는 파삭한 낙엽과 같은 혜림의 가슴을 향해 거침없이 뚫고 들어온다. 혜림은 그 전율이 황홀해 눈을 감아버린다. 그녀의 삶이 내일의 연장선에 있지 않다 하더라도 미련을 두고 싶지 않다. 오직 이 새벽이 그녀에게 모든 것이었으면 싶을 뿐……

한섭은 당혹감에 혜림을 품밖으로 밀어내려다 포기하고 만다. 그의 손끝에 잡힌 앙상한 그녀의 어깨가 외로움으로 울부짖는 것만 같아서였다. 혜림은 자신의 행동이 저항 없이 받아들여진다는 생각이 들자 좀더 대담해진다. 혜림의 손끝에 의해 한섭의 넓은 가슴이 드러나기 시작한다. 한섭은 아내 소정을 생각해서 이러면 안 된다고 속으로 외쳐보지만 그의 이성은 이미 사그라지고 있는 불꽃처럼 흐느적거린다. 그 찰나를 놓칠세라 불덩이처럼 달아오른 혜림의 입술이 한섭의 맨몸을 미친 듯이 더듬어가기 시작한다. 주춤거리고 있던 한섭도 더디고 떨린 손길로 혜림을 어루만져간다.

아침이 주춤주춤 다가오고 있을 때 두 사람 사이에 타오르던 불꽃은 사그러들고 있었다. 한섭은 그의 품에 꼬옥 안겨 있는 혜림을 슬그머니 떼어내고 일어나 앉는다. 아직도 혜림의 얼굴은 발그레하니 상기되어 있다. 그런 그녀의 모습은 린치가 아니고 옛날 그 혜림이었다. 혜림은 자신을 빤히 내려다보고 있는 한섭의 눈길을 느끼고 있었다. 멀고도 먼 길을 돌아왔지만 이제 이 남자는 자신의 마성에 갇혀 있는 것이다. 혜림은 다시는 소정에게 돌려보내지 않을 거라고 다짐한다. 혜림은 가만히 일어나 한섭의 매끄러운 등을 어루만지며 감싸 안는다.

"사랑해요!"

“······”

혜림의 맨살이 한기를 몰고오기나 한 듯 한섭은 몸을 부르르 떤다. 혜림은 그것도 자신을 향한 애정의 표출이라는 생각에 더욱 한섭의 품을 파고든다. 하지만 한섭은 그런 혜림의 손끝을 가만히 떼어낸다. 떼어내는 손길에서 그가 그녀의 곁에 있지 않다는 묵시가 묻어 있다. 그 묵시의 힘이 혜림의 손끝을 한섭으로부터 떼어내고 만다. 순간 혜림의 내면에 숨을 죽이고 있던 질투가 고개를 번쩍 치켜든다. 이 남자로부터 당한 두 번째의 모욕이었다. 혜림은 섬뜩한 웃음을 한섭의 등에 뿌리며 후닥닥 샤워장으로 뛰어 들어가버린다.

한섭은 후적후적 다가와 창문을 어루만지는 아침을 바라보며 급히 가방을 챙기기 시작한다. 후회가 밀물처럼 밀려왔다. 어쩌자고 자신을 지키지 못했는지……. 결혼생활 내내 아내에게 맘 놓고 큰소리 칠 수 있었던 부분이었는데……. 이렇게 어이없게 무너지고 말다니……. 자신이 이렇듯 나약하고 한심하다는 사실에 화가 치밀었다. 한시라도 빨리 이곳을 떠나고 싶었다. 쏴아 하고 떨어지는 샤워장 물소리를 들으며 한섭이 문고리를 막 돌리는데 누군가가 박차듯 문을 밀치고 들어섰다. 덩치가 큰 남자였다. 넙적한 얼굴에 누룩누룩 붙은 살이 한섭을 보자 실룩거렸다. 한섭은 집 안을 휙 둘러봤다. 분명히 이곳은 혜림의 아파트였다. 이 낯선 남자가 들어올 집이 아니었다. 그런데, 남자는 독사 같은 눈길로 다짜고짜 한섭에게 달려들었다. 한섭이 휘청거리며 한 걸음 물러섰다.

“그래, 바로 니놈이었구만. 린치 주위를 얼쩡대던 놈이.”

남자는 비릿한 웃음을 뿌리며 말했다. 한섭은 기가 막혔다.

“아니, 뭔가 오해가 있으신 모양인데, 지금 혜림이 샤······”

한섭의 말이 채 끝나기도 전에 남자는 한섭의 멱살을 낚아챘다.

"오해? 지금까지 내가 너희 둘 행방을 다 알고 있어, 이 새끼야."

남자가 눈알을 부라렸다.

"이거 놓으시고 제 설명을 좀 들어……"

한섭이 남자의 팔목에서 대롱거린다.

"설명? 설명 같은 것은 필요 없어."

남자는 거칠게 다가서더니 왼쪽 호주머니에서 하얀 손수건을 꺼내 한섭의 면상을 덮친다. 순간 한섭은 비틀거리다가 바닥에 너부러지고 만다. 그때 또 다른 사내 두 명이 문을 밀치고 들어선다. 덩치 큰 남자는 들어선 두 사내에게 한섭을 치우라는 눈짓을 하고 앞장서 나간다. 두 사내는 한섭의 양 어깨를 부축해 일으킨다. 아침을 배려하지 않은 남자들의 구두발자국 소리가 멀어져 간다.

혜림은 화장실 바닥에 쭈그리고 앉아 멀어져 가는 발자국 소리를 듣고 있다. 그녀의 손에는 수화기가 아직 들려 있다. 통화가 끝났음에도 'end' 버튼을 누르지 않아 뚜-뚜-뚜-뚜 거린다. 혜림은 샤워기 꼭지에서 무의미하게 쏟아지는 물줄기를 멍하니 바라본다.

8. 다른 땅으로

바다는 산이나 계곡과 달리 밤을 쉽게 부르지 않는다. 빛의 여운이 꼬리를 감추고 나서도 한참 지나야 어둠이 뭉그적거리며 눈치를 살핀다. 그렇게 낮과 밤 사이에 걸쳐진 시간의 부둣가. 갖가지 보트들이 한가롭게 동동 떠 있다. 그중에 날렵하게 생긴 한 보트에 두 명의 사내가 뭔가를 정리하고 있다. 딱히 일을 하고 있는 것 같지는 않고 그저 시간을 때우고 있다는 인상이 더욱 짙다.

그 보트가 빤히 건너다보이는 코너에서 혜림은 담배 한 개비를 꼬나물고 보트 난간 기둥에 삐딱하게 기대어 서 있다. 꽉 낀 까만 바지에 까만 재킷 그리고 얼멍얼멍한 망사로 된 까만 헤어네트가 그녀의 몸과 머리를 꽉 죄고 있다. 헤어네트 사이로 삐져 나온 머리카락이 기다란 꼬리처럼 나풀거린다. 혜림은 가늘고 긴 손가락에 걸려 있는 피우다 만 담배를 꿀렁거리고 있는 바다에 톡 떨어뜨린다. 타다 남은 담배가 쉽게 물을 빨아들이지 못하고 잠시 너울거리다 물속으로 사라져 간다. 혜림은 물속으로 사라져가는 담배 개피로부터 시선을 거둔다. 까만색으로 치장한 혜림을 어둠이 서서히 감싸고 든다.

보트에 덩치 큰 남자의 모습이 보인다. 그 뒤에 두 명의 사내가 더 있다. 덩치 큰 남자는 묵직한 상자를 가리키며 두 사내에게 뭐라고 속삭인다. 덩치 큰 남자로부터 지시를 받은 두 사내는 보트를 몰고 어둠 속으로 쏜살같이 사라진다.

혜림은 어둠 속으로 사라지는 보트를 바라보며 통쾌하게 깔깔깔 웃어젖힌다. 먹통 같은 밤의 그림자가 그 웃음을 순식간에 삼켜버린다. 이렇게 해서 한섭은 영원히 소정의 곁을 떠나게 된 것이다. 혜림은 속으로 이 정도는 시작에 불과한 것이라며 이를 뿌드득 간다.

애정이 없는 사람과의 결혼생활은 곧 무덤이었다. 혜림은 자신의 결혼생활이 불행해질수록 한국을 자주 찾았다. 멀리서라도 한섭을 바라볼 수 있어 행복했다. 하지만 시간이 흐를수록 먼발치에서 바라보는 것으로 만족스럽지가 않았다. 한섭을 소정으로부터 완전히 빼앗고 싶었다. 혜림은 아무리 생각해도 한섭이 자신을 싫어할 이유가 없다고 생각했다. 다만 소정의 상황이 안쓰러워 혜림을 선택하지 못했다고 밀어붙이고 있었다. 가끔 친구들을 통해서 들은 한섭과 소정의 결혼생활은 행복 그 자체였다. 그런 이야길 들을 때마다 한섭이 가없은 소정을 위해서 행복한 척하고 있을 뿐이라고 스스로를 위로했다.

마음을 잡지 못하고 방황하던 혜림의 결혼 생활은 결국 파경을 맞게 되었다. 그러나 이혼한 몸으로 절대로 한국으로 돌아가고 싶지 않았다. 집안 망신도 망신이었지만 소정에게 자신의 초라한 꼴을 절대로 보이고 싶지 않았다. 그래서 택한 곳이 홍콩이었다.

홀씨되어 척박한 땅에 떨어진 혜림은 뭔가를 해야 했다. 이혼 사유로는 시집 식구들과의 갈등 때문에 너무나 피폐해진 정신 상태를 감당할 수 없다고 내세웠기에 위자료를 두둑히 받아낼 수 있었다. 그 돈으로 사업이라는 것을 시작하기로 했다. 무역상이었다. 그녀에게 함께 무역상을 하자고 제의한 사람은 한국에서 사업을 크게 하다가 실패하고 다시 재기를 꿈꾸고 있던 사람이었다. 그 사람은 홍콩, 일본 그리고 미국을 오가며 무역을 하고 있다고 했다. 그 사람은 앞으로 무역만큼 매력적인 사업은 없을 거라고 했다. 옛날에는 땅을 파서 노다지를 캤지만, 미래의 노다지는 이 나라 또는 저 나라에서 생산되는 물건이라고 했다. 설득력 있는 논리였다. 혜림은 그가 가지고 있는 무역에 대한 해박한 지식이 맘에 들었다. 그리고 일어를 자유자재로 구사할 수 있는 혜림과, 영어를 구사할 수 있는 그 사람과의 동업은 환상적이라는 느낌까지 들었다. 그래서 차린 것이 유니버설무역상사였다. 첫술에 배부를 수 없다는 그의 말에 전적으로 동감했다.

혜림은 다른 직원 두 명과 사무실 업무를 보고, 그는 일본과 미국으로 부지런히 출장을 다녔다. 그러던 중에 그는 미국에서 기막힌 상품을 찾았다고 했다. 아시아권 나라들에 대해 독점권을 따야 한다며 재정서류를 준비해 달라고 했다. 회사의 재정이 튼튼하다는 것을 보여줘야 한다는 것이었다. 그래서 그 사람의 모든 돈과 혜림의 돈 모두를 은행에 넣고 잔고 증명을 떼었다. 서류가 어느 정도 준비가 되었다 싶어 한시름 놓고 있던 어느 날 출근을 해서 보니 그는 흔적도 없이 사라지고 말았다. 완전한 사기였다.

혜림은 자신 앞에 펼쳐진 현실이 믿기지 않아 텅 빈 눈만 끔벅거렸다. 세상에 태어나 처음으로 홀로서기를 배우기 위해서 시작한 사업이었다. 이 야박한 땅에서 그래도 열매를 맺어 보고자 희망을 걸었는데, 사기라니……. 다른 사람의 것도 아닌 유린당한 내 삶의 일부를 그렇게 해먹고 사라지다니……. 그것도 같은 동족끼리……. 혜림은 허탈하게 웃었다. 그 웃음은 세상을 거부하고 동족을 경멸하는 웃음이었다.

세상 끝까지라도 가서 그놈을 찾아내야 한다는 생각에 사로잡혀 수소문을 하고 다녔다. 어느 날 홍콩에서 봤다는 정보가 있어 홍콩 바닥을 샅샅이 뒤지기 시작했다. 그런데 그놈을 잡기 위해서는 돈이 필요했다. 복수심에 목마른 혜림에게 돈은 샘물이었다. 닥치는 대로 일을 했다. 그러다 식당에서 웨이트리스로 일을 하던 중에 우연히 덩치 큰 남자를 만나게 됐다. 그만한 몸매에 왜 이런 곳에서 썩고 있냐는 것이었다. 덩치 큰 남자는 혜림에게 마카오 구경을 시켜주겠다고 나섰다. 그리고 그곳에 있는 한 호텔에 딜러로 취직을 할 수 있도록 끈을 연결해주었다. 하지만 딜러는 표면상의 직업이었다. 혜림은 홍콩이나 마카오에 온 한국 사람 또는 일본 사람에게 접근해 덫을 놓고 그 덫에 걸려든 사람들을 이 덩치 큰 남자에게 넘겨주는 역할이었다. 사회적으로 탄탄한 위치에 있는 사람이면 값이 더 나가는 물건이었다. 즉 피라미보다는 거물을 한 건 하고 나면 혜림의 주머니는 두둑해졌다. 그렇게 넘겨진 사람들은 어디론가 실려 갔다.

9. 홀로서기

소정은 잔디밭을 가로지르며 다시 한번 옷매무새를 가다듬는다. 아이들 학교를 찾아가는 것이 이번이 두 번째다. 처음 학교를 방문했을 때는 정문이 어디인지 몰라 두리번거리기도 했지만, 지금은 성조기가 걸려 있는 곳이 곧 정문 표시라는 사실을 알고 있기에 버스에서 내려 곧바로 성조기가 걸려 있는 곳을 향하고 있는 중이다.

한국에서 살 때 같았으면 아이들 학교를 벌써 몇 번은 찾아갔을 터였다. 하지만 이곳 생활은 그런 시간조차도 내기가 힘들었다. 더욱이 남편 없이 혼자 헤쳐나가는 이민생활은 그야말로 허덕임 그 자체였다. 우선 먹고사는 일이 급해 아이들이 학교에서 어떻게 적응해 가고 있는지는 뒷전이 될 수밖에 없었다.

그런데 어제 학교에서 갑자기 전화가 걸려왔다. 가뜩이나 긴장하고 전화를 받은 상태라 상희가 어쩌고저쩌고 하는데 귀는 윙윙거리고 가슴은 그물에 걸려든 물고기처럼 파닥거려 도대체 무슨 말을 하는지 도통 알아들을 수가 없었다. 얼굴을 보고 이야기를 하면 눈치코치로라도 때려잡을 수 있을 터인데, 수화기를 타고 들려오는 영어는 헝클어진 실타래처럼 엉키기만 했다. 소정은 도저히 안 되겠다 싶어 수퍼바이저에게 대신 통화를 부탁했다.

소정에게 전화를 한 사람은 학교 카운슬러였다. 딸 상희에 대해 의논할 사항이 있으니 내일 꼭 학교를 방문해 주십사 하는 내용이었다. 그 메시지를 받고 소정은 눈앞이 칠흑처럼 깜깜해지는 것 같았다. 딸이 이곳 생활에 적응하는 데 힘들어 한다는 것은 알고 있었지만, 카운슬러하고 상담을 해야 할 만큼 심각한 것이었다 생각하니 천지가 무너지는 것만 같았다. 곰곰이 딸 상희의 행동을 돌이켜보니 아닌 게 아니라 근래에 들어서는 더더욱 한마디도 하지 않고 지내고 있다는 생각이 들었다. 소정은 그저 오늘은 너무 피곤해서 그런가 보다, 그 다음날은 학교에서 무슨 속상한 일이 있었나 보다 하고 지나쳤다. 늘 우울해 있는 딸에게 매일 똑같은 질문을 한다는 것도 그 애에게는 고문일 거라 생각했기 때문이었다. 그런데 막상 이런 전화를 받고 보니 그런 구차한 배려는 어쩌면 바쁘고 고단한 자신에 대한 핑계였다는 질책이 앞섰다.

카운슬러는 통역이 필요하면 통역관을 부르겠다고 했으나 소정은 완강하게 거부했다. 다른 일이면 몰라도 자식에 관한 일을 다른 사람에게 흘리고 싶지 않아서였다. 아무리 영어를 못 한다고는 하나, 자식에 관한 일인데 무얼 이해하지 못할까 하는 오기가 앞서는 마음도 있었다.

소정은 성조기가 걸려 있는 마지막 계단을 오르기 전에 핸드백에서 메모지를 꺼내 '본관건물 106A'를 다시 확인하고 집어넣었다. 수업시간인지 교내는 조용했다. 사무실 번호를 하나하나 짚어나갔다. 카운슬러 사무실은 좁은 복도 막다른 곳에 위치해 있었다.

마치 죄인처럼 카운슬러 사무실을 들어섰다.

카운슬러는 활짝 웃는 모습으로 소정을 맞이하였다. 웃는 걸로 보아 그렇게 심각한 일은 아닌 것 같기도 하였으나, 그래도 불안한 마음에 인사도 제대로 하지 못하고 고개만 숙여 보였다.

표정이 다소 굳어 있는 소정에게 카운슬러는 앉기를 권했다.

소정은 햇빛이 쏟아지는 벤치에 멍하니 앉아서 조금 전에 카운슬러로부터 들었던 말을 다시 한번 더듬어 나갔다. 상희가 얼마 전까지만해도 선생님이 묻는 말에는 겨우 대답을 하였으나, 지금은 전혀 반응조차 보이지 않고 있다는 것이다. 실어증에 걸린 듯하니 전문가에게치료를 받는 것이 시급하다고 했다. 이야기를 듣는 동안 행여 잘못 이해하고 있는 것은 아닌지 싶어 들고 갔던 사전까지 뒤적이며 확인하고 또 확인했다.

카운슬러는 혹 근간에 상희가 감당키 어려운 충격을 받은 적은 없는지에 대해서 물었다. 소정은 아무리 생각해도 상희가 입을 다물고살아가야 할 만큼 충격적인 일은 없다고 대답했다. 카운슬러는 고개를 갸웃거리며 유능한 정신과 전문의를 추천해 주었다.

소정은 카운슬러가 준 메모지를 들여다보다 울컥 설움이 복받쳤다.한국에 살 때는 해바라기처럼 늘 밝은 곳만을 좇던 아이였는데 어쩌다가 이 지경까지 이르게 되었을까 생각하니 기가 막혔다.

집에 돌아온 소정은 아직도 멍한 모습이었다. 아이들을 남부럽지않게 교육시켜 보겠다고 한국을 떠나왔는데, 이 상황은 오히려 아이들을 망치러 미국에 온 꼴이었다. 그런 생각을 하고 있자니 억장이 무너졌다. '도대체 무엇이 널 그렇게 힘들게 한단 말이냐. 상희야, 상희야. 엄마는 이제 너를 위해서 뭣을 해야 하니. 지금까지 살아오면서정신과는 미친 사람들이나 드나드는 곳으로만 알았는데, 금쪽 같은

내 새끼를 내 손으로 그곳에 끌고 가야 하다니.'

"윽, 으흐윽……."

소정은 가슴을 쥐어뜯으며 울음을 삼켰다.

소정은 상희의 방문을 열다 말고 잠시 멈칫거렸다. 방문이 꼭 잠겨 있었다.

'아니, 이 애가 왜 방문을 잠가 놨을까? 혼자 있을 때라면 또 모를까 지금은 학교에 가고 없는 시간인데……'

뭔가 분명히 말할 수 없는 사연이 있다는 생각이 번개처럼 스쳤다.

소정은 카운슬러를 만나고 나서 쉬는 시간에 딸을 잠깐 만날까 하다가 그냥 집으로 돌아왔다. 행여 자신이 카운슬러를 만났다는 사실을 알고 나면 더욱 상심하지 않을까 하는 염려에서였다. 그동안 말을 잃어버리고 살았을 딸의 심정을 생각하니 너무 안타까워 딸 방에서 실컷 울고 싶었는데 문이 잠겨 있는 것이다. 소정은 비상 열쇠꾸러미를 찾아와 방문을 열었다. 방은 잠도 자지 않은 듯 잘 정돈되어 있었다. 그런 방을 보자 또 설움이 꾸역꾸역 밀려왔다.

"상-희-야! 어~어~엉~ 상희야! 도대체 뭣 때문에, 왜, 왜, 이 엄마에게도 말을 못하고 그렇게 살아가는 거야! 이 불쌍한 것아! 내가 너를 이렇게 키우자고 미국에 온 것이 아니었는데, 아니었는데……."

딸의 침대를 어루만지며 정신없이 울부짖던 소정은 울음을 뚝 그쳤다. 침대시트 밑에 매끄럽지 못한 것이 느껴졌기 때문이다. 소정은 혹시나 싶어 다시 침대를 천천히 쓰다듬어 보았다. 분명히 뭔가 있었다. 시트를 확 잡아 제쳤다. 중간 크기의 노란봉투가 눈에 띄었다. 지난번에 사진이 담겨져 왔던 노란봉투에 대한 기억 때문에 가슴이 벌렁거렸다. 봉투를 집어드는 소정의 손이 파르르 떨렸다. 놀랍게도 수신인은 자신으로 되어 있었다.

'왜 나한테 주지 않고 숨겨놓았을까?'

소정은 후닥닥 봉투를 열었다.

"허억!"

삼켜진 비명이 미세한 세포 속으로 속속히 파고들었다.

봉투 속의 내용물이 방바닥에 이리저리 흩어졌다.

"이럴 수가, 세상에 이럴 수가. 이럴 수는 없어. 이럴 수는. 아~!
아~악~! 상희야! 상희야!"

그것은 남편과 혜림이 아주 노골적으로 끌어안고 키스하는 장면들
이었다.

깜깜절벽처럼 눈앞에 아무것도 뵈지 않았다. 다만 실어증에 시달리
고 있는 딸 상희의 슬픈 얼굴만 확대되어 다가왔다.

"이 잔인한 놈아! 네가 그렇게 사랑한다고 하던 가족에게 이런 짓
을 해? 이 나쁜 놈아! 아무리 계집한테 눈이 멀었다고 우리에게 이렇
게 잔인하게 하면 안 되지. 내가 너를 알고 산 세월은 뭐야? 도대체
그 세월은 뭐였냐구? 내가 널 용서할 줄 알아? 도저히 용서 못해! 우
리가 받은 이 깊은 상처 꼭 갚아줄 거야. 어, 어엉~. 어린 것이 얼마
나 큰 충격을 받았으면 말을 잃어버렸을까. 어린 것이 어, 얼마나 상
처가 커~ 었~으~면~ 으흐흑~."

소정은 꼼짝도 하지 않고 부엌 가운데 놓여 있는 테이블에 앉아서
아이들이 학교에서 돌아오기만을 초조하게 기다리고 있는 중이다. 상
희가 학교에서 돌아오면 변명이든 뭐든 해야 하는데 갈피를 잡지 못
하고 있다. 한편으로 생각하면 이번 기회를 잘만 이용하면 딸의 병을
의외로 쉽게 고칠 수 있을 것 같기도 하다가, 아이가 말을 듣다가 집

이라도 뛰쳐나가버리면 어쩌나 하는 조바심이 일기도 하였다. 소정은 먼저 스스로 강해져야 한다는 생각이 들었다. 두려움이 닥치면 그 두려움과 맞서야 해결책이 나올 것 같았다. 이 일로 인해 딸이 탈선이라도 하면 어쩌나, 혹 몹쓸 마음이라도 먹어 아파트 창문으로 뛰어내리기라도 한다면, 달려가는 차에 뛰어들기라도 한다면 하는 생각들은 다 집어치우기로 맘을 먹었다. 아직 닥치지 않은 일을 미리 걱정하고 판단하는 건 지금 딸의 말문을 열고자 하는 노력에 전혀 도움이 되지 않는다고 생각했다.

'그래 내가 강해져야 한다. 우선 상희가 입을 열도록 하자. 그것만 생각하자. 그 외의 것은 생각하지 않을 거야.'

그런데 어떻게 굳게 닫아버린 마음을 열게 할까? 아무리 생각해도 묘안이 떠오르지 않았다.

열쇠로 문을 여는데 헛돌다가 문이 쑥 열리는 소리가 들렸다.

"으응, 이상한데. 분명히 아침에 문을 잠그고 나갔는데 왜 문이 열려 있지?"

나이답지 않게 어른스러운 아들 상훈이었다.

"어 엄마? 왜 이 시간에 집에 계세요? 어디 아파요?"

상훈은 반가움에 앞서 엄마를 먼저 걱정하고 들었다. 그런 아들을 보자 소정은 그만 또 목이 메었다. 미국에 온 이후 아들은 너무나 빨리 철이 들어버린 것 같았다. 아빠가 없기에 자신이 엄마와 누나를 보호해야 한다는 마음이 가득한 모양이었다.

"아니, 아프긴 왜 아프니? 우리 아들이 건강하고 훌륭하게 자라서 대학 가는 거 보기 전에는 절대로 안 아플 테니까 걱정 꼭 붙들어 매세요, 내 이쁜 새끼."

소정은 아들의 엉덩이를 토닥거리며 애써 환한 미소를 지어 보였다. 그제서야 아들은 안심이 되는지 배고프다며 냉장고 문을 열어젖혔다. 아들의 모습에서 갑자기 남편의 모습이 겹쳐지고 있었다. 남편은 퇴근해서 집에 오면 늘 냉장고 문을 열고 먹을 것을 주섬주섬 꺼내 먹곤 하였다. 그런 남편이 이 행복한 가정에 비수를 들이대다니…….

"상훈아, 엄마가 꺼내주마."

자리에서 일어나 냉장고에서 이것저것 꺼내고 있는 소정의 뒤에 상희가 어느새 학교에서 들어왔는지 물끄러미 바라보다 말고 제 방으로 쏙 들어가 버린다. 소정은 아들에게 천천히 꼭꼭 씹어 먹으라고 일러두고 상희 뒤를 쫓아 방문을 열고 들어섰다. 상희는 편안한 옷으로 갈아입고 있었다.

소정은 그런 딸을 가만히 끌어안았다.

"상희야, 힘들지?"

"……."

"엄마도 조금 힘이 드네."

"……."

"우리 딸 엄마하고 잠깐 이야기 좀 할까?"

"……."

상희는 소정이 이끄는 대로 카펫 바닥에 풀썩 주저앉았다. 소정은 미어지는 가슴을 꾹꾹 누르며 딸의 손을 두 손으로 꼬옥 감쌌다. 아직 여리고 여린 손이었다. 어른들의 비정상적인 세계를 엿봐서는 안 되는 나이인데 딸은 어쩌자고 돌풍을 맞아버린 것이다. 그것도 남도 아닌 아버지로부터……. 이 세상에서 가장 성스러운 존재라고 생각해왔던 그 아버지……. 그 성스러운 존재를 어떤 식으로 이 아이에게 일반화시켜 줘야 할지 소정은 아직 모른다.

소정은 딸을 끌어안고 생각하다 결심을 굳혔다. 그냥 모른 척하자. 다만 엄마가 해준 이야기를 듣고 스스로 판단하고 일어설 수 있도록 하자. 그리고 사랑만 퍼부어 주자. 그 사랑으로 곪은 상처를 다 씻어 내리도록 하자. 내가 엄마가 아니고 친구라는 느낌을 주자. 스스로 아픈 상처에 대해 이야기하면 그때 가서 대처하자. 그렇게 생각을 정리하고 나니 분노로 질척거리던 머리가 맑아지는 것 같았다. 소정은 사랑이 듬뿍 담긴 목소리로 딸을 불렀다.

"상희야! 네가 미국에 와서 여러 가지 어려움이 많다는 거 알고 있다. 엄마는 먹고사는 데에 쫓겨 그저 우리 상희가 혼자 잘 헤쳐나가리라고만 믿어왔는데 요즈음 네가 통 말이 없어 걱정스러워. 상희야, 엄마랑 수다 좀 떨어볼까? 네가 학교를 가고 싶지 않으면 당분간 가지 않아도 돼. 엄마가 학교에서 허락을 받아올게. 엄마도 상희가 원하는 만큼 휴가를 내서 실컷 놀고 싶어. 우리 그렇게 할까?"

소정은 딸의 눈치를 살폈다.

"……."

하지만 상희는 노여움에 가득 찬 눈빛만 내뿜을 뿐 말이 없다.

"엄마는 말이야, 너만 했을 때 생활이 참 어려웠어. 할아버지는 공부를 많이 하셨지만 일할 능력을 상실한 분이셨어. 그런 아버지가 싫어 오빠는 가출을 해버렸지. 그래서 엄마는 어떻게 해서든지 동생을 돌봐가면서 공부를 해야 했어. 일 할 곳이 있으면 어디든지 달려가곤 했지. 그러나 어린 나에게 일거리를 주려고 하는 곳은 많지 않았어. 그렇게 살면서 엄마가 느낀 게 뭔 줄 아니?"

"……."

딸은 한 곳을 뚫어져라 쳐다볼 뿐 계속 말이 없었다. 하지만 소정은 그런 딸을 못 본 체 계속 말을 이어갔다.

"세상 살아가는 것이 왜 이렇게 힘들까 하는 거였어. 다른 아이들은 모두 행복해 보이고 걱정이라고는 시험 보는 것밖에 없는 것 같은데, 나는 왜 이렇게 많은 짐을 지고 살아가야 하는 걸까. 어느 날 그렇게 세상을 원망하고 있는데, 갑자기 한 생각이 빛처럼 스치는 거야. 그게 농사를 지을 때 쓰는 퇴비였어. 중학교 다닐 때였어. 친구의 집이 시골이었는데 방학 때 놀러 간 적이 있었어. 그때 친구 시골집 화장실은 집 안에 있는 게 아니고 마당 한 귀퉁이에 따로 있더라. 화장실이라고도 하지 않고 변소라고 불렀어. 그 변소 귀퉁이에는 돼지막도 있었고 그 옆에는 퀴퀴한 냄새가 코를 찌르는 두엄이 쌓여 있었어. 난 냄새나는 두엄을 왜 거기에 모아 두는지 이해가 되지 않아서 친구에게 물었더니, 친구 아버지가 설명을 해 주시는 거야. 거름은 농사를 짓는 데 없어서는 안 될 요소라고. 한 해 농사가 끝날 즈음이면 농작물이 자라면서 땅의 양분을 다 빨아먹어버리기 때문에, 양분이 다 빨려나간 그 땅에다가 또 씨를 뿌리면 다음 해 농사는 흉작이 되고 만다고 하더구나. 그 다음 해 풍작을 얻기 위해서는 알곡을 거둬들인 후 논에다 다시 밑거름을 주고 땅을 뒤집어 준다고. 하지만 퇴비 냄새는 아주 고약했지. 그런데 그렇게 고약한 퇴비가 아주 비옥한 땅을 만들어준다는 거야. 그때 농사꾼인 친구의 아버지가 그러시더구나. 시골에서 뼈 빠지게 농사지어 아이들을 도회지 학교를 보내는 이유는, 많이 보고 익혀서 앞으로 세상에 나가 두엄처럼 살라는 것이라고.

그날 이후 엄마는 두엄과 같은 삶은 어떤 것일까 하는 질문을 끊임없이 던지곤 했지. 공부를 열심히 해서 좋은 대학에 진학해 사회적으로 성공하게 되면 많은 사람들을 돕고 큰 영향을 주리라는 계획도 세웠어. 그런데 엄마와 같은 상황에서는 결코 쉬운 일이 아니더라. 우선 먹고사는 일이 다급했으니까.

그런데 어느 날 그분이 말씀하셨던 것은 그게 다가 아니었다는 사실을 새삼 깨닫게 된 거야. 내가 이런 환경에서 곧은 신념을 가지고 올바르게 자라는 것도 또 다른 두엄일 수 있겠다 싶었어. 두엄은 오만 잡동사니가 썩어서 거름으로 승화된다는 사실을 뒤늦게 깨달은 거지. 사람으로 치자면 살아가면서 겪는 시련과 고통이 곧 깨달음으로 연결되는 것과 같겠지. 모든 시련에는 이유가 있을 거라는 생각을 가지고 바라보면 그것을 통해서 자신이 배워야 할 것들을 찾을 수 있을 거야. 역경을 통해서 얻은 지혜는 미래의 자양분이 될 수도 있지만, 그 역경을 받아들이지 못하면 자신을 불행의 구렁텅이로 몰아넣을 수도 있다는 거지. 어쩌면 우리가 살아가면서 직면하는 모든 역경은 행복을 찾으러 가는 길에 놓인 덫일 뿐이지 않을까?

그래서 그때 친구 아버지께서 '공부 열심히 하라'고 당부하시기보다는 '많이 배우라'고 하셨던 것 같아. 그걸 터득한 순간부터 엄마는 어떤 시련이 닥쳐와도 결코 좌절하지 않고 빛을 찾기에 노력해 왔단다. 그리고 자신을 단련시키는 데 이용했어. 그랬더니 세상이 밝아 보이고 나보다 더 힘겹게 살아가는 사람들이 보이기 시작하더구나. 그리고 내가 가진 것에 대해 감사해야 할 것이 수없이 많다는 것도 깨닫게 됐어."

소정은 슬쩍 딸의 표정을 엿본다. 상희의 눈빛이 조금은 부드러워진 것 같기도 했다.

"상희야! 퇴비에서 나는 역한 냄새는 나에게 닥친 뼈아픈 시련이라고 생각해라. 뼈에 사무친 시련일수록 생각하기에 따라서는 나를 크게도 또는 작게도 만들 수 있는 거야. 비록 순간의 아픔은 클지라도 그 시련을 좋은 밑거름으로 쓸 수 있었으면 좋겠다. 우리 딸 상희는 현명하니까."

"어어엉엉~."

갑자기 상희가 울음보를 터뜨리며 소정을 끌어안았다. 딸의 통곡에 소정의 가슴은 천갈래만갈래 찢겨지고 있었다.

'그래, 울어라. 너의 가슴에 꽉꽉 박혀 있는 옹이가 터져나올 때까지 울어버려라.'

소정은 딸을 더욱 꼭꼭 끌어안았다.

그날 밤 소정은 딸과 함께 카펫 바닥에 이불을 깔고 잤다. 밖에서 차 소리가 간간이 들릴 때까지 그동안 미국에 와서 못 다한 이야기들을 풀어나갔다. 직장에서 영어가 이해되지 않아 일어났던 에피소드도 이야기했다. 그럴 때면 상희는 소리 내어 웃지는 않았지만 소정의 품을 더욱 파고들었다. 타인에게는 포복졸도할 상황이겠지만 본인에게는 얼마나 쓰라린 순간인지를 알기 때문이었으리라. 소정은 딸에게 내일 상훈이를 학교에 보내 놓고 함께 맥도날드에 가서 햄버거도 사 먹고 쇼핑도 가자고 다짐했다. 딸은 끝까지 말을 하지 않았지만 소정의 손을 꼭 잡고 잠이 들었다. 소정은 그런 딸을 바라보며 뜬눈으로 밤을 지새웠다.

소정은 아침 일찍 학교에 전화를 걸어 상희가 출석할 수 없다는 메시지를 남기고 딸과 함께 보낼 하루를 계획했다. 한국에서 살 때는 흔하고 흔하던 것이 시간이었는데 이곳에 오고 나서는 귀하고 귀한 것이 시간이었다. 아들 상훈을 먼저 학교에 보내놓고 아침상을 서둘렀다. 그동안 아이들이 한국음식을 먹고 학교에 가면 냄새난다고 놀림을 당할까봐, 아침은 간단한 시리얼 내지는 우유와 토스트 한 개로 때워 보냈던 것이 늘 마음에 걸렸었는데, 오랜만에 딸과 함께 오붓하게 한국식 아침을 먹는다 생각하니 잔잔한 흥분이 소정을 설레게 하였다. 상희도 오랜만에 본 한국식 아침상에 입맛이 도는지 편안한 얼굴을 하고 있었다. 그래도 아직 말은 없었다.

흰쌀밥과 콩나물국, 김치에 멸치볶음 그리고 시금치 무침도 있고 두부도 조려서 양념장을 얹었다. 생선전도 몇 조각 부쳤다. 소정은 반찬을 딸 앞으로 놔주면서 맛있게 먹자고 했다.

"엄마, 우리 이사 가요."

상희는 수저로 콩나물국을 되작거리며 느닷없는 제안을 했다.

소정의 눈이 놀라움으로 동그래졌다. 그것은 딸의 말문이 드디어 터졌다는 사실도 사실이지만, 이사를 가자는 말 때문이었다.

"이사?"

소정은 짐짓 아무것도 모른 척 되물었다. 하지만 속으론 어린 것이 얼마나 속이 아팠으면 저런 결정을 내렸을까 싶어 가슴이 버석버석 갈라지고 있었다. 하지만 상황을 모른 척하고 있는 판에 그래 가자 할 수는 없는 거였다.

"아니, 이사는 왜?"

소정이 밥을 한입 우물거리며 물었다.

"자신감이 없어서 학교에서 영어하는 것이 힘들어요. 다른 학교로 전학을 가면 아이들이 제가 한국에서 온 지 얼마 되지 않았다는 사실을 잘 모르니까 자신감을 가지고 영어를 말할 수 있을 것 같아요."

딸 상희는 아버지의 사진에 대해서는 끝내 입을 다물었다. 그런 깊은 딸의 심중이 안쓰러워 소정은 눈물이 핑그르 돌았다. 언어적인 이유도 조금은 있겠지만, 진짜 이유는 행여 저런 사진이 또다시 날아들면 어쩌나 하는 걱정이 앞섰을 것이다. 딸이 자신에게 그 노란 봉투를 전해주지 않고 먼저 뜯어본 것도, 처음에 왔던 노란 봉투에 대한 의심을 하고 있어서였는지도 모른다. 노란 봉투를 보고 나서 갑자기 미친 듯 아파하던 엄마의 모습. 소정은 목청을 가다듬고,

"그래 네가 그런 마음을 갖고 있다면 그렇게 하는 것도 괜찮겠구나. 그럼 엄마랑 오늘 당장 우리가 살 아파트를 알아보러 다니자."

소정도 빨리 다른 곳으로 이사를 가야겠다는 생각을 어젯밤에 했었다. 만약에 또다시 저런 봉투가 날아든다면 그때는 더 이상 충격을 감당할 수 없을 것만 같았다. 도대체 누가 보낸 사진인지 알 수 없지만, 그게 누군였든간에 이제 남편이 자신들을 찾아온다고 해도 받아주고 싶지 않았다. 어차피 남남이 된 사이 아닌가.

"엄마, 고마워요."

"고맙긴. 엄마가 너의 그런 아픔도 몰라주고 있었던 것이 더 미안하지. 이제부터 고민이 있으면 언제든지 엄마에게 이야기해야 된다. 엄마도 직장에서 있었던 이야기 우리 상희에게 다 할 테니까. 알았지?"

소정의 안쓰러운 눈빛은 상처투성이인 딸의 마음을 어루만지고 있었다.

"알았어요. 엄마."

상희는 아침을 맛있게 먹기 시작했다. 하지만 소정은 건성으로 밥을 삼키고 있었다.

10. 탈출

멕시코시티. 후텁지근한 기후 때문에 옷이 몸에 친친 감기다가도, 낮과 밤의 기온 차가 커서 여름옷과 겨울옷을 동시에 가지고 다녀야 할 정도다. 까만 눈동자에 까만 머리지만 스페인의 속국으로 지낸 역사의 그림자 때문인지, 백인 그리고 동양인 체구이면서도 서구적인 이목구비를 한 사람들이 있는 반면 동양인과 흡사한 원주민들도 있었다.

그런 사람들 틈에 다섯 명의 동양인이 세관을 통과하기 위해 줄을 서서 기다리고 있다. 그들의 모습에서는 하나같이 초조함이 묻어난다. 그중에는 여자도 한 명 끼어 있다. 한 남자는 키가 크고 마른 몸에 시원스럽고 부리부리한 눈빛에 총기가 서려 있고, 다른 두 남자는 보통 키에 보통 체구다. 그리고 또 다른 한 명의 남자는 땅딸막한 키에 껄렁해 보인다. 그 남자들 틈에 끼어 있는 여자는 호리호리한 키에 이목구비가 죽은 데 없이 매끈한 얼굴이다. 어느 드라마에 여주인공 친구쯤으로 나와도 손색이 없어 보인다. 그런데 생긴 모습과는 달리 그 여자의 표정에는 한 치의 여유도 없다. 눈의 초점을 어느 한 공간에 두고 혼자만의 생각에 갇혀 있는 모습. 그러다가 마치 폭발 직전의 화산처럼 이글거리는 표정. 분명히 감정의 기복이 매우 심할 것 같다. 여자 혼자 이런 곳을 거쳐 어디론가 가자면 두려움도 있을 터인데, 그런 두려움 같은 건 없어 보인다. 여자 뒤에 있는 땅딸막하고 껄렁한 남자가 뭐라고 말을 붙여보지만 별 반응이 없자 남자는 그만 포기하고 만다.

세관원이 앉아 있어야 할 책상은 아직도 텅 비어 있다. 다른 줄에 서 있는 사람들은 쏙쏙 잘도 빠져나간다. 세관원이 그 다섯 명의 여권을 모두 거둬가지고 안쪽 사무실로 들어간 지가 30분은 충분히 된 것 같은데 아직도 감감무소식이다.

그때 유니폼을 입은 덩치가 꽤 큰 경관 두 명이 오른쪽 혁대에 권총을 차고 왼쪽에는 곤봉을 찬 채 거칠게 다가선다. 그중 한 경관은 까만 콧수염을 길게 늘어뜨리고 있었다. 이 두 경관 앞에서 다섯 명의 동양인은 우왕좌왕 어쩔 줄 몰라 하며 웅성거린다.

"아이, 씨팔 이거이 뭔 일이 다냐?"

그중 키가 가장 작고 껄렁한 남자가 떠도 더 뜰 것도 없는 눈을 부라리며 한 말이다.

정복을 한 콧수염의 사내가 이해할 수 없는 멕시코 말로 지껄이며 마구 밀어제친다.

"아니 이 자식들이 도대체 뭐 하자는 거야?"

중키의 사내는 말은 그렇게 하면서도 표정은 겁에 질려 있다. 동양인들이 뭐라든 정복을 한 두 경관은 듣는 척도 하지 않고 모두 골방으로 밀어넣어 버린다. 깔끔하지 않은 시멘트벽에 천장에서 데롱거리고 있는 백열전구가 전부였다.

"씨팔, 뭘 잘못했다고 우릴 가두는 거야? 거 당신은 뭐 아는 거 없수?"

보통 키에 색이 현란한 셔츠를 입은 남자가 옆에 마르고 총기가 있어 보이는 남자에게 대뜸 묻는다. 총기가 있어 보이는 남자는 매우 신중한 표정으로 그 물음에 답한다.

"글쎄요. 우릴 한곳에 가두는 것을 보니 아마도 뭔가 바라는 것이 있지 않나 하는 생각이 듭니다."

그는 한섭이었다. 한섭은 홍콩을 떠나기 전에 잠깐 들었던 말이 떠올라 그렇게 대답했다.

"이제 어쩌면 좋아요. 난 빨리 미국으로 들어가야 하는데."

지금까지 침묵을 지키고 있던 여자의 짜증섞인 말투다.

"아니 아가씨도 미국으로 가는 길이요?"

처음 두 경관에게 덤비듯 말했던 껄렁한 남자다.

"그래요. 만약에 그놈이 미국에 없으면, 세상 끝까지라도 쫓아가서 내 손으로 꼭 쏴 죽이고 말 거예요."

앙칼지게 말하고 있는 여자의 눈빛은 분하고 억울한 감정으로 얼룩져 있다.

"음~마~."

껄렁한 남자는 다시 한번 여자를 위아래로 훑어보며 말을 하다 말고 입을 다물고 만다.

야무져 보인다 생각은 했지만 그래도 꽤 청순한 이미지를 풍기고 있어서 날캉날캉한 대답을 기대했던 여자의 입에서 누군가를 총으로 꽉 쏴 죽여버리겠다는 말이 나오자 옆에 있던 남자들은 흘끔거리며 여자의 눈치를 살핀다.

한섭은 복수의 칼을 품고 태평양을 건너는 젊은 여자를 바라본다. 누군가를 미워하고 원한을 갖는 것처럼 자신을 황폐하게 만드는 일은 없는 것 같다. 지금 자신 곁에 있는 이 여자도 그렇고 홍콩에서 만났던 혜림 역시 그렇다.

칙칙한 어둠 속에서 어디론가 실려 가고 있을 때보다는 지금 이 상황이 훨씬 더 희망적이기에 한섭은 이렇게 침착할 수가 있다. 만약에 한섭이 그 두려운 통로를 경험하지 못했더라면 지금쯤 절망으로 몸부림을 치고 있을지도 모른다.

그는 혜림의 아파트에서 괴한들로부터 납치를 당하고 나서 정신을 잃었다. 깊은 잠에서 의식이 빠져나왔을 때는 이미 몸은 꽁꽁 결박된 상태였다. 도대체 뭐가 뭔지 모를 일이었다. 혜림의 정체는 뭔가? 그리고 자신을 옭아매고 있는 이 자들은 도대체 혜림과 어떤 관계란 말인가? 자신이 이렇게 끌려온 것을 알면 혜림이 분명 찾아와 구해줄 거라는 희망은 잠깐뿐이었다. 양손과 양발이 묶인 채 바닥에 내동댕이쳐져 있는 자신은 그물에 걸려든 물고기가 살겠다고 파드득거리며 요동을 치다가 기진맥진해 있는 모습이었다. 어쩌다가 아가미를 들썩거리며 아직은 살아 있다는 것을 암시만 해줄 뿐 아무런 저항도 할 수 없는 상태. 그런 그의 귓전에 희미한 소리가 들려왔다.

"계집애가 이번에는 꽤 통통한 놈을 수확했어. 그동안 부진했던 실적을 충분히 만회할 만해."

"일류대 출신에 은행지점장까지 지냈던 녀석이라지? 저쪽으로 데리고 가면 선전용으로 활용 가치가 십분 있을 거야. 부인하고 아이들은 이미 미국으로 가고 없다던데? 크크크, 그렇다면 더욱 좋을 일이지. 도중에 공중분해 된다고 해도 지난 번처럼 골치 아프게 뒤를 캐고 다닐 사람도 없을 테니 말이야. 연락이 안 되면 밀입국하다 잘못됐다고 생각하고 가슴 아파 하겠지. 그리고 서류상으론 이혼까지 돼 있다고 하던데? 호호호."

분명히 두 남자의 대화였다. 순간 섬뜩한 한기가 등줄기를 타고 흘렀다. 저자들이 자신의 신분 그리고 가족 사항까지 다 파악을 하고 있

다는 사실은 누군가에 의해 뒷조사가 이미 이뤄졌다는 이야기 아닌
가? 그렇다면? 그렇다면, 혜림이? 아냐, 그럴 리가 없어. 그래도 이것
이 혜림의 짓이라면? 왜? 왜? 진정 혜림이 한 짓이 분명하다면 그녀
는 지금 검은 줄에 엉켜 있는 것이 틀림없다. 그동안 혜림이 자신에게
베풀었던 호의가 계획적이었단 말인가? 설마 그럴 리가? 아아!

한섭은 동여매어진 안대 아래서 눈을 질끈 감았다. 인신매매단에
걸린 것이 분명한 것 같다. 어떻게 할 것인가? 한섭은 침착해야 한다
고 자신에게 타일렀다. 탈출할 수 있는 기회를 잡아야 한다. 포기하지
않으면 길은 분명 있을 것이다. 다만 지금 당장 보이지 않고 찾아내지
못하고 있을 뿐이다.

"으-으 으 으……."

한섭은 신음소리를 내며 몸을 뒤틀었다.

그때 한섭의 신음소리를 듣고 대화를 주고받던 남자 중 한 사람이
한섭에게 다가왔다.

"이제 정신이 드는가 보군."

험상궂은 얼굴을 한 남자가 발로 한섭을 툭 건드린다.

"으-으으……."

재갈이 물려진 한섭은 계속 신음소리를 냈다. 일을 봐야 한다는 듯
아랫도리를 뒤틀었다.

"쉬 마려우시다 이 말씀이지?"

사내는 껌을 질경질경 씹으며 오른손에 들고 있는 단도로 묘기를
부리듯 획획 돌렸다.

"쉬를 하시려면 그냥 그 자세로 하시지. 특별히 보는 사람도 없는
데. 크크크."

옆에 있던 남자가 킥킥거리며 거든다. 한섭은 고개를 세차게 도리질한다.

"오호라. 점잖은 체면에 옷에는 일을 못 보시겠다고? 그런데 말씀이야, 이 칼날이 느껴지지 않아?"

험상궂은 사내는 섬뜩하리만치 날카로운 칼날을 한섭의 목에 긋는 시늉을 해보인다. 한섭이 조금이라도 움직이면 칼날이 바로 한섭의 목을 뚫고 들어올 것만 같았다. 한섭은 침도 삼키지 않고 있었다. 남자는 비릿한 미소를 지으며 한섭의 입에 물려 있던 자갈을 번뜩거리는 단도로 슥 잘라낸다.

"저, 화 화장실……."

한섭이 말을 더듬거리며 애원했다.

"얌전히 굴어야 돼. 난 반항하는 놈을 제일 싫어하거든. 알았어?"

질겅거리며 씹고 있던 껌을 한섭의 얼굴에 퉤 뱉으며 발목을 묶고 있던 단단한 끈에 단도를 대자마자 끈이 맥없이 툭 잘려나갔다. 하지만 한섭의 양손은 여전히 묶여 있었고 눈도 봉해져 있다.

남자는 하잘 것 없는 물건을 던지듯 한섭을 일으켜 세워 화장실 쪽으로 밀어버린다. 순간 조금 전까지 묶여 있던 한섭의 다리가 힘을 받지 못해 휘청거린다. 남자는 한섭의 상태는 아랑곳하지 않고 화장실 문을 벌렁 열어젖힌다. 하지만 한섭은 들어가지 않고 버티고 서 있다. 그러자 남자는 귀찮다는 표정으로 한섭의 손목에 묶여진 끈을 싹둑 자르며 다시 한 번 더 엄포를 놓는다.

"손이 자유로워졌다고 해서 안대를 풀거나 허튼짓 하면 이 칼날이 심장을 후벼줄 테니 알아서 해. 응?"

남자는 한섭의 가슴에 칼로 십자가 모양을 그리며 차가운 웃음을 흐흐 흘린다.

한섭은 그저 고개를 세차게 끄덕여 그의 마음을 대변했다.

화장실에 들어서자마자 팔을 벌려 사방을 더듬거려 본다. 모든 것이 팔 안에 들어왔다. 변기가 있고 옆에는 휴지가 걸려 있었다. 작은 거울도 잡혔다. 한섭은 우선 변기통에 앉았다. 시간을 벌면서 생각을 가다듬고자 함이었다. 눈알이 쑥쑥 아릴 정도로 꽉 조여진 안대를 만져보며 다시 한번 절망의 한숨을 내뱉는다. 눈이 보여야 죽기를 각오하고 바다로 뛰어들 수도 있을 터인데, 안대는 생각보다 짱짱하게 묶여져 있었다. 섣불리 벗었다가 들키는 날엔 바로 황천행일 것이었다.

"아니 저게 뭐야?"

갑자기 보트가 휘청거림과 동시에 들려오는 고함이었다. 한섭은 재빨리 안대를 벗으려 안간힘을 쓰기 시작한다. 다시 보트가 옆으로 확 쏠렸다. 한섭은 넘어지지 않기 위해 휴지가 걸려 있는 고리를 움켜잡았다. 뭔가 심상치 않은 상황이 벌어지고 있다는 생각에 흥분을 감추지 못했지만, 단단하게 묶어진 안대는 좀처럼 벗겨지질 않았다. 배는 다시 격하게 요동을 쳤다.

"아악!"

쿵!

비명과 함께 사람이 벽에 부딪히는 소리가 들렸다. 보트가 뒤집힐 듯한 요동에 한섭은 좁은 화장실에서 나뒹굴어지면서도 안대를 벗기 위해 발버둥친다. 필사적인 실랑이 끝에 안대가 겨우 벗겨졌다. 하지만 그동안 단단하게 봉해졌던 시력이 안정을 찾지 못하고 흔들거렸다. 주위의 물체가 어지럽게 퍼져 보였다. 한섭은 두 손으로 눈을 감싼 채 화장실 문을 박차고 나갔다. 흩어진 물체의 형태를 바로 잡으려 눈을 꾹 감았다가 다시 번쩍 떴다. 그래도 물체는 그의 시야에서 허우적거리기만 하였다. 바닷물이 들어와 발목을 적셨다. 한섭은 한 움큼의 바닷물을 떠서 연거푸 얼굴을 문질러댔다. 짠물이 싸아하게 입술을 타고 흘러 들어왔다. 마사지하듯 손으로 눈을 꾹 눌렀다가 놨다. 그제서야 물체가 제자리를 잡기 시작했다. 건장한 사내가 흉측할 정도로 일그러진 표정으로 배 한쪽 구석에 처박혀 있는 것이 보였다. 자신을 협박하면서 결박에서 풀어준 사내임이 틀림없어 보였다. 배가 요동치면서 자신이 들고 있던 단도에 찔렸는지 사내 몸에서 흘러나오는 피가 바닷물에 어룩어룩 번져나가고 있었다. 갑판 위로 올라가는 계단이 보였다. 한섭은 죽을 힘을 다해 몸을 날려 계단으로 뛰어 올랐다. 보트의 키를 잡고 있던 사내도 중심을 잃고 저만큼 나가 떨어져 나뒹굴어져 있었다.

보트가 뒤집히기 시작했다. 한섭은 급한 마음에 바다로 뛰어들려다 말고 주춤거렸다. 언젠가 어렸을 적에 아버지를 따라 배를 타고 바다에 나간 적이 있었다. 그때 아버지가 일러준 이야기가 생각났다. 배가 뒤집히는 상황이 오면 절대로 허겁지겁 물로 뛰어들지 말라고 했다. 그렇게 뛰어들면 십중팔구 죽는다는 이야기였다. 본인은 살겠다고 뛰어들지만, 배가 가라앉는 압력에 의해 절대로 빠져 나올 수 없다는 것이었다. 그렇게 다급한 상황에서는 배가 수면으로부터 완전히 가라앉을 때까지 기다렸다가 차고 올라오면 살 가능성이 훨씬 높다는 이야기였다. 한섭은 아버지의 말을 믿어보기로 했다. 눈을 질끈 감으며 주문을 외우듯 입을 달싹거렸다.

'난 살아야 한다. 난 살 수 있다. 꼭 살아서 이곳을 빠져나가야 한다.'

암흑이 사방을 감싼 망망대해에서 배와 함께 침몰해가면서 살기를 열망하는 한섭의 마음은 처절했다. 달빛이라도 있었으면 별빛이라도 있었으면 하고 울부짖었다. 하지만 그곳에는 달빛도 별빛도 모두 몸을 감추고 없었다.

뙤약볕에 달구어진 아버지의 구릿빛 얼굴이 다가왔다. 어릴 적부터 영민해 동네에서 신동이라고 불리던 둘째 아들 한섭을 출세시켜 보겠다고 여동생 둘까지 희생시켜 가면서 광주로 서울로 자신을 유학시켰던 아버지. 한섭은 그런 부모님에게 보답이라도 하듯 상위권을 놓치지 않았다. 하지만 그런 둘째 아들을 바라보는 아버지의 얼굴은 늘 무표정이었다. 그건 자식을 사랑하지 않아서가 아니라, 행여 잘한다고 치켜 세워주면 마음이 해이해질까 두려워하고 계신 아버지의 마음을 한섭은 알고 있었기에 묵묵히 아버지의 사랑방식을 받아들였다.

한섭이 대학 입학원서를 쓸 때도, 서울 여자와 결혼을 할 때도, 은행에 입사를 했을 때도, 그저 묵묵히 아들이 어련히 잘 선택했을까 하는 믿음으로 바라보기만 하시던 분이 미국이라는 곳으로 이민을 간다고 하자, 처음으로 아들을 빤히 쳐다보면서 한마디 물으셨다. "거기는 무척 멀지야?" 아버지의 그 말씀에는 자식에 대한 모든 애정이 함축되어 있었다. 한섭은 처음으로 아버지에게 불효를 저지르고 있다는 생각을 떨쳐버리지 못하였다. 그래서 미국에서 꼭 성공해 더더욱 자랑스러운 아들로 아버지를 찾아뵈리라 다짐하고 떠나왔는데, 미국에 도착하기도 전에 이런 엉뚱한 길로 접어들어 버린 것이다.

한섭은 깊은 바닷속으로 잠겨 들어가고 있었다. 그의 마지막 머리카락이 수면 위에 잠시 떠 있다가 물속으로 빨려 들어갔다. 저항할 수 없는 물의 압력에 함몰되어 가다가 어느 순간 한섭은 수면을 향해 힘껏 발길질을 했다. 그것은 인간이 할 수 있는 마지막 도전이었다. 사랑하는 아내와 딸 상희 그리고 아들 상훈의 처절한 울부짖음이 한섭을 힘껏 끌어올리고 있었다.

숨이 목에 걸려 정신이 혼미해지려는 순간 신선한 공기가 물살을 가르며 한섭을 맞이하였다. 옹이처럼 목에 박혀 있던 숨이 헉하고 터져 나왔다. 이제 반은 살았다는 생각이 들었다. 하지만 몇 시간이나 이렇게 버틸 수 있을지 의문이었다. 물속에서 열심히 발길질을 해대며 사방을 둘러봤다. 육지에서 흘러나오는 불빛은 너무 멀리 있었다.

그러던 한섭은 자신의 눈을 의심했다. 바로 가까운 곳에 검은 물체가 둥둥 떠 있는 것이 아닌가! 바다에 떠 있는 신기루인가 싶었다. 신기루라도 잡고 싶어 헤엄을 쳐 나갔다. 그런데 하늘은 결코 무심치 않았다. 신기루가 아니었다. 어찌된 영문인지 커다란 배가 불빛도 없이 적막한 바다 가운데 둥둥 떠 있었다. 한섭은 좀더 가까이 다가갔다. 검은 물체가 또렷이 눈에 들어왔다. 대형 요트였다.

한섭은 배 밑으로 빨려들어가려는 몸을 간신히 버티며 보트에 붙어 있는 타이어와 같이 생긴 것을 잡고 갑판으로 기어오르기 시작했다. 가까스로 갑판으로 올라온 한섭은 벌렁 나자빠져 숨을 할딱거렸다. 갑판에서 느껴지는 따스함이 전신을 헤집고 퍼져나갔다. 영락없이 죽을 수밖에 없는 상황에서 탈출했다는 전율과 안도로 눈을 감고 가쁘게 숨을 몰아쉬다가 천천히 눈을 떴다. 하늘은 아직도 먹통이었다. 한섭은 다시 눈을 감았다. 가쁘던 숨소리가 조금씩 잦아들고 있었다. 그때 누군가가 한섭을 발로 툭 건드렸다. 반사적으로 눈을 번쩍 떴다. 사람의 형체라는 것 외에는 아무것도 감지할 수가 없었다.

알아들을 수 없는 중국말이 들렸다. 몸을 벌떡 일으켰다. 그것은 희망이기도 하고 두려움이기도 했다. 희망은 사람을 만났다는 것이고, 두려움은 어둠 속에 그려진 얼굴이 끔찍하리만치 험악한 인상이라는 사실이었다.

사내는 다짜고짜 물에 빠진 생쥐 꼴이 되어 있는 한섭을 한 손으로 들어올렸다. 굵은 팔뚝도 팔뚝이지만, 들어올리는 힘이 예사 사람이 아니라는 걸 본능적으로 알아차렸다. 남자는 한섭을 질질 끌고 선실 밑으로 내려갔다. 선실의 검은 커튼을 걷어내자 침침한 불빛이 흔들거리고 있었다. 사내는 골치 아프다는 듯 한섭을 선실 바닥에 휙 내동댕쳐 버렸다. 잠시 후 사내는 나동그라진 채 두려움에 떨고 있는 한섭의 얼굴에 플래쉬를 바싹 갖다댔다. 한섭은 눈이 부셔 얼굴을 찡그렸다.

그 사내가 뭐라 물었지만 한섭은 그가 하는 중국말을 한마디도 이해할 수가 없었다.

밝은 불빛을 통해 다시 본 사내의 모습에 한섭은 치를 떨었다. 한섭을 쏘아보고 있는 사내의 눈빛은 살기가 등등했고, 그의 안면에는 칼자국이 피카소의 그림처럼 현란하게 그어져 있다. 그의 오른쪽 귀는 반이 잘려나간 상태였다. 그리고 목 언저리에도 상처자국이 우글우글 삐뚤삐뚤하게 그어져 있다.

"나, 나 좀 살려주시오……. 제발, 난 수상한 사람이 아니오."

한섭은 애원했다. 사내는 기분 나쁜 미소를 흘리며 플래쉬를 한쪽 구석에 던져 놓고 잠깐 먼 곳을 바라보는 듯하더니 휙 돌아서면서 한섭을 향해 주먹을 날렸다. 마치 수도꼭지를 확 튼 듯 코에서 피가 콸콸 쏟아졌다. 사내는 또 한 번의 펀치를 더 날리며 소리쳤다.

그 험악한 얼굴이 더욱 구겨졌다. 그건 인간의 모습이라고 하기엔 너무 사악해 보였다.

한섭은 뭔가 꼬여도 단단히 꼬인 게 분명하다는 생각을 하면서 고개를 계속 저었다.

"No, no, misunderstand. I am Korean, Korean."

한섭은 오해라고, 자기는 한국인이라고 뒤죽박죽인 영어로 횡설수설했다. 그때 중간문이 벌컥 열리며 짜증 섞인 목소리가 화살처럼 날아들었다. 역시 중국말이었다. 목소리의 주인공은 인상이 고약한 사내의 보스인지 위엄이 있어 보였다. 둘은 뭐라 이야기를 주고 받더니 위엄있는 사내가 갑자기 한국말로 말했다.

"당신 한국 사람이야?"

물에 흠뻑 젖은 몰골로 흐르는 코피를 받으며 기진맥진해 있는 한섭을 빤히 쳐다보았다. 한섭은 한국말을 듣자 광명이라도 찾은 눈빛으로 코피가 흐르고 있는 것도 잊은 채 기다시피 사내 발 밑으로 다가갔다.

"네, 맞습니다. 저는 한국 사람입니다. 뭔가 오해가 있으신 모양인데, 저 좀 살려 주십시오."

한섭은 필사적으로 매달렸다. 하지만 인상이 고약한 사내가 한섭을 걷어차더니 그들은 다시 중국어로 이야기하기 시작했다.

"이런 녀석들은 십중팔구 기자일 가능성이 높습니다."

"그래 기자 녀석들은 아주 찰거머리처럼 달라붙지. 좀더 철저히 조사해 봐. 이런 밤에 이곳까지 잠입한 것을 보면 대단한 놈 같아. 끝까지 불지 않으면 바닷물에 처넣어버려. 이놈 외에 살아남은 놈은 또 없는 거야?"

보스의 눈빛이 먹이를 발견한 스라소니의 것처럼 번뜩였다.

"네. 없습니다. 보트도 감쪽같이 해치웠습니다."

"흔적 없이 해치워!"

사형선고를 내리듯 말을 끝내고 중간문 뒤로 사라지는 보스의 모습을 한섭은 얼빠진 듯 바라봤다. 두 사람의 대화를 이해할 순 없었지만 섬뜩하게 전해오는 느낌이 비수같이 날아와 그의 가슴에 박혔다.

"OK! OK! I tell everything. OK! Please!"

한섭이 다급하게 다 말하겠다고 외쳤다.

사내는 서랍에서 수갑을 꺼내어 한섭의 양쪽 팔목에 철커덕 채워버렸다. 찰칵하고 채워지는 수갑 소리가 한섭을 수면 아래로 깊이깊이 빨아들이는 것만 같았다. 한섭에게 수갑을 채워놓은 채 사내는 중간문 뒤로 사라져버렸다.

험상궂은 사내의 모습이 다시 나타났다. 그런데 뒤에 한 여인이 따라 들어선다. 호리호리한 키에 얼굴은 엷은 베일로 반쯤 가려져 있다. 그것은 패션 같기도 하고 일부러 얼굴을 가리기 위한 것 같기도 했다. 하지만 패션이라기보다는 가능한 한 얼굴을 위장하기 위한 것 같았다. 사내가 잽싼 눈짓으로 뭔가 여자에게 암시를 주자, 여자의 눈길이 한섭에게 옮겨진다.

한섭은 저 흉측한 사람들 외에 지극히 정상적인 사람이 이곳에 있다는 사실만으로도 한시름 놓였다. 그리고 지금 자신을 바라보고 있는 저 여인은 자신을 구하러 온 여신이 분명하다고 단정해버렸다. 그만큼 한섭은 절박했다. 어떻게든 저 여인을 붙들고 자신이 기자도 첩자도 아니라는 사실을 알려야 한다고 생각했다. 하지만 어찌된 일인지 한섭을 본 순간 여인의 시선은 어느 한 정점에 머물고 만 것 같았다. 어떤 행동도 취하지 않고 그렇게 서 있기만 했다. 한섭은 비켜서

지 않는 그 여인의 시선에 압도되어 잠시 발버둥을 멈췄다. 그제서야 여인은 천천히 아주 천천히 한섭으로부터 눈길을 거두며 곁에 있는 남자를 향해 말문을 열었다. 하지만 역시 중국말이었다.

"이 남자는 기자가 아닙니다."

한섭은 매가리가 팍 풀려버렸다. 한국말을 하리라는 기대감이 어이없이 무너지고 말았기 때문이었다.

옆에 있던 사내는 무척이나 놀란 눈치로 뭐라고 물었지만 여인은 그런 사내의 물음에는 대꾸할 생각도 않고 베일을 천천히 벗기 시작했다. 한섭은 희망을 잃은 패잔병처럼 멍하니 여인의 동작을 지켜보고 있었다. 얼굴이 완연히 드러나자 놀라는 쪽은 바로 한섭이었다. 생기 없던 한섭의 눈빛이 푸드득 살아났다.

"아니?"

한섭은 너무 놀란 나머지 입까지 헤에 벌어졌다.

"오빠! 이게 어떻게 된 거예요?"

생긴 모습만큼이나 목소리도 차분했다.

"니, 니가 어떻게 이, 이런 곳에……."

환영을 보고 있는 듯 얼빠진 모습으로 중얼거렸다.

"그건 제가 묻고 싶은 말이에요."

여인의 목소리는 나직한 모노톤이었다.

"……."

"……."

대화를 지켜보고 있던 사내는 아리송한 표정을 지으며 중국말로 물었다.

"두 사람 아는 사이십니까?"

"그래요. 아는 사람이에요."

여인이 감정의 변화 없이 대답했다. 그 말에 사나이는 어쩔 줄을 모르며 당황했다. 자신들의 VIP 친구를 이런 식으로 대접했다는 것이 난감하기 그지없었다.

"이 사람을 풀어주고 갈아입을 옷을 주세요."

여인의 목소리는 자못 명령에 가까웠다.

사내는 급히 한섭의 양손을 옭아매고 있는 수갑을 풀어주며 방으로 안내했다. 여인은 깊은 한숨을 몰아쉬며 한섭의 뒷모습을 물끄러미 바라보았다.

잠시 후 여인은 한섭이 누워 있는 방문을 열고 들어섰다. 한섭은 찢어진 얼굴을 치료하고 옷을 갈아입고 침대에 누워 있었다. 들어서는 여인을 보자 몸을 일으키려다 말고 얼굴을 찡그렸다. 온몸이 결렸다.

"그냥 누워 계세요."

여인은 침대 곁에 있는 의자에 앉으며 말했다.

"하늘이 무심치 않구나. 하늘이 너를 나에게 보낸 게 분명해."

한섭의 표정은 진지했다.

"제가 오빠에게 그렇게 큰 은인이 됐다니 기쁘네요."

그렇게 말하고 있는 여인을 한섭은 가만히 바라본다. 화장기 없는 얼굴은 투명하기까지 했다. 세월이 비켜간 모습이라는 생각이 들었다. 가끔 화면을 통해서 봤던 얼굴하고는 또 다른 모습이었다. 화면 속의 얼굴은 그가 알고 있는 그녀의 모습이 아닌 것처럼 늘 어색했었다. 그의 가슴 한쪽에 아직도 숨쉬고 있는 그녀의 모습은 세상의 명암이 지나치지 않았던 싱그러운 모습이었다.

"아직 혼자니?"

한 몸에 인기몰이를 하고 있으면서도 이렇다 할 스캔들조차 없이 조용하게 살아가고 있는 그녀였다.

"그림자 속의 그림자로 들어가 있으니 혼자죠."

"그림자 속의 그림자라……."

"그래요. 그게 제 길이라면 역행하고 싶지 않아요. 누가 뭐래도."

"역행……."

한섭은 혼잣말로 중얼거렸다. '네가 가야 할 길을 찾아나서는 건 역행이 아니라 도전이야' 하고 말하고 싶었지만 한섭은 그 말을 꿀꺽 삼키고 말았다.

여인은 뭔가를 더 말하려다 말고 일단 푹 쉬라는 말로 한섭을 위로하고 조용히 일어나 문을 나간다. 한섭은 그녀의 모습을 감춰버린 무심한 문에 그녀와의 수채화를 더듬어간다.

소이. 그것은 그녀의 예명이다. 본명은 최재원. 재원이 여고 2학년 그리고 한섭이 고3 때 처음 만났다. 한섭은 곤궁한 집안 살림 때문에 하숙은 꿈도 못 꾸고 허름한 방 한 칸을 얻어 자취를 하고 있었다. 재원이는 같은 동네에 살았다. 등하교 길에 자주 마주쳤다. 재원이가 외할머니와 단 둘이 살고 있다는 사실을 알 게 된 것은 한참 후의 일이었다. 그렇게 서로 오며가며 안면을 익혔음에도, 골목에서 마주칠 때면 발그레해진 귓불을 들킬세라 서로 발끝만 쳐다보며 지나치곤 하였다.

두 사람의 두근거리던 가슴에 불이 지펴지는 계기가 오고야 말았다. 그건 4·19 혁명의 전초전 부정선거에 대한 규탄시위 때문이었다. 마산에서 시작된 시위가 김주열 학생의 시체가 바다에 떠오르면서부터 걷잡을 수 없이 번져나갔다. 최루탄이 눈을 관통해 뒷머리까지 박힌 사실에 초연할 수 있는 사람이 있을까. 한섭 역시 분노로 주먹을 불끈 쥐었다. 여기저기서 대학생은 물론 고등학생들까지 시위에 가담해 나라 전체가 거대한 파도처럼 솟구치기 시작했다. 나라 전체가 뒤흔들리자 시골에 계시던 부모님은 서울에서 대학을 다니고 있는 형의 안전에 안절부절이었다. 부모님의 성화에 한섭은 주머니를 털어 서울행 기차표를 구입했다. 부모님께 꼭 형과 함께 내려오겠다는 약조를 했지만, 한섭은 전혀 그럴 의사가 없었다. 오히려 부패한 현 정부를 응징하는 데 좀더 가까이서 할 수 있다는 사실에 가슴이 두근거렸다. 가슴에 총알이 날아와 박힌다 할지라도 곪고 썩은 정부를 끌어내릴 수만 있다면 목숨이 아깝지 않으리라 생각했다. 서울에 도착하자마자 형 대신 친구 재민을 찾아갔다. 함께 시위에 합세하기 위해서였다.

재민은 중학교 1학년 때 서울에서 한섭이 다니던 학교로 까만 고급 자가용을 타고 전학을 왔었다. 사내아이답지 않게 희멀겋고 무척 우울해 보이는 아이였다. 체육 시간에는 늘 교실만 지키고 있었다. 그날은 한섭이 당번이었다. 당번은 언제나 두 명이었으나 재민이 늘 교실에 남아 있었기에 당번 한 명만이 교실에 남아 있게 되었다. 그날 한섭은 이쪽 구석에 그리고 재민은 저쪽 구석에서 멀뚱히 앉아 있다가 한섭이 먼저 다가가 말을 걸면서 가까워지게 되었다. 그 이후, 한섭은 재민의 유일한 시골 친구가 되었다. 재민의 얼굴에 수심이 점차 사라질 즈음에 학교 운동장에 다시 그 고급 승용차가 나타나더니 재민을 서울로 데려가버렸다. 재민이 울적한 일이 있으면 홀쩍 서울을 떠나 한섭의 자취방을 찾아오면서 둘은 막역한 사이가 되어갔다.

일부 학생들은 경무대로, 일부는 이기붕 자택으로 몰려갔다. 한섭은 이기붕 자택으로 몰려가는 무리 속에 합류했다. 개인적인 사리사욕에 눈이 멀어 국민을 능멸한 자의 최후의 순간을 똑똑히 보고 싶었다. 하지만 역시 간사한 자들은 잽싸고 날쌨다. 학생들과 경찰들 사이에 살생전이 벌어지고 있는 사이 감쪽같이 몸을 숨기고 말았지만 시위는 거기서 끝나지 않았다. 결국 정부는 계엄령을 선포하고 비상사태에 접어들었다. 한섭은 재민의 집에 몸을 숨기고 사태를 관망하고 있었다. 잠시 조용한 듯하던 물결이 다시 일어나기 시작했다. 한섭과 재민도 머리에 띠를 두르고 다시 거리로 뛰쳐나갔다. 이제는 학생들뿐만이 아니라 팔짱을 끼고 지켜보던 교수들까지 팔을 걷어붙이고 거리로 쏟아져 나오기 시작했다. 한섭은 밀고 밀리는 군중의 힘에 짜릿함을 맛보았다. 군화에 짓밟히면 흔적도 찾을 수 없는 개미의 존재가 집단으로 기어오르니 거대한 고릴라가 허우적거리는 꼴이었다. 결국 고릴라는 쓰러지고 말았다. 그 기쁨, 그 환희를 어떻게 설명할 수 있겠는가. 이제는 이 나라도 새롭게 설 수 있으리라는 기대감을 가득 안고 다시 호남행 열차에 몸을 실었다.

왜 그랬을까. 광주에 도착하자마자 재원에게 달려갔다. 개인적인 만남을 한 번도 가져보지 못한 사이였는데 그런 용기가 어디서 났었을까. 쾅쾅 두드리는 문 소리에 대문을 열고 나온 재원은 무척 놀란 표정이었다. 그날 한섭은 재원이를 불러내 그동안 서울에서 보고 겪었던 일들을 영화 필름처럼 엮어냈다. 마치 독립투사가 된 기분이 들어 으쓱해졌다. 재원은 생생한 한 편의 영화를 본 듯 감동스러워했다. 4·19 혁명은 역사의 도화선뿐만이 아니라 두 사람에게 있어서도 발전의 도화선이 되어주었다. 재원은 한섭을 오빠라 부르며 조용하게 따랐다. 재원은 조용하고 섬세했다. 웃음도 청순했다. 웃으면 코끝에 살짝 잡히는 주름도 좋았다.

그러던 어느 날, 서울에서 재민이 또 불쑥 광주에 있는 한섭을 찾아왔다. 때마침 한섭은 재원에게 수학 숙제를 도와주고 있던 참이었다. 한섭은 재민에게 어정쩡하게 재원을 소개했다. 아는 동생인데 가끔 수학 숙제를 도와주고 있다고. 그러자 재민은 영어는 자신이 책임져 줄 수 있다고 너스레를 떨었다. 그리고 주말이면 뻔질나게 광주를 드나들기 시작했다. 처음에는 열차를 타고 오더니 급기야는 기사까지 대동하고 나섰다. '대학입시공부는 어쩌고' 내려오느냐는 한섭의 눈빛에 재민은 껄껄 웃어넘겼다. '너야 그 실력이면 가고 싶은 대학 골라잡아 갈 수 있지만, 나야 어디 그럴 처지냐. 그러니 이것으로 밀고 들어가야지'하면서 재민은 엄지와 검지로 동그라미를 그려 보였다. 돈 쓸 데가 없어서 안달하는 아버지에게 크게 효도하는 방법이라며 또 너털웃음을 웃었다.

그 해 한섭은 원하던 대학에 어렵지 않게 합격했고, 물론 재민이도 원하는 대학에 진학을 했다. 대학이 결정되자 재민은 아예 짐을 싸들고 광주로 내려와 한섭의 자취방에서 무위도식하기 시작했다. 하지만 한섭은 재민이와 함께 한가롭게 지낼 수만은 없었다. 가능한 한 부모님의 부담을 덜어드리기 위해 시간을 아껴가며 아르바이트를 해야 했다. 특히 자신의 뒷바라지 때문에 영특한 두 여동생이 대학 진학은 꿈도 꾸지 못하고 있다는 사실을 떠올릴 때면 마음이 아팠다. 그래서 한섭은 새로 짓고 있는 타이어 공장 공사판에서 일을 하고 있었다. 할머니와 단 둘이 살고 있는 재원은 고등학교 졸업장만으로도 감지덕지해야 할 형편이었지만 한섭의 조언으로 야간대학 진학을 염두에 두고 있었다.

한섭은 대학등록금 마련으로 분주한 나날을 보내고 있을 즈음, 재민이가 재원을 불러내고 있다는 사실을 알면서도 모르는 척 넘어갔다. 그러던 어느 날 재민은 아주 심각하게 심중을 털어놓았다. 어디에 있어도 재원의 모습이 자신을 떠나지 않아 괴롭다는 거였다. 재원의 다소곳함이 생모를 닮았다고 했다. 재민의 그런 태도에 적잖이 당황한 쪽은 한섭이었다. 처음부터 한섭과 재원이 사귀고 있다는 사실을 알렸어야 했다. 지금이라도 말을 해줘야겠다고 생각하고 있는 한섭에게 재민은 한마디 덧붙였다. 재민과 재원. 이름으로만 봐도 두 사람은 만나야만 할 운명을 타고난 것 같지 않느냐고.

재민은 대단한 재력가의 2세였지만 생모는 재민의 곁을 떠나고 없었다. 새엄마라는 젊은 여자가 안방을 차지하고 있었다. 그런 환경에 환멸을 느낀 재민은 늘 마음 둘 곳을 찾지 못했다. 여자라면 모두 새엄마의 부류로 취급해 버리곤 했다. 그런 녀석이 괴로움을 호소할 정도면 큰일이다 싶었다.

어찌해야 할 바를 모르고 끙끙거리고 있던 어느 날, 두 사람은 소리소문도 없이 자취를 감추고 말았다. 한섭은 혈안이 되어 두 사람을 수소문하기 시작했지만 행방이 묘연했다. 결코 그렇게 쉽게 떠나버려서는 안 될 두 사람이었다. 하고 싶은 걸 하고야 마는 재민은 그렇다 치더라도 재원은 한섭의 마음을 알고 있었어야 했다. 서로 굳게 다짐하지는 않았어도 마음으로 헤아리려니 했었는데 그게 아니었다 생각하니 어이가 없었다.

세월은 아픈 상처에도 아랑곳없이 흘렀다. 재원에 대한 아릿하고 풋풋한 추억을 간직한 채 살아가다가 대학 3학년을 마치고 군에 입대를 하게 되었다. 마지막 휴가를 나왔을 때 친구들과 1차를 하고 2차로 옮기던 중 한섭은 발이 땅에 얼어붙은 듯 움직일 수가 없었다. 도로변 간이대에 꽂혀 있는 어느 잡지의 커버 때문이었다. 커다란 문구와 함께. 영화계에 떠오르는 별 '소이'. 한섭은 눈을 비벼봤다. 이름은 아니었지만 분명히 재원이었다. 화장이 진해 좀더 성숙해 보이긴 했지만 틀림없었다. 어떻게 재원이가 '소이'로 둔갑해서 이렇게 자신 앞에 나타났는지 이해가 가지 않았다.

그 후 소이 아니 재원은 영화계에서 승승장구하기 시작했다. 은하계의 별들이 자꾸 팽창해 가듯 한섭과 재원은 그렇게 멀어져가고 있었다. 가서 따지고 싶었다. 하지만 소이, 아니 재원은 순식간에 너무나 크고 밝은 별이 되어 온누리를 비추기 시작하면서 만인의 여자가 되어 갔다.

그즈음 한섭은 소정을 만났다. 그리고 재원을 접어 가슴 깊숙이 감추고 살아왔던 것이다. 그런 재원을 이런 곳에서 만나게 될 줄은 상상도 하지 못했다. 한섭은 재민의 소식을 묻고 싶었다. 아니 재원이가 먼저 이야기해 주길 바라고 있었다. 하지만 속 시원한 대답 대신 재원은 그저 '그림자 속의 그림자'로 재민을 표현하고 있었다. 왜 그렇게 무심하게 도망치듯 사라졌어야만 했는지 변명이라도 해줘야 하지 않느냐고 따지고 싶었지만 그저 마음속에서만 꿈틀거릴 뿐이었다. 재민의 소식을 전혀 모르는 건 아니었다. 심심찮게 매스컴과 신문지면을 통해 재민을 만나곤 했다. 이제 두 사람은 한섭의 친구이기 전에 대중의 동행인이었다.

그런데 왜 재원이 이곳에 와 있을까? 왜 그 무지막지한 사람들이 그녀 앞에서 저렇게 쩔쩔맬까? 그녀의 말 몇 마디에 자신의 대접이 이렇게 달라질 수 있다는 것도 뭔가 석연치 않았다. 그리고 이 요트는 뭐란 말인가? 유리창은 불빛이 새어나가지 못하도록 철저하게 차단되어 있었다.

한섭을 태우고 어디론가 가던 보트는 이 검은 레이더에 걸려든 것이다. 이 요트에서는 거액의 불법 거래가 이뤄지기도 하고, 특별 주문이 있을 시에는 일반인들은 상상도 할 수 없는 막대한 금액의 비밀 도박장으로 둔갑을 하기도 한다. 무엇이든 간에 그들의 사업이 진행되고 있을 때 접근해 오는 건 무조건 살려두지 않는다는 원칙이었다. 한섭을 싣고 가던 보트가 불빛도 없이 달려오는 폼으로 보아 분명히 자신들에게 접근해 온다고 믿었다. 보트가 가까이 오자 준비해 둔 방해물을 바다에 떨어뜨렸다. 보트는 요동을 치며 그 방해물에 부딪혀 바닷속으로 사라져 갔다. 모두 수장이 되었다고 생각했는데 느닷없이 한 놈이 살아서 요트 위로 벌벌 기어올랐던 것이다.

한섭은 가만히 눈을 감았다. 인생이라는 우산 아래 흩어진 우연들을 주섬주섬 모아봤다. 젊은 날에 잠깐 스치듯 만났던 재원이 자신의 생명을 구해주는 은인으로 둔갑한 것. 어쩌면 우연을 위장한 필연의 끈인지도 모른다는 생각이 들었다.

만약에 재원이 이 생에서 자신을 구원해주는 끈이라면 지금 재원에게 자신의 처지를 설명해야 한다는 생각이 번개처럼 스쳤다. 생각이 거기까지 미치자 마음이 조급해지기 시작했다. 한섭은 이불을 걷어차고 몸을 일으켰다. 바닥에 발을 내딛자 온몸이 욱신거렸다. 한섭은 고통을 이기려 잠시 호흡을 조절한 후 조심히 문을 밀쳤다. 아무런 인기척도 느껴지지 않았다. 오른쪽으로 휘어져 있는 통로로부터 부스럭거리는 듯한 낮은 소리가 들려왔다. 휘어진 통로를 돌자 세상과 단절이라도 하겠다는 듯 칙칙한 색의 커튼이 떡하니 가로막고 있었다. 커튼을 살그머니 들추자 문이 또 있었다. 완전히 닫혀지지 않은 문틈으로 침침한 실내가 어른거렸다. 문을 약간 밀어서 틈을 벌렸더니 대여섯 명이 반원형 탁자에 둘러앉아 포커를 하고 있었다. 카드를 나눠 주고 있는 사람의 등이 한섭을 향해 있었다. 포커를 하고 있는 사람들은 약속이나 한 듯이 모두 시가를 삐딱하게 물고 있었다. 순간 한섭은 흠칫했다. 누군가가 등 뒤에서 한섭의 어깨를 툭 쳤던 것도 있었지만, 테이블 오른쪽 코너에 앉아 있는 남자와 언뜻 눈이 마주쳤는데 그 모습이 한섭을 더욱 놀라게 했다.

한섭의 어깨를 툭 쳤던 사내는 이렇다 저렇다 할 설명도 없이 한섭을 향해 벌처럼 날쌘 동작으로 주먹을 날렸다.

퍽!

"윽!"

"너 이곳에 들어온 이유가 따로 있지?" 아까는 우리 VIP 손님 때문에 봐줬더니……"

하면서 사내는 또 주먹을 날렸다.

"뭐야? 왜 그렇게 소란스러워?"

"좀, 조용히 할 수 없어?"

안쪽으로부터 귀찮다는 듯한 반응이 쏟아졌다.

"네, 수상한 자가 침입했습니다."

수상한 자의 침입이라는 말에,

"이런, 제기랄."

"어떤 놈이야?"

"진작 손쓰지 않고 뭐했나?"

안에 있던 사람들이 신경질적으로 한마디씩 내던졌다.

“어느 쪽이야?”

또 안에서 들리는 소리였다.

“한국 놈입니다.”

“뭐야? 한국 놈?”

안에서 누군가가 소리쳤다.

“어떤 놈이 감히 여기까지 기어 들어온 거야?”

안쪽에서 신경질적으로 커튼이 확 젖혀졌다.

한섭은 두 손으로 얼굴을 감싼 채 이들의 대화를 들으며 멍해 있었다. 순간 커튼을 젖히고 나온 남자와 한섭의 눈이 마주쳤다. 한섭은 또다시 입을 다물지 못하고 남자를 쳐다봤다. 하지만 남자는 한섭을 알아보지 못한 듯싶었다.

“이 자식이야?”

남자가 물었다.

“네.”

“또 다른 끄나풀 없나 철저히 조사하고 처치해.”

남자는 귀찮은 표정을 지으며 돌아선다.

“재, 재민, 재민이 맞지?”

더듬거리는 한섭의 목소리가 막 돌아서려는 남자의 옷깃을 붙들었다.

순간 남자는 로봇과 같이 일시적으로 동작을 멈추었다. 동시에 이마에 깊은 주름이 패였다. 그 주름 사이로 뒤를 돌아봐야 할 것인가 아니면 그냥 들어가야 할 것인가 하는 갈등이 언뜻 스치고 지났다.

“재민아, 나, 나야. 한섭이. 신한섭.”

한섭은 재민이 자신을 모른 척 그대로 들어가버릴지도 모른다는 두려움에 다급하게 외쳤다. 남자의 미간에 잡혔던 주름이 펴졌다. "한, 섭? 신, 한, 섭?" 남자는 이름을 한자 한자 꼭꼭 씹듯이 중얼거리며 천천히 몸을 돌린다. 그리고 옆에 서 있는 사람들에게 엄지손가락을 까닥였다. 그러자 사람들은 아무 말 없이 스르륵 커튼 뒤로 그리고 다른 문으로 자취를 감추었다.

"정말 신한섭이야?"

믿을 수 없다는 표정이었다.

"그래, 나 신한섭이야. 아까 재원이도 봤어."

한섭은 몸을 일으켰다.

"소이를?"

"그래. 재원이를……."

"……."

바다가 암흑 속에서 숨을 죽이고 있었다. 드문드문 나와 있는 별들 사이에 조각배가 떠 있다. 한섭은 그 조각배에 몸을 실었다. 자신이 떠나는 모습을 응시하고 있는 검은 두 물체. 재민과 소이. 배가 멀어질수록 그 두 물체도 가물거렸다.

한섭은 화려한 요트와 함께 먹구름 인생을 살아가고 있는 재민을 생각하며 적당한 가난은 오히려 희망을 안겨주는 것이 아닐까 하는 생각이 들었다.

어느 날 함께 사라져버린 두 사람. 재민은 재원과 함께 홍콩으로 떠나버렸다. 부모님을 일찍 여의고 할머니와 함께 자란 재원을 재민의 집에서 받아들일 리가 만무했기에 재민은 그런 선택을 감행했다고 했다. 다시 한국으로 돌아오면서 재민은 재원이의 스폰서가 되어 그녀를 떠오르는 별로 만들고 평생 자신의 그림자로 살아가게 한 것이다. 재민은 아버지가 원하는 사람과 결혼도 했고 자식도 있다. 그가 이 작은 섬을 종종 찾는 이유는 자유롭게 재원을 동행할 수 있기 때문이라고 했다. 한섭이 그 요트에 나타난 밤에도 일본, 홍콩 그리고 대만 친구들과 꽤 큰 판을 벌이고 있던 참이었다. 모두 명성이 자자한 집안의 자제들이라 외부로부터의 침입에 신경을 곤두세우고 있던 차에 한섭이 우연찮게 나타났던 것이다.

'재원아, 그림자로라도 끝까지 행복해라.'

한섭은 두 사람을 향해 손을 흔들어 보였다.

한참을 얼빠진 사람처럼 허공을 바라보며 생각에 빠져 있는 한섭을 향해 누군가 걱정스러운 투로 슬그머니 말을 걸어왔다.

"이렇게 기다리고만 있을 것이 아니라 뭔가 대책을 세워야잖겠어요?"

처음에 다짜고짜 화를 냈던 껄렁한 남자다.

"그렇군요. 저쪽에서 아무 말이 없으니 우리 쪽에서 뭔가 제시를 해야겠다는 생각이 듭니다."

"시간은 자꼬 가는디 우리 여권을 싹 가지고 가불었던 사람들이 코빼기도 안 보잉게 가슴이 파싹파싹 타는 냄새가 진동을 안 하요. 반나절은 얼추 된 것 같은디."

"네, 그런 것 같습니다."

맞장구를 치면서도 한섭의 얼굴에는 별다른 동요가 보이지 않는다.

"이렇코롬 만난 것도 인연인디 우리 통성명이라도 합시다. 전 쩌어기 전라도에서 온 나양식이라고 허구먼요. 이런 골방에서 만나서 반

갑다고 허기는 뭐한디, 어쨌든 그래도 반갑구만이라. 앞으로 지가 행
님으로 모시것구만이라우.”

나양식이라는 남자가 한섭의 나이도 묻지 않고 형님으로 모시겠다
고 들이밀자, 지금까지 잔뜩 주눅이 들어 있던 나머지 사람들의 얼굴
에서도 긴장이 조금씩 풀리기 시작했다. 머나먼 이국땅 구치소 같은
퀴퀴한 방에 갇혀 있지만, 같은 동족끼리 함께 있다는 것만으로도 의
지가 되었다.

홍콩에서 재민이가 한섭에게 멕시코 공항에서 무슨 빌미를 잡을라
치면 눈치껏 돈을 찔러주라고 귀띔해 주었던 걸 잊지 않고 있었다. 한
섭은 이만큼 기다렸으면 이곳에 함께 있는 사람들도 별다른 불평 없
이 돈을 내는 데 동의하리라는 생각이 들었다.

구두 발자국 소리가 저쪽에서 저벅저벅 들려왔다. 골방에 있던 사
람들은 일제히 소리 나는 쪽으로 눈길을 돌렸다. 구두 발자국 소리가
마치 구원의 소리라도 되는 것마냥 여겨졌다.

“모두 다 나와!”

저쪽에서 걸어올 때까지만 해도 자기네들끼리 낄낄거리며 말을 주
거니 받거니 하던 두 경관이 갑자기 옆구리에 찬 곤봉을 어루만지며
험악하게 내뱉었다.

일행은 약속이나 한 듯 동시에 한섭을 쳐다봤다.

“내가 대표요. 나하고 이야기합시다.”

한섭이 앞으로 나섰다.

두 경관은 서로 얼굴을 바라보며 눈짓으로 좋다는 신호를 보냈다.

“좋다. 당신 이리 나와. 할 말이란 게 뭐야?”

두 경관 중의 한 명이 기다렸다는 듯이 제의를 받아들였다.

잠시 후, 한섭은 1인당 300달러씩 내기로 합의를 봤다고 알렸다.

"완전히 도둑놈 심뽀여."

"개자식들."

"300 달러가 뉘 집 강아지 이름인가."

모두들 한마디씩 내뱉었다. 그런 푸념을 듣고 있던 여자가 신경질적으로 쏘아댔다.

"그렇다고 여기서 죽치고 있을 거예요? 내야 할 돈이면 빨리빨리 내고 이곳을 나가야죠."

그 여자의 말에 남자들은 모두 입을 다물고 지갑에 또는 혁대에 숨겨놓은 돈을 꺼내기 시작했다.

11. 국경의 문턱에서

한섭과 일행은 버스에서 내렸다. 더운 공기가 훅 밀려왔다. 멕시코시티에서 Cd Juarez라는 시까지 꼬박 이틀이 걸렸다. 그래도 달리는 버스 안에 있을 때는 창문을 열면 덥지만 스치는 바람이 더위를 식혀 줬는데, 이 무질서하고 지저분한 도시의 환경이 더위를 더욱 부채질하고 있는 듯했다. 밀입국을 해야 한다는 절박한 상황에 상관없이 언제나 건들거리며 행동하는 나양식은 떠나는 버스의 뒤꽁무니를 향해 히죽거리며 냅다 소리를 지른다.

"뻐스 아디오스어 잘가그라. 쬐매만 있으믄 나 인생도 너처럼 아조 쫙쫙 달리게 될 것잉께."

말끝에 습관적으로 침을 찍 뱉거나 엄지로 한쪽 코를 막고 코를 팅 풀어대는 나양식이 이번에는 짝짝 씹고 있던 껌을 퇴하고 뱉더니 길가에 있는 돌멩이를 휙 걸어찼다. 그런 나양식의 행동거지가 볼썽사납다는 듯 여자는 인상을 구기며 눈을 흘긴다.

저녁 때가 지난 시간이건만 하늘은 아직 어둠을 뿌리지 않고 있다. 각기 가야 할 길이 따로 있었지만, 생각지도 않은 돈 300달러를 써버려 방값도 절약할 겸 모두 한 방에서 기거하기로 결정을 봤다. 모두들 단 한 푼이라도 아껴야 할 입장이어서 별다른 반대는 없었다. 아예 밀입국자들을 재워주고 먹여주는 집이 있다는 이야기를 버스를 타고 오면서 듣기도 했지만, 그곳을 찾아가는 것에 대해서는 이구동성으로 반대하고 나섰다. 밀입국을 해서 갈 땐 가더라도 그때까지는 모두들 관광객 행세를 하고 싶어 했다. 멕시코 사람들이야 중간에 문제가 생기면 다시 고향으로 돌아가면 그만이라지만, 자신들의 처지는 다르다는 것이 하나같은 생각이었다. 관광객으로 가장한 그들이었지만 이리저리 돌아다닐 기분이 나지 않아 저녁이 다 되었다는 핑계로 모두 방 안에 틀어박혀 있었다.

복수를 하기 위해 미국으로 가야 한다는 여자는 수첩을 꺼내어 뭔가를 확인하고 있었다.

"미국 어디로 가실 예정이에요?"

한섭은 여자를 물끄러미 바라보며 물었다.

"애리조나요."

여자는 수첩에서 눈도 떼지 않고 대답만 했다.

"애리조나라."

"아저씨는요?"

그제야 여자는 수첩을 접고서 한섭을 쳐다본다.

"나는 하와이로……."

"하와이에 누가 있으세요?"

"가족."

"아저씨는 좋으시겠네요."

"……."

대답은 하지 않았지만 물론 좋았다. 생각만 해도 가슴이 울렁거려 잠도 오지 않을 지경이었다.

"그런데 아가씨가 찾아가는 사람은 약혼자? 아니면 남자친구?"

한섭은 진정으로 궁금했다.

"남편요."

갑자기 여자의 얼굴이 분노로 물들어 가고 있었다.

"남편?"

의외의 대답에 한섭은 놀란 표정으로 아가씨를 쳐다본다. 아무리 봐도 아줌마라는 생각이 들지 않았다. 이렇게 예쁘장하게 생긴 부인에게 도대체 어떤 사람이 얼마나 몹쓸 짓을 저질렀기에 이렇게 복수심에 불타 있는지 모를 일이다.

"그래요. 나쁜 자식. 그런 자식은 이 세상에 절대로 더 이상 존재하게 해서는 안 돼요. 나와 같이 또 다른 피해자가 생기기 전에 제가 먼저 없애버릴 거예요."

여자는 갈수록 흥분했다. 더 말을 시키면 이곳에 있는 모든 남자들을 싸잡아 저주할 것 같아 한섭은 그만 입을 다물었다.

옆에서 한섭과 아가씨의 대화를 가만히 듣고 있던 나양식은 양심에 찔린 게 있는지 눈을 끔벅거리다가 콧잔등을 찡긋거리기도 했다. 나양식은 속으로 '죄는 미워해도 사람은 미워해서는 안 된다고 한 것 같은디'라는 말을 생각하고 있었다. 그가 한참 오야붕을 모시고 활개를 치던 시절, 느닷없이 정부로부터 싹쓸이 명령이 떨어졌다. 새로 조직된 삼청교육대에 들어가서 정신교육을 받고 와야 한다는 취지였다. 설마 하니 경찰서장도 쩔쩔매는 오야붕을 어쩌랴 싶었는데 덜커덕 걸려들어가고 말았다. 오야붕을 위시해서 조직원들이 속속 잡혀 들어가자 나머지 조직원들은 여름철 메뚜기 떼처럼 후드득 튀어 몸을 숨겼다.

나양식은 자신에게 목숨까지라도 바쳐 사랑을 찾겠다고 애걸복걸하던 김 양을 찾아갔다. 그 때 김 양은 부산 변두리 이발소에서 제법 연륜 있는 이발사로 일하고 있었다. 장발을 하고 다니면 정신 상태가 썩어 있다고 잡아가고, 까까중 머리를 하고 다니면 '너 어느 물에서 놀던 놈이냐고' 처넣어 버려서 나양식은 김 양이 기거하는 자취방에서 쥐죽은 듯 1년 이상을 보내야만 했다. 지난 봄쯤부터 날뛰던 경찰들도 잠잠해지는 것 같았다. 그 때부터 살금살금 세상 구경을 다시 하기 시작했다. 아무리 생각해도 어디로 튀긴 튀어야겠는데 가진 것이 없었다. 연락되는 조직원들도 없었다. 그러던 중에 김 양이 곧 적금을 타게 된다는 사실을 알게 되었다. 김 양이 완전히 신뢰할 수 있도록 쓸개까지 빼줘가면서 비위를 맞췄다. 그러던 어느 날 김 양이 몇 년에 걸쳐 넣은 적금과 모아둔 패물을 들고 줄행랑을 쳤다. 꼭 성공해서 김 양을 최고의 신부로 만들어주겠다는 쪽지를 남긴 채. 나양식은 쪽지에 적어놓은 것이 자신의 진실이라고는 말하고 싶지 않다. 다만 그동안 김 양을 울거먹은 것에 대한 미안함의 표시였다고나 할까. 지금쯤 김 양이 자신을 향해서 이를 갈고 있을 모습을 바로 이 여자를 통해서 보고 있자니 영 마음이 편치가 않았다. 조만간에 이 여자처럼 김 양도 입에 거품 물고 자신의 뒤를 쫓아올 것만 같았다. 그렇게 마음이 시끌 복작하던 나양식은 아가씨의 눈치를 슬금슬금 살피며 살짝 운을 띄워 본다.

"아니 배신을 당했으면 그냥 한 번 이를 갈다가 말 일이지, 이렇고 롬 미국까지 쫓아갈 필요가 있것소? 한국에서 더 잘 사는 것이 곧 복수의 길 아니것소?"

"흥, 잘 살아주는 길요? 그건 너무 사치스럽고 고상한 복수죠. 처음 저와 결혼할 때 뭐라고 했는지 알아요? 미국에서 꿈같은 신혼생활을 시작하자고 했어요. 그래서 그렇게 출발했죠. 그땐 저의 집에 재산이 꽤 있다는 걸 계산하고 있었던 거예요. 석사 과정이 끝나갈 무렵 친정 아버지께서 갑자기 돌아가셨어요. 그런데 돌아가시고 나서 보니 친정 아버지에게는 숨겨진 여자가 있었어요. 아버지의 재산을 그 젊은 여자가 야금야금 다 빼돌렸다는 사실을 뒤늦게야 알게 되었어요. 남편도 그 사실을 알게 되었죠. 남편은 저에게 마음의 상처가 크니 친정에 가서 몇 달 푹 쉬고 오라고 위로했어요. 난 남편의 마음이 고마워 그렇게 했는데, 그의 속셈이 어떤 거였는지 아세요? 제가 더 이상 이용가치가 없어졌던 거죠. 친정에 가 있는 사이 남편은 저와 이혼을 하고 교포의 딸과 재혼을 해버린 거예요."

여자는 그 이야기를 하면서 숨까지 할딱거렸다.

"아니 그라믄 그때꺼정 아가씨, 참 아줌씨라고 했지. 아줌마는 뭘 하고 있었소? 이혼당한지도 모르고 있었다는 거이 말이나 된당가요?"

믿을 수 없다는 듯 나양식도 흥분하고 있었다. 그것이 사실이라면 자신도 비열한 놈이지만 그 자식은 진짜로 염치고 뭐고 없는 놈이라 여겨졌다.

"이혼을 그렇게 쉽게 할 수 있다는 걸 알았더라면 제가 왜 당했겠어요? 미국에서는 당사자가 아무리 이혼을 안 하겠다고 버텨도 상대가 원하면 할 수밖에 없어요. 그리고 한쪽이 이혼 신청을 하면 상대방은 법정에 출두해야 하는데, 그 날짜에 출두하지 않으면 자동이혼이 성립된다는 사실을 뒤늦게 알게 됐죠. 남편은 그런 방식으로 이혼소송을 했고 저는 한국에 있었으니 아무것도 모른 채 이혼을 당하게 된 거죠.

남편은 자신이 박사학위를 받을 때까지 저를 이용하려다가 그것이 불가능하다는 걸 깨닫고 새로운 여자를 택한 거죠. 영주권을 노린 거였겠죠. 그렇게 비열한 놈을 제가 어떻게 용서하겠어요? 절대로, 절대로 용서 못 해요. 하늘이 벌을 내리기 전에 제 손으로 응징할 거예요."

그 방에 있는 남자들 어느 누구도 그녀의 복수심을 나무라지 못했다. 다만 복수심으로 인해 자신의 아름다움을 잃어가는 한 여인의 모습을 한섭은 가슴 아프게 바라보고 있을 뿐이었다.

관광이라는 명목으로 며칠을 보냈다. 말이 좋아 관광이지, 실은 자신들의 밀입국을 책임져 줄 코요테를 찾는 일이었다. 코요테는 돈을 받고 미국에 밀입국을 시켜주는 일종의 길잡이였다. 그들이 원하는 돈은 거의 비슷비슷했다. 1인당 1500달러. 지금 한섭 일행에게는 금액보다는 확실하게 책임을 져줄 코요테를 찾는 것이 더 중요했다. 자칫 잘못하다간 돈만 챙기고 튈 수도 있기 때문이다.

한섭과 일행은 이제 가족처럼 친숙해져 있었다. 그들이 허름한 모텔 주인으로부터 건네 받은 지도에는 밀입국 노선들이 빨강, 파랑 그리고 노란색으로 거미줄처럼 그어져 있었다. 색깔은 밀입국 노선의 난이도를 설명하고 있었다. 어려운 노선을 택할 때는 코요테의 안내를 받는 것이 필수라고 했다. 그러나 지금 그들에게는 노선의 난이도와는 상관없이 코요테의 안내를 받을 수밖에 없는 상황이었다. 그들은 서로 머리를 맞대고 의논을 했다. 밀입국 노선을 어느 방향으로 잡느냐가 가장 큰 관심사였다. 리오그란데라고 불리는 강을 건널 것인가. 사막을 가로질러 갈 것인가. 해안을 따라 갈 것인가. 아니면 산길을 탈 것인가.

리오그란데는 멕시코와 미국 경계에 놓여 있는 큰 강이다. 밀입국자들이 애용하고 있는 경로 중 한 곳이다. 리오그란데를 건널 경우 텍사스 엘파소로 넘어가는 길과 뉴멕시코로 가는 길로 나눠지게 된다. 텍사스로 넘어 가게 되면 그곳에서 캘리포니아까지는 너무 먼 길이다. 리오그란데에서 뉴멕시코 쪽으로 건너가도 캘리포니아까지는 아득하긴 마찬가지다. 애리조나 주 사막을 완전히 통과해야 하기 때문이다. 한섭은 사막을 건너는 데 자신이 없었다. 미국 땅덩어리는 한국에 비할 바가 아니었다. 땅 크기로 치자면 한 주가 곧 한 나라를 의미하고 있었다. 특히 텍사스는 남북한을 합한 땅의 8 배였다. 생각만 해도 어질어질했다. 사막이라는 곳을 한 번도 가보지 않은 한섭으로서는 더욱 까마득하게 느껴졌다. 낮과 밤의 기온 차가 현저한 사막성 기후가 특히 문제였다. 물이나 음식 또는 옷가지를 완벽하게 준비하지 않고 사막을 건넌다는 건 불구덩이에 화약을 안고 뛰어드는 무모한 도전과도 같다는 생각이 들었다. 자신들이 국경을 건너자마자 또 다른 코요테가 기다리고 있다고는 하지만 전적으로 다 믿을 수는 없는 노릇이었다.

　해안과 산길을 택할 경우엔 바로 캘리포니아 샌디에이고로 들어갈 수가 있었다. 하지만 여관집 주인이 소개해 준 코요테는 산길과 해안보다 리오그란데를 선호하고 있었다. 특히 올해는 비가 흔하지 않아 리오그란데를 건너기가 용이하다는 귀띔도 해주었다. 미스 조는 생각해 볼 필요도 없이 뉴멕시코 쪽 리오그란데를 건너겠다고 결심을 굳혔다. 뉴멕시코 쪽으로 건너면 애리조나 주로 가는 것은 그렇게 멀지 않아 보였다.

　나양식과 한섭은 산이나 해안을 건너볼 생각을 하고 있었다. 나머지 두 남자는 텍사스 휴스턴으로 가겠다고 이미 결정을 내린 상태였다.

　"자 그라믄 인자 서로 가야 할 길이 고속도로처럼 환해졌응게. 싸게싸게 각자 갈 길을 가야 쓰것구만이라. 어째 미스 조는 혼자 가게 생기뿌럿구만이라우. 그냥 우리랑 항꾼에 가잔께 그래쌌소."

　나양식이 설득하려 들었다. 며칠 동안 한솥밥을 먹으면서 나양식은 자연스럽게 그 여인을 미스 조라고 부르고 있었다.

　"아니 그놈이 사는 곳이 바로 이 강만 건너서 조금만 가면 되는데 왜 뺑뺑 돌아가야 하냐구요. 저 혼자 갈 수 있어요. 여기까지도 왔는데 그까짓 강하고 사막쯤 못 건너겠어요?"

　미스 조는 완강했다.

　"나도 모르것소. 알아서 해뿌럿시오. 나하고 성님은 쩌어그 산이나 갯가로 해서 갈랑께."

　나양식은 미스 조의 고집이 맘에 들지 않는다는 듯 뚱하게 대꾸했다.

　도시를 돌아다니며 들은 이야기로는 국경 경비가 만만치 않다고 했다. 가다가 잡히면 1500달러는 고스란히 남의 돈이 되는 거고 철창 신세는 피할 수 없는 관문일 것이었다. 어느 길을 선택해야 가장 안전하게 미국 땅으로 들어갈 수 있을까가 관건이었다.

밤은 아내와 자식들이 곁에 있을 때나 없을 때나 한결같이 찾아왔다. 한섭은 가끔 그런 밤이 야속하기도 했다. 밤이 불러오는 적적함은 한섭에게 희망보다는 불안을 더 안겨주었다. 낮에는 그래도 활기차게 지나는 사람들을 보면서 자신이 느끼는 초조함을 잠시나마 잊을 수가 있는데 밤은 그렇지가 못했다. 꼭 가족을 만나야 한다는 열망이 가슴 가득히 차오르면 오를수록 불안과 걱정이 동시에 그를 붙들었다.

한섭은 슬그머니 자리에서 일어나 밖으로 나왔다. 달빛은 보이지 않았다. 낮에 봤던 핑크색, 보라색, 푸르스름한 색의 건물들이 거의 비슷비슷한 색으로밖에 보이지 않았다. 무질서해 보이고 지저분해 보이던 도시의 잠든 밤거리는 말썽 피우던 아이가 잠들어 있는 모습과도 같았다. 한섭은 불투명한 하늘을 하염없이 올려다보고 있었다.

12. 흐르지 않는 강

나양식은 계속 툴툴거렸다. 미스 조는 그의 투덜거림이 짜증스러웠지만 꾸욱 참고 있었다. 실은 자신들의 밀입국을 책임져 주겠다는 코요테의 인상이 먹이를 향해 달려드는 매의 눈빛과 같이 매서워 주눅이 든 이유도 있었다. 코요테의 나이는 20대인지 30대인지 도대체 감이 잡히질 않았다. 구릿빛 얼굴에 박힌 번뜩이는 눈빛을 부추기고 있는 텁수룩한 머리, 입 끝까지 처진 콧수염과 귓불 아래까지 내려오다가 앞쪽으로 살짝 구부러진 구레나룻은 바라보는 사람으로 하여금 오금을 저리게 하기에 충분했다. 불안한 눈길로 코요테를 흘끔흘끔 쳐다보는 미스 조에게 가끔씩 쏟아지는 코요테의 눈길은 더더욱 미스 조를 불안하게 만들었다.

그래서 미스 조는 자신과 동행하고 있는 신한섭이라는 점잖은 아저씨와 바람개비마냥 촐랑거리긴 하지만 힘 좀 쓰게 생긴 나양식과 함께 가게 된 것을 다행으로 여겼다. 지난 밤만 해도 이 두 사람은 산을 탈 것처럼 말했는데, 아침에 신한섭 아저씨가 방향을 바꾸어 미스 조와 함께 가겠다고 결정을 한 것이다. 그 결정을 듣고 나양식은 펄쩍펄쩍 뛰었고, 한섭 아저씨는 아무리 내 갈 길이 바쁘다고 이 만리타국에서 어떻게 여자 혼자 보내겠느냐며 나양식을 다독였다. 한섭 아저씨의 설득으로 나양식이 따라나서긴 했지만 계속 못마땅한 표정을 지으며 툴툴거렸다.

이른 아침, 모텔 주인으로부터 소개받은 코요테 두 명이 도착했다. 한 코요테는 텍사스 쪽으로 가겠다는 두 남자와 떠났고, 자신들은 또 다른 코요테를 따라 나섰다. 계획에 차질이 없도록 하기 위해서는 가능한 한 목적지에서 가까운 숙소에 머물러야 한다는 코요테의 말 때문이었다.

새들도 아직 곤히 잠들어 있을 시간인데도 강 근처에는 코요테들과 그를 따르는 밀입국자들이 여기저기 눈에 띄었다. 모두 불안하고 초췌한 인상들이었다. 가방을 어깨에 메기도 하고 보따리를 옆구리에 끼고 있기도 했다.

한섭 일행도 작은 가방을 하나씩 옆구리에 끼었다. 무거운 것은 가급적 모두 버렸다. 옷도 딱 필요한 것만 챙겼다. 코요테가 한섭 일행에게 잠시 뭔가를 설명하지만 악센트가 강한 영어를 시원스럽게 이해하는 사람은 셋 중에 아무도 없었다. 설사 그 영어가 오리지널 발음이었다 하더라도 마찬가지였을 것이다. 그래도 미국에서 조금 살았었다는 이유로 미스 조는 영어를 이해하는 데 있어서 눈치가 빨랐다. 악센트에 상관없이 영어에는 깜깜절벽인 나양식은 연신 이맛살을 찌푸리며 한섭과 미스 조의 눈치 읽기에 바빴다.

"저 강을 건너야 한다나 봐요."

미스 조가 걱정스러운 투로 말했다.

"참말로, 우리가 시방 저 강을 건널라고 왔제, 헐 일이 없어서 여기꺼정 구경 왔것어라우."

나양식이 아직도 성질이 나 있는지 퉁명스럽게 미스 조의 말을 되받는다.

지난밤만 같았어도 파르르 떨었을 미스 조는 나양식의 비아냥거림도 그냥 흘리고 만다.

"깊이가 얼마나 되는지 모르겠네……."

한섭은 혼잣말처럼 중얼거렸다.

"설마허니 목까지야 차것어요. 안 죽을만헌 깊잉게 저것들도 쥐새끼들 마냥 맨날 왔다갔다 하것지라우."

나양식은 말처럼 마음까지 태평스러운지 아니면 미스 조 들으라고 배배 꼬고 있는지 모를 일이었다.

"How deep?"

미스 조가 한섭의 말을 듣고 코요테에게 얼마나 깊냐고 물었다.

"No worry. No worry."

코요테는 무릎에서 배꼽 정도의 선을 가리키며 별것 아니라는 듯 손까지 훼훼 내저어 보이며 걱정 말라고 말했다. 그런 코요테의 손짓을 보고 나양식은 기어코 미스 조를 걸고넘어진다.

"고것은 남자 킬 것이고 미스 조는 쬐깜 더 올라가야 쓰것소."

미스 조는 미워죽겠다는 표정으로 눈을 흘긴다.

"상당히 넓어 보이는데……."

한섭은 그래도 걱정을 놓지 못하고 있었다.

"고것은 걱정을 안 혀도 될 것 같당께라. 저렇코롬 새앙쥐만 한 것도 이 강을 건너것다고 하는디 우리야 뭔 문제가 있것어요."

나양식이 저쪽에서 강을 건너기 위해 준비하고 있는 사람들 중에 한 사람을 쳐다보며 한섭을 안심시키려 들었다. 그 무리 중에는 키가 160cm 겨우 될까 말까 한 짜리몽땅한 남자가 바지를 걷어 올리고 있었다.

저만큼 떨어져 있는 무리를 이끌고 있는 코요테가 사람들에게 들고 있는 가방을 머리 위로 올리라고 꽥꽥대고 있었다. 한섭 일행을 안내하는 코요테도 손짓 몸짓으로 가방을 머리 위로 올리고 자신을 따르라는 신호를 보냈다. 밀입국자들을 감시하는 정찰병의 눈을 피하기 위해서는 그들이 행동개시를 하기 전에 강을 건너야만 한다.

드디어 코요테가 익숙한 몸짓으로 후적후적 강물을 헤치며 나아갔다. 한섭이 코요테의 뒤를 바짝 따르고, 그 다음은 나양식 그리고 미스 조의 순서로 물길을 헤쳐나갔다. 물은 생각보다 깊지 않았다. 가방을 머리에 이고 나양식의 뒤를 따르던 미스 조가 불안하였던지 나양식을 제치고 한섭 곁으로 다가섰다. 그런 미스 조를 향해 나양식이 가만 있을 리가 만무했다.

"옛날부터 귀신은 가운데 가는 사람을 제일 먼저 잡아간다고 하든디. 여그 멕시코도 물귀신이 있것지라."

"처녀귀신은 총각을 더 좋아하겠죠?"

미스 조가 질세라 이죽거리며 되받아쳤다.

"음마, 미스 조는 나일롱인갑소? 육지에서는 미스가 되불고, 물에서는 미세스가 됭거 봉께."

"지금이 농담할 때라고 생각해욧?"

미스 조가 파르르 떨며 꼴도 보기 싫다는 듯 더 빠르게 코요테와 한섭의 뒤를 쫓기 시작했다. 나양식은 연신 구시렁거리며 미스 조의 뒤를 따른다.

"아악!"

갑자기 자지러지는 미스 조의 외침이었다.

"워메!"

뒤이어 나양식이 지른 외마디가 물표면을 치며 파장을 일으켰다.

나양식의 외침에 한섭과 코요테가 동시에 고개를 돌렸다. 미스 조의 머리가 꼬르륵거리는 물방울과 함께 가라앉고 있었다. 한섭과 코요테가 미처 손을 쓰기도 전에 나양식이 미스 조를 구하기 위해 몸을 던졌다. 물속에서 허우적거리던 미스 조가 나양식을 낚아챘다. 미스 조를 구하자고 뛰어들었던 나양식도 빠져나오지 못하고 함께 허우적거리며 꼬르륵 가라앉고 있었다.

한섭은 급한 김에 손에 잡히는 대로 아무 머리채나 거머잡았다. 코요테도 달려들어 거들었다. 가까스로 나양식과 미스 조는 배꼽 정도 물이 차는 곳으로 구조되었다. 코요테는 미스 조와 나양식한테 살기등등한 눈을 부라렸다. 한 발자국이라도 앞으로 더 나아가야 할 판에 시간을 한참이나 낭비했기 때문이다. 지금부터는 절대로 한눈팔지 말고 자신의 발자국만 따라오라고 경고했다. 코요테의 경고에 나양식도 미스 조도 꿀 먹은 벙어리마냥 아무 말도 못하고 그저 고개만 끄덕거렸다. 가끔 커다란 구덩이에 발을 헛디뎌 목숨을 잃는 경우가 종종 있다고 코요테가 단단히 주의를 주었다.

코요테를 제외한 세 사람은 이미 물에 흠뻑 젖어버린 가방을 다시 머리에 이고 코요테의 뒤를 따랐다. 이제 반 이상은 온 것 같았다. 돌돌 말려 있던 강 언저리가 점점 곧게 펴지고 있었다. 코요테는 잠시 가던 걸음을 멈춘 뒤 눈을 가늘게 접으며 강 언저리의 주위를 두리번거렸다. 행여 정찰대가 지키고 있는 것은 아닌지 확인하는 모양이었다. 아무런 행동 조짐이 보이지 않자 코요테는 더욱 잽싸게 몸을 놀렸다. 세 사람은 장교로부터 명령을 하달받은 사병들처럼 코요테의 뒤를 일사분란하게 따랐다. 희망이 손끝에 곧 닿는다고 생각하니 모두 마음이 급해졌다. 새벽도 그들의 마음만큼이나 급하게 뒷걸음질 치고 있었다. 그때 재빠르게 물을 헤치고 나아가던 코요테가 멈칫거렸다. 뒤를 따르던 세 사람도 동시에 걸음을 멈췄다. 그동안 긴장된 마음을 표출도 못 하고 걷던 세 사람은 숨을 거칠게 몰아쉬었다. 무슨 일인지는 모르겠지만 잠시 숨을 돌릴 수 있는 시간이 고맙기도 했다. 하지만 고마움은 잠깐이었다. 코요테가 순간적으로 몸을 움츠렸다. 그의 뒤에 일렬로 서 있는 세 사람은 아직 아무것도 감지하지 못하고 있었다.

"What is it?"

나직하면서도 다급한 목소리로 무슨 일이냐고 한섭이 물었다.

"Shhhhhhh!"

코요테는 돌아보지도 않고 조용히 하라며 검지를 입술에 갖다 댔다. 세 사람은 차고 올라오는 숨을 삼키며 벌렁거리는 가슴을 끌어안았다. 한섭은 코요테가 노려보고 있는 곳을 주시했다. 검은 물체가 있는 것 같았다. 심장이 고동치는 소리가 너무 요란해 그 검은 물체가 꼭 들을 것만 같아 한 손으로 가슴을 꾸욱 짓눌렀다. 코요테는 그 물체의 움직임을 좀더 지켜보고 있었다. 그 물체는 둘 중 하나일 것이 분명했다. 정찰대원이 아니면 이미 강을 건너간 사람. 하지만 아직 얼룩덜룩한 새벽녘의 빛이 물체를 감싸고 있어서 형체를 정확하게 가늠할 수가 없었다. 더 이상 움직임이 없었다. 물체가 보이지 않는 것으로 보아 아마도 먼저 강을 건넌 사람이었던 모양이다. 코요테는 긴 한숨을 내뿜더니 다시 앞으로 나아가기 시작했다.

이제는 한시가 급했다. 조급한 마음 때문인지 세 사람은 물속에서의 발걸음이 유난히 더디게 느껴졌다. 제일 뒤에 따라오고 있는 나양식이 미스 조에게 싸게싸게 걸으라고 독촉을 하고 있었다. 나양식이 뭐라고 하든 미스 조는 더 이상 대꾸를 하지 않았다. 또 이러쿵저러쿵 대답을 하다가 발을 헛디디고 싶지 않아서였다. 지금 나양식이 자신에게 뭐라고 하든 건너고 나서 보자고 이만 박박 갈고 있었다.

"헉!"

앞장서던 코요테가 거의 넘어질 듯한 몸짓과 함께 내뱉는 소리였다. 한섭도 숨을 멈추고 말았다. 이제 조금만 가면 목적지에 도달하게 되는데 강가에 무장을 한 채 거만하게 버티고 있는 두 사람이 보였다. 코요테가 말하지 않아도 결코 먼저 강을 건너간 사람이 아니라는 것을 단박에 알아차릴 수가 있었다.

"아니, 저것은 또 뭐시다냐?"

이번에는 나양식이 제일 먼저 말을 뱉었다.

"What's going on?"

한섭이 낭패스럽고 곤혹스러운 표정으로 코요테에게 무슨 일이냐고 묻고 있었다.

"Damn it."

코요테는 한섭의 물음에는 대답도 하지 않고 욕설을 내뱉으며 잔잔한 물 표면을 주먹으로 힘껏 내리쳤다.

"우릴 잡겠다고 저렇게 버티고 있는 거예요?"

미스 조가 겁에 질린 목소리로 한섭에게 물었다.

"아직 뭐가 뭔지 모르겠소."

한섭은 낮은 목소리로 빠르게 대답했다.

"Bad, bad. They are border patrol officers."

코요테가 한숨과 함께 고개를 살래살래 저으며 정찰대원들이라고 말했다.

한섭은 머리가 띵했다. 거의 다 왔는데 이런 낭패가 있을 수 있단 말인가. 미스 조가 이젠 다 틀렸다며 속이 상해 울먹거렸다.

"거지 깽깽이 같은 자식들이 잠도 안 자고 올빼미처럼 우릴 기다리고 있었단 말이여?"

눈치로 상황을 파악한 나양식이 분을 감추지 못하고 파르르 성질을 냈다.

머리에 인 가방을 꽉 쥐고 있던 한섭의 손에 힘이 스르륵 풀렸다. 정찰대원들이 저렇게 떠억 버티고 있는데 앞으로 나아가는 것은 콩밥을 먹겠다고 스스로 유치장을 향해 저벅저벅 걸어가는 꼴이라는 걸 모르는 사람은 그들 중 아무도 없었다. 그렇다면 이 상황에서 선택은 딱 한 가지뿐이었다. 왔던 길을 되돌아가는 것이었다. 하지만 고생고생해서 이곳까지 왔는데, 여기서 발길을 돌려야 한다는 것은 너무나 억울하고 분한 일이었다. 코요테를 포함한 네 사람은 이러지도 저러지도 못하고 물속에서 가방을 머리에 인 채 한동안 망연자실 서 있었다.

"환장하것구마잉."

나양식은 긴장으로 인해 바싹 보타버린 입술을 손바닥으로 훔쳤다.

"아무래도 우리가 결정을 해야 할 것 같소. 언제까지 이렇게 있을 수는 없으니까."

한섭은 나양식과 미스 조를 번갈아 쳐다봤다. 미스 조는 아무런 대답도 하지 못했다. 자신이 고집을 부려 택한 길이었는데 이런 결말이 나고 보니 할 말이 없었다.

"그랑께 자고로 거사를 꾸밀 때는 여자가 끼먼 당최 되는 일 없당께라."

나양식은 구깃구깃 구겨 넣어두었던 말을 기어코 끄집어내고야 만다.

"누가 댁보고 함께 가자고 했어욧?"

그렇잖아도 속상한 맘을 꾹꾹 누르고 있던 미스 조가 눈물까지 흘리며 나양식에게 따발총을 쏘아대듯 퍼붓는다.

"얼래. 방구 뀐 놈이 성질낸다등마, 참말로 이것이 그것이구마이. 지금 미스 조가 나한테 성질을 내는 것이 합당하다고 생각흐요? 야무징게 다시 한 번 씨언하게 말해 보씨요?"

나양식은 대차다는 듯 미스 조를 닦달하고 들었다.

"자자, 지금 이 상황에서 잘잘못을 따진다고 해결될 일이 아니니 그만들 두고 빨리 결정을 하도록 합시다."

한섭은 두 사람을 얼렀다.

"내리나마나 한 결정을 뭐 할라고 자꼬 내리자고 해쌌소. 그냥 돌아가야제라."

　나양식이 씩씩거렸다. 미스 조는 계속 흐르는 눈물만 한손으로 훔치고 있었다.

　정찰대원들이 확실하냐고 묻는 한섭에게 코요테는 저쪽을 가리켰다. 한섭 일행과 거의 같은 시간에 출발했던 사람들도 중간에서 오도 가도 못하고 있는 것이 보였다.

13. 삶이 그대를 속일지라도

　거의 1만 평에 가까운 대지에 들어서 있는 집은 아름답다고만 표현하기에는 부족했다. 그것은 성역에 가깝다고 해야 할 것 같았다. 어느 유명한 할리우드 배우가 곧 결혼할 약혼녀에게 크리스마스 선물로 주기 위해 짓는 집이었다. 유럽에서 각광 받기 시작한 젊은 건축가에게 특별히 의뢰해서 디자인했다는 이 집은 고전적인 유럽풍의 건축을 현대에 접목해놓은 것이었다. 크리스마스 시즌에 맞춰 완공하기 위해 책임을 맡은 업자들이 분주히 움직이고 있었다.

　"앗따, 이런 집에 사는 사람은 밥 안 묵어도 배가 부르것당께."

　현관에 웅장함을 자랑하고 있는 원통형 기둥에 마지막 페인트 작업을 하면서 중얼거리는 사람은 나양식이었다. 여기저기 페인트가 묻은 모자가 삐딱하게 머리에 걸쳐져 있었다.

　"……"

　작업이 다 끝났는지 페인트를 깔끔하게 칠하기 위해 벽 가장자리에 붙여놨던 테이프를 뜯어내고 있는 사내는 나양식의 푸념에도 아무런 대꾸가 없었다. 그 역시 너덜너덜해 보이는 흰 셔츠와 군청색 바지에 군화 같은 투박한 작업화를 신고 있었고, 입고 있는 옷에는 일하면서 흘린 색색의 페인트가 무늬를 만들어내고 있었다.

"아이, 내 말이 틀렸소?"

나양식은 기어코 대답을 듣겠다는 듯 재촉하고 나섰다.

"사람은 다 같은 사람인데 밥을 먹지 않으면 당연히 배가 고프겠지."

남자는 수학 방정식의 답을 말하듯 고지식하게 대답한다.

"워메, 성님은 어째 그리 장단을 못 맞추요? 나가 이런 데 사는 사람은 밥 안 묵어도 배가 부르것네요 하믄, 그렇기도 하것다 하고 대답을 해야 나가 또 말을 이을 재미가 있고, 일을 해도 시간 가는 줄 모름스롱 하제라."

"동생이 언제 내 대답 듣고 말을 했던가."

주변을 주섬주섬 정리하는 남자는 별다른 표정이 없었다. 한섭이었다.

그때 승용차 한 대가 급하게 집 쪽으로 달려오더니 끼익 하고 멈춘다. 한섭과 나양식은 동시에 고개를 돌린다. 눈에 익은 까만 벤츠였다. 얼굴이 넓적하고 입술과 코가 두툼하면서 키가 자그마한 30대 중반의 사내가 코를 씩씩 불며 차에서 내렸다. 꽝 닫히는 소리만으로도 지금 차에서 내린 사람이 얼마나 화가 나 있는지 단박에 알 수가 있었다. 한섭과 나양식은 순간적으로 서로의 얼굴을 쳐다봤다. 두 사람은 동시에 가슴이 철렁 내려앉는 걸 느끼고 있었다. 그 사내가 바로 자신들을 향해서 오고 있었기 때문이다.

"어이, 신씨?"

이 집 공사를 따서 하고 있는 박 사장이었다.

"네."

"부엌 천장 색깔 제대로 검토하고 칠한 거야?"

"두 번씩이나 확인을 했는데. 뭐가 잘못된 건가요?"

"컴플레인이 들어왔어. 어제 저녁 약혼녀가 왔다 갔는데, 부엌 천장에 칠해진 색깔은 자신이 원했던 색이 아니라고 방방 뛰지 뭐야."

박 사장은 코를 씩씩 불며 부엌으로 뛰어 들어갔다. 나양식은 아주 골치 아프게 생겼다는 표정을 지으며 들고 있던 빈 페인트 통을 구석에 확 던져버린다. 한섭은 그럴 리가 없다는 듯 고개를 갸웃거리며 박 사장의 뒤를 따른다. 안에서 전기공이 마지막 점검을 하고 있다가 코를 벌렁거리며 들어서는 박 사장을 흘끗 쳐다본다.

"이거 크리미 피치색 맞아? 빨리 샘플 종이 가지고 와 봐."

박 사장의 명령에 한섭은 급히 샘플 조각을 가지고 가 보여준다. 아무리 봐도 샘플 종이와 같은 색인데 저쪽에서는 자기가 원했던 피치색이 아니라는 주장이었다. 박 사장은 사람 환장할 노릇이라며 박박거리다가, 이것을 다시 칠해야 한다면 그 페인트 값은 한섭이 물어내야 한다고 못을 박아버린다. 박 사장의 말에 한섭은 눈앞이 캄캄해졌다. 다시 칠해야 한다면 일당은 물론이고 페인트 값까지 물어내야 하니 이중으로 손해를 보는 셈이었다.

"아니 이 피치색이나 저 피치색이나 다 거그서 거그구만 뭣이 그리 다르다고 생떼를 썼싼다냐 싸기를. 내참 더러워서 못해먹것구마잉."

아무런 대꾸도 하지 못하고 샘플 종이와 천장에 칠해진 색을 대조하고 있는 한섭의 마음을 대변이라도 해주듯 나양식은 이빨 사이로 침을 찍 뱉으며 구시렁거린다.

한섭은 박 사장에게 내일 다시 한번 저쪽과 타협을 해보라고 사정을 해보지만, 박 사장은 상대방이 자신이 원하는 색이 이것이 아니었다고 주장하면, 우리 측에서는 어쩔 도리 없이 다시 해줘야 한다며 성질을 버럭버럭 내더니 차를 타고 휙하니 가버린다.

백인들이 하도 까다로워 신경 써서 한다고 했는데 어디서 무엇이 잘못되어 자신이 원하는 색이 아니라고 하는지 모를 일이었다. 페인트칠을 하기 시작한 지도 벌써 2년이 되어간다. 처음에는 그저 심부름꾼으로 따라다니다가 1년이 지나면서 제법 하청을 받아 일을 할 정도가 되었다. 처음에 집 한 채를 하청 받아 페인트를 완벽하게 칠했는데, 주인이 원하는 색이 아니라고 해서 일은 일대로 해주고 돈을 전혀 받지 못한 일이 있었다. 그 이후론 페인트를 칠하기 전에 몇 번의 확인 절차를 거치곤 하는데 오늘 뜻하지 않게 이런 불상사가 생긴 것이다.

"성님 우리도 오늘은 이것으로 시마이하고 들어갑시다. 아이고, 인생 참 더럽네."

나양식은 아니꼬워 죽겠다는 표정으로 마른침을 차꽁무니를 향해 퇴 하니 뱉고선 페인트 기구들을 주섬주섬 트럭에 싣기 시작한다. 흰 트럭 문에는 '드림페인트'이라고 쓰여 있었다.

한섭은 아무런 말 없이 시동을 걸었다. 이것은 자신이 원하던 삶이 아니었다. 은행 지점장에서 신 씨로 뚝 떨어진 신분이 처음에는 그를 소스라치도록 놀라게 했다. 그것은 자신의 옷이 아닌 것만 같았다. '신 지점장님'이라는 옷에서 '신 씨'라는 옷으로 갈아입는 동안 얼마나 큰 울분덩어리가 치고 올라왔었는지 모른다. 그의 자존심이 부들거렸다. 하지만 현실을 하루라도 빨리 받아들이는 것만이 자신이 살 길이라는 것 또한 알고 있었다.

첫 밀입국 시도가 실패로 끝나고 얼마나 황당했던가. 그때도 이렇게 억울하고 분하지는 않았다. 다만 서광처럼 비치던 희망의 끈이 먹구름 속으로 사라져버린 것 같아 조바심이 났었을 뿐이다.

두 번째 밀입국 시도는 숨도 제대로 쉬지 못할 정도로 조심스러웠다. 잘못하다가는 정말로 희망이 없을 것 같았기 때문이다. 무슨 일이 있어도 실패를 거듭하지 않아야 한다는 생각에 쉽게 결정을 내릴 수가 없었다. 몇 날 며칠을 전전긍긍했는지 모른다. 그렇게 노심초사하고 있는 한섭에게 기다리다 지친 나양식이 심드렁하게 물어왔다.

"인자, 어치께 할라요?"

"글쎄……."

한섭은 머뭇거렸다.

"이렇게 하면 어떨까요?"

미스 조가 눈을 반짝거리며 한 가지 제안을 했다.

"어치께요?"

"음, 안내자를 여자로 찾는 거예요. 연인으로 위장을 하는 거죠. 두 커플이 이른 아침에 해안을 따라 조깅을 하는 것처럼."

미스 조는 기막힌 자신의 아이디어에 스스로 감격했다.

"워메, 참말로 기맥힌 생각이네요잉."

나양식이 무릎을 탁 쳤다.

한섭도 참 좋은 아이디어라고 생각했다. 한섭은 자신들을 안내했던 코요테에게 리오그란데 강이 아닌 티후아나에서 해변을 따라 조깅으로 캘리포니아를 건너자고 제의했다. 코요테는 처음에 준 돈 1500달러로는 리오그란데를 통해서 밀입국을 할 경우만 책임을 져줄 수 있지, 티후아나를 통해서 갈 때는 그 돈으론 부족하다고 잘랐다. 한섭은 여자 안내자를 찾아 주는 조건으로 600달러를 더 얹어 흥정을 마쳤다.

삼일 후에 코요테가 한섭 일행이 머물고 있는 모텔로 다시 찾아왔다.

"걸 오케이?"

깍두기 자르듯 문법을 툭툭 잘라버린 영어로 코요테가 한섭에게 재차 확인하였다.

"예스, 걸, 굿."

한섭도 토막 난 영어로 맞장을 떴다.

"베리 굿."

코요테는 뒤에 있던 여자를 앞으로 쑥 잡아당겼다.

여자는 한섭 일행을 쳐다보며 배시시 웃었다. 긴 머리를 치렁치렁 늘어뜨리고 있었다. 약간 치켜진 듯한 눈꼬리에 애교가 살살 묻어 있었고, 터질 듯한 가슴, 빨갛게 칠한 입술, 반짝거리는 파란 눈 화장에 핑크빛 매니큐어가 현란해 보였다. 멕시코 여자를 본 순간 한섭과 나양식은 서로의 얼굴을 빤히 쳐다봤다. 순간적으로 누구에게 더 잘 어울릴까 하는 생각을 하고 있었다. 그러다 둘은 그만 픽 웃고 말았다.

"오케라우. 오케라우."

나양식은 여자에게 눈을 찡긋거리며 허풍을 떨어댔다. 하지만 여자는 보기와는 달리 그렇게 호락호락하지 않았다. 그녀의 어깨에 올려진 나양식의 손을 끌어내려 쫙 펴서 뭔가를 내놓으라는 시늉을 해 보였다. 나양식은 그런 그녀를 멀뚱히 쳐다보다 이마를 탁 쳤다.

"어이쿠야, 가시내가 엄청시리 밝히구마잉."

여자가 또 큰 가슴으로 살짝 교태를 부리며 눈을 찡긋거렸다.

"그랴, 그랴. 돈을 먼첨 달라 그거제. 자자 얼릉 돈들 내놓더라고 잉."

준비해 둔 600달러 중 200달러를 계약금으로 건네줬다. 그러자 옆에 있던 코요테가 한섭 일행을 향해 다시 확인한다.

"투머로 모닝 스리. 오케이?"

"오랑캔지 오켄지 어쨌든 굿굿 쌩큐, 쌩큐."

나양식은 뭐가 그렇게 좋은지 계속 싱글벙글 되지도 않은 영어로 지껄여댔다.

코요테와 여자가 내일 아침을 기약하고 돌아갔다. 나양식은 그들이 가고 나서도 입을 헤벌레 벌리고 침을 흘리고 있었다.

"이제 정신을 차릴 때도 된 것 같은데 약 기운이 너무 깊은 곳까지 뻗친 것 아니야?"

한섭이 나양식의 몽롱한 눈빛을 쳐다보며 놀렸다.

"워메 환장하것는거. 저렇게 빵빵한 가슴은 첨 본당께요. 앙그요 성님?"

그러다 나양식은 고개를 홱 돌려 볼륨 없는 미스 조의 가슴을 흘깃 쳐다보며 속으로, '건포도구만' 하고 생각하다가 다시 여자 코요테 생각이 나는지 흐흐 침을 흘리며 눈이 흐믈흐믈 풀어지기 시작했다.

"내일 아침에 같이 뎀스로 출렁거리는 그 물결을 볼 생각만 해도 온 몸이 짜릿거려 미치것구만이라우."

나양식은 전율을 이기지 못하고 몸을 비비꼬다가 부르르 떨었다.

나양식의 너스레에 미스 조는 어이가 없다는 듯 픽 웃고 만다. 그 순간을 놓칠 나양식이 아니었다.

"아따 미스 조가 웃어부럿소잉. 그람요. 복수를 할 때는 하드라도 웃을 때는 웃어야제라. 내일의 태양은 내일 또 뜬다고 안 합디여? 나가 그 말이 뭔 말인고 하고 무지허게 생각을 깊이 해봤는디요. 그것이 긍께 곧 '내일 일은 내일 생각하는 것이 어떻것소' 하는 야그더라 그 말이더랑께요. 그랑께 미스 조도 오늘하고 내일의 복수를 연결시키지 말자고요."

다음날 아침 누가 깨우지 않아도 세 사람은 약속이나 한 듯이 새벽같이 일어나 밀입국 채비를 다시 하기 시작했다. 여권을 비롯해서 비상용 돈은 비닐에 단단하게 말아서 운동화 깔창을 걷어내고 그 속에 집어넣었다. 신발깔창은 이중으로 단단하게 풀칠을 했다. 불필요한 짐들은 모두 버리고 꼭 필요한 것들은 허리춤에 친친 감았다. 옷은 운동복 속에 껴입은 셔츠와 반바지를 제외하곤 모두 버렸다.

미국에 도착하면 그곳에서 기다리고 있는 안내자가 필요한 물품을 사고 샌프란시스코 공항까지 데려다주기로 되어 있었다. 홍정비는 또 500달러였다. 아깝다는 생각은 하지 않기로 했다.

어쨌든 한섭은 이번에는 성공할 수 있길 간절히 빌고 또 빌 뿐이다. 성공만 하면 자신은 두 번 사는 인생이니 더 바랄 것도 없었다. 그저 사랑하는 가족을 만나 욕심 부리지 않고 살아가리라는 염원뿐이다.

똑똑똑.

거침없는 노크소리가 들렸다.

"음마, 시간 하나는 아조 기똥차게 마차 불구만."

나양식은 문을 열려다말고 문에 붙어 있는 손바닥만 한 거울을 들여다보며 침을 발라 머리 모양새를 다듬는다.

하늘은 아직 기동을 하지 않고 있었다. 하지만 조금만 있으면 하루를 서두르는 사람들의 발걸음이 땅을 노크할 것이고, 그 기운으로 하늘은 기지개를 펼 것이다. 허름한 모텔 문을 밀치고 나오는 남녀 두 쌍의 차림새는 그럴 듯해 보였다. 운동화에 짧은 반바지와 가벼운 셔츠. 멕시코 여자안내인 클라라는 몸매를 맘껏 자랑하고 있었다. 미스 조는 얇은 재킷을 허리에 질끈 동여매며 비장한 각오의 눈빛으로 잠시 허공을 뚫어져라 응시하였다.

차림새로 보면 누가 봐도 나무랄 데 없는 조깅 커플이었지만, 자세히 관찰해 보면 클라라를 제외한 세 사람의 표정은 전쟁터를 향해 가는 군인들처럼 비장해 보였다. 자신의 처지와 상황이 어찌됐든 결코 웃음을 잃지 않고 건들거리며 분위기를 환기하던 나양식도 작은 눈을 곧추세우고 아직 구물거리고 있는 어둠을 향해 시선을 고정시키며 걷기 시작했다.

한섭은 핑크빛으로 칠해진 모텔 건물을 뒤돌아본다. 사람은 환경에 뛰어난 적응력을 갖고 있다는 사실에 새삼 놀라움을 금치 못하고 있는 중이다. 절대로 이런 환경에 익숙해질 수 없으리라 생각했는데, 더욱 불확실한 곳을 향해 떠나는 지금 이곳은 이미 고향이자 어머니의 품인 양 따뜻하고 친근하게 느껴지고 있었다.

처음 멕시코에 도착했을 때 모든 것이 낯설고 생소했다. 사람들도 그렇고 건물도 그랬다. 특히 색감에 있어서 튀지 않는 한국의 주택과 건물. 그렇게 평범한 건물의 색감과 건축양식에 익숙해져 있던 자신 앞에 펼쳐진 멕시코는 한섭을 이방인이라고 알려주는 종소리와도 같았다. 건물이 박스처럼 각이 진 것도 생소했지만, 핑크빛이나 노란색 그것도 부족해 보라색으로 칠해놓은 집과 건물은 촌스럽기 그지없었다. 그런데 그 며칠 사이에 촌스럽게 느껴져 비하했던 풍경이 푸근하게 느껴진 것이다. 어쩌면 또 다른 땅으로 가야 한다는 것에 대한 걱정과 불안을 떨치기 위해 며칠의 인연이라도 동여매어 마음을 안정시키려 하고 있는지도 몰랐다.

어느 길모퉁이를 돌아서자 트럭 한 대가 그들을 기다리고 있었다. 운전석에 앉아 있는 남자는 비쩍 마른 몸에 눈만 번뜩거렸다. 어둠에 묻혀 있어서인지 섬뜩하게 느껴졌다. 클라라는 한섭 일행에게 트럭 뒤 칸에 올라타라는 눈짓을 하고 자신은 앞좌석에 냉큼 올랐다. 클라라는 목에 걸고 있는 기다란 파이프 같은 것을 만지작거리며 애교스런 눈빛을 남자에게 실실 흘려댔다. 그런 클라라의 행동을 트럭 뒤에서 지켜보던 나양식이 갑자기 심통을 부리기 시작했다.

"아니 우리가 개여 돼지여. 이렇코럼 너덜거리는 차 뒤에 타라고 허게."

나양식의 불평에 한섭은 싱긋 웃는다. 나양식이 불평을 하는 것은 타고 가는 자리가 문제가 아니라 남자와 클라라에 대한 불만이었다. 클라라의 모습은 한섭의 눈에도 섹시해 보였다. 한국에서는 볼 수 없는 육체미에 입었는지 말았는지 모를 정도로 아슬아슬한 윗옷이 풍만한 가슴과 잘록한 허리의 선을 있는 대로 그어놓고 있었고, 탄탄하게 올라붙은 엉덩이의 볼륨과 매끈하게 뻗은 다리는 기름이 자르르 흐르는 흑마를 연상케 했다.

"어휴 주책 좀 어지간히 떠세요. 그 떡이 아저씨한테 가당키나 하다고 생각하세요?"

안절부절 못하고 있는 나양식에게 미스 조는 어처구니가 없다는 듯 벌처럼 쏘아댔다.

"아니, 나가 어째서 저 떡에 안 어울린다고 생각허요?"

미스 조의 일침에 나양식이 푸드득거린다.

"아저씨나 나나 밀입국자 신세 아니예요? 밀입국자가 어떤 신분인지 아세요? 죽어도 누구 한 사람 눈 깜짝 안 한다고요. 그리고 지금 국경을 넘어가면 다시 이 땅에 돌아올 것 같아요?"

"아 이 땅에 다시 올 건지 말 건지는 하늘이 알아서 하사할 일이고, 묵지 못할 떡이라고 쳐다보지도 말라믄 섭섭지요. 있는 눈으로 보는 것은 자유요, 끓은 청춘의 불을 활활 지피는 것도 나 자융께."

나양식은 상관없다는 듯 다시 남자와 클라라가 키득거리는 안쪽을 쳐다보며 얼굴이 붉으락푸르락이었다.

"참말로 한손으로 주무르면 으스러져불게 생긴 놈을 한군데도 빠지지 않은 클라라가 조로크롬 좋다고 사족을 못 쓴 것은 분맹히 저놈이 그것을 묵은 것이 틀림 없당께. 내 말이 틀리면 이 손가락 하나를 아조 톡 분질러불랑께."

질투가 질퍽거리는 나양식을 한섭은 어이없는 표정으로 쳐다보며 허허 하고 웃기만 했다.

"나가 그냥 한 말이 아니랑께요. 그랑께, 그것이 뭐냐 하믄요. 쩌어기 머시냐 하믄……."

"말을 하려면 용건만 간단히 하세요. 사설 늘어놓지 말구요."

미스 조가 신경질적으로 이맛살을 찌푸린다.

"누구는 간단명료하게 용건만 말을 안 하고 자파서 요런다요?"

나양식이 미스 조를 향해 빼꼼한 눈을 똥그랗게 치켜뜬다.

"도대체 그게 뭔데 그래요?"

"좋아요. 미스 조도 그전에는 미세스 조였응께 내 확 말해불라요.

그랑께 그것이 머시냐! 여그 멕시코 남자들은 거시기가 겁나게 쎄분다고 한디, 그것이 왜 그랑고 하니 바로 거북이 알을 그냥 꼴깍꼴깍 묵어분당마요. 그 알의 효능이 거시기에 겁나게 좋다고 조상 대대로 죄다 묵어붕게 멕시코 당국에서는 그것을 못 묵게 할라고. 알을 훔치다가 걸리면 벌금을 엄청시리 물리고, 또 그것이 거시기에 효능이 없다고 사람들한테 교육을 시키는 디도 사람들이 들은 척도 안 하고 막 묵어분다고 하등만요.”

나양식이 어디서 그런 이야기를 들었는지 좔좔좔 풀어놓았다. 그런 나양식의 말을 듣고 있다가 미소 조가 한심하다는 듯 눈자위를 팽그르르 굴린다.

“쯧쯧, 생긴 대로 놀아요. 어디서 꼭 자기 같은 말만 듣고 와선…….”

“아이고, 조 양, 아, 아니 미스 조, 참말로 못 믿겠으면 한번 볼라요?”

“아니 뭘 봐용?”

“궁께, 한번 묵어본다 그것이지요.”

나양식이 눈까지 거슴츠레하게 뜬다.

“먹고, 아저씨가 실습하는 장면을 나 보고 보란 말이에용?”

미스 조가 발끈한다.

“자꼬 야그가 요상허게 돌아가는디…… 그것이 아니고라잉…….”

“그것이고 저것이고 듣기 싫어용!”

미스 조가 찬 기운을 포르르 풍기며 고개를 홱 돌려버린다.

두 사람이 옥신각신하는 모습을 바라보다 한섭이 나선다.

“그러다 진짜 싸우겠어요.”

"아니 긍께, 나가 허튼소리를 한 것도 아닌디 괜히 미스 조가 쌍심지를 키고 달라등께 안 그요."

"아니 내가 대들다니요? 아저씨가 하도 미덥지 못한 말을 하니까 그렇죠."

"허참, 난 말이여라우. 그 말을 믿을 만한 소식통을 통해서 들었구만이라우. 나가 왕년에 행님으로 모시던 분이 한가락했었는디라, 그 행님한테 이 두 귀로 똑똑히 들었당께요. 그 행님은 안 댕긴 데가 없었는디. 멕시코도 여러 번 갔다 왔당께요. 그 행님도 그것을 먹고 잡았는디, 정부 단속이 하도 심해서 소원을 못 이뤘다고 합디다. 이래도 거짓말이고 허튼소리 갔……. 소~옹~ 윽~ 푹."

갑자기 트럭이 급정거를 하는 바람에 나양식이 말을 하다가 귀퉁이에 나가떨어지고 말았다. 한섭도 미스 조도 나양식에게 엎어졌다.

"워메, 거 운전 좀 똑바로 할 수 없어?"

나양식이 신경질적으로 쏘아대며 입술을 깨물었는지 혀를 두 손으로 감싸 쥔다.

쉼 없이 달리던 차가 멈춘 곳은 으슥한 길목이었다.

아침이 더듬거리며 찾아오고 있었다. 지금까지 옥신각신하던 나양식도 그리고 미스 조도 갑자기 말이 없어졌다. 이제 그들이 넘어야 할 장벽이 시간과 공간을 압도하고 있었기 때문이었다. 클라라가 말라깽이 남자와 무슨 말을 주고받으며 입술을 쪽쪽 빨아도 나양식은 멀거니 보고만 있었다. 클라라는 브라 속에 넣어뒀던 지폐를 꺼내 남자에게 건네주었다. 남자는 클라라의 엉덩이를 토닥거리며 니글니글한 웃음을 흘린다.

"컴. 에브리바디."

클라라가 모두 차에서 내리라는 시늉을 해 보인다.

세 사람은 말없이 차에서 훌쩍 뛰어 내렸다. 그들이 내리자마자 트럭은 요란한 엔진소리와 함께 덜거덕거리며 사라졌다.

세 사람은 클라라를 따라 몸을 풀기 시작했다. 클라라는 손짓 발짓으로 모래밭을 달리는 것은 수월치 않으리라 설명했다. 나양식은 걱정 붙들어 매라는 여유 만만한 표정이었지만 한섭은 걱정이 태산처럼 다가왔다. 운동과는 담을 쌓고 살아왔었기 때문이다. 모래밭을 달려본 기억은 어렸을 때 여름 바닷가에서 친구들과 모래장난을 하면서 달려본 것이 다였다. 미스 조는 더욱 불안한 눈빛으로 스트레칭을 하고 있었다. 달리기는 어려서부터 그녀의 몫이 아니었지만, 이것을 해내지 못하면 그 놈을 잡으러 갈 수 없다는 걸 알고 있었다.

"레디?"

준비운동을 끝낸 클라라가 세 사람을 바라본다.

"오케이!"

나양식이 엄지손가락을 번쩍 세워 보인다.

한섭은 고개만 주억거리고 미스 조는 긴 한숨으로 대신했다.

"나가 클라라하고 앞에서 뛸 탱께 신형은 뒤에서 미스 조하고 보조를 맞춰감서 따라 오시요잉."

나양식은 다시 고개를 양쪽 어깨에 탁탁 부딪치면서 준비 완료임을 나타낸다.

도시의 모습이 인상주의 그림처럼 다가오고 있었다. 네 사람은 처음엔 잰걸음으로 걷다가 서서히 뛰는 형식으로 바꿨다. 한섭은 아내 소정과 딸 상희 그리고 아들 상훈의 모습을 허공에 그리며 보조를 맞춰나갔다. 이 길이 가족과 생이별을 가져올 수도 행복한 재회를 끌어 올 수도 있는 길이었다. 여기까지 오기 위해 겪었던 수많은 일들이 그 의 뇌리를 스치고 지났다.

"아 유 레디?"

클라라가 뒤를 돌아보며 이제부터 쉬지 않고 뛸 것을 알리고 있 었다.

"……."

한섭은 고개를 끄덕여 보였다. 하지만 클라라의 눈은 미스 조에게 가 있었다. 누구보다도 불안해 보이는 미스 조가 맘에 걸렸던 모양이 다. 미스 조는 입술을 깨물었다. 자신이 당했던 어이없는 배신만을 생 각하기로 했다. 그 배신이야말로 자신의 능력을 극대화할 수 있는 원 동력이기 때문이다. 미 대사관에 인터뷰를 하러 갔을 때 들었던 어처 구니없던 말. 그때 그 순간만을 기억하자. 세상을 녹여버릴 듯 끓어올 랐던 그때의 그 분노가 지금 필요하다. 그래야 자신이 저 모래사장을 힘차게 끝까지 뛸 수 있을 것 같았다. 그녀는 허리춤에서 작은 사진을 한 장 꺼냈다. 한쪽이 오려진 상태였다. 찢어지거나 물에 젖지 않도록 테이프로 사진 전체를 붙여놓은 것이었다. 곁에 있던 자신의 모습은 잘라낸 남편 사진이었다. 사진에 구멍을 뚫어 고무줄에 꿰서 허리춤 에 차고 있었다. 눈에 보이지 않으면 분노가 사그라질까봐 준비한 사 진이었다. 그 파렴치한 모습을 보기만 해도 피가 거꾸로 솟는 분노를 자아내기에 충분했다.

나양식은 이 고비만 넘기면 엄청난 횡재수가 그를 기다리고 있다 생각하니 온몸이 짜릿거렸다. 이제 그는 기회의 땅이라는 곳에 가서 엄청난 돈을 긁어모을 꿈에 힘이 절로 솟았다. 미국 땅에 있는 돈을 싹쓸이해서 거부가 되리라. 그리고 한국으로 돌아가 김 양 돈도 이자까지 확실히 쳐서 갚아주고, 오야봉도 찾아가 화끈하게 한방 쏘리라.

한섭은 신발깔창에 넣어뒀던 가족들의 주소와 전화번호를 생각하고 있었다. 샌프란시스코에 도착하자마자 전화를 하리라. 눈물을 펑펑 쏟으며 자신의 목소리에 감격해할 아내, 소정. 그리고 아빠 하고 환호성을 지르며 전화를 받을 아이들. 샌프란시스코에서 하와이로 가는 비행기 편을 하루빨리 구해야 할 텐데라는 생각을 하니 가슴이 벅차오르기 시작했다. 이미 가족의 품에 안긴 것 같은 행복이 밀려왔다.

지금까지 배시시 농도 걸고 윙크도 하던 클라라의 얼굴이 딴 사람처럼 변해가고 있었다. 그것은 이제 그녀가 돈을 받은 만큼 일을 하고 있다는 것을 보여주는 것 같기도 했다. 다부진 모습으로 달리기 시작했다. 언제 정찰대 헬리콥터가 뜰지 모르니 정신 바짝 차려야 했다. 하늘을 휙 둘러봤다. 아직 아무런 조짐도 보이지 않았다. 클라라의 힘찬 발걸음에 맞춰 뛰기 시작했다. 새벽이 터오는 소리 외에 아무런 소리도 들리지 않았다. 헉헉거리는 네 사람의 숨소리도 없었다. 모래사장은 그들의 발소리까지 삼키고 있었다.

바다는 아직 졸리운 듯 힘이 없어 보였다. 네 사람 그 누구도 그들이 뛰어온 길을 뒤돌아보지 않았다. 지금까지 목숨을 담보로 이곳을 지나갔을 모든 흔적도 자취를 감추고 없었다. 지금은 오직 그들의 희망만이 모래 위에 찍히고 있었다. 모래 위에 박히고 있는 그들의 발자국은 지금까지 그들이 살아온 생을 벗기는 의식과도 같았다. 이제 한 마리의 큰 용이 되어 저 광활한 우주를 향해 용트림을 시작한 것이다. 어깨에는 꿈이 실려 있고, 눈빛에는 의지가 담겨 있고, 마음에는 새로운 포부의 싹이 트고 있었다.

그들을 추적하는 독수리표는 아직 보이지 않았다. 금지된 독수리의 둥지까지 안전하게 숨어들어갈 수 있다는 희망이 보이자 그들의 가슴은 더욱 요동치고 있었다.

인간의 의지력이라는 건 몸속에 퍼져 있는 기류를 말하고 있는지도 모른다. 몸속에 흐르고 있는 기류가 저 무한대에 흘러다니는 또 다른 어떤 기류와 만나는 순간에 이뤄지는 일을 우리는 기적이라고 부르고 있는지도 모른다. 기적은 인간의 힘으로는 도저히 할 수 없다고 느껴지는 찰나에 우리가 이해할 수 없는 어떤 힘의 도움으로 일어나는 것이니까. 오늘 이들도 세상에 태어나면서 받은 그 기류를 오직 한곳에만 집중시킨 채 달리고 있다.

모래사장에 박히고 있는 네 사람의 발자국은 한 치의 흐트러짐 없이 정교했다. 달라진 것이 있다면 단지 그들의 걸음 폭이 느려진 것이 아니라 점점 빨라지고 있다는 사실뿐이었다. 상기되어가는 표정에서 그들의 목표 지점이 다가오고 있다는 사실이 엿보였다. 출발지점에서 그들을 엄습했던 불안감이 희망으로 교체되어가고 있었다. 그때 어디선가 희미하게 들리는 소리가 있었다. 새들도 들을 수없는 그 미미한 소리를 네 사람은 동시에 듣고 있었다. 침묵 속에서 표정이 어지러워지기 시작했다. '탁탁탁' 미세한 소리였지만 그것은 분명히 독수리표 소리였다. 새벽 정찰 헬리콥터가 뜬 것이 분명했다. 그 정찰대원들이 그들을 발견하기 전에 저 선을 넘어야만 한다는 사실을 망각한 사람은 네 사람 중 아무도 없었다.

모든 것이 수포로 돌아갈 수 있다는 생각이 한섭의 뇌리를 번개처럼 스치는 순간 한섭은 미스 조의 손을 낚아챘다. 모래사장을 한 시간 넘게 뛰었으면 건장한 남자라도 열이 펄펄 오를 터인데, 미스 조의 손은 얼음장처럼 차가웠다. 그만큼 그녀는 긴장하고 있었다.

클라라와 나양식의 뒤를 따르던 한섭이 미스 조의 손을 꼭 잡은 채 앞질러 뛰었다. 네 사람의 발자국이 이리저리 흩어지기 시작했다.

"아악!"

갑자기 외마디의 비명이 들렸다. 한섭과 미스 조는 반사적으로 몸을 돌렸다? 그것은 나양식의 비명이었다. 나양식이 모래사장에 고꾸라지고 말았다.

"일어나!"

한섭이 다급하게 소리쳤다.

"허리업!"

클라라의 외침이었다.

나양식은 말도 못 하고 새파랗게 질린 얼굴로 한섭과 클라라를 번갈아 봤다.

"왜 이래?"

한섭의 큰 눈동자가 위아래로 또르륵 굴렀다.

"모, 몸이 말을 안 들어요."

나양식의 입가엔 허어연 거품까지 뽀글거렸다.

"뭐야?"

한섭이 클라라를 쳐다본다.

클라라가 당황스런 눈빛으로 다그쳤다.

"클라라 고! 고!"

한섭은 미스 조의 손을 클라라에게 넘겨주면서 어서 가라고 다급하게 말했다.

미스 조는 이 난감한 상황을 어찌해야 좋을지 몰라 벌벌 떨었다.

클라라는 목에 데롱데롱 걸려 있던 것을 한섭에게 벗어 던져주더니 주위를 두리번거렸다. 통나무 하나가 눈에 들어왔다. 클라라는 잽싸게 그 통나무를 한섭에게 굴려 보내고 지체 없이 미스 조의 손을 거머쥐고 뛰기 시작했다. 한섭은 통나무를 바다에 던져 넣고 나양식을 끌고 바다 속으로 뛰어들었다. 몸을 숨길 수 있는 길이라고는 그 길밖에 없었다.

클라라와 미스 조는 희망의 선에 다가가고 있었다. 클라라는 마치 마라토너가 마지막 골인지점을 눈앞에 두고 뛰는 것처럼 혼신을 다했다. 이제 스무 발자국 정도만 뛰면 국경이었다. 클라라가 미스 조의 팔을 더욱 세게 당겼다. 그때 미스 조의 차갑고 뻣뻣한 손이 스르륵 풀리면서 휘청거렸다.

"노!"

클라라가 미스 조를 쳐다보며 외쳤다.

미스 조는 입술이 새파래지면서 의식을 잃어갔다.

"오 마이!"

당황한 클라라의 외침이 좀더 가까워진 헬리콥터의 소리에 엉키어 흩어졌다. 정찰대원들에게 발각되는 순간엔 모든 것은 끝장이었다.

"유 스튜핏 걸!"

클라라는 미스 조를 질질 끌며 바보스럽게 여기서 고꾸라지면 어떡하냐고 퍼부어 댔다. 지금까지 잘 달려오다가 바로 골인지점을 눈앞에 두고 고꾸라진 미스 조가 어처구니가 없었다. 축 늘어진 미스 조의 몸은 미동도 없었다. 클라라의 손에 질질 끌려 미스 조의 몸이 가까스로 국경을 넘고 있었다. 기어코 가고야 말겠다던 미국 땅을 혼수상태에서 밟은 것이다.

클라라는 잠시 숨을 몰아쉬다가 다시 미스 조를 끌고 좀더 위쪽으로 올라갔다. 정찰대의 헬리콥터 소리가 점점 더 커지고 있었다. 클라라는 모래사장 끝에 박혀 있는 커다란 바위 뒤에 몸을 숨기고 숨을 죽였다. 숨을 헐떡거린다 해도 헬리콥터에 있는 사람들이 들을 리 만무하겠지만 그건 급박한 상황에 대한 본능적인 반응이었다. 클라라는 옆에 있던 커다란 나뭇가지를 끌어다 미스 조와 자신의 몸을 가렸다. 누군가 이 선을 넘었던 사람들이 사용했음이 분명했다. 끊어진 나뭇가지의 잎들이 아직도 시들지 않고 푸름을 간직하고 있었다. 간신히 국경을 넘어 미국 땅에 섰는데 한섭과 나양식은 아직 오지 못하고 있었다. 다만 그들의 모습이 모래사장에서 자취를 감추고 없다는 사실에 클라라는 안도의 한숨을 내쉬었다.

헬리콥터가 숨죽이고 있는 바다 위를 한바퀴 비잉 돌더니 다시 왔던 길을 되돌아가고 있었다. 클라라는 숨을 죽인 채 헬리콥터의 꽁무니가 완전히 사라지는 걸 나뭇가지 사이로 지켜보고 있었다. 바다 저 만치에는 통나무 하나가 동동 떠 있었다. 출렁이는 물살에도 움직이지 않았다. 통나무 옆으로 대롱 두 개가 삐죽이 올라와 있는 것이 보였다.

헬리콥터의 소리가 완전히 사라지자 클라라는 모래사장에 있는 돌멩이를 주워 힘껏 던지며 소리쳤다.

"겟 아웃!"

메아리도 없는 외침이 바다 내부에 스며들었다.

통나무를 제치고 두 개의 대롱이 약속이나 한 듯이 물위로 쑤욱 올라왔다. 한섭과 나양식이었다. 두 사람은 고갈된 산소를 서로 조금이라도 더 마시기 위해 다투기라도 하듯 숨을 연거푸 몰아쉬었다. 두 사람은 클라라가 던져준 파이프를 통해 숨을 쉬면서 통나무로 몸을 가린 채 물속에서 웅크리고 있다가 나온 것이었다.

한섭은 나양식을 부축하고 모래사장으로 기어나와 뛰기 시작했다. 약속의 땅! 희망의 땅! 이라고 부르는 독수리의 나라를 몇 발자국만 가면 자신도 밟아볼 수 있다 생각하니 눈물이 왈칵 쏟아질 것만 같았다. 그 순간 클라라가 서 있는 땅이 볼록 렌즈처럼 확 다가왔다. 빨리 오라는 클라라의 손짓이 옷깃처럼 너울거리더니 클라라가 하얀 고깔을 쓰고 춤을 추기 시작했다. 학처럼 우아한 자태로 원을 그리며 갈매기처럼 치솟는가 싶더니, 먹이를 발견한 갈매기가 물 위를 팽그르 돌다가 내려앉듯이 사뿐히 내려앉는다. 파도의 너울거림처럼 하얀 옷깃이 모래사장을 쓰다듬는다. 하늘거리는 옷소매가 한섭의 얼굴을 어루만지듯 스친다. 한섭은 흔들거리는 눈빛을 모으며 옷소매를 거머쥐려 손을 뻗쳤다. 순간 춤을 추던 클라라가 고깔을 들췄다. 독수리의 눈에서 뿜어지는 광채와 같은 햇빛에 한섭은 눈을 아슴하게 뜨고 고깔 속의 얼굴을 눈길로 더듬거렸다. 아! 그런데 그건 클라라가 아니고 꿈에도 그리던 아내였다. '소, 소정아!' 한섭은 아내의 옷깃을 붙잡으려다 말고 모래 속에 묻히고 만다. 나양식도 한섭의 품에서 벗어나 동시에 나동그라졌다.

클라라는 국경을 가로질러 벌렁 누워버린 두 남자를 바라보며 기가 막히다는 표정으로, 그곳은 아직 미국 땅이 아니라고 소리를 지르지만 두 사람은 꼼짝도 하지 않았다. 클라라는 허겁지겁 달려가 한섭과 나양식을 낑낑거리며 끌어다가 국경선을 넘고나선 털썩 주저앉아 숨을 헉헉거렸다.

샌디에이고에서 자신들을 안내해 줬던 맥시코인 가족. 그들과 식당
에 가서 밥을 먹고 필요한 물건들을 사면서 자연스럽게 어울렸다. 같
은 까만 머리여서 좀더 편안하게 느껴서였을까. 자신들이 밀입국자라
는 사실도 잊은 채 하루를 흥분 속에서 보냈다. 미스 조는 그들과 헤
어져 이미 애리조나를 향해 떠나고 없었다. 한섭과 나양식은 함께 행
동하기로 마음을 정했다. 나양식은 원대한 꿈을 안고 이 땅에 잠복해
들었지만 어디서부터 무엇을 어떻게 시작해야 할지 아직은 몰랐다.

공항 근처 모텔에 투숙해 들었다. 멕시코인 부부의 도움은 거기까
지였다. 한섭과 나양식은 필요한 물품들을 한 아름 안고 모텔방에 들
어섰다. 침대가 두 개 있는 방은 쾌적했다. 대통령도 부럽지 않았다.
한섭은 수첩을 꺼내 하와이에 있는 가족 전화번호를 확인하고 카운터
에 시외전화를 요청하려고 막 수화기를 든 순간이었다.

"아이고메, 성님!"

나양식의 목소리가 꺼져갔다.

"……?"

한섭은 고개를 돌려 나양식을 쳐다봤다.

"이 일을 어쩐다냐!"

나양식의 얼굴이 노오랬다.

"아니 왜?"

한섭은 반사적으로 수화기를 내려놓고 나양식에게 다가갔다.

"우, 우리, 우리 가방이……."

나양식은 가슴을 쥐어뜯었다.

"어엉? 가방? 가방이 왜?"

"어, 없어, 없어져부러……."

"뭐? 가방이 없어졌어? 왜?"

한섭은 쇼핑해 온 물건을 거칠게 뒤지기 시작했다. 정말 없었다. 차에서 내릴 때 너무 흥분되고 감격한 나머지 서둘렀던 것이 화근이었다. 둘은 넋이 나간 채 꼬박 밤을 새웠다. 미국 땅을 밟자마자 산 가방이었다. 한섭은 만약의 경우를 위해 돈을 분산해 놔야겠다는 생각에 약간의 돈과 여권을 제외하고는 모두 그 가방에 넣어 두었는데 몽땅 사라진 것이다. 한섭보다도 나양식이 더욱 팔짝팔짝 뛰었다. 행여 소매치기라도 당하면 어쩌나 싶어 비닐에 꼭꼭 싸서 땀띠가 나도록 허리에 차고 다니던 전대를 풀어서 가방에 넣어 뒀었다고 했다. 한섭은 며칠 기다려 보자고 나양식을 달랬다. 혹시나 하는 마음에서였다. 그렇게 나쁜 사람들 같지는 않았었다. 밀입국한 사람들이라는 걸 뻔히 알기에 그 돈이 어떤 것인지 알지 않을까 하는 기대도 걸어봤지만 가방은 흔적도 없이 그대로 사라지고 말았다.

두 사람의 호주머니에는 하와이로 갈 비행기표 값도 없었다. 한섭은 막막했지만 아내하고 연락만 되면 해결될 수 있는 일이었기에 크게 낙담하지는 않았다. 우선 당장 먹고 사는 일이 다급했다. 한국마켓을 찾아가서 한국 신문에 난 일거리를 찾아 헤맸다. 다행히 페인트 일과 식당 설거지 일은 쉽게 구할 수가 있었다.

낮에는 페인트를 칠하고 밤에는 설거지를 하기 위해 식당으로 뛰었다. 영주권이 없다는 것을 안 식당주인은 최저임금밖에 줄 수 없다며 큰소리를 쳤다. 그것도 고마운 줄 알라며 거들먹거렸다. 몇 번 주먹을 움켜쥐었지만 어쩔 수 없는 노릇이었다. 그래도 저녁밥을 식당에서 해결할 수 있다는 것만으로도 다행으로 여겨야 했다.

하와이에 있는 아내에게 전화를 계속 했지만, 어떻게 된 일인지 그

전화번호는 이미 사용되지 않는 전화번호라는 메시지만 흘러나왔다. 장모님의 전화도 마찬가지였다. 한국을 떠나올 때까지도 아내와 통화를 했던 번호였다. 가족에게 무슨 변고가 생긴 것은 아닌가 싶어 애가 탔다.

점차 시간이 흐르면서 불길한 예감이 들기 시작했다. 그때마다 한섭은 어쩌면 주위에서 주워들은 이야기 때문에 그렇게 불안한 마음이 들지도 모른다고 자신을 위로하고 들었다.

한번 잘 살아보겠다고 이민 온 가족들이 파탄 난 경우는 종종 있었다. 고국에서 살 때는 조신했던 부인이 남편과 함께 맞벌이에 뛰어들면서 목청이 커지고, 자신의 주장이 강해지면서 불화가 생기는 일들이 비일비재했다. 하늘 같았던 남편이 미국에 와서 보니 별 볼일 없게 느껴지고, 남편의 돈벌이가 신통치 않은 것 또한 불씨의 원인이 되기도 했다.

식당 주방은 온갖 잡담의 본거지였다. 모르는 소문이 없고, 부풀려진 소문에 또 살이 붙어서 주방문을 나가는 것이 다반사였다. 그런 소문 중에는 한섭의 경우와 너무나 흡사한 것도 있었다.

남편은 한국에서 잘 나가는 대기업의 중견간부였다. 부인은 아이들의 교육을 위해서 먼저 미국에 들어와 생활하게 되었다. 하지만 남편이 알뜰살뜰하게 보내준 생활비는 턱없이 모자랐다. 한국에서 중류층 가정으로 별 부족함 없이 자란 아이들의 무절제한 소비도 한몫을 했다. 일어에 꽤 능통한 부인은 용돈이라도 벌자는 차원에서 일본 관광객을 상대로 하는 고급 브랜드 가방 세일즈에 나섰다. 일을 시작한 부인은 자신이 세일즈에 탁월한 능력이 있다는 것을 알게 되면서부터 더욱 일에 재미를 느끼기 시작했다. 남편이 보내주는 돈은 차곡차곡

모여갔다. 부인은 날로 세련되어지고 벌어들이는 돈도 만만찮아졌다. 돈이 풍족해지자 다른 욕구가 부인을 휘감기 시작했다. 외로움이었다. 처음에는 남편의 목소리만 들어도 행복했던 마음이 점점 식어가고 있었다. 부인의 노력으로 아이들은 남부럽지 않은 대학을 가게 되어 남편도 이제는 됐다 싶어 미국으로 들어왔다. 하지만 부인에게는 이미 정부가 있었다. 결국 이혼장에 도장을 찍고 남자는 홀로 타주로 떠나고 말았다.

그런 이야기를 들을 때마다 한섭은 가슴이 철렁 내려앉곤 했다. 설마. 아내가…… 하는 생각이 집요하게 자신을 괴롭혔다. 하지만 아내에 대한 믿음으로 그 집요한 끈을 떨쳐버리곤 했다. 이 세상 여자가 다 변해도 아내 소정만큼은 그럴 여자가 아니었기 때문이다. 주위 사람들이 왜 혼자냐고 물어도 한섭은 속시원하게 대답할 수가 없었다. 자신의 이야기를 털어놓으면 또 소문이 되어 떠돌 것이 분명했기 때문이다. 그래서 그는 늘 입을 굳게 다물고 있었다. 그런 그를 보고 주위 사람들은 분명히 대단한 사연이 있는 사람일 거라고 수군거렸다.

한섭은 벼르고 벼르다가 작년 추수감사절 연휴를 맞아 하와이를 찾아갔었다. 비행기에서 똠박하게 떨어진 섬이 시야에 들어오면서부터 심장이 두근거렸다. 이 섬 어디엔가 눈물겹도록 그리운 가족이 살고 있으리라 생각하니 주체할 수 없도록 눈물이 쏟아졌다.

한섭은 그동안 아내와 아이들이 이 사람들과 스치며 지냈으리라 생각하니 공항 플랫폼을 밟는 순간 사람들이 마치 이웃처럼 느껴졌다. 그들이 목에 걸고 있는 꽃목걸이의 향기가 아내와 아이들의 것만 같았다. 가족을 만나면 꼭 저 울긋불긋한 꽃목걸이를 사서 걸고 사진을 찍으리라는 꿈도 꾸었었다.

아내가 살던 아파트를 찾아갔다. 택시 기사에게 주소를 주니 어렵지 않게 찾을 수 있었다. 여기저기 꽃들이 꽂혀진 공동묘지를 오른쪽으로 끼고 돌자 가파른 언덕길이 보였다. 언덕에는 30층 높이의 아파트가 여러 채 들어서 있었다. 그중 한 아파트 앞에 택시가 멈췄다.

한섭은 심호흡으로 마음을 가다듬고 아파트 현관 유리문을 밀치고 들어섰다. 주소에 적혀진 호수가 807인 것으로 보아 아마 8층인 듯싶었다. 엘리베이터 8자를 누르는 그의 손가락에 파르르 경련이 일었다. 그는 옷매무새를 다잡으며 엘리베이터 한쪽에 붙어 있는 거울을 들여다본다. 집을 떠나기 전에 목욕도 두어 번 하고 평상시보다도 더 비싼 곳에서 머리를 다듬고 왔건만 몰골은 여전히 초라해 보이는 중년 남자의 모습이었다. 엘리베이터가 8층이라는 숫자에서 띵하고 열리면서 숫자의 불이 꺼졌다. 한섭은 엘리베이터에서 내려 다시 한번 있지도 않은 옷의 먼지를 툴툴 털어냈다. 몰골은 누추해졌다 할지라도 차림새만큼은 말끔하고 싶어서였다. 엘리베이터는 아파트의 중간 지점에 있었다. 잠시 망설이다가 왼쪽으로 발걸음을 옮겼다. 번호가 커지고 있었다. 다시 오른쪽으로 갔다. 숫자가 작아질 때마다 마음도 졸였다. 807. 한섭은 눈을 감고 숨을 크게 내쉬었다. 행여나 싶어 다시 쪽지에 있는 숫자와 문에 박혀 있는 숫자를 확인했다. 분명히 807이었다. 한섭은 낮은 기침으로 목소리를 가다듬고 다시 한번 심호흡으로 마음을 진정시킨 다음 오른손 검지를 들어 벨을 누르려다 말고 멈칫거렸다. 아내가 나오면 도대체 뭐라고 말을 해야 할까 생각하니 가슴이 말발굽이 지나듯이 두드득거렸다. 아내는 자신을 보는 순간 어떤 느낌이 들까? 왜 이제 왔느냐고 목을 놓아 울기부터 할까? 그래 그럴지도 모른다. 아내는 원래 눈물이 많은 여자였으니까. 그러면 자신은 어떤 반응을 보여야 할까? 그동안 그렇게 애타게 찾았는데도 왜 연락이 되지 않았는지, 그 이유가 뭔지부터 따질까? 갑자기 머리가 혼돈스러워지기 시작했다. 이 문앞에 도착하기 전까지만 해도 그저 가족을 만날 수 있으리라는 기대만으로 달려왔는데 막상 만난다 생각하니 오히려 엉뚱한 생각으로 현기증이 일었다. 한섭은 그런 모든 잡생각들을 떨쳐버리기라도 하려는 듯 벨을 꾹 눌러버렸다.

띵똥~.

벨이 급하게 울렸다. 안으로부터 소리가 들렸다. 한섭은 자신도 모르게 양손을 비비고 있었다.

찰칵.

문이 열리는 소리에 한섭은 숨을 멈추고 잠시 눈을 감았다가 천천히 눈꺼풀을 치켜올렸다. 문고리를 잡고 한섭을 바라보고 있는 중년 여자. 까만 머리에 까만 눈 그리고 까무잡잡한 피부. 아내도 그리고 딸도 아닌 다른 사람. 한섭은 그만 주저앉아 울고 싶었지만 마른침을 삼키며 소정의 이름을 댔다. 여자는 고개를 살래살래 저었다. 자신이 이곳으로 이사를 온 지 벌써 1년이 넘었다고 했다. 그전에 살던 사람들이 어디로 갔는지 모르는 건 너무나 당연한 일이었다.

한섭은 쇳덩이처럼 무겁게 느껴지는 발걸음을 가까스로 옮겨 아파트 근처에 있는 공동묘지까지 갔다. 누구의 무덤인지도 모를 한 묘지 옆에 풀썩 주저앉았다. 지금까지 버텨왔던 모든 기력이 소진되어버린 느낌이었다. 손가락 하나도 움직일 수가 없었다. 아니 움직이고 싶지도 않았다.

'어디로 갔을까?'

'왜 연락처를 남기지 않았을까?'

'자동차 사고로 온 가족이…….'

그런 생각을 하다가 고개를 저었다. 그럴 리가 없을 거라고. 처음에는 머릿속이 텅 비어 아무 생각도 나지 않더니 오만 생각이 밀려와서 그를 괴롭혔다. 소문으로 떠돌던 그런 이야기의 주인공 중의 한 사람이 혹 자신이 아닌가 하는……. 이 넓은 미국 땅에 외롭게 떨어진 홀씨처럼 그는 오랫동안 고개를 떨구고 앉아 있었다. 떨구어진 고개에 불법체류자라는 낙인이 그를 더욱 억누르고 있었다.

"음마, 여기가 어디다냐."

침을 흘리며 졸고 있던 나양식이 눈을 휘둥그레 뜨며 주위를 두리번거렸다.

"……."

"아니, 성님 우리 아파트가 훨씬 지나분 거 아니요?"

나양식이 계속 주위를 두리번거린다.

"어? 그런가?"

한섭은 그제야 혼자만의 생각에서 벗어나 정신을 가다듬었다.

"어이구 우리 짠한 성님, 또 가족들 생각했구만이라이잉."

나양식이 안쓰럽다는 표정을 지으며 코끝을 찡긋거렸다.

"……."

한섭은 묵묵부답이었다.

"서로 살아 있응께 언젠가는 만날 날이 있것지라. 나무꾼과 선녀도 아닌디, 하늘로 솟았것소 땅으로 꺼졌것소. 너무 상심 마시랑께라. 우리가 인자 몇 년만 더 노력하믄 어느 정도 자리도 잽힐 것이고, 그라믄 좀더 대대적으로 광고를 해보장께요. 사람 찾으요 하고 신문에 쫙

ㄲ맣게 내봤자당께요. 낼라믄 아조 대문짝만하게 내자고요."

나양식이 혼자서 나불거리고 있는 사이에 한섭은 고속도로를 벗어나 다시 차 머리를 돌리고 있었다. '드림페인트' 트럭이 끼이익 소리를 내며 왔던 길을 다시 달리기 시작했다.

14. 어떤 죽음

회색빛 건물이 하품을 걱걱해대며 하루를 시작하고 있다. 여러 인종들이 오만 가지 물건들을 팔고 있는 그 쇼핑몰에는 족히 백여 개의 가게들이 들어 있는 듯싶었다. 몇 평 되지 않은 가게부터 크게는 80여 평 정도 되는 것까지. 이제 막 쇼핑몰이 문을 열기 시작하는 시간이어서인지 주차장은 아직 한산했다.

그때 한산하기만 한 주차장에 덜덜거리는 회색 닛산 차가 유난히 요란을 떨면서 들어오고 있었다. 차의 머플러는 구멍이 났는지 ㄲ르릉거리는 소리가 마치 천식을 앓고 있는 환자의 숨넘어가는 쿨룩거림과 같고, 시동이 꺼지는 소리는 겨우겨우 안간힘을 다해 버티고 있던 생명이 희망을 턱 놔버리는 것과 같았다. 그렇게 너덜거리는 차에서 내리는 사람은 의외로 세련된 용모에 곱상한 얼굴이었다. 가게를 열어야 할 시간이 조금 지나서인지 몸짓이 몹시 성급해 보였다. 가게 문을 정시에 열지 않는 것이 매니저에게 발각이라도 되는 날엔 가차없이 경고를 먹기 때문이다. 곱상한 여인은 입구문를 급히 밀치고 들어서면서부터 열쇠꾸러미를 찾기 위해 핸드백을 뒤적거린다.

"아니, 수라, 왜 이렇게 늦은 거야?"

오십대 정도 되어 보이는 옆집 가게 아줌마였다.

"아유, 저 놈의 똥차 때문에……. 차를 하나 다시 사든지 해야지 안 되겠어요."

곱상한 여인은 대답을 하면서 이미 가게 문을 드르륵 열고 계산대에 잔돈을 넣고 있었다. 가게는 가발과 액세서리를 취급하고 있었다.

"조금 전에 전화벨이 울리던데. 아무래도 박 사장인 것 같았어."

"그래요?"

"아이그, 박 사장도 늘그막에 웬 고생인지 모르겠어. 사람 팔자 알다가도 모른다니까. 무자식이 상팔자라고 옛 어른들이 입버릇처럼 얘기하더니, 박 사장이 딱 그 격이라니까. 쯧쯧쯧……."

"……."

"그렇다고 있는 자식을 버릴 수도 없고. 버린다고 말은 하지만 부모 마음이 어디 그런가. 속으론 그런 자식 더욱 끌어안고 끙끙거리는 게 부모 마음이지."

아줌마는 옆에 있는 사람에게 들으라고 하는 소린지 아니면 그저 혼자 하는 소린지 모르게 푸념을 늘어놨다.

이곳에서 일을 하기 시작하면서 '수라'로 둔갑한 미스 조는 아무런 대답을 할 수가 없었다. 자신이 일을 하고 있는 이 가게 주인은 어쩔 작정인지 얼굴 보기가 힘들었다. 처음 2주 동안 장사하는 요령을 가르쳐주는 둥 마는 둥 하더니 그만이었다. 그래서 옆가게 아줌마에게 자질구레한 것을 물어가면서 해결해 나가고 있었다. 3개월이 넘으면서는 아예 누가 이 가게 주인인지 모를 정도로 자신이 도맡아 하고 있는 중이다.

퀭한 주인아저씨의 모습에는 삶의 의지가 없어 보였다. 가끔 매상

정리를 위해 주인집에 들를 때면 주인 아주머니는 늘 병석에 누워 있었다. 처음에는 그저 부인 병간호 하느라고 진이 빠졌나보다 생각했었다. 그런데 일을 하다가 한마디 두마디 흘리는 옆가게 아줌마의 이야기를 종합해 보면 외동딸이 부모 말을 듣지 않고 꽤나 골치를 썩이는 모양이었다. 미스 조는 궁금하기는 했지만 더 이상 깊은 속사정을 알고 싶지 않았다. 옆가게 아줌마가 뭔가를 미스 조에게 털어놓을라 치면 얼른 그 자리를 피하곤 했다. 자신의 일만 해도 머리가 지끈거리며 터질 것 같은데 그 머릿속에 또 다른 복잡한 이야기를 쑤셔넣고 싶지가 않아서였다.

일단 먹고 살 수 있다는 사실만으로도 고마워 힘 닿는 데까지 열심히 성실하게 일하고 있을 뿐이다.

주인 아주머니가 병석에 눕기 전에는 지금과 같은 크기의 가게를 네 개나 가지고 있으면서 꽤 많은 재력을 쌓았다는 이야기를 얼핏 들었다. 그 네 개 중의 하나가 지금 옆 가게였다. 아무리 자식이 속을 썩여도 자신의 처지만 할까 하는 생각을 미스 조는 하고 있었다. 그녀는 정신없이 일을 하다가도, 돈을 세다가다도, 밥을 먹다가도 라스베가스에서의 일을 생각하면 갑자기 전신이 부들부들 떨리면서 한기가 들었다. 세상에 그런 일이 있을 수는 없었다. 그런 일이……

미스 조는 밀입국 후 곧바로 그레이하운드 버스로 애리조나 주에 도착했다. 애리조나 주에 도착만 하면 바로 남편에게 복수를 하고 한국으로 날아가겠다는 일념 외에는 아무것도 없었다. 그래서 남편이 다니던 애리조나 주립대를 찾아갔다. 전에 알고 지냈던 사람들은 거의 떠나고 없었다. 모두들 생소한 얼굴들뿐이었다. 그도 그럴 것이 벌

써 2년 반이라는 세월이 흘렀으니 알고 지냈던 사람들은 박사학위를
위해 다른 곳으로 가고 없을 시간이었다. 남편은 자신이 한국으로 가
고 난 다음 해에 학교를 그만둔 것으로 되어 있었다.

　목숨을 걸고 이 땅에 들어왔는데 이렇게 허무하게 돌아갈 수는 없
었다. 이 애리조나 바닥을 샅샅이 뒤져서라도 찾아내고야 말겠다고
이를 갈았다. 그런 그녀를 하늘이 도왔을까. 어느 날 캠퍼스의 구석진
벤치에서 막막한 마음으로 하늘을 올려다보고 있는 미스 조에게 다가
온 사람이 있었다.

　"아니 수아 누나 아니세요?"

　"어머? 너, 호진이 아니니? 세상에, 너 아직 이곳에 있었니?"

　"아뇨. 작년에 졸업하고 지금은 동부에서 박사코스를 밟고 있는데,
긴히 만나야 할 교수님이 계셔서 잠깐 들렀어요."

　호진은 반가우면서도 난처한 표정이었다. 미스 조는 그의 난감한
표정을 십분 이해하고도 남음이 있었다. 다른 사람은 몰라도 호진이
는 다 알고 있을 터였다. 그는 총각 대학원생으로 그네와는 각별하게
지냈었다.

　그날 호진을 통해서 들은 이야기는 대강 이러했다. 자신이 한국으
로 나가고 얼마 되지 않아 남편은 현지 한국 여학생과 동거에 들어가
면서 호진도 발걸음을 하지 못했다. 그 여자는 열두 살 때 부모님을
따라 이민을 왔었다. 두 사람은 동거를 하다가 여자 부모에게 발각이
되었고, 아무리 미국에 와 살지만 딸자식이 유부남하고 사는 것을 결
코 받아들일 수 없다며 거품을 물고 쓰러지자 남편은 부랴부랴 이혼
수속을 밟게 되었다. 정작 이혼을 하고 나니 여자의 부모는 멀쩡한 딸
자식을 이혼남에게는 절대로 줄 수 없다며 사생결단을 하려 들었고,

결국 두 사람은 부모의 눈을 피해 어디론가 떠나고 말았다는 이야기
였다. 두 사람이 손쉽게 법적으로 결혼을 해치울 수 있는 곳은 라스베
가스밖에 없기에 분명히 그곳으로 갔을 거라는 소문만 무성하게 떠돌
았다는 말을 해주었다.

　모든 정황을 듣고 난 미스 조는 생각할 겨를도 없이 실성한 여자처
럼 라스베가스로 가는 그레이하운드 버스에 또 몸을 실었다. 라스베
가스로 가는 버스에는 사람들이 꽤 많이 타고 있었다. 뒤범벅된 인종
의 매캐한 냄새가 코를 비집고 들어와도 역겹다는 느낌조차도 들지
않았다. 그만큼 미련스러운 자신에게 화가 나 있었다. 중치가 막힌다
는 말을 이럴 때 쓰는가보다 생각했다. 자신이 떠나자마자 동거에 들
어갔다면 계획적인 것이 분명했다. 분하고 억울해서 온몸의 피가 거
꾸로 치솟는 것 같았다. '아무리 꼭꼭 숨는다고 내가 널 못 찾아낼 것
같아? 어림도 없지. 하늘이 널 용서하지 않을 거야'라는 생각을 하면
서 이를 뿌드득 갈았다. 라스베가스가 가까워오자 더 많은 사람들이
꾸역꾸역 버스에 올랐다. 순간 시큼한 냄새가 훅 밀려오면서 툭 튀어
나온 입술에 흰 이를 끝까지 드러낸 한 흑인남자가 옆자리에 앉아도
되겠냐는 제스처를 보내왔다. 미스 조는 고개를 끄덕이며 좀더 창가
로 바싹 다가앉았다. 발끝에 봉지가 걸려 부스럭거리는 소리가 났지
만 개의치 않았다. 먹다가 버린 음식 봉투이거니 생각하는데도 자꾸
신경이 거슬려 다시 발끝으로 툭 밀어보았다. 뭔가 묵직한 게 밀리는
느낌이었다.

　몇 번이나 뭐라고 말을 걸려는 흑인 남자에게 미스 조가 별다른 반
응을 보이지 않자 남자는 시큰둥하게 앉아 있다가 자리에서 일어나
버스에서 내렸다. 미스 조는 자리를 좀더 넓게 고쳐 앉았다. 발끝에

걸리는 봉투를 또다시 발로 툭 쳐 봤다. 뭔가 들어 있는 것이 분명했다. 음식쓰레기는 아닌 것 같은 느낌이 들어 엄지와 검지를 이용해 봉투를 슬그머니 의자에 올려놨다. 갈색 작은 봉투였다. 두 손가락을 이용해 주둥이를 벌려 안을 들여다봤다. 은빛이었다. 순간 호기심이 반짝 고개를 쳐들었다. 봉투 주둥이를 좀더 활짝 열었다. 가슴이 철렁하고 내려앉았다. 생전 처음 보는 권총이었다. 덜덜 떨리는 가슴을 붙잡고 중얼거렸다.

'장난감일 거야. 누군가가 아이 장난감총을 사가지고 가다가 깜박 놓고 내린 걸 거야.'

그렇게 생각을 하면 할수록 희한하게 호기심이 스멀스멀 올라왔다. 봉투 안에 가만히 손을 집어넣었다. 묵직하게 느껴졌다. 반쯤 꺼냈다. 너무나 예쁘고 앙증스럽게 생긴 권총이었다. 요리조리 뜯어봤다. 순간 소름이 후드득 돋았다. 한번도 권총을 직접 만져본 적은 없었지만 진짜인 것이 분명했다. 행여 누가 볼세라 얼른 봉투에 다시 집어넣고 눈을 질끈 감았다. 이것은 누가 뭐래도 하늘이 자신을 위해 마련해 놓은 거라는 생각밖에는 들지 않았다. 하지만 무서웠다. 지금까지 남편을 죽이고야 말겠다고 이를 갈아왔는데, 막상 이렇게 기회가 주어지고 나자 왜 그렇게 무섬증이 드는지 모를 일이었다. 하지만 포기하고 싶지 않았다. 마치 샌드위치 봉지인 것처럼 후닥닥 봉지를 말아 쥐었다.

그전까지는 권총을 어떻게 구입해야 할까가 가장 큰 고민이었다. 총을 구입할 수 있는 곳은 어디든지 있었다. 하지만 흔적을 남겨야 하는 것이 가장 불안했었는데 이렇게 쉽게 끝나버린 것이다. 이렇게…….

　도심지에 불빛이 씨를 가득 머금은 봉숭아가 톡톡 터지듯 여기저기서 불거지기 시작하더니 어느새 불바다가 되어버렸다. 두렵고 떨리는 마음이 진정이 될 때까지 무작정 걸었다. 지나는 사람의 어깨가 스칠 때면 권총을 소매치기라도 당하는 것 같아서 깜짝깜짝 놀라곤 했다.

　어느 작은 모텔 앞에서 걸음을 멈췄다. 값은 생각보다 비싸지 않았다. 244 호. 문을 열기 전에 방 번호를 멍하니 쳐다봤다. 죽을 4가 두 개나 들어 있었다. 이 방도 자신을 위해서 준비된 방인가 하는 생각이 스쳐 물끄러미 방문 번호를 쳐다보다가 문을 밀고 들어섰다.

　떼르릉～ 떼르릉～～ 떼르～릉～.

　"수라, 뭘 그렇게 생각하고 있어? 빨리 전화 받아봐."

　전화가 계속 울리는 것도 듣지 못하고 눈망울을 풀어놓고 생각에 잠겨 있는 미스 조를 옆가게 아줌마가 뛰어와서 재촉했다.

　"아, 네."

　미스 조는 급하게 수화기를 들었다.

　"여보세요?"

　"수, 수라. 지금 가게 문 닫고 빠, 빨리 우, 우리 지, 집으로……."

　주인아저씨의 목소리가 허둥거렸다.

　"사장님? 무슨 일 있으세요?"

　뚜-.

　"아, 아줌마. 저 저희 사장님한테 다녀올게요. 가게 좀……."

　"아니, 무슨 일이야?"

　"모, 모르겠어요."

　미스 조는 뭔지 모를 불안에 휩싸이며 차를 향해 뛰기 시작했다. 괜

150

히 속이 후들거렸다. 차라리 무슨 일인지 알면 좀더 침착해질 수 있을 것만 같은데……. 무슨 일일까? 짐작으로 허방을 짚다보니 더욱 식은 땀이 흘렀다.

"아~! 아~아~악~~!"

미스 조는 현관문을 밀치고 들어서자마자 머리를 움켜지면서 비명을 질렀다.

"수, 수라!"

"아악~ 사, 사장님!"

미스 조는 외마디의 외침과 함께 주저앉고 말았다.

주인아저씨의 옷이 피로 범벅이 되어 있고 옆에는 식칼이 놓여 있었다. 안방문이 활짝 열려 있었다. 열린 문으로 들여다보이는 핏빛으로 물든 안방 침대. 그리고 이불 위에 쓰러져 있는 사람! 움직임이 없다! 그렇다면……? 살인!

15. 길

한 국내선 비행기가 플로리다 창공에 들어서고 있었다. 모두 착석하라는 기내 방송이 흘러나오자 승객들의 점검을 마친 승무원들도 자리로 돌아가 착석을 했다. 창 너머로 내려다보이는 풍경이 여유롭다. 늘어선 해안. 눈이 시려오는 에메랄드 바닷빛. 느린 몸짓의 야자수들. 익숙한 풍경이다. 하와이. 잊어버리고자 했던 곳. 그곳의 큰 집 같은 곳이 지금 시야에 들어오고 있다. 하와이와 연결된 곳. 아니 연결될 만한 것은 모두 단절하며 살아왔는데, 이렇게 다시 보니 생각과는 달리 마음이 야자수 잎에 매달려 순간 비틀거린다. 남들이 파라다이스라고 부르는 곳이 소정에게는 아픔일 뿐이다.

한국을 떠날 때만 해도 홀로 두 아이를 키우며 살아가리라고는 꿈에도 그려본 적이 없었다. 결혼 후, 남편 그늘에서 살 땐 있던 능력마저 구석에 미뤄둔 채 살았었다. 그러나 현재 자신은 그런 모습으로부터 참으로 멀리 와 있다는 생각이 든다. 때때로 자신의 모습이 생소하게 느껴질 때도 있지만, 아픈 상처를 묻어두고 잘 성장해 주는 두 아이를 생각하면 생소함마저도 거부하지 않고 받아들인다. 두 아이의 미래를 보장할 수 있는 거라면 불속으로라도 스스럼없이 뛰어들 수 있는 것이 지금 소정의 마음이다. 한국에서는 생각지도 못했던 비행기 승무원이라는 직업을 가질 수 있는 것도 다 그런 마음에서 시작되었다. 아직은 모든 면에서 어수룩하고 불안하고 겁이 나기도 하지만, 한편으론 인생의 희한한 반전에 짜릿한 전율을 느끼기도 한다.

이 거대한 땅덩어리가 부여해 주는 기회들이 소정에게는 눈물겹도록 고맙다. 사람은 가끔 어디서 사느냐에 따라 전혀 다른 인생을 살수도 있다는 체험을 하고 있는 중이다. 처음에는 음식냄새도 싫고, 각종 인종들이 뿜어내는 독특한 체취에도 적응이 되지 않아 몸부림을 쳤어야 했다. 하지만 지금은 다르다. 그러한 것들이 경험과 모험으로 느껴진다. 새로운 경험은 지혜를 더해주고 모험은 지식을 더해주는 것 같다. 성장이 멈추지 않는 인생이 주는 기쁨과 행복이 무엇인지 이제는 알 것 같다.

딸 상희가 이사를 가자고 했을 때만 해도 그저 다른 동네 다른 아파트로 이사를 하려고 집을 보러 다녔다. 그러던 중에 생각을 달리했다. 이왕에 모든 것을 잊고 살아가자면 탈바꿈을 해보자. 탈바꿈. 결코 쉽지는 않으리라. 하지만 쉽지 않기에 더욱 도전을 해보고 싶었는지도 모른다. 그 어느 누가 징그럽게 꿈틀거리는 누에가 나방이 될 수 있으리라 짐작이나 할 수 있을까. 하지만 누에는 해내지 않던가. 껍질을 벗어내고 입에서 뽑아낸 물질로 자신의 은신처를 장만한다. 그리고 네 번째 잠에서 깨어나면서 어둡고 작은 공간을 탈피하게 된다. 누에는 그동안 누렸던 모든 걸 포기하면서 전혀 다른 모습인 나방으로 거듭나게 되고 더불어 자유로워진 몸으로 거침없이 하늘을 날 수 있게된다.

그렇다. 나방이 되어보자. 아무도 없는 곳으로 떠나 새롭게 시작하자. 그런데, 어디로? 이 땅에서 온전한 인간으로 살지도 못하고 그저 반벙어리 신세로 살아가는 처지인데 어디로 무작정 간단 말인가? 딸을 위한 첫 단계로 다른 아파트로 이사를 결심했다. 타주로 이사를 하는 것은 좀더 차근차근 준비를 하기로 했다.

그러던 어느 날 함께 일하던 동료가 시카고로 이사를 가는데 트랜스퍼라는 것을 한다고 했다. 트랜스퍼가 뭐냐고 물었더니, 동일한 호텔이 이사를 하고자 하는 지역에 있으면 직장을 그만둘 필요 없이 이사한 지역에 있는 호텔로 옮겨서 계속 근무를 할 수 있다는 것이었다. 그 동료의 말을 곰곰이 생각해 보니 결국 전근을 가는 것과 같은 맥락이었다. 귀가 번쩍 뜨였다.

그 동료가 시카고로 트랜스퍼를 해서 떠나는 바람에 소정은 그 동료가 일하던 최고급 특실을 맡게 되었다. 최고급 특실이라고 해서 호화스러운 줄로만 알았는데 의외로 검소한 분위기에 소정은 고개를 갸웃거렸다. 수퍼바이저가 각별히 신경을 쓰라는 지시를 수시로 내리는가 하면 또 방 청소가 잘되었는지 직접 꼼꼼하게 챙기기도 하였다.

그러던 어느 날 수퍼바이저가 다급하고 불안한 얼굴로 소정을 찾았다. 그 특실 손님이 그 룸을 청소했던 사람을 찾는데 행여 무슨 실수를 저지른 것이 아니냐고 물었다. 소정은 아무리 생각을 해봐도 무슨 실수를 했는지 감이 잡히지 않았다. 가뜩이나 졸여진 마음 때문인지 발걸음도 움츠러들었다. 일이 잘못되면 자신이 원하는 그 트랜스퍼라는 것도 물거품이 될 수 있겠다 생각하니 입안이 바싹바싹 타들어갔다.

똑똑.

들릴락 말락 노크를 하고 문을 밀고 들어섰다. 남자의 뒷모습이 보였다. 안락의자에 앉아서 뭔가를 들여다보고 있었다. 약간 대머리에 까만 머리였다. 순간 소정은 안도의 한숨을 푸욱 내쉬었다. 왜 그런 안도감이 들었는지 소정은 지금 생각해도 자신이 우습기만 하다. 그저 백인이 아니어서 영어 대신에 혹시 한국말을 할지도 모른다는 어설픈 짐작 때문이었는지도 모른다. 남자는 반응이 없었다. 소정은 잠시 망설이다 다시 인기척을 냈다. 그제야 남자는 앉은 채 의자를 빙글 돌렸다. 소정을 쳐다보며 눈인사를 하는 것 같더니 일어나 소파 쪽으로 걸어왔다. 중키에 얼굴이 반짝거려 투명한 빛이 흐르고 있다는 느낌을 주었다. 화가 난 것 같지는 않았다.

"Have a seat please."

남자가 영어로 앉으라고 말하며 손짓으로 건너편 의자를 가리켰다.

"네."

얼떨결에 소정은 남자에게 한국말을 하고 말았다. 그런 소정을 보고 남자는 온화한 미소를 지어 보였다. 불편하게 앉아 있는 것을 보고 편안하게 앉으라고 권했다. 남자는 소정에게 시원한 주스 한 잔 하지 않겠느냐며 직접 냉장고에서 꺼낸 오렌지주스와 망고주스를 들어 보였다. 소정은 주춤거리다가 가장 익숙한 이름을 댔다. 맞을 매라면 얼른 맞고 싶은데, 이 신원불명의 남자는 여유를 부리고 있었다.

한국에 있을 때와는 달리 미국에 온 이후 남에게 대접을 받아본 적이 없는 소정은 이런 남자의 친절에 몸 둘 바를 몰랐다. 남자는 소정에게 사소한 것들을 묻고 있었다. 언제 미국에 왔느냐. 어떻게 하와이에 오게 되었느냐. 가족사항은 어떻게 되느냐. 지금 하고 있는 일 외에 다른 일을 하는 것은 없느냐. 하고 싶은 것이 있느냐. 초긴장한 상태로 더듬거리며 대답을 하다 말고 소정은 남자를 멀뚱히 쳐다봤다. 대답을 하다 보니 방향이 이상하게 흐르고 있었던 것이다. 남자는 소정의 의아해하는 눈빛을 읽었는지 빙긋이 웃어 보이며 안심하라는 말을 했다.

소정은 걱정하지 말라는 남자의 말을 들으면서 잠시 긴장을 풀었다. 지금까지 자신이 뭔가 실수를 했을 거라는 생각에 사로잡혀 있었는데, 그것이 아닐지도 모른다는 생각이 들었다. 긴장된 마음이 풀리자 그제야 소정은 자신이 이 방을 들어설 때 그 남자가 들여다보고 있던 것이 눈에 들어왔다. 순간 겁이 더럭 났다. 그것은 자신의 영어 노트였다. 이 남자는 걱정 말라고 하지만 근무 중 사적인 공부를 하고 있었다고 수퍼바이저에게 알려지기라도 하는 날엔 끝장이었다. 미국 사람들은 앞에서는 걱정하지 말라고 다독이고 뒤돌아서서는 할 말 다 하고 할 일 다 한다는 이야길 들은 적이 있어서 눈앞이 캄캄해졌다. 일이 더 커지기 전에 모든 사실을 설명해야겠다고 소정은 맘을 먹었

다. 어쩌자고 칠칠맞게 그 노트를 흘리고 다녔는지 속이 상해 눈물이
나려고 했다.

소정은 더듬거리는 영어로 그 노트는 그저 틈틈이 영어 단어와 문
장을 외우기 위해서 가지고 다닌 것뿐이라고 설명하느라 애를 썼다.
남자는 소정의 마음을 이해하겠다는 듯 고개까지 끄덕였다.

그날 소정은 무사히 노트를 돌려받은 뒤 특실 문을 나섰다. 하루,
이틀, 사흘. 아무 일도 일어나지 않았다. 수퍼바이저도 별다른 반응
없이 소정에게 나긋나긋하게 대했다. 다만 달라진 것이 있다면 특실
을 청소할 때 종종 그 남자를 본다는 사실뿐이었다.

그렇게 얼굴을 마주치는 횟수가 많아지면서 소정과 남자의 사이는
좀더 스스럼이 없어지고 있었다. 남자는 지나가는 말처럼 좀더 많은
것을 물어왔다. 소정도 웃으며 대답했다. 그리고 두 아이의 교육 때문
에 타주로 이사할 계획을 갖고 있다는 것도 이야기하고, 가능하면 동
부로 가려고 한다는 것도 말했다.

어느 날 남자는 워싱턴 디시에 있는 호텔을 소개하고 싶다는 제안
을 해왔다. 소정은 고맙지만 너무 부담스러워 공손하게 거절했다. 남
자는 그 호텔에서 일하면 공부를 할 수 있는 기회도 준다고 덧붙였다.
다시 말하면 일하면서 공짜로 공부도 할 수 있다는 설명이었다. 가슴
이 울렁거렸다. 그런 곳이라면 한번쯤은 염치없는 신세를 져도 되지
않을까 하는 생각이 들었다. 소정은 생각을 해보겠다는 대답으로 여
운을 남겼다.

그 다음 해 1월. 소정은 아이들 둘을 데리고 과감히 운명의 선회에
몸을 실었다. 기회는 아무 때나 오는 것이 아니라는 생각 때문이었다.
혼자 살아가기 위해서는 용기가 곧 자산이었다. 열심히 일하는 것으

로 그 사람에게 은혜를 갚기로 맘을 먹었다. 걱정하는 두 아이들에게는 큰소리를 탕탕 쳤지만 내심 두려웠다. 워싱턴 디시는 미국의 서울인데, 그 쩌렁쩌렁한 도시에서 과연 자신이 잘 버텨낼 수 있을까 걱정하며 잠 못 이룬 밤이 부지기수였다. 하지만 숨 가쁘게 돌아가는 그 도시에서 생활 적응은 생각보다 수월했다. 세계 각지에서 몰려오는 정치인들과 비즈니스맨들이 웅성거리는 그곳의 호텔은 최고급이었다. 보수도 좋고, 혜택도 상상할 수 없을 정도로 좋았다. 하루 6시간만 일을 해도 되었다. 이런 행운이 어떻게 자신을 찾아와 주었을까 믿기지 않았다. 소정은 주어진 행운에 날개를 달고 싶었다. 그래서 두 아이들과 함께 영어 공부에 매달렸다. 이곳에서 기죽지 않고 힘차게 살아갈 수 있는 방법은 눈뜬장님 그리고 반벙어리 신세를 면하는 일이었다.

한국에 있을 때는 영어를 조금만 해도 큰 장점이었고 그것으로 누리는 특혜도 많았지만, 영어를 쓰는 나라에서 영어를 능숙하게 하지 못하는 것은 핸디캡이었다. 소정은 핸디캡이라는 딱지를 하루빨리 떼고 싶었다. 하지만 하면 할수록 첩첩산중이었다. 특히 말을 할 때 사용하는 입의 근육부터 달랐다. 그래서일까 매끄럽게 말을 하려고 노력을 하면 할수록 더욱 더듬거리는 것처럼 느껴졌다.

처음 몇 달간은 영어가 제법 되는 것처럼 느껴지기도 했다. 그런데 그런 느낌도 잠시, 마치 제자리걸음을 하고 있는 것 같은 자신의 영어 실력에 속이 상하기 시작했다. 내 자신이 이 정도밖에 되지 않았나 하는 묘한 자괴심까지 들었다. 하지만 거기서 주저앉으면 아무것도 할 수 없을 것 같았다. 그래서 다른 방법을 시도해 보기로 맘먹었다. 상대와 대화를 하지 않으면서도 대화의 효과를 가져오는 방법은 소리

내어 책이나 신문을 읽는 것뿐이었다. 가능한 한 대화체가 많은 동화 책을 택했다. 눈으로 보기에는 무척 쉬운 문장들이었지만, 입으로 읽는 것은 결코 쉽지가 않았다. 그것도 누군가와 말을 하고 있는 것처럼 읽는다는 것은 더더욱 힘들었다. 아무리 힘들어도 포기하지 않았다. 모르는 단어가 있으면 그냥 넘기는 법 없이 꼭 사전을 찾아서 뜻을 완전히 이해하려고 노력했고, 문장에 그 단어를 써서 사용해보곤 했다.

그렇게 죽기 아니면 살기로 1년을 버티고 났더니 서광이 비치는 것 같았다. 어느 날 자신도 모르게 손님에게 줄줄 설명을 하고 있었다. 손님이 하는 말이 신기하게 또르륵 또르륵 들려왔다. 꽉꽉 차 있던 귀지덩이를 누군가가 말끔히 뽑아내준 것 같았다. 그렇게 영어가 귀에 쏙쏙 들어온다고 느끼던 날 소정은 일을 하다 말고 카펫 바닥에 철퍼덕 주저앉아 울었다. 최소한 자신이 일하는 곳에서 만큼은 이제 반벙어리, 반귀머거리로 살지 않아도 될 것 같다 생각하니 하늘을 맘껏 나는 새가 된 것 같아 너무 좋았다. 자유롭게 들을 수 있고, 말할 수 있다는 것이 이렇게 밝은 세상을 준다는 걸 그때 알았다.

하와이 호텔 특실에서 만났던 남자는 워싱턴에도 자주 왔다. 그 호텔에서도 역시 특실을 이용했다. 가끔 소정의 근황을 물어주었다. 좀 더 복잡한 질문들이었으나 소정은 부담 없이 자신감 있게 척척 설명했다.

그런 소정을 흐뭇한 모습으로 바라보던 남자는 자신이 알고 있는 A 항공사에서 곧 승무원 채용을 하는데 응모를 해보라는 제안을 해왔다. 2개국어를 구사하기 때문에 특히 유리할 거라는 귀띔까지 아끼지 않았다. 소정은 잠시 망설였다. 남자는 포기하지 않고 소정을 설득했다. 항공사에서 일하면 지금보다 훨씬 더 많은 혜택이 주어지고 2~3

혹은 3~4일 집을 비우는 일은 있겠지만, 한번 다녀오면 일주일 정도
는 집에 있을 수 있다고 했다. 가장 매력적인 것은 보수였다. 지금 받
고 있는 것과는 비교도 안 되었다.

비행기의 바퀴가 덜컹거리는 소리를 내는가 싶더니 땅에 닿는 게
느껴졌다. 소정은 자리에서 일어났다. 기내의 손님들이 모두 빠져나
갈 때까지 비즈니스 석에서 끝까지 서류를 보고 있던 남자가 마지막
으로 일어나 나가면서 소정에게 따뜻한 미소를 보냈다. 호텔 특실 남
자다. 그는 예전보다 더 젊어 보였다.

16. 해후

200여 명을 충분히 수용하고도 남을 레스토랑은 손님들로 붐비고
있었다. 유니폼을 입은 웨이터와 웨이트리스들의 몸놀림이 노련하고
재빨랐지만, 밀려 들어오는 손님들을 다 소화하기에는 어려움이 있어
보였다. 매니저는 캡틴 웨이트리스에게 단체손님 홀에 일반손님을 받
을 수 있도록 조치하라고 급하게 지시하고 있었다. 주말이면 눈코 뜰
새 없이 바쁜 레스토랑이지만, 오늘 저녁은 유난히 바쁘다고 모두 종
종 걸음이었다.
　"양봉, 빨리 단체손님 홀로 가봐요."
　땀을 뻘뻘 흘리며 손님들이 먹고 난 그릇을 치우고 있는 한 버스보
이에게 캡틴이 급하게 도움을 요청했다. 땅딸막하면서 눈이 뺀질거리
게 생긴 버스보이가 대답을 하려고 고개를 들었을 때 캡틴은 이미 저

만큼 가고 없었다.

"아이고, 요런 날은 몸이 열 개라도 못 해보것구마잉."

그릇이 수북이 쌓인 카트를 밀며 버스보이는 주방으로 들어간다.

홀만큼이나 널찍한 주방에는 고참 주방장을 위시해서 십여 명이 각자 맡은 바 책임을 다하기에 여념이 없었다. 고기만 자르는 사람, 반찬만 담아내는 사람, 찌개만 담당하는 사람, 면 종류를 담당한 사람, 그리고 계속해서 밥을 짓는 사람.

그중에 윙윙거리며 돌아가는 기계 앞에서 계속 고기를 자르고 있는 남자를 지나치며 버스보이가 한마디 던진다.

"성님, 손가락 조심하씨요잉."

버스보이의 말에 고기를 자르며 씨익 웃는 사람은 한섭이었다. 짬밥도 경력이라고 이 레스토랑으로 옮겨오면서 설거지를 벗어나 고기 자르는 중책을 맡았다. 일당이 오른 것은 당연한 일이었다. 나양식은 이곳에서 '양봉'이라는 이름으로 버스보이 노릇을 하고 있는 중이다. 규모가 작은 식당에서 설거지를 할 때와는 달리 팁도 쏠쏠히 들어왔다. 그 달짝지근한 팁맛은 파김치가 되어버린 육신도 거뜬히 이겨낼 수 있는 힘을 주었다. 설거지를 할 때는 홀에서 일하는 사람들이 인심을 써서 주면 받고 그렇지 않으면 그만이었다.

나양식은 단체손님 홀로 뛰어가 테이블을 정리하고 그 위에 흰 커버를 씌운다. 실버웨어를 정연하게 놓고 진한 초록색 냅킨을 삼각으로 접어 세워 놓으니 테이블이 한층 우아해 보였다. 작은 유리병에 물을 채우고 아직 활짝 피지 못한 빨간 장미 한 송이를 꽂는 것으로 테이블 세팅은 마무리 되었다. 늘 건들거리고 덜렁대는 그의 행동과는 거리가 있어 보였다. 노련한 동작으로 꼼꼼하게 점검하는 모습은 철저한 직업의식이 몸에 깊숙이 배어 있음을 말해주고 있었다.

나양식과 한섭은 이 식당으로 옮겨오면서 한 마리 토끼를 잡기로 결정을 보았다. 그래서 아쉽지만 페인트 일을 그만두었다. 그것으로 성공하기는 길이 너무 험난해 보였다. 언어 장벽과 그들의 신분이 문제이기도 했다. 굵직굵직한 공사를 따내야 하는데, 그들의 처지로서는 항상 자질구레한 하청을 면하기 힘들었다. 뼛골 빠지게 일을 하고도 주인 맘에 들지 않으면 공사비용을 받지 못하는 경우도 있었다. 그런 억울함을 당하면서도 어디에 하소연할 곳이 없었다. 그것은 바로 불법체류자라는 딱지 때문이었다.

그래서 알아본 결과 신분을 회복하기에는 그래도 식당이 가장 빠른 길이었다. 이를 악물고 일을 배워 실력 있는 주방장으로 취직을 하든지 아니면 번듯한 식당을 차리면 영주권 해결 가능성이 있다고 했다. 첨부서류 중에 한국에서 요리사로 일을 했었다는 증명서류가 필요하긴 하지만 그런 서류 떼는 것쯤은 문제가 아니었다. 그리고 식당은 한 곳에서 죽어라 일을 하기보다는, 어느 정도 일을 익혔다 싶으면 다른 식당으로 옮겨야 한 자리씩 올라갈 수 있다는 요령도 터득했다.

두 사람은 미래에 대한 가닥을 잡은 후론 하루하루가 즐겁고 희망에 차 있었다. 나양식은 입버릇처럼 "만약에 우리가 영주권을 받으면 이라……"는 서두로 하루에도 몇 번씩 미래를 그렸다. 그렇게 말하는 나양식은 영주권이 있다는 생각만 해도 온몸이 짜릿거리는지 흥분으로 몸을 베베베 꼬곤 하였다. 어떤 놈이 영주권을 훔쳐서 달아난다고 고래고래 고함을 지르며 잠꼬대를 하기도 했다.

그런 마음가짐 때문인지 버스보이라는 직책도 그에게는 하늘로 오르는 황금사다리처럼 생각되었다. 비록 하찮아 보이는 잡일이라 할지라도 역시 양봉이 제일이라는 소리를 듣고 싶었다. 어느 곳에서 일을 하든, 일하는 동안은 자신이 바로 주인인 것처럼 일을 하기로 맘을 굳게 먹었다. 이 버스보이 다음으로 그가 되고자 하는 것은 말쑥한 유니폼을 입고 매끄러운 매너로 손님을 받는 웨이터가 되는 것이었다. 그래서 그는 손님들이 먹고 남은 그릇을 치우면서도 웨이터 웨이트리스들이 손님을 대하는 행동 하나 하나를 지켜보면서 장단점을 파악해 가고 있었다. 자신이 웨이터가 되면 파격적인 매너로 손님을 모실 준비를 차근차근 하고 있는 중이다. 왕년에 형님을 모시던 가락을 발휘하면 싫어할 손님이 어디 있으랴 생각하면서 빈 카트를 밀고 가는 나양식의 등 뒤에서 낯선 목소리가 들려온다.

"저어…… 혹~시……."

"네, 손님. 뭘 도와……!"

나양식은 말을 채 끝내지도 못하고 어안이 벙벙한 얼굴로 눈을 끔벅거리다가 말을 잇는다.

"음마, 음마. 이것이 누구다냐?"

손님을 대할 때는 사투리마저 쓰지 않기 위해 최선을 다하던 나양식의 입에서 원색적인 말투가 툭툭 튀어나왔다.

"어머나, 진짜 맞네. 혹시나 했는데."

몰라보게 달라진 미스 조가 나양식을 보고 감격했다.

원베드룸 아파트에서 흘러나오는 불빛은 위축되어 보인다. 그것은 조촐하다 못해 초라해 보이는 그곳 사람들의 생활수준을 그대로 대변해 주고 있기 때문이다. 단 한 푼이라도 아끼기 위해 꼭 필요한 전등 외에는 켜지 않는 이유도 이유였지만, 꼭 필요한 전등도 세 개의 전구 알 중에서 두 개는 빼버리고 겨우 하나만 달랑 켜놓고 살고 있었다.

그렇게 비실거리는 불빛 아래서 귀를 쫑긋 세우며 여자의 이야기를 듣고 있던 두 남자는 그만 눈을 질끈 감아버린다. 놀란 가슴을 잠시나마 진정시키기 위함이었다.

"시상에, 아조 간땡이가 징하게 팅팅 불어불었구마이잉."

나양식은 지금까지 들은 미스 조의 이야기를 도저히 믿을 수 없다는 듯 고개까지 살래살래 흔들며 엉덩이를 카펫바닥에 턱 부리고 만다. 이야기를 듣는 동안 자신도 모르게 엉덩이를 바닥에 대지 못하고 있었던 것이다.

"음……."

한섭은 깊은 통증을 느낀 사람처럼 가는 신음을 삼켰다.

"그랑께, 전남편을 그냥 총으로 팍 쏴부렀단 말이제라?"

나양식은 속이 부들거리는지 앞에 놓여 있는 맥주병을 통째로 들고 벌컥벌컥 들이마신다. 그는 이야기를 들으면서 김 양을 생각하고 있었다. 여자가 한을 품으면 오뉴월에도 서릿발이 내린다더니 꼭 그 짝이었다. 돈을 벌어 고국으로 금의환향을 하고 싶었는데, 그냥 이 땅에서 뼈를 팍 묻어버려야겠다는 생각이 들었다. 지금 미스 조 못지않게 김 양도 자신에게 한을 품고 있을 것이 분명했다. 그 돈이 김 양에게 어떤 돈인데 그것을 들고 줄행랑을 쳤으니……. 다시 고국으로 돌아가는 날엔 자신도 미스 조의 전남편과 마찬가지로 총살감이 분명했다.

미스 조는 아직도 분을 풀지 못한 목소리로 이야기를 이어갔다.

"그런데 세상은 참 불공평해요. 제가 뜻하지 않게 버스 안에서 장난감 같은 은빛 권총을 줍는 순간까지 난 신이 내 편이고 공정하다고 생각했었어요. 역시 신은 존재하는구나. 그래서 악한 자를 벌할 기회를 이렇게 만들어주는구나 그런데……"

미스 조는 말을 하다 말고 바닥에 깔려진 신문지 위에 있는 맥주 캔을 들어 몇 모금 꿀꺽꿀꺽 마시고 입가에 묻은 거품을 손등으로 쓱 문지르며 눈물을 주르륵 흘렸다. 한섭은 그런 미스 조의 모습을 애써 보지 않으려 눈길을 그의 발끝에 두고 있었다. 보지 않으려 한다고 해서 보이지 않는 것은 아니었다. 맥주 두어 잔을 마시면서부터 얼굴이 발그레하니 달아오르는 것으로 보아 미스 조는 원래 술을 잘 마시는 것 같지는 않았다. 술기운으로 용기를 얻었는지 혼자 묻어두었던 갑갑한 마음, 아니 두려운 마음을 털어놓고 있었다. 이렇게 엄청난 일을 자신들에게 털어놓고 있는 미스 조가 고마울 따름이었다. 자신들에게 털어놓은 것으로 가냘픈 그녀의 어깨에 올려진 짐이 조금이라도 덜어질 수 있다면 하는 바램뿐이었다.

레스토랑에서 기적적으로 만난 셋은 눈시울을 적셨다. 피를 나눈 형제도 아닌데 함께 죽을 고비를 넘겼다는 사실이 그들을 보이지 않은 연으로 꽁꽁 묶어주고 있었다. 미스 조와의 뜻하지 않은 재회에 한섭과 나양식은 설레는 마음으로 일을 마치고 마트에 들러 오랜만에 돈을 좀 썼다. 미스 조가 산다고 했지만 한섭은 그러고 싶지가 않았다. 이렇게 살아 있으니 따뜻한 밥 한끼라도 지어 먹이고 싶었다. 세 사람은 찌개를 푸짐하게 끓여 따습고 오붓한 저녁을 먹었다. 한섭은 가족을 떠나보내고 처음으로 안락하고 푸짐한 식사를 한 기분이 들었다. 나양식도 생전에 못 만날 줄 알았던 미스 조를 만나서인지 말꼬리를 잡고 늘어지거나 틱틱거리지도 않았다. 미스 조도 마찬가지였다.

"근디, 그 다음이 어치께 돼야부렀소?"

나양식은 도저히 궁금해서 못 견디겠다는 듯 다음 이야기를 재촉하고 들었다. 미스 조의 긴 한숨이 카펫바닥에 푸욱 젖어들었다.

"어디서 그 인간을 찾아야 할지 처음에는 그저 막막했었어요. 그런데 번뜻 스치는 게 있더라고요. 학교 다닐 때 기분전환을 한답시고 가끔 가던 호텔도박장으로 우선 갔었어요. 라스베가스로 왔으면 지가 일할 곳이 어디 있겠어요. 그래도 영어 몇 마디 지껄일 줄 안다고 일자리 잡을 수 있는 곳은 호텔이었겠죠. 합법적인 신분이 아니더라도 남의 소셜시큐리티 번호쯤 빌려서 쓰는 것은 아무것도 아니거든요. 학교 다닐 때 주워들은 것들이에요. 처음엔 영주권도 없는데 천연덕스럽게 일을 하고 있는 사람들을 보면서 참 신기하게 생각했었어요. 어떤 방법으로 저렇게 일을 할 수 있을까 하구요. 그리고 밑바닥 일도 마다하지 않는 남미 사람들이 모두 합법적으로 일을 하는 줄 알았었는데 그게 아니더라고요. 남의 소셜시큐리티 번호를 도용하거나 가짜 영주권을 100달러 정도 주고 사서 사용한다는 거예요. 그런 정보를 입수하고 나서 그이도 그런 식으로 잠시 일을 한 적이 있었거든요. 특히 잔머리가 팍팍 돌아가는 그 사람이 다시 그 정도 술수 쓰는 건 식은 죽 먹기였겠죠. 그리고 그 여자하고 혼인신고를 했으면 임시 영주권을 받았을 수도 있을 테니까요.

첫날은 허탕을 쳤어요. 하지만 포기하지 않고 헤집고 다녔죠. 지성이면 감천이라더니, 그 많은 사람들 틈에서 익숙한 얼굴이 슥 스치고 지났어요. 꼭 영화의 한 장면 같았어요. 순간 멈칫했죠. 유니폼을 입고 있는 모습이 분명히 그 사람이었어요. 그런데 정작 그 웬수 같은 인간이 눈앞에 있는데, 전 한 발짝도 떼지 못하고 꼭 뭔가에 홀린 사람처럼 그의 뒷모습만 멍하니 바라보고 있었어요. 정신을 차렸을 땐 이미 그 사람의 모습은 보이지 않았어요. 그제야 그를 놓쳤다는 생각에 사람들을 비집고 뒤따라갔지만 너무 늦었어요. 그곳을 지나쳤으니 또 그곳을 지나리라는 생각이 들어 그 주변을 벗어나지 않고 서성이고 있는데, 어느 순간 그가 한 테이블에서 딜러로 일을 하고 있는 게 보이는 게 아니겠어요. 당장 쫓아가서 얼굴을 박박 할퀴어버리고 싶은 마음을 꾹꾹 누르며 일 끝나길 기다렸어요. 그날은 어디에다 주차를 하는지와 차번호를 알아뒀어요.

일 스케줄과 집주소를 알아내는 것은 그다지 어렵지 않았어요. 친구라 속이고 전화번호를 알아낸 다음, 주소는 전화번호부에서 확인을 할 수가 있었거든요. 살고 있는 집은 아담한 단독주택이었어요.

그 사람이 쉬는 날을 거사일로 잡고 다시 집을 찾아갔죠. 믿을 수 없겠지만, 기가 막히게 타이밍이 맞아 떨어졌어요. 주말이 아닌 이른 오후라서였는지 밖에 나와 있는 사람도 없었고, 집 앞에는 카펫 청소하는 차가 와서 청소를 하고 있더군요. 그 카펫 청소하는 차 소리가 얼마나 시끄럽던지 귀가 다 먹먹하더라고요. 그런데 더욱 기막힌 건 그 인간이 잔디를 깎고 있지 않겠어요? 역시 신은 살아 있구나 하고 속으로 외쳤어요. 하지만 무서웠어요. 숨이 턱턱 막히고 손이 너무 떨려 권총을 제대로 잡을 수가 없었어요. 그동안 혼자 그 사람을 향해 방아쇠 당기는 연습을 수없이 했는데, 막상 사람을 향해 쏜다는 생각을 하니 식은땀이 비오듯 쏟아지고 정신이 혼미해질 정도로 후들거렸어요. 그래도 이를 악물고 방아쇠를 당겼죠. 총알이 나갔다고 느끼는 순간, 뒤도 돌아보지 않고 뛰기 시작했어요. 여자가 집에서 뛰쳐나오면서 지른 외마디의 소리가 들리는 것 같고, 누군가가 내 뒤를 쫓고 있다는 생각이 들었어요. 날 쫓는 그 발자국 소리가 점점 가깝게 들리더니 내 목덜미를 와락 움켜잡는 느낌에 너무 놀라 온몸이 뻣뻣해져 그 자리에 붙박이처럼 멈추고 말았어요.

호호호, 그런데, 그런데 말예요, 내가 느꼈던 그 모든 것, 외마디의 외침, 발자국 소리, 목덜미를 거머잡던 손길, 알고 보니 그 모두가 환청이고 느낌이고 상상이었어요. 정신을 차리고 보니 계속 잔디 깎는 소리가 들리고 있지 않겠어요? 아차! 뭔가 잘못됐구나 싶더라고요. 한참 후에 차를 몰고 그 집 앞을 지났죠. 하하하.”

미스 조는 갑자기 정신 나간 사람처럼 웃어댔다. 그 웃음이 너무 공허해 머리 위에서 파삭파삭 부서지고 있었다. 한섭은 그런 미스 조가 안쓰러워 부둥켜안고 실컷 울어버리고 싶었다. 그 웃음이 전하는 그 허무가 어떤 건지 자신도 알기 때문이었다.

“잉, 그랬는디. 팔팔하게 살아 있습디여?”

나양식은 숨을 거칠게 몰아쉬며 침까지 꼴깍 삼켰다.

“그래요. 제가 쏜 총알은 어디에 쑤셔 박혔는지 아주 태연하게 계속 잔디를, 잔디……허어억, 으~어~어엉~.”

미스 조는 기어이 울음보를 터뜨리고 말았다. 지금까지 오기로 버텨오던 맘을 탁 놓아버리자 터져나오는 소리 같았다. 오른손에 들려 있던 맥주병이 바닥에 깔려 있는 신문지 위로 픽 쓰러졌다. 한섭은 통증으로 미어지는 듯한 가슴을 밀어내리며 미스 조의 어깨를 토닥거렸다. 이제 아무것도 숨길 것 없는 사이라는 사실이 그들을 더욱 편안하게 만들고 있었다.

“근디요. 미스 조. 나가 금방 생각해봉께라 되레 잘되분 거 같소. 그 철면피 같은 놈을 쥑일라다가, 되레 미스 조가 경찰한테 덜커덕 걸려부렀으면 지금 우리도 못 보고 이 넓디 넓은 땅에서 혼자 감옥살이를 했을 거 아니겠소. 그랑께 지금은 분하고 원통하드라도 그냥 그놈의 목심이 고래심줄처럼 질긴갑다 생각해뿌씨요. 그라고 인자 우리는 우리대로 서로 위함스롱 살아가잔께라.”

목 놓아 우는 미스 조가 가여워 나양식도 눈물을 훔치며 위로했다.

“그래요. 미스 조. 운명은 재천이라고 하잖아요. 이제 미스 조가 해야 할 일은 거기까지다 생각하고 마음 편하게 먹어요.”

한섭도 위로를 덧붙였다.

그날 밤 세 사람은 새벽이 하얗게 되도록 울다 웃으며 그동안 살아온 이야기로 회포를 풀어놓고 있었다.

17. 옷깃의 인연

알라모아나 비치에 스르륵 밀려왔다 멀어져가는 파도는 참으로 도도해 보인다. 물 깊이에 따라 햇빛이 칠하는 색의 겹은 이 해변의 도도함을 더욱 부추기고 있었다. 사람이든 짐승이든 식물이든 스스로 고고하고 도도한 것에는 특징이 있다. 그건 다른 부류와 쉽게 섞이지 않는 고집스러움이다. 알라모아나 비치가 바로 그런 형이다. 이 비치는 관광객보다는 지역주민들, 즉 ‘로칼’(local)이라고 불리는 사람들만을 포용하고 든다.

관광객은 거의 찾아볼 수가 없다. 거의 모두가 가족단위다. 이 비치에 나와서 갯냄새와 어우러져 있는 시간만큼은 모두 행복해 보인다. 행복. 어디서 오고 어떻게 생겨나는 걸까? 고국에 있을 때는 행복하게 살고 있다고 생각하면서도, 단 한번도 그 단어에 갈쿠리표를 달아본 적이 없었던 것 같다. 그저 탈 없이 하루하루를 보내는 것이 행복이거니 생각했다. 그런데 그 탈 없는 하루가 지금도 똑같이 이어지고 있지만 행복이라는 단어를 끌어다 앉혀놓을 수가 없다. 왜냐면 탈 없이 지낸 하루하루가 행복이 아니라는 걸 느끼고 있기 때문이다. 가족. 가족이 곁에 없다는 사실이 행복이라는 단어를 뭉개버리고 있는 것이다.

한섭은 한숨을 푸욱 내쉰다. 그 한숨 자락이 손에 말아 쥐고 있는 신문 끝을 두드린다. 한섭은 잠시잠깐 왜 그 신문을 자신이 들고 있는지조차 망각한 채 물끄러미 신문을 쳐다보다가 그제야 이유를 찾은 사람처럼 신문을 펴들었다. 엉뚱한 사색에 잠기기 위해서 이 비치가로 온 것이 아니었다. 자신만의 공간 속에서 기사를 꼼꼼히 읽어보고 싶어서 온 거였다. 알라모아나 쇼핑센터를 지나다가 자판기에 들어있는 신문에서 낯익은 사람에 대한 기사를 보았다. '두영그룹 투자 확정'이라는 제목과 함께 실린 얼굴이 확대되어 한섭에게 다가왔다.

"재민이가……."

한섭은 동전을 집어넣고 두툼한 신문을 꺼냈다. 로컬신문에 이렇게 대문짝만하게 기사가 실린 것으로 보면 분명 작은 투자는 아닐 거였다. 한섭은 처음 보았던 제목을 다시 훑으며 기사를 읽어 내려갔다. 한국말로 시원스럽게 읽었으면 하는 마음이 굴뚝같았다. 난해한 문장은 다시 되돌이표를 찍으며 읽어 내려갔다. 한참 후에야 기사 읽기를 끝냈다. 한국에서 탄탄한 기반을 잡고 있는 두영그룹 2세인 재민이 해외진출의 출발점으로 와이키키에 호텔을 건립하겠다는 발표였다. 지금까지 한국에서의 두영그룹과는 달리, 호텔이라는 다른 노선을 택한 것에 어려움이 있지 않겠냐는 질문에 재민은 전혀 걱정할 것이 없다는 자신감을 표했다. 호텔업계의 막강한 실력자가 이 일에 후원을 하고 있다고 언급하고 있었다.

"그럼 재원이를……."

한섭은 재민이 이곳에 투자를 하게 되면 재원이를 만날 수 있을지도 모른다는 생각에 가슴이 술렁거렸다. 순간 그 술렁거림이 자신을 비웃는 것 같아 한섭은 픽 웃고 말았다.

'이런 몰골을 누가 만나주기나 할까? 아니, 이런 꼴로 누구를 만나겠다는 생각을 하는 건지…….'

"아이, 성님 어디 갔다 인자 오시오?"

"으응, 잠깐 바람 좀 쐬고 싶어서."

"바람은 요 호텔 앞에도 안 부요. 내 배창시가 십리는 들어가분 거 안 보이요?"

나양식의 배에 한섭의 눈길이 머문다. 불룩한 것이 새끼 복어에 비길 만해 보였다.

"그렇게 배가 고프면 혼자 나가서 먹지 않고……."

"참 성님은 나 성질 잘 암스롱 그래쌌네. 나가 다른 것은 몰라도 그 먹는 의리……."

"알았어. 사설 늘어놓지 말고 빨리 나가서 밥 먹자고."

눈까지 동그래 가지고 또 그 '밥그릇 의리론'을 펼치기 시작하는 나양식의 어깨를 토닥이며 한섭은 먼저 문 쪽으로 향했다. 나양식의 '밥그릇 의리론'은 어렸을 때 배고픈 시절로 거슬러 올라가 한번 풀기 시작하면 끝없이 이어진다. 아무리 어려운 상황이라도 의리 없이 혼자 먹지는 않는다. 즉 콩 조각이라도 완벽하게 반으로 나눠 먹는다는 주장이다.

그런 그의 의리론은 어렸을 때 큰집에 잠시 맡겨져서 살았던 시절로 이어진다. 그 큰엄마가 얼마나 독했던지 좋은 음식은 감춰뒀다가 자신과 나이가 비슷한 아들에게만 주었다고 했다. 그 사실을 눈치챈 나양식은 간식을 먹는 시간에는 일부러 그 자리를 피하곤 했는데, 그 때 맛본 그 쓰라림이 지금 나양식의 '밥그릇 의리론'을 갖게 했다는 것이다.

"근디 성님. 아무래도 형수님은 이 하와이 바닥에 살지 않은 성싶 소."

보글거리며 끓고 있는 뚝배기의 삼계탕을 수저로 휘익 저으며 나양 식은 어렵사리 말을 끄집어냈다.

"……."

한섭은 대꾸가 없다.

"생각을 해보씨요. 지금꺼정 우리가 매년 그 귀중한 휴가를 내갖고 하와이를 구석구석 헤집고 다닌 지가 벌써 햇수로 4년째 아니요. 만 약에 형수님이 안즉 이곳에 살고 계셨다면 우리가 못 봤더라도 형수 님은 먼발치에서 우리를 볼 수도 있었지 않았것어라우. 진작에 이곳 을 뜬 것이 틀림 없당께라. 이것 잠 보씨요. 신문에 이렇고롬 광고를 냈으믄 연락이 진즉 왔어야제라. 형수님이 미국에 도착한 이후 빵만 먹고 영자신문만 보고 산다믄 모를까. 그렇지 않고서는 이것을 못 볼 리가 없지 않것지라우?"

나양식은 '사람 찾음'이라는 광고가 실려 있는 한국 신문을 한섭 얼 굴에 들이민다.

"……."

한섭은 어떻게 가족을 포기하겠냐는 표정으로 대꾸를 하려들지 않 는다. 아니, 가족이라는 울타리를 아직 쳐보지 않은 나양식이 어떻게 이 아리고 쓰라린 심정을 이해할 수 있을 것인가. 그래서 그는 아예 입을 다물고 있는 것이다.

그래. 어쩌면 나양식의 말대로 아내와 아이들이 이곳에 살고 있지 않을지도 모른다. 그렇다고 찾는 것을 포기하는 것은 내 자신을 버리겠다는 것과 같다. 그런데 왜 이렇게 나타나지 않는지 그것이 미치도록 궁금하다. 왜 바람처럼 사라지고 없는지. 자신이 올 줄 뻔히 알고 있었던 것 아닌가? 그리고 장모님과 처남은 어디에 있단 말인가?

믿고 싶지 않지만, 정말 주위들은 소문처럼 아내에게 다른 남자가 생겨서 사라진 것인가. 골백번을 생각해도 결코 그것은 아닐 거라는 결론이다. 처음엔 혹시 잘못된 것은 아닌지 걱정과 두려움으로 안절부절 못하기도 했지만 이젠 화가 치민다. 이유가 뭐냐고. 자신이 인생의 뒤안길에서 이토록 초라한 모습으로 서성이도록 만들어버린 아내. 그렇게 원망을 하다가도 또 불안해지기 시작한다. 혹시 온 가족이 교통사고로……. 그런 방정맞은 생각은 추호도 하고 싶지 않은데 가끔 불쑥불쑥 그를 찾아온다.

"워메!"

갑자기 나양식이 감탄사를 내뱉으며 닭다리를 뜯다가 입을 헤벌레 벌리고 누군가를 뚫어지게 바라본다.

"뭘 보고 그러는 거야?"

한섭도 나양식의 눈길을 따라 가본다.

"틀림없제라? 맞제라?"

씹고 있던 고깃덩어리를 꿀꺽 삼키며 나양식이 한섭에게 확인을 독촉한다.

"……!"

172

대답 없이 나양식의 눈길을 쫓던 한섭의 표정이 갑자기 어지럽게 흩어지고 만다.

"참말로 하와이가 좋긴 조아불구마잉. 저 여자 분맹히 탤런트 '소이' 맞지라? 환장하게 이뻐부네. 내 인생에서 연예인을 이렇고롬 코앞에서 봐분 것은 첨이랑께요. 성님은 안 그요?"

나양식은 유명한 연예인을 눈앞에서 직접 보고 있다는 흥분으로 뜨거운 삼계탕 국물을 수저로 생각 없이 후적후적 떠먹다가 입안을 데었는지 호들갑을 떨며 옆에 있는 얼음물을 벌컥벌컥 들이마신다.

"……"

한섭은 계속 순두부찌개 국물만 꾸역꾸역 입으로 들이밀고 있었다. 왜 하필이면 이 시간에 이 식당으로 밥을 먹으러 온 것인가? 그런데 재민의 모습은 보이지 않는다. 동행인은 지긋한 나이에 중키 그리고 약간 대머리인 동양남자다. 그녀를 다시 본 반가운 마음을 어디에 비길 것인가. 하지만 자신의 초라한 모습을 보이고 싶지 않다. 이럴 줄 알았으면 반바지에 티셔츠가 아니라 말끔하게 정장이라도 하고 나올 걸. 머리에 스프레이라도 뿌리고 단정하게 빗었으면 좋으련만.

한섭은 젓가락을 집으려다 말고 자신의 손톱에 시선을 고정시킨다. 아무리 정장을 빼입고 머리에 스프레이를 뿌린들, 이제 그 옷차림새가 이 손에 어울리기나 할까 하고 생각한다. 주방일로 찌든 손마디가 울퉁불퉁하다. 주기적으로 자를 필요도 없이 저절로 닳아 없어진 손톱 끝은 거친 노동자의 것이다. 왼쪽 손에 나 있는 선명한 칼자국. 처음 식당에서 설거지를 하다가 식칼이 싱크대 물속에 들어 있는지를 모르고 휘젓다가 난 상처다. 고기를 자르다 번뜩이는 기계의 칼날에 살이 떨어져 나간 자국이 쪼글거려 보이는 오른손 검지. 서툰 칼질 때문에 야채를 썰다가 난 상처들.

그녀를 홍콩의 한 선상에서 처음 만났을 때까지만 해도 그에게는 미래에 대한 꿈과 희망이 있었고, 외모는 아직 은행지점장이었기에 당당할 수 있었다. 그녀를 두 번째 만난 지금, 한섭은 결코 더는 다가설 수 없는 신분의 벽을 느낀다. 이제 그에게 있어서 소이는 침몰해버린 보물선이나 마찬가지였다.

"성님, 성님."

나양식의 흥분된 목소리다.

한섭은 생각에서 깨어나 자리로 돌아오고 있는 나양식을 바라본다. 사인을 받았는지 보일 수 있는 이를 다 보이며 웃고 있었다. 한섭은 가는 신음과 함께 눈을 감아버린다.

"탤런트 '소이' 씨가 생각보담 영 소박하구만이라."

나양식은 계속 싱글벙글이다.

한섭은 화장실을 잠깐 다녀오겠다며 일어섰다. 곁눈질로 보는 소이는 여전히 곱고 단아했다. 함께 식사를 하고 있는 노신사가 뭐라고 소이에게 말을 하며 웃고 있었다. 한섭은 화장실로 들어서자마자 세면대 물을 거칠게 틀어놓고 연거푸 얼굴을 씻다가 고개를 든다. 거울 속 그의 모습은 초라하기 그지없다. 얼굴에서 굴러 떨어진 물방울이 그의 티셔츠 속으로 또르륵 굴러 들어간다. 단정치 못한 머리를 손에 물을 묻혀 슥슥 쓸어올려본다. 마찬가지다.

그때 화장실 문이 열렸다. 거울을 통해서 본 남자의 모습에 한섭은 그만 모든 동작을 멈추고 말았다. 소이와 동행한 그 노신사였다. 어딘지 모르게 점잖고 귀티가 나 보였다. 노신사가 짧게 일을 보고 나서 옆에 있는 세면대에서 손을 씻는다. 세면대 가장자리를 잡고 굳은 듯

서 있는 한섭을 바라보며 웃음을 머금은 채 가볍게 인사를 건넨다.

"How are you?"

"Good."

딱딱하게 굳은 얼굴만큼 대답도 무례할 정도로 무뚝뚝했다. 그런 한섭의 대답에도 아랑곳없이 노신사는 이 집 음식은 정말 일품이지 않느냐고 물어온다.

"Yes."

아직도 어색하고 짧은 대답이었다.

노신사는 하와이에 올 때마다 이 식당을 찾는다고 한다.

"Me too."

한섭은 엉겁결에 자신도 하와이에 오면 이 식당을 꼭 들른다고 했다. 노신사는 한섭이 캘리포니아에 살고 있다는 걸 알고 자신도 사업상 캘리포니아에 종종 간다고 했다. 한섭은 당신이 지금 함께 식사한 그 여자와는 어떤 관계냐고 묻고 싶은 마음을 억누르며 얼마나 더 이곳에 머무를 것인가만 겨우 물었다. 그저 소이가 이곳에 얼마나 더 있을 것인가가 궁금할 따름이었다.

노신사는 친구를 도와줄 일이 있어서 약 1주일 정도 더 머무를 거라고 한다. 그리고 한섭을 향해 좋은 여행이 되라는 말을 남기고 나갔다. 한섭은 거울을 통해 그의 뒷모습을 놓치지 않고 바라보았다.

18. 그대여!

뚜- 뚜-.

왕지우의 책상에 놓여 있는 직통전화가 울리고 있었다. 빼꼼하게 들어선 홍콩의 빌딩 숲을 바라보며 깊은 생각에 잠겨있던 왕지우의 얼굴에는 반가움과 놀라움이 동시에 피어오른다. 이 직통전화를 개설해 놓은 지가 언젠데, 그동안 단 한 번도 울리지 않았었다. 이제나 저제나 하면서 조바심난 마음을 감추지 못하고 있었는데 산고의 고통으로부터 벗어나 첫 산소를 호흡하는 아기마냥 드디어 울어댄 것이다.

수화기를 다급하게 낚아채는 그의 손동작과는 달리 그의 목울대를 울리며 나오는 소리는 여전히 동요되지 않은 점잖은 톤이다.

"Hello."

"……."

"Hello?"

대답이 없자 다급한 목소리가 그의 표정에 어린다.

"……."

"사라?"

그는 금방이라도 그녀 곁으로 다가가려는 사람 같았다.

"흐, 흐으윽……."

"사라. 무슨 일이오? 왜? 왜 그러는 거요?"

사춘기의 소년마냥 허둥대며 수화기를 왼손에서 오른손으로 바꿔 든다.

"당신, 지금 이곳으로 올 수 있어요?"

"……."

"안 되나요?"

"아, 아니오. 지금 가리다. 내 방열쇠 아직 가지고 있소? 다른 데 가지 말고 내 방에서 기다려요. 그곳 시간으로 오늘 밤이면 도착할 수 있을게요."

왕지우는 전화를 끊고 여비서에게 당장 비행기를 띄우라는 지시를 내린다. 왕지우만큼이나 나이가 들어 보이는 여비서는 대답도 하지 못하고 멍한 모습으로 그를 쳐다본다.

"하와이로."

왕지우는 급한 마음에 목적지를 밝히지 않은 걸 알고 여비서에게 다시 지시를 내린다.

"네. 곧 떠날 수 있도록 준비를 시키겠습니다."

여비서는 왕지우의 입에서 목적지가 떨어지기가 무섭게 여기저기 전화를 걸기 시작한다.

홍콩에서 막강한 재력을 가진 신신그룹의 회장이면서도 성품이 검소해 전용비행기를 거의 쓰지 않는 그의 성격을 알기에 여비서는 더욱 어리둥절하기만 했다. 특히 10년 전 부인과 사별을 하고 나서는 더더욱 전용기를 쓰지 않고 지낸 그였다. 그런 그가 오늘은 얼굴까지 상기된 채 서두르고 있었다. 목적도 밝히지 않고…….

지금 왕 회장은 비즈니스 일선에서 거의 물러난 상태다. 회사는 두 아들과 전문경영인들이 맡아서 하고 있다. 특별히 자문이 필요할 때 외에는 회사 일에 크게 나서지 않고 있다.

현재 그가 주로 하고 있는 일은 자선사업이다. 그는 보통 재력가들이 가는 노선의 자선사업을 따르지 않고 자신의 방법대로 구두창이 너덜거릴 정도로 뛴다. 수행비서도 없다. 그저 평범한 차림으로 도움이 필요한 사람에게 어디든지 달려간다. 직접 눈으로 확인하고 가장 필요한 것이 무엇인지를 판단한다. 그가 행하는 자선사업의 원칙은 절대로 음식을 떠먹여주지 않는다는 것이다.

그의 지론은, 사람이란 한번 안락함에 안주하게 되면 도전을 두려워하게 된다. 그래서 좌절 앞에 굴복하려는 사람들에게 도전하도록 일깨워준다. 어미의 탯줄에 매달려 있다가 세상의 빛을 보겠다고 용을 쓰는 그 순간부터 인간의 도전은 시작되었다고 말한다. 도전이 없는 인생은 색채가 없는 인생이다. 채색된 인생, 그것은 곧 우리가 존재하는 이유라고 왕지우는 힘주어 말한다.

여비서는 왕지우 회장이 처음 사업을 시작할 때부터 함께 일을 해오면서 늙어가고 있었다. 그래서 그녀는 왕지우 회장에 대해서 모든 것을 다 알고 있다고 생각해 왔었다. 그런데 근래에 보아온 왕 회장의 모습은 그녀에게 낯설게만 느껴진다. 무엇이 그를 그렇게 변화시키고 있는지 몰라 여비서는 흐트러진 퍼즐을 바라보듯 그를 바라보고 있었다.

"사라!"

왕지우는 구름 위를 나는 비행기 안에서 눈을 감고 소정을 생각하고 있다. '사라'라는 이름은 그가 그녀에게 지어준 이름이다. 하와이 호텔에서 그녀를 처음 만난 순간부터 그는 인생에 되돌이표를 찍고 살아가고 있다.

아버지의 방탕한 생활로 인해 희망의 끈을 놓아버리고 싶도록 힘들었던 젊은 시절에 아내를 만나서 새로운 희망으로 인생을 바라보았다. 그런 아내와 많은 시간을 함께 하지 못했던 것이 지금도 마음이 아린다. 사업이 안정되면 아내와 충분한 시간을 보낼 수 있으리라 생각했는데, 사업이 번창하면 할수록 더욱 많은 업무에 짓눌려 잠자는 시간까지 쪼개야 했다. 자신과 아내와의 사이에 세월은 그렇게 눅눅하게 흐르고 있었다. 그 눅눅함이 아내의 몸을 갉아먹은 것이었을까.

아내는 그만 덜컥 앓아눕고 말았다. 그 많은 돈으로도 아내를 지켜주지 못했다. 아들 둘을 반듯하게 키우면서 말없이 자리를 지켰던 아내. 그런 아내에 대한 보답으로 다시 저세상에서 만날 때까지 오직 아내만을 그리며 생을 보내리라 생각했는데, 소정이 그의 마음에 덜컥 자리를 차지하고 말았다.

남편도 없이 힘겹게 살아가면서도 결코 흐트러짐이 없는 그녀의 모습은 마치 꽁꽁 언 겨울 땅을 헤집고 제일 먼저 올라오는 꽃, 크로코스와 같이 경이로웠다. 처음엔 단지 무거워 보이는 그녀의 어깨를 잠시 쉬게 하고 싶었는데, 이제는 그녀가 그의 인생을 거들고 있다는 생각이 든다. 그런데 무슨 일일까? 자신 앞에 무너진 그녀의 모습이 마냥 고맙고 안쓰러워 눈물이 차오른다.

설마 지금 추진하고 있는 사업에 문제가 생긴 건 아니겠지 하고 생각해 본다. 처음 소정에게 이 사업을 제의했을 때 소정은 고개를 저었다. 자신은 사업을 해본 경험도 없을 뿐더러, 더 이상 신세를 지고 싶지 않다는 것이 이유였다. 지금까지 배려해 준 은혜만도 태산 같은데, 또 다른 은혜를 입는다면 갚을 길이 없다는 이야기였다.

그러나 왕지우는 물러서지 않았다. 물론 소정은 아직 왕지우의 신분을 정확히 알지 못한다. 아니 알려고도 하지 않는다. 세상 많은 사람들이 왕지우와 어떻게 하면 인연을 맺어볼까, 어떻게 하면 눈에 들수 있을까 전전긍긍하는데 소정은 그저 고마운 사람 정도로만 그를 대하고 있다. 그런 소정으로부터 왕지우는 편안하고 포근함을 느끼고 있었다. 왕지우는 알고 있다. 사람이 사람 앞에서 편안하고 느긋해질수 있다는 건 계산된 마음이 없을 때만 가능하다는걸.

왕지우의 간절한 설득으로 소정은 겨우 그의 제의를 받아들였다.

곧 대학에 진학하게 될 두 아이를 좀더 잘 키우기 위해서 이 사업을 꼭 해야 한다는 왕지우의 설득이 소정의 마음을 움직이게 했다. 소정에게 있어서 인생의 목적은 오직 두 아이들뿐이라는 걸 왕지우는 잘 알고 있었다.

두영그룹 회장의 아들인 재민이 하와이에 호텔을 건축하겠다며 왕지우를 찾아와 도움을 요청했을 때 왕지우는 귀가 번쩍했다. 그렇지 않아도 자신의 신분을 드러내지 않고 자연스럽게 소정에게 연결해 줄 수 있는 사업체가 과연 뭘까 하고 고심하던 중이었다. 호텔에 고급 레스토랑은 필수다. 한국인이 경영하는 호텔이면 한국 관광객들이 많이 몰릴 것이고, 한국 전통식당이 그곳에 있다면 금상첨화라는 생각이 들었다.

왕지우는 재민을 도울 것을 흔쾌히 승낙하는 대신, 호텔 내의 한식 레스토랑 운영권은 왕지우가 추천하는 사람에게 줘야 한다는 조건을 내세웠다. 재민은 약간 주저하더니 약조를 했다. 이제 다음 달이면 호텔 개장과 더불어 레스토랑도 오픈을 하기 위해서 막바지 작업으로 주방장을 비롯해서 직원 채용을 하고 있는 중이라고 보고를 받았었는데……

'사업을 해보지 않은 사람이라 그것마저도 두렵고 힘이 들었을까.'

두근거리는 마음으로 문을 열고 들어선 왕지우는 그만 가슴이 와르르 무너지는 것 같았다. 소정의 모습이 보이지 않았기 때문이다. 자신이 한달음에 달려온 길도 너무 멀었던가. 그의 손끝에 겨우 매달려 있던 작은 가방이 바닥에 툭 떨어졌다. 그 찰나에 딸깍하고 문이 열린다. 하지만 왕지우는 등 뒤에서 문이 열리는 소리를 듣지 못하고 우두

망찰 서 있었다.

문을 열고 들어선 소정은 바싹 마른 나뭇잎처럼 모습이 허했다. 누군가가 그녀를 톡 건드리면 형체도 없이 부스러질 것만 같았다. 화장기 없는 부석부석한 얼굴에 눈에는 핏발이 서 있다. 소정은 왕지우에게 비척비척 다가간다. 그의 넉넉한 등에 소정은 그만 몸을 푸욱 부려버린다. 이 사람이라면 갈기갈기 찢긴 영혼을 기워줄 수 있을 것 같아서 찾았다. 어제까지만 해도 이 사람은 그녀의 인생에서 그저 배경에 따라 간간이 들리는 배경음악과 같은 존재라 생각했는데 그게 아니었다. 그는 어느새 그녀 인생의 주제곡처럼 그녀를 이끌어가고 있었다.

왕지우는 자신의 등에 허깨비처럼 얹혀진 체온에 울컥 넘어오는 눈물을 삼킨다. 그건 돌아보지 않고 만져보지 않아도 소정의 체온임을 느낄 수 있었다. 그는 마치 가을 끝에 마지막으로 매달려 있는 낙엽을 다루듯 소정의 얼굴 구석구석을 안쓰럽고 애틋한 눈길로 더듬어 간다. 이 아름다운 영혼이 자신의 품에 돌아온 것이 믿기지 않아 소정을 꼬옥 끌어안는다.

"사라! 사라!"

수십 년 전 살아 숨쉬던 젊음이 그를 다시 끌어내고 있었다.

19. 인생아! 인생아!

"엉엉~엉~, 어~~엉~."

울음소리가 저만큼 가지도 못하고 바람에 실려 곧바로 되돌아오고 만다.

"어떡해~ 어떡~ 해~."

그렇게 다시 되돌아오는 울음소리를 기어코 밀어내려는 듯이 목에 핏대가 울퉁불퉁 그어지도록 소리를 바락바락 질러댄다.

"이제 그만 울어요. 이러다간 탈 나겠어."

한섭은 깍지 낀 손이 행여 풀어질세라 긴장을 늦추지 않으며 처절하게 울어대는 미스 조를 달래기 시작한다. 아찔한 벼랑 끝에 서서 울어대는 미스 조가 금방이라도 몸을 계곡으로 날려버릴 것 같아서 한섭은 끝까지 미스 조의 허리를 놓지 않고 있다. 인생이 왜 이리 뒤틀리고 있는지 모를 일이었다.

며칠 전, 나양식, 미스 조 그리고 한섭은 즐거운 마음으로 하와이에 도착했다. 한섭이 매년 가족을 찾기 위해 하와이에 오던 것과는 달리, 사장 부인의 죽음과 관련해 어이없는 고통을 당했던 미스 조를 위로하기 위한 여행이었다. 또 겸사겸사 사장 딸이 하와이에 산다고 해서 만나볼 참이었다.

그날 사장 딸은 마침 일자리 면접이 와이키키에 있다며 그 호텔 로비에서 만나자고 했다. 세 사람은 약속장소에 약 20분 정도 일찍 도착했다. 한섭은 호텔 입구에서 잠시 망설였다. 다름 아닌 재민의 호텔이었기 때문이다. 갑자기 들어가지 않겠다고 뻣댕기는 것도 우스울 일이어서 미스 조와 나양식의 뒤를 주춤거리며 따라 들어섰다. 일하는 사람들이 마지막 단장을 하느라고 바쁘게 움직이고 있었다. 격조 높은 고급 호텔이었다. 한섭은 행여 재민을 만나면 어쩌나 하는 조바심에 가능한 한 미스 조와 나양식의 사이에서 서성거렸다.

그때 한 가족이 호텔 자동문을 막 들어서고 있었다. 젊은 여자가 유모차를 밀고, 남자는 선글라스를 쓰고 있었다. 남자의 걸음걸이가 약간 어눌해 보였다. 옆에 서 있던 미스 조는 문에 들어서는 젊은 여자를 보고 달려가려다가 주춤하더니 한섭을 향해 홱 돌아섰다. 그리고 이렇다 저렇다 설명도 없이 무작정 한섭을 꽉 끌어안았다. 나양식은 미스 조의 돌발적인 행동에 "얼레!" 하고 한섭을 쳐다보았다. 한섭을 끌어안고 있는 미스 조가 바들바들 떨기 시작했다. 한섭은 영문도 모른 채 부들거리고 있는 미스 조를 다독거렸다. 그녀의 흐트러진 심장 소리가 한섭의 심장에 부딪히는가 싶더니 미스 조의 몸이 식어가기 시작했다. 한섭은 미스 조를 품에서 떼어 얼굴을 쳐다보다 급하게 소리쳤다.

"병원, 병원. 빨리."

부릅뜬 미스 조의 눈에 초점이 없어 보였다.

"잉? 병원?"

나양식은 어떻게 해야 할 줄도 모르면서 무조건 뛰어갔다.

"정신 차려요. 갑자기 왜 이래요?"

한섭이 미스 조를 흔들어보았지만 꿈쩍도 하지 않았다.

이제 한섭의 뛰는 가슴이 미스 조의 심장을 울리고 있었다. 일하던 사람들이 무슨 일인가 싶어 먼발치에서 한섭 쪽을 쳐다보기도 했다.

"앰뷸런스가 곧 올 거여."

안내 데스크로 뛰어갔던 나양식이 헐레벌떡 숨을 가쁘게 몰아쉬며 한섭에게 말했다. 나양식은 뻣뻣해져 버린 미스 조의 팔을 급하게 주무르며 한마디 뱉었다.

"아니, 시상에 무슨 병인디 신호도 없이 이라고 푹 씨러져분다냐."

미스 조는 다행스럽게도 병원에 실려가기 직전에 정신이 돌아왔다. 한섭은 미스 조를 부축하고 호텔 문을 나섰다. 미스 조는 바람산으로 가자고 했다. 한 하와이 왕이 나라가 망하는 것을 한탄하며 계곡에다 몸을 날렸는데 바람에 다시 실려와 죽지 못했다는 곳이다. 그곳에 도착할 때까지 미스 조는 풀어진 눈동자를 그대로 두고 있었다.

그렇게 바람산에 도착한 미스 조는 바락바락 소리를 지르며 울기 시작한 것이 아직도 그칠 줄 모르고 있었다. 바람에 휘둘려 흐트러진 머리 모양새가 그들의 인생을 대변하고 있는 듯했다. 한섭은 미스 조를 겨우 달래어 차로 돌아왔다. 뒷좌석에 함께 앉았다. 뭔가 이야기를 들어줘야 할 것 같아서였다. 하지만 아무것도 물을 수가 없었다. 그것은 어쩌면 불법체류자들이 가지고 있는 공통점일지도 모른다. 누구에게도 말할 수 없는 것을 가슴에 꾸깃꾸깃 구겨넣고 살아가는 인생.

"아저씨. 저 좀 꼭 안아 주실래요?"

창밖을 바라보기만 하던 미스 조가 뜬금없는 부탁을 해왔다.

"……."

한섭은 갑자기 얼굴이 화끈 달아올랐다.

"왜요. 싫으세요?"

"아, 아니……."

한섭은 후드득거리는 심장박동을 감추며 가만히 미스 조를 품에 안았다. 그녀의 어깨가 유난히 앙상했다. 안쓰러움이 찌릿하게 그의 전신을 훑고 지났다.

"아저씨 품이 따뜻해요. 그냥 아무런 생각 없이 이대로 잠들어버리고 싶어요."

"……."

그녀가 잠들어버리고 싶다는 의미가 어떤 것인지 한섭은 안다. 자신도 한때 그런 생각을 했었으니까. 멍들어버린 자신의 인생을 바라볼 때면 그랬다. 내일의 밝은 빛을 보지 못했으면 좋겠다는 생각. 하지만 늘 어둠은 물러가고 새로운 해는 어김없이 솟아오르곤 했다. 어느 날 구김 없는 아침햇살을 바라보며 마음을 고쳐먹었다. 때가 되면 어둠은 어김없이 물러가는구나. 빛이 다가온다는 기다림으로 살아가자.

한섭은 갑자기 그녀의 가냘픈 육신과 영혼에 깊은 연민의 정을 느꼈다. 자신이 작은 휴식처가 될 수 있다면 되어주고 싶었다. 미스 조는 한섭의 가슴에 얼굴을 묻고 눈을 지그시 감았다. 그녀의 눈언저리에 호텔 문을 들어서고 있던 선글라스 낀 남자의 모습이 떠올랐다. 한때는 자신의 남자로 살아갔던 사람. 다른 사람도 아닌 바로 사장 딸이…….

그녀는 보지 말았어야 할 장면을 봐버린 것처럼 좀더 눈을 꼭 감아버린다. 하지만 생각은 자꾸 꼬리를 물고 늘어지고 있었다. 그렇다면 그동안 원수를 다독이고 위로했던가. 눈앞에 보이기만 하면 갈기갈기 찢어도 분이 풀리지 않을 것 같았던 사람을 그렇게 따뜻하게 다독여줬단 말인가. 그리고 더욱 그녀를 미치게 한 것은 그런 두 사람의 자식을 돌봐줬다는 사실이다. 아! 이 기막힌 사실을 누가 짐작이나 할 수 있을까. 그런 생각을 되짚고 있던 미스 조는 치가 떨린 듯 더욱 한섭의 품을 파고들었다. 마치 그 모자에게 베풀었던 지난 일들로부터 좀더 멀어지려는 몸짓처럼. 그런 미스 조를 한섭은 그의 품안으로 더욱 꼬옥 끌어들인다.

한섭의 가슴에 안겨 있던 미스 조의 눈가에 피로 흥건히 젖은 이불더미가 확 다가온다. 미스 조는 어린아이처럼 한섭의 옷자락을 거머쥔다. 다시는 생각하고 싶지 않았던 순간이 예고도 없이 밀려온 것이다. 단지 끔찍한 현장을 목격했다는 이유만으로 공범으로 몰려야 했던 지옥 같았던 시간들.

　우울증에 정신착란증세까지 보이고 있던 부인이 수면제를 몽땅 털어 넣고 사시미 칼로 동맥을 끊었는데, 때마침 방문을 열고 들어선 남편을 보자마자 딸을 훔쳐간 놈이라고 사시미칼을 들고 덤벼들다가 비틀거리며 고꾸라졌다. 넘어지면서 들고 있던 칼이 부인의 심장에 깊숙이 꽂히고 말았다. 사장은 미친 듯이 아내의 가슴에서 칼을 뽑아내고 혼비백산하여 가게에 있는 미스 조에게 전화를 하게 된 것이었다.

　검찰 측에서는 설득력이 없는 진술이라고 반박했다. 그런 상황이라면 바로 응급차를 불렀어야지 왜 자신의 가게에서 일하는 종업원을 불렀냐는 것이었다. 그건 이미 두 사람 사이에 모종의 음모가 계획된 것이 틀림없다고. 그러므로 이 사건은 의도적인 살인이라고 볼 수밖에 없다는 어처구니없는 결론이었다.

　검찰의 결론에 사장은 반박할 의지도 보이지 않았다. 다만 자신도 왜 구급차를 부르지 않고 가게에 먼저 전화를 했는지 기억도 하지 못했다. 다만 다급한 순간에 손가락이 가장 익숙한 번호를 눌렀으리라는 게 변호사의 추측이었다.

　옆가게 아줌마의 강경한 증인진술이 없었다면, 옴짝달싹도 못하고 콩밥을 먹을 수밖에 없었던 처지. 주인아저씨는 묵비권만 행사하고 있었다. 이렇게 망가지나 저렇게 망가지나 이미 살아도 산 것이 아니라는 이유 때문인 것 같았다. 결국 옆가게 아줌마의 설득으로 주인아저씨는 상황 설명을 하기에 이르렀고, 그동안 부인의 병원 기록 등으로 미루어보아 타살이 아닌 실수로 인한 자살로 판결이 내려졌다.

　어떻게 연락이 되었는지 집안을 그런 꼴로 만들어버린 딸이 달려왔다. 만삭의 몸이었다. 사장은 딸을 보는 순간 눈을 부릅떴다. 왜 왔냐는 말도 없이 그냥 끄억거리며 넘어가고 말았다. 일주일 만에 깨어난 사장은 "가!" 하고 고함을 지르고 또 입을 다물었다.

옆친 데 덮친 격으로 딸은 정신적 충격 때문이었는지 산기가 있었다. 건강한 아들이었다. 미스 조는 사장과 산모의 입원실을 들락거리며 수발들기에 바빴다. 남편에게 연락을 하라는 미스 조의 말에 산모는 고개만 저었다. 딸은 산후 조리도 마다하고 부랴부랴 떠날 차비를 했다. 하와이에 산다고 했다. 떠나면서 "언니!" 하고 두 손을 꼬옥 잡아주었다. 그런데……그런데……남편의 여자라니…….

차창 밖으로 보이는 나무들이 밀려오는 바람에 어쩌지 못하고 서로 뒤엉키고 있었다.

20. 다시 떠오르는 황혼

석양이 먼발치에서 말없이 걷고 있는 두 사람을 빠끔히 바라보고 있다. 뭔가를 결정해야 하는 두 사람 사이에 놓여 있는 침묵은 그 무게를 더하고 있었다.

"사라, 편안하게 생각해요. 당신이 원하는 대로 하고 싶소."

왕지우의 소년 같은 얼굴에는 느긋한 말투와는 다르게 초조한 빛이 역력히 흘렀다.

소정은 까마득하게 멀어져버린 길을 뒤돌아본다. 남편으로부터 청혼을 받던 순간 얼마나 행복했던가. 따사로운 빛이 그득 채워지던 느낌. 그 순간 불청객이 있었다면 두근거리던 심장 소리뿐이었다. 그런데 오늘, 소정은 그 불청객의 방문을 다시 받고 있다.

소정은 걸음을 우뚝 멈추고 노을에 물들어 있는 남자의 얼굴을 빤히 쳐다본다. 맑고 투명한 빛. 왕지우에 대한 그녀의 느낌이다. 각이 지지 않은 타원형 얼굴선이 한없이 부드러워 보인다. 그런 얼굴에 사려 깊은 눈이 조심스럽게 놓여 있다. 눈길이 깊다. 그렇지만 우울해 뵈진 않는다. 다만 세상을 정확하게 꿰뚫어보고 있다는 느낌이다. 반듯하게 선 콧날. 정결한 입매. 가끔 안경을 쓰기도 하지만, 근래에 들어서는 안경을 쓰지 않는 날이 더 많다. 소정은 자기가 한 말 때문일까 하고 생각해 본다. 안경을 벗으면 더욱 젊어 보인다고 했던 말. 그럴 리가 없을 거라고 생각하면서도 한편으론 그러길 바라고 있었다.

소정은 수선거리는 마음 때문에 갈피를 잡지 못하고 있다. 처음 그를 봤을 때나 지금이나 그의 모습이나 행동은 한결같다. 재력은 있어 보이지만 수수하고 검소하다. 그런 그가 지금 자신에게 남은 인생을 함께하자고 한다.

소정은 이 사람에게 남편에 대해 언급한 적이 없다. 그는 다만 사별했을 거라고 짐작하고 있을 것이다. 구태여 그것을 바로잡아 주고 싶지 않다. 몇 개월 전, 곧 경영하게 될 호텔 레스토랑을 둘러보기 위해 갔다가 어이없는 광경을 목격했기 때문이다. 소정을 참담한 나락으로 내동댕이쳐버린 그 사건이 있기 전까지는 그래도 남편이라는 존재를 가능한 한 좋게 생각하고 자연스럽게 잊어주려고 무척이나 자신을 다독이며 애쓰고 있었었다. 차라리 그 장면을 보지 않았더라면 남편에 대해 좋은 기억만을 추스르며 살아갈 수 있지 않았을까 하는 생각을 수없이 되뇌어 보았다.

그날 소정은 매니저 인터뷰를 한다는 주방장의 연락을 받고 잠시 호텔에 들렀었다. 아직 면접 전이어서 호텔 전체를 둘러보기 위해 로비에 있는 엘리베이터로 향하다가, 한 동양 남자가 부인인지 애인인지를 애틋하게 껴안고 있는 것을 봤다. 나도 저런 때가 있었던가 생각하며 고개를 돌리려다 말고 다시 한번 그 모습을 유심히 쳐다봤다. 남자의 뒷모습이 무척이나 낯이 익었다. 어쩌다 남자가 여자를 더욱 꼭 껴안으며 얼굴을 옆으로 돌렸다. 아는 사람인가 하는 순간, 자신도 모르게 다리에 힘이 쭉 빠지며 후들거렸다. 뇌가 덜거덕거리기 시작했다. 곁에 있지도 않은 기둥을 잡으려고 팔을 허우적거리는데, 옆을 지나가던 젊은 여자가 선글라스를 쓴 남편의 손에 아이의 유모차를 맡기고 쓰러지려는 소정을 황급히 부축하고 들었다. 소정은 젊은 여자의 부축을 받고 구석에 놓여진 의자에 몸을 기대며 숨을 가쁘게 몰아쉬었다.

"어디가 많이 편찮으세요? 구급차를 부를까요?"

젊은 여자의 걱정스러운 물음에 소정은 그저 손만 내저었다. 그리고 이제 괜찮으니 어서 볼일을 보라는 손짓을 해보였다. 젊은 여자는 걱정스러운 눈빛을 감추지 못하며 에스컬레이터에 올랐다.

"상희 아빠! 상희 아빠! 당신이……."

소정은 울음보를 터뜨리고 말았다. 이미 남편은 없다고, 이 세상 사람이 아니라고 생각하며 살아왔지만, 막상 먼발치에서나마 남편을 확인하고 나니 미움인지 설움인지 모를 것이 소정의 가슴을 치고 올라왔다. 남편이 꼭 껴안고 있던 여자는 마르고 호리호리해 보였다. 혜림일까 하는 생각이 퍼뜩 떠올랐다. 여기가 감히 어디라고 혜림과 그런 해괴망측한 연출을 해낸단 말인가. 직접 목격을 하지 않았을 때는 그래도 훗날 우연히라도 만난다면 아이들의 아빠이니 용서를 해야 하지 않을까 하는 생각도 문득문득 했었는데, 이제 용서고 뭐고 다 싫었다. 역겨웠다. 소정은 뭣에 쫓기듯 의자에서 벌떡 일어섰다. 두 연놈들을 이렇게 놔둘 수는 없다는 생각이 휙 스쳤다. 혜림이 너 때문에 잠들지 못한 날들이 어디 하루이틀이었더냐. 그리고 내 딸이 겪었던 그 뼈아픈 고통을 어떻게 잊을 수 있단 말이냐. 피를 말리던 과거의 회상이 소정을 덮치자 가물가물해지고 있던 분노와 설움이 용암처럼 치솟아 올랐다. 이 하와이 바닥에 다시는 발걸음을 하지 못하도록 만인 앞에서 웃음거리로 만들어버리리라 작정하고 독기어린 시선으로 아까 남편이 서 있던 곳을 바라봤다. 하지만 그 자리는 텅 비어 있었다.

소정은 무너지듯 다시 의자에 주저앉았다. 전화기를 찾았다. 누구에겐가 전화를 해야 할 것 같아서였다. 그러지 않고는 미쳐버릴 것만 같았다. 수화기를 들었는데 돌릴 번호가 없었다. 자신에게는 지금껏 아이들밖에 없었던 것이다. 아이들뿐……. 수화기를 든 채 한참을 망연히 서 있다가 갑자기 한 전화번호를 꾹꾹 눌렀다. 무엇을 말해야 할지도 모르면서 무조건 눌렀다. 신호가 떨어지자마자 언제나처럼 침착한 목소리가 소정의 귓전에 울렸다. 그 목소리가 다정한 남편 같고 아버지 같아 기어이 끄억끄억 흐느끼고 말았다.

그런 소정의 흐느낌을 듣고 그는 천리도 마다 않고 그녀에게 달려와주었다. 호텔 방에 들어서서 신발도 벗지 않고 넋을 잃은 듯 서 있는 그의 등에 얼굴을 묻으며 소정은 이민 와서 처음으로 '안식처' '휴식'이라는 의미를 찾은 것 같았다. 그가 도착하기 전까지 얼마나 전전긍긍하며 기다렸었는지 모른다. 왜 그랬을까. 아마도 말하지 않아도 모든 것을 이해하고 감싸줄 수 있는 사람이라는 생각에서였을 것이다. 그날 밤 왕지우는 소정을 놓아주지 않았다. 소정도 거부하지 않았다. 그저 맘껏 그의 포근함에 안겨 울었다.

그 다음날도 그리고 또 그 다음날도 왕지우는 마치 소정을 열병으로 끙끙 앓고 있는 어린아이처럼 다뤘다. 소정은 그의 자상한 보살핌을 받으면서 동반자라는 것이 이런 것인가 하고 생각했다.

한국에서 남편과 살았던 기억과는 또 다른 것이었다. 남편도 그녀에게 커다란 보호막이라 생각했는데, 그건 물질적인 보호가 아니었나 하는 생각이 들었다. 그녀는 늘 남편에게는 좋은 아내 그리고 얌전하고 깔끔한 부인으로, 또 두 아이에게는 교육을 잘 시키는 현명한 엄마로 남기 위해 동분서주했던 것 같다. 그곳에 '나'는 없었다. 그리고 이민을 온 후에도 '나'는 없었다. 두 아이를 위한 엄마의 자리가 너무 커서 '나'를 키울 틈이 없었다. 그런데 왕지우와 함께 있으면 자신이 보인다. 자신의 거울이 되어주는 사람. 누구의 아내도 누구의 엄마도 아닌 '나', 결혼 전 엄마 품안에서 놀던 '나'를 보게 해준다.

그런 왕지우가 이제 자신과 함께 황혼을 바라보며 걷자고 하지 않는가. 왕지우는 오늘 소정에게 그 답을 듣기 위해 석양의 품에 안겨 있는 이 식물원으로 초대한 것이다.

"내가 너무 늙어 보이오?"

그를 빤히 쳐다보고 있는 소정의 눈길이 거북했던지 농담 섞인 말투와 함께 입가에 잔잔한 파문을 일으키며 묻는다.

"아뇨. 너무 어려 보여서요."

소정은 왕지우의 가슴에 얼굴을 묻고 그의 팔딱거리는 심장 소리를 듣는다.

"세상에 단 하나밖에 없는 친구로 날 받아들인다 생각하면 좋겠소. 난 당신을 구속하고 싶지 않아요. 내가 당신 곁에 가까이 있고 싶은 이유는 당신을 좀더 마음껏 아껴주고 싶어서요."

왕지우는 소정의 등을 다독거린다.

"어쩌면 제가 당신의 마음을 아프게 할지도 몰라요. 아니 우리 아이들이……."

"그것은 걱정하지 말아요. 아이들도 엄마 혼자 외롭고 힘들게 사는 것보다 절친한 친구가 곁에 있다는 걸 알면 싫어하진 않을 게요."

"친구……."

소정은 자신에게는 어울리지 않을 것 같은 그 단어를 중얼거려본다.

식물원이 어둠으로 얼룩지기 시작한다. 식물원 중앙에 자리하고 있는 레스토랑 처마에 고개를 비스듬히 젖히고 있는 가스불빛이 나불거리고 있다. 그 넓은 레스토랑에 다른 손님들은 보이지 않는다. 테이블마다 촛불이 앙증스러운 크리스털 항아리 안에 쪼그리고 앉아 있다. 레스토랑 중앙에 있는 한 테이블은 특별히 세팅이 되어 있다. 날씬한 열두 개의 원통형 유리병에 물이 채워져 있고, 그 물속에 장미를 비롯해서 갖가지 꽃잎이 잠겨 있다. 물 표면에는 깜찍한 촛불이 동동 떠 있다. 열두 개의 유리병 중 가장 큰 것이 가운데 놓여 있고, 그 다음은 키순으로 맨 작은 것이 가장 바깥쪽에 놓여져 있어서 마치 불빛이 계단을 오르고 있다는 착각을 일으키게 한다.

사람이 가장 천진해 보이는 순간은 자연 속에 묻혀 있을 때가 아닐까. 촛불을 가운데 두고 마주 앉아 있는 네 사람의 모습이 그렇다. 세상 사람들이 들고 나서기 좋아하는 법으로 따지자면, 네 사람은 결속력이 전혀 없다. 하지만 그들의 모습에서 법이 묶어두지 않았다는 어떤 불안감도 보이지 않는다.

"자. 오늘밤은 두 분을 위하여!"

재민은 와인잔을 들고 건배를 청한다.

"Cheers!!!!"

그를 따라 나머지 세 사람이 동시에 외친다. 재민은 곁에 있는 소이의 잔에 살며시 한번 더 부딪힌다. 왕지우와 소정의 눈빛이 쨍그랑거리는 소리에 맞물려 가느다랗게 올라오는 촛불에 섞인다. 촛불을 빌려 소정의 옆모습을 줄곧 바라보고 있는 왕지우의 모습에서 황혼의 쓸쓸함은 밀려가고 보이지 않는다. 혼돈스럽기만 하던 소정의 모습에서도 이제 편안함이 찾아 들어오고 있다.

재민은 자신이 추진하고 있는 호텔의 한식 레스토랑 운영권을 소이에게 주려고 계획했었다. 소이도 이제 서서히 연기자에서 사업가로 변신을 시도해야 할 시기라고 느꼈기 때문이었다. 단 한번도 스캔들에 휘말리지 않았던 독신주의 톱스타, 소이. 이제 소이도 독신주의를 주장하며 살아가는 한 연기자의 그럴듯한 인생론을 대중에게 서서히 알려야 할 때라는 사실을 재민은 알고 있었다. 톱스타 소이가 이런 사업을 할 만큼의 재력을 가지고 있다는 사실에 대해서 아무도 시비를 걸어올 사람은 없었다.

그런 구상을 하고 있던 재민에게 왕지우 회장의 제안은 당혹스러웠다. 왜 하필이면 한식 레스토랑일까? 무척 궁금했었다. 하지만 이제 알 것 같다. 왕지우 회장의 제안을 받아들이길 참 잘했다는 생각이 들었다. 재민은 소이에게 한식 레스토랑 대신 일식 레스토랑 경영권을 주기로 했다.

재민은 왕 회장의 여인을 바라본다. 나이가 중년을 넘어섰음에도 세상의 때가 아직 묻어 있지 않았다. 그런 모습이 재민에게 신선하게 다가왔다. 특히 왕 회장이 자신의 신분을 절대 노출시키지 말아 달라는 당부가 이해가 되었다. 신분이 노출되면 사라는 분명히 그의 곁을 떠나게 될 거라는 염려 때문이었다.

처음 왕 회장으로부터 여인에 대한 이야기를 듣고 재민은 비웃음을 금치 못했다. 세상에 재물을 싫어하는 사람도 있던가? 특히 여자가? 그것도 중년의 나이에 혼자 아이 둘을 키우며 이민생활을 하고 있는 여자가? 다만, 왕 회장으로부터 더 많은 신뢰를 얻어내기 위해 관심이 없는 척 고단수의 수법을 쓰고 있을 거라고 단정지었다. 하지만 여인을 만난 순간 그동안 재민이 상상했던 세속적이고 유치한 생각들은 침묵의 무게로 가라앉고 말았다. 그녀에게는 그녀를 함부로 취급하지 못하게 하는 깔끔하고 고귀한 성품이 넘치고 있었다. 왕지우 회장이 사라에게 '황혼의 보석'이라고 붙여준 표현이 어쩌면 그렇게 딱 어울릴까 하는 생각이 들었다. 가끔씩 깜박거리는 가느다란 촛불 속에 스며드는 왕지우와 여인의 모습을 바라보는 재민의 입가에 거부할 수 없는 축복의 미소가 흐르고 있었다.

21. 단비

"참말로, 사람은 오래 살고 볼일이당께. 우리가 이사를 다 하고……."

승용차 위에 침대 매트리스를 줄로 동여매면서 나양식이 하는 말이다. 누구보고 들으라고 하는 이야기가 아니었다. 돈 한두 푼에도 벌벌 떨던 신세가 엊그제 같은데 무슨 꿍꿍이 속인지 한섭이 방 두 개짜리로 이사를 하자고 서두른 것에 대한 혼자만의 대꾸였다.

"인자 대궐도 부럽지 않게 생겼구먼. 큰 방이 한 개 있고, 또 방이 하나 더 있응께. 나도 인자 늘어진 팔자다 이 말씀이여."

나양식이 하던 일이 다 끝났는지 빈손을 탈탈 털어댄다.

"앙 그요, 성님?"

마지막으로 아파트를 한 번 더 둘러보고 나오는 한섭을 향해 대뜸 묻는다.

"아니, 뭘?"

"바로 우리 팔자가 상팔자 아니냐. 이것이오."

"상팔자라면 상팔자지."

"크큭큭큭, 인자 성님도 장단을 다 맞출 주도 아요잉. 사람은 세월 따라 변하기도 한당께."

나양식은 재미있어 죽겠다는 표정이다.

"단단하게 묶은 거지?"

한섭이 꽁꽁 묶어진 매트리스의 줄을 한번 더 당기며 확인한다.

"꽉꽉 묶은 것이라면 나한테는 묻지를 마란께라. 나는 성님 만나고 나서부텀 아조 남자라는 것도 친친 묶어 불고 살고 있응께. 가끔 한눈 도 팔고 그래야 재미가 있단 마시. 도통 곁눈질도 안 하고 사는 성님 은 무슨 재미로 세상을 사는지 모르겠소."

나양식의 푸념 섞인 대꾸다.

나양식의 푸념에도 한섭은 별 반응을 보이지 않는다.

"자 출발하자고."

한섭은 차를 타려다 말고 허름한 아파트를 착잡한 표정으로 둘러본 다. 한국을 떠날 때 가졌던 아메리칸 드림의 실체가 바로 이것이었나 생각하니 씁쓸하기가 그지없다. 처음 밀입국을 시도할 때만 해도 입

버릇처럼 말하던 나양식의 원대한 아메리칸 드림도 요즈음은 잠잠해
졌다. 아메리칸 드림은 일과 속에 이렇게 서서히 묻히고 마는 것인가
하고 한섭은 생각한다. 캘리포니아에 살고 있는 이 많은 이민자들, 그
들은 처음에 가졌던 꿈을 아직도 키워가고 있을까? 아니면 자신과 나
양식처럼 묻어가고 또는 이미 묻어버렸을까? 한섭은 지금까지 자신
들의 미국 생활을 몽땅 담고 꼭 다물고 있는 초라한 아파트로부터 차
를 서서히 후진하기 시작한다.

"아따. 아조 물도 씨언씨언하게 쏟아징께, 속이 다 후련하네."
나양식은 새로 이사 온 아파트에서 샤워를 하고 나오면서 속이 후
련하다는 말투다.
"성님, 저녁은 뭘 먹을께라. 나가 오늘 하루만 딱 외식으로 장식을
하자고 하믄 또 토라지겠지라?"
한섭의 대답은 들리지 않고 가구가 없는 새로운 집에서 나양식의
목소리만 웅웅 울린다.
"아니, 어딨소 성님?"
아무런 대답이 없다.
"집이 쬐깜 더 크다고 내 말이 안 들린다냐."
나양식은 궁시렁거리며 베란다의 문을 열어본다. 거기도 없었다. 3
층에서 유리창을 열고 주차장을 내려다본다. 차가 보이지 않았다.
"아니, 어디를 갔다냐. 수퍼 갔다냐?"
나양식은 파자마 바람으로 텔레비전 스위치를 켠다.

"제가 가까운 곳에 아파트를 렌트할게요."

“……..”

“아저씨 상황을 어렵게 만들고 싶지는 않아요.”

“……..”

해변에 아직 지천으로 깔려 있는 여름햇빛을 밟으며 미스 조는 용기를 내어 말하지만 한섭은 아직 대답이 없다.

지난 여름 하와이에서 있었던 일을 이 남자는 그냥 꿈에 묻어버린 것일까. 모른척 묻어버리기엔 그 아쉬움이 너무 커 그럴 수가 없다.

사장 딸이 전남편의 여인이 되어 있던 모습. 복수의 칼날을 슥슥 갈고 있던 자신에게 장님의 모습으로 나타난 남편의 초라한 모습. 미움과 분노가 몸부림으로 다가왔던 날 밤. 이 남자는 자신을 거부하지 않고 받아들여주었다. 오직 복수만을 위해서 찾았던 땅에서 느꼈던 외로움. 그 질퍽거리는 외로움 속에서도 주저앉지 않고 버틸 수 있었던 것도 오직 그 복수심 하나 때문이었는데, 장님이 되어 사방을 분간도 하지 못하는 사람을 보고 복수심은 그만 맥을 놓고 고꾸라지고 말았다. 고꾸라지고 나니 그곳은 외로움의 웅덩이였다. 그 웅덩이에 함께 몸을 담가준 사람. 그래서 모든 것을 떨치고 이 사람 곁으로 왔는데 이 사람은 이렇다 할 대답을 하지 않는다.

“나는 아직 마음의 정리가 끝나지 않았어요. 아니 끝내지 못할 것 같소.”

“당신이 가족을 찾게 되면 언제든지 떠나도 좋아요.”

미스 조는 대뜸 당신이라는 말로 한섭에게 더욱 가까이 다가서려 하고 있었다.

“미스 조는 얼마든지 새로운 인생을 시작할 수 있어요. 더 좋은 사람, 더 나은 사람이 있을 거요. 어디엔가……..”

한섭의 말을 더 듣고 싶지 않다는 듯, 미스 조는 바지 호주머니에 손을 쿡 찌르고 걷고 있는 한섭의 허리를 와락 끌어안는다. 한섭은 끝없는 수평선에 시선을 던진다.

"왜 그렇게 뒷걸음질만 치려는 거예요."

미스 조는 한섭의 가슴을 파고든다.

"……"

"그냥 가끔 찾아와 당신이 내 곁에 있다는 사실만 알려주면 돼요. 이 텅 빈 땅에 당신이라는 존재가 없다고 생각하면 외로움이 날 가만 두지 않을 것 같아요. 영혼이 가벼워진다는 것이 얼마나 무서운 줄 아세요? 그것이 두려워요."

미스 조의 말에 한섭은 침을 꿀꺽 삼킨다. 영혼이 가벼워진다. 그렇다. 혼자라는 것. 그것은 독방에 갇힌 것과 같다. 그 지독한 독방이 싫어 한섭은 이사를 했는지도 모른다.

22. 침입자

딸각 하고 문이 살그머니 열린다. 벙긋하게 열린 문 사이로 사람이 잽싸게 들어선다. 문은 또 딸각하고 잠긴다. 카펫의 푹신함이 들어선 사람의 발자국을 꿀꺽 삼켜버린다. 방 안에 들어선 발자국이 더듬듯 카펫 위를 지난다. 두꺼운 카펫이 발자국을 따라 고개를 옆으로 숙인다.

훤칠한 키에 짧은 반바지. 스파게티 스트립 티를 입고, 진한 보라색 립스틱을 바른 얼굴이 빠르게 방안을 살핀다. 쌍꺼풀이 없는 얇실한 눈매에 그려진 아이라인의 끝이 치켜져 눈빛이 서늘하면서도 세련미를 더해준다. 가느다란 눈매와는 달리 입술은 도톰하다. 방 안을 재빠르게 둘러보고 있던 여자의 입가에 미묘한 미소가 흐른다. 미소를 흘리며 도톰한 입술을 깨무는 이가 하얗게 번쩍인다.

캘리포니아 킹사이즈 침대맡에 드리워진 묵직한 커튼을 천천히 어루만진다. 싸늘한 눈빛이 그녀의 마음을 대변해 주고 있다. 그때 문고리가 흔들린다. 커튼을 어루만지다 말고 여인은 당황한다. 예기치 않은 방문이었다. 아직 돌아올 시간이 아니라고 생각했는데……. 여기저기 두리번거리다가 얼른 두꺼운 커튼 뒤로 몸을 숨긴다.

"당신이 여기까지 따라올 필요는 없었는데."

귀에 익은 여자의 맑은 목소리다.

"그렇다고 나 혼자 바닷가에서 기다리란 말이요?"

남자의 반문이었다.

"제가 놔둔 자리를 확인만 하면 되는 일인데요."

행복이 넘치는 목소리다.

"당신을 한순간도 혼자 두고 싶지 않아서예요. 내가 당신 곁에 있는 한."

사랑이 넘치는 따스한 남자의 대답에 여자는 낮은 웃음을 흘린다.

"그러니까 내가 샤워를 하고……."

여자가 기억을 더듬어가며 뭔가를 찾는다. 두 사람 중에 한 사람이 침대 쪽으로 오고 있다. 커튼 뒤에서는 카펫이 삼키는 발자국 소리에 귀를 기울인다.

"오, 여기 있구려!"

남자가 먼저 찾은 것 같다.

"어머! 찾았어요?"

여자의 목소리에 기뻐하는 모습이 가득 실려 있다.

"앞으로 이것을 벗어놓을 때는 꼭 나에게 맡겨놔요."

남자가 찾은 것을 여자에게 건네주는 모양이다.

"정말 그래야겠네요. 요즈음에 제가 너무 자주 깜박깜박하죠?"

여자가 애교스럽게 받아넘긴다.

"내가 다시 채워주리다."

"고마워요!"

샤워를 하기 전에 벗어둔 목걸이를 찾고 있었던 모양이다.

"사라! 당신이 나에게 얼마나 소중한 사람인지 당신이 알아줬으면 해요."

그렇게 말하는 남자의 목소리가 끈적거린다.

"알아요. 당신에게 고맙다는 말밖에 할 수가 없어요."

"사랑해요, 사라!"

"저도 사랑해요."

두 남녀가 엉키는 소리가 들려온다. 커튼이 잠시 흔들리며 틈새가 생긴다. 커튼 뒤에 있는 여인이 부들부들 떨며 두 남녀를 바라본다. 사랑을 확인하고 있는 두 남녀의 모습에서 그만 눈을 거두어버린다. 하지만 감겨진 눈자위로 화면은 계속 연결되고 있었다. 하얀색 비키니에 무릎까지 내려오는 알록달록한 비치랩을 허리에 두른 몸매가 아직도 싱그러워 보였다. 비치랩을 풀어내는 남자의 손길이 보물을 다루듯 애틋하다.

두 사람은 아무 일도 없었던 듯 방을 나가고 없다. 커튼 뒤에서 내내 그들의 숨결을 헤아리고 있던 혜림은 털썩 주저앉고 만다. 왕지우와 소정. 도대체 연결을 지을 수가 없다. 그들은 어떻게 해서 저토록 사랑하는 사이가 되었을까. 왕지우라는 사람이 평범한 사람이라면 그래도 이해를 할 수 있을 것 같다. 그런데, 그가 누구인가? 거물 중에서도 거물이다. 홍콩의 경제거물.

홍콩에서 한섭과 극적인 해후를 한 혜림은 소정의 뒷조사에 들어갔다. 한섭이 혼자서 홍콩에 와 있는 것도 의심스러웠고, 홍콩을 거쳐 멕시코로 간다는 말에 뭔가 있겠다 싶었다. 아니나 다를까 한섭과 소정은 이혼한 상태였고 소정은 이미 하와이에 가 있었다. 한섭을 소정으로부터 빼앗을 수 있는 절호의 기회가 찾아온 것이라는 생각이 들었다. 신이 하사한 그런 기회를 놓칠 혜림이 아니었다. 혜림은 한섭과의 달콤한 행적을 카메라에 담아 하와이에 있는 소정에게 두 번이나 보냈었다. 믿었던 남편의 애정행각을 보고 너그럽게 용서해 줄 여자가 과연 몇 명이나 될까. 아마 없을 것이라 생각했다.

한섭은 역시 보통 남자보다 실했다. 그녀와의 하룻밤을 그저 한순간의 실수로 마무리를 짓고 말았다. 그런 한섭의 행동은 혜림에게 굴욕으로 느껴졌다. 결국 한섭은 혜림이 쳐놓은 그물에 걸려 다른 땅으로 끌려가 버렸다. 그렇다면 지금쯤 소정은 가난에 허덕이며 지지리 못 살고 있어야 할 것 아닌가. 그런데 도대체 저런 대어를 어떻게 낚았을까?

혜림은 마카오에 정착을 하게 되면서 먼발치에서 왕지우 회장을 보게 되었다. 그는 평범한 차림으로 나타나 호텔 구석구석을 살피고 다녔다. 하찮은 일을 맡고 있는 직원들에게까지도 따뜻한 미소를 보내는 기업주였다. 혜림은 그의 자상함에 혼자 빠져들고 있었다. 어떻게 하면 그에게 한 발치라도 좀더 가까이 갈 수 있을까 하고 노심초사 기회만 엿보기도 했다. 그의 모습이 손끝에 잡히지 않을수록 갈증은 더욱 심해지기 시작했다. 왕 회장의 출장 스케줄을 알아내기 위해 모든 방법을 동원했다. 때론 그가 그녀의 곁을 스치기만 해도 마치 그녀의 남자인 것 같은 환상에 사로잡히곤 했다. 왕 회장이 소박한 사람이란 걸 알기에 혜림은 가장 수수한 차림새로 다녔다. 그가 자주 가는 레스토랑에 그녀도 단골손님이 되었다. 그와 우연을 가장한 몇 번의 만남도 있었다. 그럴 때마다 가까이서 바라보는 그의 온화한 미소는 영어에 갇힌 혜림의 영혼을 어루만져주는 것 같았다.

그런 혜림과는 달리 왕지우는 혜림의 존재조차도 모르고 있었다. 그저 호텔 로비에서 지나치다가 실수로 부딪힌 여자에게 미안해 어쩔 줄 몰라 하며 심심한 사과가 있었을 뿐이었고, 우연찮게 한 장소에서 두어 번을 스치는 행인에 불과했다.

그렇게 왕 회장에게 혼을 빼앗기고 있을 때 한섭이 홍콩에 나타났고, 혜림의 관심은 잠시 왕 회장에게서 벗어나 있었다. 한섭과의 관계가 짧은 만남으로 끝나자 혜림은 다시 왕 회장의 그림자를 쫓기 시작하다가 하와이 출장이 잦다는 사실을 알아내곤 하와이까지 쫓아오게 되었다. 그러다 우연히 왕지우와 소정을 보게 되었다. 너무 뜻밖이어서 숨도 제대로 쉴 수가 없었다. 그들의 눈빛으로 보아 보통 사이가 아닌 듯해서 뒤를 밟았다. 예상했던 대로 역시 소정은 왕지우의 여자였다. 그들의 호텔방을 알아두었다가 해변으로 산책을 나간 사이 잠입해 들어온 것이다. 얼마나 깊은 사이인지 알고 싶었던 혜림에게 둘은 보란 듯이 관계를 확인시켜 주고 방을 나갔다. 그렇다면……. 두 사람의 흔적이 아직 배어 있는 침대를 바라보는 혜림의 눈빛에 독기가 묻어나고 있었다.

202

“……!”

“우리 참 오랜만이다. 미국식으로 하자면 허그를 해야 할 것 같은데.”

혜림을 보고 너무 놀라 말문을 열지 못하는 소정에 비해 혜림의 말과 행동은 여유로웠다.

“너…….”

“그래. 나 혜림이야. 너의 옛 친구.”

여유 자작하게 말하고 있는 혜림을 바라보는 소정의 눈길이 사납게 흔들리고 살갗이 파르르 떨렸다.

“반갑다는 표정인지 싫다는 표정인지 분간이 안 되네. 앉으라는 말도 없고. 나 여기 좀 앉아도 될까?”

“…….”

혜림은 아직도 대답을 하지 못하고 부들거리며 서 있는 소정을 못 본 척 딴청을 부리며 푹신한 의자에 털썩 주저앉는다.

“너는 여전히 아름답구나. 아이 둘을 낳았다는 게 믿어지지가 않아.”

“좀 일어날래?”

소정이 가까스로 입을 떼었다.

“왜? 여기는 안 되니?”

“그래. 너에게 할 말이 많아.”

“나한테?”

소정은 혜림의 눈길을 피해 버린다.

“제인.”

“네. 사장님, 부르셨어요?”

젊은 여자가 달려왔다. 매니저급 정도 되는 모양이었다.

"나, 잠깐 다녀올 데가 있으니 예약 손님들 잘 챙겨요."

"알겠습니다. 사장님."

여자가 조심스럽게 물러간다.

"너, 꽤 성공했구나. 이런 물건 하나 잡으려면 어지간한 재력 아니면 잡기 힘들 텐데."

소정에게 사장님이라고 꼬박꼬박 존칭어를 쓰는 매니저의 말에 비위가 상한 혜림이 꽈배기를 꼬듯 꼬아댄다.

소정은 혜림의 비꼬는 말에는 관심도 없다는 표정으로 서둘러 앞장을 선다. 혜림은 못 이기는 척 뒤를 따른다. 소정은 망설임 없이 호텔 엘리베이터 숫자를 꾹 누른다. 소정의 손놀림에 부자연스러움이 엉겨 있지 않았다. 혜림은 언젠가 더듬거리며 몰래 찾아왔던 호텔방 앞에 소정의 안내로 다시 섰다. 소정은 스스럼없이 방문을 열고 들어섰다.

"어머! 세상에! 이런 고급 방을 쓰고 있다니! 너 아주 대단한 능력을 지녔구나? 난 언제나 이런 고급스런 방을 써볼까! 이 방을 너 혼자 쓰고 있니?"

방에 들어서자마자 한번도 들어와 본 적이 없다는 표정을 지으며 혜림은 감탄사를 연발한다.

철썩!

방에 들어선 소정은 몸짓까지 곁들여가며 감탄사를 연발하고 있는 혜림의 면상을 기세 좋게 갈겼다. 예상치 못한 소정의 공격에 혜림이 잠시 비틀거렸다.

"나쁜 계집애!"

소정이 이를 바드득 갈며 혜림을 노려본다.

"나쁜 계집애? 내가? 정말 그럴까?"

혜림은 얻어맞은 볼을 문지르며 비웃음을 흘린다.

"네가 어떻게 나한테 그럴 수 있어?"

소정의 얼굴이 벌겋게 달구어지며 경련이 인다.

"어떻게 나한테 이럴 수 있냐구? 흥, 그걸 모르겠니?"

"뭘? 내가 뭘 그렇게 잘못했는데? 있으면 말 해 봐?"

평소 소정답지 않게 눈을 치켜뜨고 소리를 바락바락 질러댄다. 하지만 혜림은 더욱 능청스럽게 소정을 짓밟고 있었다.

"그래? 모르겠다! 그렇다면 가르쳐주지. 너같이 하잘것없는 무지렁이가 그렇게 잘난 남자들만 골라서 맛을 봐도 되는 거니?"

혜림의 얼토당토 않는 말에 소정은 입을 다물지 못한다.

"뭐? 무, 무지렁이?"

소정의 눈에 분노의 불꽃이 투트득 튕겨 오른다.

"그래. 난 그런 애야. 몰랐니? 나보다 못한 사람이 더 잘되는 꼴을 보면 밸이 꼬이거든 그리고 내 자존심이 그걸 허락지 못해. 너도 그중 한 사람이야."

"내가 너보다 못난 것이 뭔데? 말해! 니 그 알량한 자존심 때문에 사람을 이렇게 짓밟아도 되는 거야? 그래, 네 말대로 내가 무지렁이라면 넌 정신적인 불치병에 걸린 거야. 그것도 모르고 살아가고 있는 넌 무지렁이보다 더 불쌍한 존재야. 알아?"

소정의 입에서 뛰쳐나온 침이 부들거리며 사방으로 흩어진다.

"불치병? 호호호!"

갑자기 혜림의 눈빛에 살을 에이는 듯한 한파가 밀려온다. 그건 소정이 생각 없이 한 말이었겠지만, 혜림은 독신 여자가 자신보다 사회

적 위치가 높은 사람을 병적으로 집착하며 사랑하는 '에로토마니아'
라는 병을 앓고 있었다. 우연찮게 우울증 상담을 하다가 불거져 나온
이 병명을 혜림은 강하게 부정하며 약물치료를 거부했었다. 그따위
병은 자신과 상관이 없다고 거부해 왔는데, 느닷없이 소정이 불치병
이라는 말을 꺼내자 심장이 부들거렸다.

"그래 아무렇게나 생각하렴. 사람은 누구에게나 고치기 힘든 병 하
나쯤은 가지고 살아가는 것 아니겠니? 그것이 성격이든, 아집이든.
그리고 너도 알다시피 남녀가 한 몸이 되는 것이 어디 혼자의 힘으로
되든? 그 대답은 네가 더 명확하게 알고 있는 거 아냐?"

혜림의 눈빛이 칼날처럼 번뜩였다.

"뭐?"

소정은 역겹다는 듯 얼굴을 찡그렸다.

"그리고 왜 나만 잘못했다고 단정 짓는 거니? 니 남편은 성인군자
인데 나 혼자 놀아났다는 거야? 우리도 사랑을 한 거뿐이야. 서로에
대해 목말라하고, 헤어지기 아쉬워하는 그런 사랑. 네가 지금 맛보고
있는 그런 아련한 느낌 호호호!"

혜림의 웃음소리가 얼음장처럼 창가에 부딪혔다. 왕지우와 소정
의 사랑이 산산조각 나기 시작하는 것 같아 혜림은 더욱 크게 웃어
제쳤다.

"뭐, 뭐야?"

소정이 당황한 눈길로 혜림의 말끝을 더듬는다.

"왜? 내가 알고 있다는 사실이 당황스럽니? 그 사람이 누구인 줄
알고 몸을 섞니? 몸을 파는 거니? 아니면 구걸하고 있는 거니? 사람
은 역시 자라난 환경이 중요한 가봐. 온 가족이 평생을 우리 아버지에

게 구걸하듯이 살아가더니 그 근성이 아직도 너에게 남아 있나 보구나."

혜림의 말이 갈수록 거칠게 소정에게 날아들었다.

"구, 구걸? 모, 몸을 파, 팔아? 내가 넌 줄 알아? 난 너처럼 더러운 짓은 하지 않아!"

소정이 혜림을 할퀴기라도 할 자세로 달려든다. 그런 소정을 혜림은 쉽게 제지해 버린다.

"흥, 더러운 짓? 나는 최소한 내 사랑을 돈으로 환산하지 않아. 니 남편이 백만장자니? 그렇지 않잖아? 넌, 너네 아버지의 원수를 아무렇지도 않게 품에 안고 있잖아? 돈 때문이니? 내 눈엔 그렇게 보여."

"뭐? 원수? 누가?"

소정이 숨을 할딱거린다.

"너, 왕지우 회장의 여자더라."

"왕지우 회장? 무슨 회장?"

"허 참. 기가 막혀서. 그렇게 모른 척, 순진한 척 왕 회장에게 다가갔니? 그래. 너 같은 미모. 이 나이에 그 정도의 탄탄한 몸매면 어느 남자의 눈길을 훔치지 못하겠니?"

"지금 무슨 말을 하고 있는 거야. 회장은 뭐고, 원수는 뭐야?"

소정이 혼란스러운 몸짓으로 허둥댄다.

"왕지우 그 사람은 홍콩에서 제일가는 갑부야. 그리고 결론은 너를 이 꼴로 만들어버린 장본인이기도 하고."

소정은 카펫바닥에 털썩 주저앉아 버린다. 도대체 뭐가 뭔지 모르겠다.

"왜? 아직도 부족하니? 더 많은 것을 알고 싶어? 그렇다면 좀더 충격적인 이야길 해줄까?"

소정은 아무것도 들을 수가 없었다. 귀가 먹먹해왔다. 혜림의 입놀림이 더욱 거세지고 있었다. 더 이상 듣고 싶지 않아 머리를 세차게 흔든다.

"그만! 그만!"

소정은 사기가 부딪히는 날카로운 소리를 지르며 울부짖는다.

23. 흔적

"사장님! 그만 일어나셔야죠."

홀 매니저인 제인은 소정을 걱정스러운 눈길로 바라보며 이제 그만 함께 퇴근을 하자고 설득을 하지만, 소정은 그저 한곳에 시선을 놓은 채 일어날 생각을 하지 않는다. 레스토랑 영업이 끝난 지도 벌써 두 시간이 지나고 있었다. 주방 사람들도 뒷정리를 다 마무리 짓고 가고 없었다. 제인은 그저 마음만 조급할 따름이었다. 앞을 보지 못하는 남편에게 어린 아들을 맡겨놓은 것이 불안하여 좌불안석이었다. 남편도 이제는 혼자서 어지간히 집안을 돌아다니는 것에는 훈련이 되어 있지만 그래도 맘이 놓이지 않았다. 그런 이유 때문에 제인은 일이 끝나기가 무섭게 뒷정리를 하고 집으로 뛰어가곤 하는데, 오늘은 왠지 그럴 수가 없다. 넋을 놓고 앉아 있는 사장의 모습이 꼭 절벽 끝에 앉아 있는 어린아이와 같이 위태로워 보였기 때문이다.

"제인, 거기 좀 앉아."

소정은 시선도 옮기지 않고 입술만 움직였다.

“네.”

“어린 아들이 있다고 했지?”

“네.”

“남편이 사고를 당해서 제인이 생계를 책임지고 있다고 들었는데, 사실이야?”

“네.”

“힘들겠네.”

“…….”

“그래. 누구에게나 아픔은 있는 거니까. 그런데, 내 부탁 하나 들어 줘야겠어.”

“제가 뭘 도와드릴 수 있을지…….”

“이 레스토랑 좀 맡아줘야겠어. 내가 오랫동안 자리를 비워야 할 것 같아.”

“무슨 급한 일이라도…….”

“…….”

“힘닿는 데까지 돕겠습니다.”

“고마워.

“혹시 다른 도움이 필요하시면 말씀해주세요.”

“누가 날 찾거든 그냥 모른다고 해.”

“그렇담. 그분도…….”

제인은 왕지우를 말하고 있었다. 그분이라는 말에 소정은 제인을 똑바로 쳐다보며 다시 다짐하고 들었다.

“어느 누구도. 절대로!”

“알겠습니다.”

제인은 대답과 함께 입을 꼭 다문다. 사장의 마음을 알 것 같아서다. 어느 누구에게도 자신의 거처를 알리고 싶지 않은 심정. 제인도 그런 터널을 지나왔으니까. 처음 남편을 만났을 때 그저 노총각인 줄 알았다. 부인이 한국에 잠시 나가 있다는 사실을 알았을 때는 이미 늦어버렸다. 새로운 생명이 태동하기 시작했을 때였으니까. 부모님은 그래도 늦지 않았다고 설득했지만 만나고 헤어짐이 어디 뜻대로 되는 일이던가. 가시 같은 사람들의 눈길을 피해 전전하다가 이곳 하와이까지 와서 살게 되었다. 불행 중 다행으로 심성 고운 사장을 만나 새로운 삶을 시작할 수 있었다. 그런 사장에게 고통의 시간이 다가온 것이라면 도움이 되고 싶다.

소정은 가만히 제인을 쳐다본다. 나이는 아직 어리지만 잘 영근 과일을 보고 있는 것 같다. 어쩌면 남편의 사고가 저이를 여인의 성상에 번쩍 올려놓았는지도 모른다는 생각이 들었다. 사람이란 아파보지 않으면 성장이 더딘 법이다. 궁핍한 가정환경 때문에 소정도 어린 나이에 아픔을 안고 살았었지만 저만 한 나이에 저렇게 영글지는 못했던 것 같다.

'아아! 괴롭다. 이제 이 일을 어찌 해야 한단 말인가. 혜림의 말이 모두 사실이라면!'

소정은 혜림이 토해낸 말 같지도 않은 말을 인정하고 싶지 않으면서도 마음 한구석은 계속 귀를 기울이고 있었다. 세상에 어떻게 이런 일이 있을 수 있을까. 세상 사람들이 다 위선적이라 해도 그 사람만큼은 믿고 싶다. 아니 진실이었을 거라고 외치고 싶다.

그래서 더욱더 확인하고 싶다. 분하고 억울한 울음을 토해내기 전에 선량해 뵈는 그 표정이 가면인지 아닌지 가려내겠다는 마음이 잘못된 것일까. 만약 그 모든 것이 연극에 불과했다면 그 무대를 헐어버리고 싶다. 그이는 내가 누구인지 이미 알고 있을 수도 있다. 그 사람이 혜림의 말대로 그렇게 대단한 사람이라면 뒷조사쯤은 쉽게 할 수 있었을 테니까.

그래. 그렇게 엄청난 사람이 뭐가 아쉬워서 나 같은 말단 나부랭이를 도왔을까. 혜림의 말대로 한번 알아보는 거다. 만약에 그 사람이 혜림의 아버지 박상호를 알고 있다면 모든 것은 명백해지지 않겠는가. 혜림의 말이 거짓일 수도 있다. 허나, 그 어마어마한 것을 그렇게 쉽게 꾸며낼 수가 있을까. 아! 세상 살아가는 것이 왜 이렇게 복잡할까. 그냥 쉽게 살 수는 없는 걸까. 소정은 아직도 걱정스러운 모습으로 자신을 지켜보고 있는 제인에게 눈길을 돌린다.

"이제 그만 들어가 봐. 나도 조금 있다가 일어날 거야."

"그래도……. 저와 함께 나가세요."

"내 걱정 말아. 아무 일 없을 테니까."

소정은 제인이 하고 있는 걱정을 알고 있다. 가끔 순간은 사람을 지극히 단순하게 만들기도 하니까. 소정에게는 그렇게 단순한 순간은 오지 않을 것이다. 두 아이들이 있는 한. 이런 일에 엉켜든 것도 결국은 다 남편 때문이라는 생각을 지울 수가 없다. 남편의 배신만 아니었어도 이런 일을 비켜갈 수 있었을 것 아닌가. 남편 얼굴이 다가온다. 그와 함께 울고 웃었던 모든 시간들을 다시 한번 더 토악질해 내고 싶다. 탐욕스럽게 자신의 몸을 어루만지던 손끝이 스멀스멀 다가오는 것 같아 소정은 몸을 부르르 떤다.

창문을 두드리는 별빛이 천진스럽게 맑은 걸 보니 깊은 새벽인가보다. 앞에 앉아 있던 제인도 가고 없다. 다만 혼자다. 처음 앉아 있던 자세 그대로 그렇게 앉아 있다. 몸과는 달리 생각은 끝없는 터널을 지나고 사막을 헤매며 몸부림치고 있다.

호텔 앞을 지나는 행인들의 모습이 띄엄띄엄 보인다. 이 도시가 더욱 깊은 잠에 빠지면 소정은 그를 불러내려고 한다. 그와 대화를 하는 동안은 세상의 어떤 방해도 받고 싶지 않다. 오직 그의 음성에만 집중하려 한다. 전선을 타고 흘러올 세미한 감정까지도 짚고 싶다. 그리고 판단할 것이다. 어떤 사람인지. 변명을 한다면 그것도 들을 것이다. 그 변명에 어떤 색채가 들어 있는지도 알아내고 말리라 다짐한다.

재민과 소이. 어찌하여 그들은 왕지우에게 그렇게 많은 신뢰를 실어주고 있는 걸까. 재민도 처음에는 아버지를 통해서 알게 되어 비즈니스상 거래만 하다가 시간이 흐르면서 왕지우의 인품에 푹 빠져들었다는 이야기를 소정에게 한 적이 있다. 극과 극에서 한 사람을 놓고 이토록 판이하게 다른 시각으로 바라보는 상황을 어떻게 받아들여야 할까. 혜림의 말대로라면 왕지우는 지극히도 선량한 사람의 가면을 쓰고 있는 것이 틀림없다. 어떻게 내면의 어두운 빛이 그렇게 완벽하게 차단될 수 있을까. 과연 그것이 가능할까. 소정은 그의 온화하고 사려 깊은 눈빛 뒤에 드리워진 검은 그림자를 아무리 뒤져도 찾아낼 수가 없다. 만약 그이가 혜림이 말한 그런 사람이라면 소정은 세상을 똑바로 볼 자신이 없을 것 같다. 그만큼 세상이 무서워지려고 한다.

이제 하늘까지도 깊은 수면에 빠졌는지 꿈쩍을 않는다. 소정은 살얼음판을 걷는 마음으로 수화기를 집어들지만 정적으로 인해 소리가 너무 크게 울리고 만다. 발신음이 떨어지고 있다. 소정은 수화기를 놔버릴까 순간 생각한다. 그렇게 많은 시간 동안 옹이처럼 웅크렸던 결심이 흐물흐물 흩어지려 한다. 그런 사람이 아닌데 괜히 무모한 짓을 하고 있다는 생각이 소정을 흔들어댄다. 그때 놀랍고 반가움에 젖은 그의 음성이 들려온다.

"아니, 이 시간에 어쩐 일이오? 무슨 일이 있는 거요?"

"……."

"사라!"

그의 따뜻한 음성이 그녀를 휘감아 버린다. 소정은 눈을 지그시 감는다.

'그냥 묻어둘까. 나만 문제 삼지 않으면 될 일이다. 아버지도 어머니도 이제 더 이상 이세상 분들이 아니지 않는가.'

자신이 묻어둔다 할지라도 비난할 사람은 아무도 없다. 집안 형편이 어려워 허둥대는 엄마를 미국 가정의 가정부로 취직을 시켜주고 영주권을 받게 해주었다지 않는가. 아무런 연고도 없는 엄마가 혜림의 아버지 도움으로 미국에 갈 수 있었을 때, 그건 기적과 같은 일이라고 믿었다. 엄마도 한국에서 한 고생을 미국에서 하면 팔자가 펼 수도 있을 거라며 좋아했다. 그렇게 해서 엄마는 미국으로 떠났다. 엄마가 가정부로 취직한 그 집 주인은 어마어마한 부자라고 했다. 하는 사업이 일본과 연관이 많아서 일본 바이어들이 수시로 드나들기에 집주인은 일어를 할 줄 아는 가정부를 원했다. 물론 집주인도 일어를 배우고 싶은 마음도 있었으리라. 영어를 하진 못했었지만 일어에 능한 엄마의 능력은 십분 발휘되어 주인으로부터 신망을 얻게 되면서, 바이어들을 접대하는 일 외에도 초등학교에 다니는 주인집 세 아이들을 함께 돌보았다. 아이들과도 적응을 잘했었던지 처음 2년의 계약기간이 끝나고도 엄마는 계속 그 집에 있게 되었다. 계약기간이 연장되면서 영주권은 자연스럽게 해결되었다.

엄마가 계시지 않는 한국 집은 늘 휑하니 찬바람이 돌았지만 경제적인 면에서는 허리가 펴졌다. 동생도 대학을 마칠 수가 있었다. 그때 소정은 혜림 아버지에게 얼마나 감사했던가. 그런데 그 배경에 바로 왕지우가 있었다니! 아버지를 폐인으로 만든 것에 대한 보상으로 그런 주선을 해줬다니! 이런 기막힐 일이 또 있단 말인가. 소정은 찬물이 끼얹어진 듯 머리를 세차게 흔든다.

'그 따스함이 함정이다!'

소정은 깊은 숨을 몰아쉬면서 속으로 외친다.

'밝혀내고 말 테다!'

그렇게 마음을 정했으면서도 입이 떨어지지 않는다. 당차게 물어야 하는데 입에서 나오려는 소리는 야무지지 못할 것만 같다. 그의 깊은 눈빛이 자꾸만 그녀를 어루만지고 있는 느낌이었다. 그렇게 정직한 눈빛을 가진 사람이 다만 사업이라는 명명 아래 그런 냉혈적인 행동을 할 수가 있었을까 하는 반문을 자신에게 끊임없이 해대고 있다. 소정의 한쪽 마음에 조금이라도 틈이 생기면 다른 마음이 변명을 하고 들었다. 사업을 하다보면 어쩔 수 없는 상황도 생기는 법. 그것은 그 사람의 인품과는 상관없이 상황에 따른 결정이라고. 그래서 용서하는 마음으로 그냥 넘겨야 한다고.

소정의 눈빛이 대답하고 있었다. 사업을 하는 사람들이 모두 그런 허울을 뒤집어쓰고 상대에게 칼을 휘둘러댄다면 윤리는 항상 검은 그림자의 틀을 벗어나지 못할 거야. 진정한 사업가라면 설령 손해를 본다 치더라도 당당한 길을 선택하고 상대를 살리면서 자신도 살 수 있는 방법을 찾아야 할 것 아닌가. 그럴 수 없다는 건 결코 핑계일 뿐이야. 모든 것을 독식하고자 할 때 일어난 결과가 아니겠는가. 독식. 무

214

서운 것이다.

결국 왕지우도 그런 파렴치한 사업가의 일면을 갖고 있었던 것 아닌가. 철저하게 독식하고자 하는 자들과 조금 다른 점이 있다면, 자신의 행위에 대한 책임 또는 죄의식이라는 양심의 끄트머리가 대롱거리고 있다는 것일 게다. 그 양심의 끄트머리를 잘라내지 못해 어떤 방법으로든지 보상을 하고 싶어서 자선사업도 하고 있는 거겠지.

그의 무자비한 결정으로 한 사람이 폐인이 되어 평생을 칙칙하고 습한 방구석에서 생을 마감했다는 사실. 그의 식솔들이 겪었던 그 고통과 고초를 무엇으로 보상할 수 있더란 말인가. 만약 그의 파렴치한 결정이 아니었더라면 자신은 지금보다 훨씬 더 나은 인생을 살 수도 있었을 것이다. 최소한 혜림으로부터 '거렁뱅이 근성'이니 '무지렁이' 따위의 말로 수모는 받지 않았을 것이다. 그렇다. 나를 이렇게 힘든 인생의 길목으로 몰아낸 사람이 바로 그 사람이다. 다시 치가 떨려왔다.

"당신에게 묻고 싶은 것이 있어요."

이제 소정의 목소리는 침착하면서도 당찼다.

"말해보시오. 뭐든지 대답하리다."

"내가 말하는 세 사람의 이름을 알고 있으면 그냥 안다고만 대답해주세요."

"그래요. 그러리다. 내가 알고 있는 사람들이라면 당연히 당신에게 대답하리다."

"김은심, 박상호 그리고 장덕우."

"……!"

왕지우로부터 대답이 없었다.

"모르시는 분들이세요?"

소정의 음성이 사르르 떨렸다.

"다, 당신이 어떻게……."

분명히 왕지우는 당황하고 있었다.

"다른 말씀은 필요 없어요. 알고 있는지 없는지만 대답해주세요."

이제 소정의 목소리는 더 이상 떨리지 않았다. 마치 취조하는 검사의 질문과도 같았다.

"……알고 있소."

잠시 말이 없다가 왕지우의 대답이 떨어졌다.

"……!"

소정은 말없이 수화기를 덜커덕 놓아버렸다.

속으로 모른다고 해주길 얼마나 바랐던가. 그런데 안다고 하지 않는가. 알고 있다. 그렇다면 더 물어볼 필요조차도 없다. 소정의 허깨비 같은 다리가 휘청거렸다.

24. 아메리칸 드림

"아이고 시상에 이 호텔이 우리하고는 인연이 솔찬히 있는갑소."

빙글 돌아가는 호텔 회전문을 밀고 들어서는 나양식의 만면에 희색이 넘쳐 흘렀다. 미스 조를 앞세우고 함께 들어서고 있는 한섭도 참 묘한 인연이라는 생각을 하고 있었다.

"악연이든 필연이든 그게 누구 덕인지는 잊지 마세요."

미스 조는 이 모든 행운이 자신 때문에 얻어진 결과라는 것에 대해 다시 한번 나양식에게 못을 박았다. 시간이 지나면 언제나 자신이 잘

해서 모든 일이 잘될 수밖에 없었다는 나양식의 허풍에 미리 허를 찌른 것이다. 미스 조의 고집으로 첫 번째 밀입국을 실패하고 나서부터 생긴 나양식의 말버릇이었다. 미스 조는 그런 나양식의 말버릇이 귀에 거슬렸지만 할 말이 없었다. 하지만 그 이후에도 나양식은 거의 모든 면에서 억지를 쓰다시피 '나양식 공로 깃발'을 쑤셔 박아댔다. 그럴 때면 한섭은 그저 조용한 웃음을 삼키곤 했다. 그러나 이번만큼은 결코 양보하고 싶지 않았다. 시간이 지나고 나면 나양식은 또 분명히 자신이 서둘러서 이것을 차지할 수 있었다고 으스댈 꼴이 눈에 선했기 때문이다.

"아믄이라. 아믄. 그거야 당연지사지라. 늘 복을 둘둘 말고 댕기는 헤더 아가씨 덕분에 이런 호박이 넝쿨째 확 굴러들어온 거 아니것소."

나양식은 아부색이 짙은 웃음까지 실실 흘리며 말했다. 한섭은 미스 조의 옆모습을 흘끗 쳐다봤다. 저렇게 당당하려 애쓰는 그녀의 모습이 오히려 안쓰러웠다.

약 2주 전 미스 조에게 한 통의 전화가 걸려왔다. 때마침 한섭은 미스 조와 함께 있었다. 허둥대는 그녀의 모습에서 전남편의 아내로 살아가는 사장딸임을 직감할 수 있었다. 애리조나를 떠날 때 연락처를 엷가게 아주머니 외에는 알려준 사람이 없었는데, 사장 딸은 용케도 그 연락처를 알아내어 가끔 미스 조에게 연락을 하고 있었다. 처음 얼마간은 사장 딸과 통화를 할 때면 미스 조는 정신병자처럼 허우적거렸다. 흔적도 없이 갈기갈기 찢어버리고 싶었던 사람과 대화를 하면서 그 감정을 감추기란 결코 쉬운 일이 아니었으리라.

하와이에서 휴가 중 사장 딸이 남편의 여자라는 사실을 알고 미스 조는 당장 두 연놈들을 박살내버리겠다고 몸부림쳤으나 한섭의 만류로 가까스로 감정을 다스리고 하와이를 떠났었다. 이미 남의 사람이 되어버린 지금 그렇게 복수를 한다 한들 무슨 의미가 있겠느냐. 그리고 지금은 성한 몸도 아니니 부부로 살았던 정이 손톱만큼이라도 남아있다면 적선한다 생각하고 모든 것을 덮으라고 애걸했다. 그렇게 설득하는 한섭에게 미스 조는 많은 것을 의지했다. 피비린내 날 수 있는 보복을 포기한 것도 어쩌면 한섭을 바라보는 마음 때문이었을 수도 있다. 그래서 한섭도 미스 조를 박절하게 대할 수가 없는 것이다.

처음에 나양식은 한섭과 미스 조의 야릇하고 애매모호한 관계를 눈치채고선 두 팔을 휘휘 저으며 만류했다. 그러다가 형수님이라도 덜컥 만나면 그 상황을 어떻게 수습하겠냐는 거였다. 하지만 한섭의 생각은 달랐다. 현재 만날 수 없는 가족 때문에 미스 조가 망가지는 모습을 그저 무능력하게 바라만 보고 있을 수는 없었다. 함께 목숨 걸고 넘어온 이 땅. 서로의 목적은 달랐어도 어쨌든 같은 방향을 향해 가고 있는 것이다. 내 갈 길이 바쁘다고 길가에 상처받고 쓰러져 있는 사람을 모른 척 지나칠 수는 없는 일이었다. 상처가 다 나으면 혼자 걷도록 하리라는 것이 한섭의 마음이었다.

사장 딸이 미스 조에게 한 제안은 거절하기에는 너무나 큰 행운이었다. 자신이 홀 매니저로 있는 호텔 고급 한식 레스토랑을 전적으로 책임지고 운영할 사람을 찾고 있는 중이라고 했다. 레스토랑 사장의 신변에 급한 일이 생겨 신속하게 일을 마무리 지어야 하는데, 헤더 언니가 적임자라며 설득하고 들었다. 사장 딸은 미스 조를 헤더 언니라 부르고 있었다. 사장 딸이 남편의 여자였던 것을 몰랐을 때, 기회가 있으면 레스토랑을 경영해 보고 싶다는 이야기를 한 적이 있었다. 그것은 한섭과 나양식을 염두에 두고 한 말이었다. 확실하게 음식을 책임질 수 있는 요리사 두 사람이 있다고 자랑까지 했던 것을 사장 딸이 용케 기억하고 전화를 걸어온 것이었다.

하지만 사장 딸의 전화를 받고 미스 조와 한섭은 쉽게 결정을 내리지 못하고 있었다. 한섭은 그곳이 재민의 호텔이기 때문이었고, 미스 조는 복수도 다 부질없는 짓이라 마음을 다잡아가고 있었지만 과연 전남편과 그의 여자를 버젓이 바라보며 아무런 감정을 노출시키지 않고 지낼 수 있을까 하는 문제 때문이었다. 그런 두 사람의 미적거림에 나양식은 답답하다고 팔짝팔짝 뛰었다. 이런 식으로 굼뜨게 행동하면 다른 사람에게 기회가 넘어갈 거라는 판단에서였다. 그것도 틀린 말은 아니었다. 살면서 적어도 세 번의 기회가 온다는데, 어쩌면 한섭에게 이것은 마지막 기회일지도 모른다는 생각이 들었다. 나양식은, 남편은 이미 장님이 된 사람인데 미스 조를 알아볼 상황도 아니고, 그저 눈 한번 딱 감아버리면 만사형통인데 못할 것 뭐냐고 배짱을 부렸다. 그리고 장님이 이리저리 하와이 바닥을 휘젓고 다닐 것도 아니고 집에만 콕 처박혀 있을 것인데, 왜 구더기 무서워 장을 담그지 않으려 하느냐고 안달이었다.

나양식의 말도 알알이 일리가 있었기에 한섭은 결정하기 힘든 상황에서는 일을 해 나가면서 차후 대책을 세워가자는 생각에 여기까지 오게 되었다. 일을 하다가 재민을 만나게 되면 그 일은 그때 가서 생각하면 될 일이었다.

또한 현실을 받아들이는 것도 용기라는 생각이 들었다. 대학을 다닐 때까지만 해도 배경을 제하고 나면 능력 면에서 재민이보다도 훨씬 우월했었는지 모르지만 지금은 다르다는 사실을 인정해야 했다. 재민은 어쨌든 기업의 후계자 아니던가. 비록 재민과 자신 사이에 터무니없이 넓은 공간이 가로막고 있다 할지라도 거부하지 않기로 결심했다. 거부도 곧 열등의식의 발로라는 생각이 들었다. 아무리 아니라고 우겨도 저 밑바닥에는 변변치 못한 마음이 웅크리고 있는 것을 한섭도 어쩌지 못하고 있었다. 재민이 앞에서 좀 덜 비참해지려면 지금 하고 있는 일에 떳떳해야 한다고 생각했다. 그저 남 밑에서 종사하는 요리사로 끝날 것이 아니라, 나도 언젠가는 그럴 듯한 레스토랑의 주인으로 우뚝 서리라는 꿈. 그 꿈이 안에서 꿈틀거리고 있는 한 당당하지 못할 이유가 없었다. 지금 자신이 처한 처지에 주눅 들어 이런 기회를 거절하는 것 또한 비굴한 모습의 일부였다. '나에게 꿈이 있는 한 난 절대로 초라하지 않다'고 허공에 주먹을 휘둘렀다.

이런 마음을 갖고 나자 한섭은 갑자기 힘이 솟았다. 비록 한국에서처럼 빳빳한 와이셔츠에 넥타이 그리고 칼날처럼 주름 잡힌 양복바지와 반짝이는 구두는 신지 않고 있어도 그의 가슴은 더욱 활짝 펴져 있었다. 이 레스토랑을 시작으로 아메리카에서의 인생 블루프린트를 활짝 펴보리라.

"어머? 헤더 언니!"

미스 조를 기다리고 있었던 듯, 사장 딸은 화들짝 반기는 얼굴로 다가왔다.

"으…… 으응. 잘 지냈지?"

미스 조는 아리송한 표정을 지어 보였다.

"잘 생각했어요. 어머, 이분들이 그분들이신가 보네."

미스 조를 따라 어물어물 주위를 둘러보며 들어오고 있는 한섭과 달리, 히죽거리며 들어서는 나양식을 보고 사장 딸이 하는 말이었다.

“응. 이 분들이야. 인사해. 이쪽은 전에 내가 일하던 사장 딸 제인
이에요. 그리고 이쪽은 미스터 신과 양봉.”

“어서 오세요. 정말 잘 오셨어요.”

제인은 활짝 웃으며 다시 한번 인사치레를 잊지 않았다.

“하이고, 참말로 싹싹해불구마잉. 저랑께 그냥 푹 빠져부렀는갑구
마.”

나양식이 앞서가는 제인을 보고 눈치 없이 한마디 툭 던지자, 한섭
이 나양식의 옆구리를 꾹 찌르며 험상궂은 얼굴로 흘긴다. 나양식도
그제야 자신이 입에 올리지 말았어야 할 말을 했다는 것을 알고 흠칫
놀라며 한손으로 입을 틀어막는다. 두 서너 발자국 앞서고 있는 미스
조는 다행히 나양식이 흘리는 말을 듣지 못한 모양이었다.

레스토랑은 최고급이었다. 지금까지 한섭과 나양식이 일했던 어떤
레스토랑보다도 격조 높은 분위기를 자랑하고 있었다. 밖에서 보던
것보다 직접 둘러보니 더욱 맘에 들었다. 물론 기본 틀은 호텔 측에서
요구한 대로 했겠지만, 색상이며 벽과 사이사이 공간을 장식하고 있
는 소품들은 주인의 섬세하고 우아한 품위를 그대로 담고 있었다.

“이 레스토랑은 음식 맛이나 실내 장식 그리고 분위기가 최고급으
로 되어 있어서 내외국의 유명인사들이 애용하고 있답니다. 그래서
매일 새로 개업한 레스토랑과 같은 정성으로 신선함을 유지해야 하는
것이 필수입니다. 비록 지금 사장님께서 부득이한 사정으로 운영권을
넘겨야만 하는 상황에 있지만, 그 약속만은 꼭 지켜 주셔야 합니다.
그것은 저희 사장님께서 은혜를 입었던 분께 드리는 예우입니다.”

“아니, 그랑께 시방, 현재 사장님도 우리 맹키로 호박이 넝쿨째 굴
러온 것을 받은 것이다 그 말잉게라?”

나양식은 아무리 떠도 똑같은 사이즈의 눈을 치켜뜨며 놀라는 표정을 거두지 못했다.

"아, 아이그 또 그 주책."

미스 조가 나양식을 쳐다보며 눈을 위아래로 흘겨댔다.

"그런 것은 아니구요. 우리 사장님께서 워낙 점잖고 예의가 깍듯한 분이라 약간의 도움도 결코 쉽게 넘기지 않다는 것을 의미한 거예요."

"이잉, 그렇구만요. 그란디. 사장님이 여자라믄서요?"

"네. 가족은 동부에 살고 계십니다."

"동부라믄, 쩌기 뉴욕 말씀인 게라?"

"네, 뉴저지에 살고 계세요."

"잉, 그래서 여기까지 왔다 갔다 하기가 영 힘들어서 이것을 이라고 넘길라고. 하싱가 보네."

나양식은 나름대로 해석을 해버린다. 하지만 제인은 그저 미소만 싱긋거리고 만다.

"그리고 위층에는 고급 일식 레스토랑이 있습니다. 그곳은 탤런트 소이 씨가 운영하고 있습니다. 한국에서의 바쁜 스케줄 때문에 자주 오지는 못하지만 가끔 이곳에 들르기도 합니다."

"워메? 소이 씨가라? 나하고는 솔찬히 친분이 있는디. 성님 기억 안 나요? 한 3년 됐지라?"

나양식은 감정을 조절하지 못하고 어린애처럼 들뜬 표정으로 한섭의 동의를 얻어내려 애썼다.

"아이그, 연예인 한번쯤 보지 못한 사람이 어디 있어요?"

미스 조가 톡 쏘아댔다.

"음마, 그냥 본 것이 아니라 나하고 친분이 있어서 싸인꺼정 해줬당께 그래 쌌네."

"어, 어유, 어유……."

미스 조가 얼토당토않다는 표정을 짓는다. 어쩌다가 운 좋게 사인 한번 받은 걸로 친분이 있다고 둘러치는 나양식의 뻥에 속아 넘어갈 미스 조가 아니었다.

두 사람이 티격태격하는 모습에는 안중에도 없이 한섭의 눈빛은 복잡하기만 했다. '소이. 소이라.' 막상 소이라는 이름을 들으니 가슴이 철렁 내려앉았다. 최소한 소이에게만은 자신의 이런 꼴을 보이고 싶지 않다는 생각이 그의 가슴을 쳤다. 슬리퍼 사이로 삐죽이 나와 있는 자신의 엄지와 검지 발가락이 유난히 거칠고 뭉툭해 보인다. 얼른 발가락을 움츠려 본다. 슬리퍼가 불룩 올라온다. 더욱 꼴불견이다. 꼭 병신 같다. 다시 펴본다. 차라리 그게 나았다.

"무슨 생각을 그렇게 하세요?"

미스 조가 한섭을 유심히 쳐다보며 마음을 읽으려 들었다.

"어, 어엉? 으응!"

한섭은 마치 자신의 비밀스런 생각을 들키기라도 한 것처럼 당황스러운 표정이었다.

"어머? 점점 더 이상하네. 죄 진 거 있어요?"

"성님 맴이야 항상 복잡하지라. 특히 하와이에 옹께 더 안 그요."

나양식은 한섭이 아직도 가족을 애타게 그리워하며 찾고 있다는 맘을 미스 조에게 넌지시 띄우고 있었다. 그런 나양식의 갈쿠리 같은 말투에 미스 조는 입만 삐죽거리고 만다.

"그럼 계약 서류는 제인과 미스 조가 알아서 하면 되겠군요."

한섭은 얼른 화제를 돌린다. 그러자 제인은 사장이 제시한 것들을 하나하나 짚어가기 시작했다. 현재 있는 주방장과 부주방장은 독립하기 위해 나가지만, 그 외에 다른 사람들은 그대로 있게 되므로 계속 채용해 줄 것을 요청했다. 그리고 사장이 원하는 것과 이쪽에서 원하는 것을 합해 변호사에게 서류를 맡겨 검토하게 한 다음, 함께 사인을 하자는 데 합의했다. 변호사 앞에서 사인을 할 때는 사장이 직접 오실 거라는 귀띔도 놓치지 않았다. 세 사람은 들뜬 마음을 감추지 못하며 레스토랑 문을 나섰다.

한섭은 뿌듯한 마음으로 다시 레스토랑 입구를 휙 둘러보았다. 드디어, 아메리칸 드림의 실체가 그에게 미소를 지으며 다가오고 있는 것이다. 아메리칸 드림. 야자수의 손끝에 매달린 구름을 배경으로 놓고 그는 어느새 언덕 위에 하얀 집을 그리며 가슴을 활짝 펴본다.

25. 그 여자

두 남자가 테이블을 가운데 두고 침통한 표정으로 앉아 있다. 한 남자는 어지러운 생각을 정리하려 함인지 아니면 곧 들을 결과에 대한 고민 때문인지 눈을 지그시 감고 소파에 앉아 있고, 다른 한 남자는 마주 잡은 양손의 깍지를 꼈다 풀었다 하면서 난색을 표하고 있다. 그 두 사람 사이에 놓인 테이블 위에 두툼한 봉투가 놓여 있다. 난색을 짓고 있던 남자가 가까스로 말문을 연다.

"회장님께서 부탁하신 것 여기에 다 들어 있습니다. 읽어보시면 아시겠지만, 생각했던 대로 사라는 장덕우와 김은심의 장녀입니다."

"음……!"

원래 마른 편에 속한 왕지우 모습이 오늘 따라 가늘어 보인다. 기억의 심연으로부터 길고 깊은 한숨을 내쉰다.

"회장님. 제가 돕도록 하겠습니다. 사라를 설득해보겠습니다."

재민은 왕지우의 수척한 모습이 안타까워 진심으로 말하고 있었다. 재민이 조사한 세 사람, 박상호, 장덕우, 김은심이 왕지우 회장과 어떤 사연으로 얽혀 있는지 아직 자세한 내용은 모르지만, 왕지우 회장이 사라의 부모에게 업을 지고 있는 것 같았다.

재민은 장소정이라는 여인의 신상 조사를 하면서 바로 친구의 부인이라는 사실을 발견한 것에 대해서는 침묵하고 있었다. 칠흑 같은 어둠이 세상을 꽁꽁 묶고 있던 밤에 홍콩의 한 선상에서 한섭은 하와이에 먼저 가 있는 아내와 자식들에게 가는 길이라고 했었다. 그런데 소정이 지금까지 혼자인 것으로 보아 어쩌면 한섭은 밀입국 도중에 또 다른 사고를 당했을 가능성이 많았다. 재민의 마음은 다른 길목에서 왕지우 회장만큼이나 괴로워하고 있었다.

"우선 사라를 찾아서 내 직접 말해야겠소."

뭔가 결심을 한 왕지우는 단호한 눈빛으로 말했다.

"알겠습니다. 제가 사라의 행방을 찾아보도록 하겠습니다. 그렇게 어렵진 않을 것 같습니다."

재민은 왕지우 회장이 사람을 써서 찾기 전에 자신이 장소정이라는 여인을 만나서 모든 정황을 듣고 싶었다. 특히 친구의 소식을……

"그렇게 해준다니 고맙구려."

"걱정하지 마시고 기다려주십시오. 거처를 알게 되면 바로 연락드리겠습니다."

"그래요."

"그럼 전 이만 가보겠습니다."

　재민은 회장실을 나서면서 얽히고설킨 인연에 어지럼증을 느끼고 있었다. 재민은 태어나서 지금까지 단순하게 살아왔었다. 복잡한 일이 생길 것 같으면 뭐든지 돈으로 먼저 해결을 봐버렸다. 아무리 복잡한 일도 돈이면 쉽게 해결이 되곤 했었으니까. 그런데 지금 이 상황은 도대체 돈으로 해결될 기미가 보이지 않는 것이 답답할 뿐이다.

　장소정. 이상하게 돈이 가장 필요한 것 같은데 돈으로 해결이 되지 않는 여인이다. 장소정의 부모와 그녀 아버지의 친구인 박상호. 그리고 거기에는 거부 왕지우 회장이 개입되어 있다. 분명 이 게임에서 왕 회장이 불리한 입장에 놓여 있는 것처럼 보인다. 그렇다면 장소정이 왕 회장에게 당당하게 요구하면 상황은 아주 명료하게 정리가 될 것 같다. 비록 왕지우 회장이 그렇게 많은 돈을 가진 사람이라는 것을 알고 있지 못한다 할지라도, 지금까지 표면적으로 나타난 것만으로도 그의 재력을 어림짐작할 수 있을 것 아닌가. 그런데 잠적을 했다. 왕 회장이 준 모든 것을 두고. 아니 버리고.

　재민이 나가자 왕지우는 문을 꼭꼭 걸어 잠갔다. 그리고 어느 누구도 이 방의 출입을 금한다는 메시지를 프론트 데스크에 전하고, 자신에게 걸려온 전화는 메시지만 받아놓으라고 지시했다. 창문도 커튼도 그리고 불도 다 끄고 욕실로 들어가 옷을 훌훌 벗었다. 큼직한 욕조 수도꼭지를 끝까지 틀자 물이 콸콸 쏟아지기 시작했다. 왕지우는 거칠게 쏟아지는 물줄기를 뚫어져라 바라본다. 욕조에 물이 점점 차오른다. 물이 격하게 쏟아지고 있었지만 어느 정도 차오르자 더 이상 물방울은 튀기지 않고 동심원만 퍼져가고 있다. 물이 차오르면 차오를수록 물소리가 묻혀간다. 물이 넘칠 듯 찰랑거리자 왕지우는 꼭지를 잠근다. 정적이 갑작스럽게 다가온다. 꼭지에 남은 마지막 물방울이 똑! 하고 떨어지는 소리가 터무니없이 크게 울리면서 화장실 벽을 두들긴다. 보일 듯 말듯한 파문이 스르륵 퍼지다 욕조 가장자리에서 맥없이 나가떨어지고 만다.

그는 거울처럼 번쩍거리는 대리석벽을 통해 볼품없이 마른 한 노인의 모습을 바라본다. 누군가를 참 많이 닮은 모습이다. 그것은 자신이 아니었다. 자신이 닮은 사람이었다. 갑자기 측은지심이 들었다. 이것이 인생인가! 이것이……. 그는 차가운 물속에 자신의 모든 것을 담근다. 물이 욕조를 넘어 밖으로 떨어진다. 좀더 몸을 눕혀 머리끝까지 담근다. 열꽃이 피던 심장이 점점 식어가기 시작했다. 숨이 턱을 쳤지만 그대로 버티고 있었다. 만약 이런 행위가, 아니 의식이라고 해두자, 지난 과오를 씻을 수 있고 묻을 수만 있다면 얼마든지 하리라. 얼마든지. 그는 물속에서 견딜 수 있을 때까지 버티다 얼굴을 내민다. 질끈 감은 눈자위에 격한 감정이 출렁거린다.

그 여자. 그 여자가 사라의 어머니다. 사라의 어머니. 왕지우는 나이답지 않게 흐느끼기 시작한다. 그것은 과오에 대한 회한의 눈물이 아니었다. 비련의 주인으로 살다간 또 다른 한 가여운 여인 때문이었다. 어머니! 왕지우는 바로 어머니 때문에 흐느끼고 있다. 지금은 아무리 그 체취를 느끼려 해도 느낄 수가 없는 어머니. 그 여자와 어머니. 왕지우는 소멸되어가는 기억의 뒤꼍에 아직 선명하게 남은 몇 장의 생각을 뒤적거린다.

뚜– 뚜–.

분명히 메시지만 받아놓으라고 했건만 전화벨이 울리고 있었다. 왕지우의 얼굴에 못마땅한 빛이 스친다. 왕지우는 벽에 걸려 있는 수화기를 든다.

"회장님!"

재민의 다급한 목소리다.

"오! 자넨가?"

왕지우의 얼굴에 언짢은 빛이 순식간에 걷힌다.

"일이 생각보다 쉽게 될 것 같습니다."

"그래?"

"소이가 사라 매니저인 제인 양과 이야기를 하다가 우연찮게 들었는데, 사라가 변호사를 만나기 위해 내일 호텔에 잠깐 들른다고 합니다. 만나자고 미리 연락을 하면 분명히 이곳에 오는 것을 취소할 것 같습니다. 어떻게 하시겠습니까?"

"어떻게 해서든지 사라를 만나야 하네. 사라가 호텔에 나타나면 나에게 즉시 연락해 주게나. 그리고 어차피 자네도 사라를 만나야 하지 않는가? 운영권을 넘겨주려면 호텔 측의 동의를 받아야 한다는 핑계로 꼭 붙들어두어야만 하네. 그러면 사라도 거부하지 않을 걸세. 내일 기다리고 있겠네."

왕지우는 복잡한 감정을 잠재우며 냉정해지려 노력한다.

'사라는 얼마만큼 알고 있는 걸까. 모든 걸 다 알려주고 싶지는 않다. 사라를 그 여자와 다르게 생각하고 싶다. 다른 사람으로……. 그냥 사라로 받아들이고 싶다. 이미 지나간 세월 아닌가. 과연 사라의 마음을 잠재울 수 있는 힘이 아직 나에게 남아 있기는 하는 건가.'

왕지우 얼굴에 묻혀 있는 세월의 흔적이 유난히 깊어 보였다.

26. 꿈이어라!

아침을 늦게 시작하는 와이키키 해변은 아직도 졸립다는 눈치다. 일상의 짐을 털어내고 이곳을 찾아온 사람들에게 만족이라는 푸근함을 주기 위해 준비하는 사람들의 걸음은 그다지 여유로워 보이지 않는다. 행복 뒤에는 늘 누군가의 숨은 노력이 있고, 소득의 결과에도 누군가의 피와 땀이 스며 있는 법. 앞으로 이 레스토랑을 찾는 사람들에게 정성을 안겨주리라 다짐하며 한섭은 힘차게 계단을 뛰어 오른다.

"아직 약속시간 30분 전인데 빨리 오셨군요."

레스토랑 문을 밀치고 들어서는 한섭을 주방장이 환한 얼굴로 맞는다.

"네, 좋은 아침입니다."

"특히 신 선생에게는 더욱 그렇겠군요."

두루뭉술하게 생긴 몸집의 주방장은 말을 하면서도 쉴 새 없이 손을 움직인다.

"감사합니다. 모두 선생님 덕분입니다."

"선생님 소리 아주 듣기 좋습니다. 신 선생이 그렇게 점잖게 나오니 내가 가지고 있는 노하우를 모두 가르쳐드리지 않을 수가 없다니까요."

주방장이 껄껄껄 웃는다.

"아유, 감사합니다. 그저 혹독한 트레이닝을 시켜주시기 바랍니다."

한섭도 따라 웃는다.

"난 말이오. 신 선생이 처음 이 주방을 책임질 분이라고 해서 내심 의아한 생각이 들었어요. 그렇게 점잖은 행동과 말씨로 어떻게 이 바닥에서 견뎌내셨을까 하고요. 다 목구멍이 포도청이라고들 하지만 말 예요."

"이래 봬도 꽤 뚝심이 있습니다."

"외유내강이라! 좋죠. 신 선생은 성공하실 거요. 아메리칸 드림 그게 뭐 별겁니까? 열심히 노력하면 그 대가만큼 얻어지는 거, 그게 드림 아니겠어요? 노력해도 그 노력이 헛것으로 돌아가고 다른 사람의 차지가 되는 허망함을 당해보지 않으면 모르지요."

한국에 살 때는 꽤 탄탄한 중소기업을 운영했다는 주방장. 국내에서 최고 중소기업인이 되기 위해 밤낮을 모르고 일했다고 했다. 그러던 어느 날 동업자가 몽땅 털어먹고 이민을 가버렸다. 그놈을 기어이 잡아 분풀이를 하고 말겠다는 일념으로 처자식 다 뒤로 하고 미국으로 건너왔지만 서울 바닥에서 김 서방 찾기였다는 이야기. 한국식당과 한국마켓 앞에서 거지 행세까지 하며 찾았으나 동업자는 어디로 꼭꼭 숨었는지 그림자조차도 불 수 없었다. 어느 날 무숙자들이 거주하는 쉼터에서 잠을 자는데, 돌아가신 할아버지가 눈을 부릅뜨며 야단을 쳐 놀라 잠에서 깬 후 그놈을 잡아야겠다는 일념을 버리고 살길을 찾아 나섰단다. 그래서 지금 이 위치까지 왔고, 이제는 가족도 다 들어와 함께 살고 있다고 했다. 그는 처음 한섭이 혼자라는 사실을 알고 고개를 주억거렸다. 묻지 않아도 깊은 내막이 있으리라는 짐작 때문이었으리라. 한섭도 구태여 설명하려 들지 않았다.

"그런데 말이오. 세상은 참 묘한 거요. 내가 지난번에 이것까지는 이야기하지 않았는데, 그놈 말이오. 내 뒤통수치고 달아났던 놈. 원수는 외나무다리에서 만난다고 하더니, 허참!"

그는 지금 생각해도 그 순간이 믿기지 않는지 말을 하다 말고 주방 천장을 쳐다보며 허허거렸다.

"그놈을 쩌어기 바다에 둥둥 떠 있는 유람선 윈드재머라는 배 안에서 딱 맞닥뜨렸지 뭐유. 왜 그, 선상에서 쇼도 하고 디너도 먹는 그런 배 있잖소. 그때는 샌프란시스코에 살고 있었죠. 오랜만에 가족 동반해서 하와이 구경을 갔지 않았겠어요. 아, 그런데 그놈이 그 배에 같이 타고 있는 거 아니겠소. 처음에는 믿어지지 않아 혹시 닮은 사람을 내가 착각한 것이 아닌가 했는데, 그 놈이었소. 젊은 여자와 함께 있더라구요. 혼자 화장실로 들어가서 생각을 가다듬었죠. 어떻게 해야 옴짝달싹 못하게 하면서 그놈이 송두리째 가져간 재산을 조금이라도 찾을 수 있을까 하고요."

"아니 그런 극적인 일이!"

한섭은 영화 같은 장면에 입을 딱 벌렸다.

"믿어지지 않죠? 그런데 말입니다. 세상엔 그 믿어지지 않은 일들이 일어나더라 말입니다. 그래서 죄짓고는 못 산다는 말이 생겨난 모양이오."

"그래서 어떻게 하셨습니까? 돈은 받으셨어요?"

"들어보세요. 참!"

그는 또 기가 막힌지 아니면 그 순간의 짜릿함 때문인지 또 한번 헛웃음을 뿌리며 말을 이어갔다.

"화장실에 들어가서 곰곰이 생각하는데, 그놈을 법으로 옭아매야 하겠는데 당장 물증이 없잖소. 그리고 또 한 가지 더욱 억울한 것은, 여기가 미국이라는 사실이오. 한국에서 해먹고 도망치고 온 놈을 어떻게 미국 법으로 따질 거냐고요. 그래서 생각한 것이 폭력이었소."

"네? 폭력? 그런 곳에서 폭력을 쓰면 경찰에게 넘어가지 않나요?"

한섭의 크고 서글서글한 눈이 놀라움으로 더 똥그래졌다.

"바로 그거요. 그걸 노린 거요. 그놈을 잡아놓을 방법은 그것밖에 없더라고요."

"네에."

"화장실에서 나오니 훌라춤이 한창 공연되고 있던 참이었소. 그 자식 앞으로 뚜벅뚜벅 걸어갔어요. 그런데 자기 앞에 서 있는 나를 몰라보는 거예요. 몰라볼 수밖에. 저야 돈 가지고 온 놈이니 편안하게 살았겠지만, 내 생활이야 어디 비교나 됐겠소? 한국에서는 중소기업 사장입네하고 차려입고 다닐 때는 신수가 훤해 보였지만, 불법생활 한 10년 거치고 나니 꼴이 말이 아니었지요. 그래도 요리사로 영주권 받아 마누라하고 자식들이 들어와 살면서 나도 폼이 좀 난 상태였는데도, 그 놈이 볼라볼 정도였으니까 짐작이 가겠죠."

"그래서요?"

한섭은 마치 무협지를 보고 있는 것 같았다.

"자기 앞에 선 날 귀찮다는 표정으로 올려다보고 있던 놈의 멱살을 잡고 보기 좋게 한 방 날렸지요. 한 12년 주방에서 칼질하던 주먹으로 말이오. 그랬더니 흥겹던 파티장이 쑥밭이 됐어요. 매니저, 경비원 할 것 없이 나와 상황을 수습하려 들었어요. 이유도 없이 얻어맞았다고 생각한 놈이 가만있겠어요? 그 자식도 날뛰니 둘 다 잡혔죠. 아무리 불법체류자로 살았다지만 이 바닥에서 굴러먹은 지가 얼만데 무서워하겠어요? 별로 무서운 것도 없었어요. 변호사를 선임했지요. 밤낮을 모르고 일하는 변호사들도 있으니까요. 변호사에게 그놈과 얽힌 이야기를 죄다 풀어놨죠. 그놈이 뭐 할 말이 있겠어요. 한국으로 이송되어 재판을 받고 형을 살래 아니면 협상을 할래? 했더니, 지놈이 협상 외에 뾰족한 수가 있겠어요? 마누라 몰래 딴 여자까지 꿰차고 놀러 온 놈이."

"정말 잘하셨네요."

한섭은 진심이었다.

"내가 지금은 주방에서 이러고 있지만, 그래도 직원 일이백 명 거느렸던 사람 아니오. 그런 머리 하나 못 굴리겠소?"

자신감 있게 말하는 그의 얼굴에 중소기업 사장으로서의 모습이 스치고 지났다.

"그래서 이제 독립하려고 하시는군요."

한섭은 그가 되돌려받았을 보상을 두고 한 말이었다.

"그렇소. 내가 잃어버렸던 재산을 생각하면 아직도 가슴이 벌떡거리지만, 그나마 건진 것도 하늘의 도움이라 생각하고 감사하게 받아들이고 있소. 그 목돈으로 배운 도둑질이 이것이니 식당을 내야겠는데, 어디서 내야 하나 이곳저곳을 물색하다 하와이까지 오게 됐소. 캘리포니아는 경쟁이 너무 심한 것도 있고. 그리고 이제 식당을 차리게 되면 내 뼈가 묻힐 곳이라는 생각에 결정이 쉽지가 않았는데, 하와이가 딱 좋아요. 미국이면서 전혀 미국 같지 않고. 백인보다 동양인이 주인 행세를 하고 사니 얼마나 마음이 편한지 몰라요."

"그렇죠."

한섭은 고개를 끄덕였다.

"신 선생도 열심히 하면 좋은 결과가 있을 게요."

"그랬으면 합니다."

한섭은 아직 찾지 못한 가족을 생각하면서 정말 그렇게 되길 바라며 주방의 기자재 하나하나를 자식 대하듯 어루만져본다.

"아참, 신 선생. 신 선생은 트레이닝 받는 첫날부터 운이 좋습니다. 특실 룸서비스 연습을 하게 되었으니 말입니다."

"특실 룸서비스요?"

"네. 아주 특별한 손님인가 봅니다. 매니저가 어젯밤 늦게 집으로 전화를 한 걸 보니 말예요."

"그런 경우가 종종 있습니까?"

"특실 룸서비스도 종종 있는 경우지만, 매니저가 근무시간 외에 특별히 전화해서 챙기는 경우는 예사 손님이 아니기 때문에 아주 신경을 곤두세워야 합니다. 그리고 이런 경우는 주방장이 직접 가서 서비스를 해야 하는 경우거든요. 잘됐습니다. 오늘 함께 가서서 제가 풀코스로 보여드리죠."

"아유, 감사합니다."

"그전에 있던 곳은 이런 호텔 레스토랑이 아니었다고 했죠?"

"네."

"그럼 더욱 잘됐군요. 서비스도 노련해지려면 몇 번의 연습을 거듭해야 할 겁니다."

"그렇겠죠."

"자, 그럼 오늘 점심 예약부터 점검해 볼까요?"

주방장은 본격적으로 트레이닝을 시키기 위한 준비에 들어갔다.

"주방장님!"

제인이 주방 문턱에서 얼굴을 내밀고 조심스럽지만 다급하게 주방장을 부른다.

"알았어요. 준비 거의 다 됐어요."

제인의 다음 말을 듣기도 전에 주방장은 그녀가 뭘 원하는지 안다는 눈치였다.

"우리 주방장님 눈치 하나는 알아줘야 한다니까요."

제인이 실웃음을 흘리며 한쪽에 놓여진 특실 주문을 꼼꼼히 쳐다본다.

"그게 다 제인 때문에 눈치 단수가 높아진 거라니까."

주방장은 제인의 꼼꼼함을 칭찬으로 돌리며 웃었다.

"그거 칭찬 아니고 흉이죠?"

"알기는 아네. 허허허."

"아무리 조심해도 머리카락이 떨어져 있는지 다시 확인하셔야 해요. 지난번과 같은 실수는 한 번이면 족하다는 거 아시죠?"

그래도 제인은 다시 한 번 확답을 받으려 했다.

"네 네. 알고 있습니다요."

주방장은 넉살스럽게 허리까지 굽실거려 보였다.

제인은 지금까지 가족처럼 마음 편하게 일해온 주방장과 헤어질 것을 생각하니 섭섭하기 그지없다. 보편적으로 주방장들이 아집도 세고 가끔 횡포도 부린다는데, 이 주방장은 전혀 그렇지 않았다. 그래서 이곳에서 일하는 것이 즐거웠는데, 새로 일을 시작하게 될 신 주방장은 성격이 어떨지 몰라 약간 불안한 마음도 없지 않다. 윗사람 한 사람의 성격이 전체 분위기를 좌우할 수 있기 때문이다.

제인은 호텔 사장님께서 특별히 부탁한 룸서비스를 다시 한번 꼼꼼하게 점검한다. 음식 2인분. 펜트하우스 특실. 테이블 커버 컬러는 하늘색에 냅킨은 레인보우가 들어간 것으로. 센터피스는 재스민으로 장식. 음식 배달 시간은 5시 30분. 저녁으론 좀 이른 시간이지만 레스토랑 측에서 보면 거의 완벽한 시간이다. 본격적인 저녁 시간 전이라 혼잡을 피할 수 있으니까. 아마도 호텔 사장님께서 특별히 감안한 시간이 아닌가 싶었다.

'도대체 누굴까?'

제인은 새삼스럽게 궁금증이 일었다.

'한국에서 온 유명 영화배우인가?'

그럴 수도 있다는 생각이 들었다. 유명 연예인이 오면 보통으로 소이 씨가 룸서비스를 요청하곤 했는데, 이번에는 사장님께서 직접 하시는 걸 보니 연예인도 아닌 듯싶었다.

'알려진 정치인인가?'

제인은 노트 빈 공간에 끄적거리며 쓸데없는 생각에 잠긴 자신을 인식하고 피식 웃고 만다. 자신이 신경 쓸 일이 아닌데 왜 이렇게 생각이 쓰이는지 모르겠다.

주방장과 한섭은 말끔한 유니폼 차림으로 음식 카트를 밀고 엘리베이터에 오르고 있었다. 제인은 손목시계를 습관적으로 들여다보았다. 5시 25분.

"이 호텔 사장의 나이가 아마 신 선생 정도밖에 안될 걸요."

"네에."

한섭은 갑자기 마음이 불편해지기 시작했다. 지금까지는 트레이닝을 받는다는 생각에 재민의 존재를 까마득하게 잊고 있었는데 이러다가 재민이라도 덜컥 만나면 어쩌나 싶었다.

"사장이 주로 이곳에 상주하고 있습니까?

한섭은 짐짓 아무것도 모른 척 물었다.

"웬걸요. 그렇지는 않은 것 같아요. 그런데, 위층에 있는 그 고급 일식집을 연예인 소이 씨가 운영하고 있는데, 들리는 소문으론 이 호텔 사장님의 애첩이라더군요. 다들 쉬쉬하는데 어디 그게 됩니까. 알 만한 사람들은 다 알고 있는데. 돈이 좋긴 좋다니까요."

한섭은 부정도 긍정도 하지 못하고 그저 고개만 끄덕였다. 두 사람의 기나긴 이야기를 알지 못하는 사람들은 그들을 그저 돈으로 묶어 버린다. 재민은 돈 가진 자의 통속으로 간주되고 소이는 돈맛만을 따라가는 천박한 여인으로 전락되고 있는 것이다. 속사정이야 어쨌든, 그 둘레를 벗어나지 못하고 있는 소이에게도 책임이 있다는 생각을 떨칠 수가 없다. 사람들이 떠들어대는 것처럼 소이도 이미 돈맛에 길들여져 있을 수도 있다. 첫사랑에 대한 감정으로 한섭은 그녀를 두둔하고 있는지도 모른다. 그것도 부인하고 싶지 않다. 이제는 멀리 있는 사람들이니까.

엘리베이터 문이 띵 하고 열린다. 주방장은 방에 들어섰을 때 주의해야 할 사항들에 대해서 조목조목 일러주면서도 직접 해봐야 알 것이라고 마침표를 찍는다.

30층 호텔의 맨 꼭대기 층. 사람들의 발걸음이 많지 않은지 카펫이 아직도 뽀송뽀송하다. 다른 층과는 달리 문들이 드문드문 있었다. 건물의 오른쪽 코너를 돌아서니 한눈에 들어오는 경치가 경이로웠다. 한섭은 위에서 바라보는 하와이 경치에 잠시 현실을 망각하고 있었다.

"어이 신 선생 어디까지 가는 거요. 여기요."

주방장이 한섭을 부른다.

"아예, 죄송합니다."

"사람 참. 근무 중에는 아무리 혹한 것을 봐도 눈을 감아야 해요. 특히 이런 곳에서는 더하는 법이오."

"그래야죠."

한섭은 민망스런 표정을 짓는다.

똑. 똑. 똑.

주방장이 조심스럽게 노크를 했다.

문이 열리고 탄탄한 체격에 정장을 한 사내가 눈인사를 한다. 창가에 디너 테이블 세팅이 되어 있었다. 한섭은 압도되는 특실 분위기에 눈이 휘둥그레졌다. 지금까지 자신이 살아온 공간과는 동떨어진 세계였다. 주방장은 고개를 갸웃거리며 세팅되어 있는 테이블에 음식을 차례대로 올려놓는다. 음식이 식지 않도록 일일이 은쟁반에 커버를 씌워 둔다. 모든 준비를 끝내고 주방장과 한섭은 룸을 나왔다.

"특별한 분이 오긴 온 것 같습니다. 어지간한 VIP면 우리가 음식을 가지고 들어갔을 때 이미 그곳에 있는 것이 보통인데 음식이 들어갈 때까지도 얼굴을 보이지 않는 걸 보면 거물 중 거물이 틀림없어요."

"저희들에게도 얼굴을 보이면 안 되는 특별한 분들인가 봅니다."

"글쎄 그런가. 봅니다. 손님에게 서빙을 하는 순서며 대화 나누는 것까지 보여드리려고 했는데 다음 기회로 미뤄야겠습니다."

"그렇게 하죠."

한섭은 저렇게 특별하게 살아가는 사람들의 모습이 궁금하기 짝이 없었다.

본격적인 디너 시간이 다가오자 레스토랑은 숨 가쁘게 바빠지고 있었다. 손님들 앞에서 웨이트리스들과 웨이터들은 여유로운 표정을 완

벽하게 연출해내고 있었지만, 그들의 종종거리는 발걸음은 숨쉴 겨를
이 없어 보였다. 특히 주방과 홀 사이에서 주문을 점검하고 내보내는
캡틴의 눈동자는 빠르고 정확했다.

"어이, 신 선생."

주방장이 뜨거운 불 앞에서 땀을 흘리며 한섭을 급하게 부른다.

"네."

"오늘따라 유난히 손님이 밀려오네. 아무래도 안 되겠어요. 그 VIP
특실에 신 선생이 디저트를 가지고 올라가야겠어요. 메인코스가 아
니고 후식이니 어렵고 복잡할 것 없어요. 유니폼, 모자 모두 새 것으
로 갈아입고 저기 준비되어 있는 걸 가지고 올라가기만 하면 되요. 후
식 올려 보내라고 금방 연락이 왔어요. 디저트를 내놓을 때는 나이에
상관없이 여자 앞에 먼저 놔야 한다는 사실 기억하세요. 아마 아까 우
리가 봤던 그 젊은 사람이 시중을 들고 있으니 서빙을 하는 데 특별히
어려움은 없을 거요. 그리고 손가락은 절대로 그릇 위로 올라가면 안
되고요. 손님 앞에서 차를 따라주는 것은 제가 이미 설명 드렸죠? 그
것만 명심하면 실수할 일 없을 겁니다. 자 빨리 가지고 올라가세요.
그리고 양봉, 당신도 함께 올라가서 그릇 챙겨 와."

"알것어라우."

나양식이 들고 있던 접시를 얼른 옆에 있는 웨이터에게 건네주며
앞치마를 벗는다.

한섭은 핸드싱크에서 손을 씻고 앞에 있는 거울을 들여다보며 다시
머리와 쉐프모자를 매만진다. 그리고 깔끔하게 다려진 새로운 흰 유
니폼을 착용하고 주방문을 나선다. 지금까지는 그저 주방에만 처박혀
일을 했었는데, 이제는 일반 손님도 아니고 VIP 손님까지 직접 상대

해야 한다는 사실이 상당히 부담스러웠다.

"엄청 높은 사람인개비요. 대빵이 직접 음식을 갖다주는 걸 봉께. 안 그러께라 성님?"

"그렇겠지."

"우리는 언제 요런 사람들처럼 떡하니 앉아서 대접을 받아볼 수 있을께라."

"꿈 깨."

"꿈은 공짜고 이자도 없는디 꾸는 거이사 내 맘이제라."

"그래서 자꾸 머리 뒤통수가 훤해지는 모양이네."

"아이고 성님, 그런 말씀 마시요. 이것은 고뇌의 흔적인께라."

나양식은 헐렁해진 뒤통수를 긁적거리며 씁쓸하게 웃었다. 몇 개월 전에 극적으로 만난 클라라 때문에 밤잠을 설친 것을 두고 한 말이다.

요즈음 나양식은 쉬는 날이나 일을 마치고 난 늦은 밤이면 종종 혼자 바닷가 모래사장에서 철퍼덕 주저앉아 유행가를 넋두리 삼아 흥얼거리기도 하고 고래고래 소리를 지르기도 한다. 술 한잔 걸치고 주절대는 노래의 박자가 맞을 리도 없겠지만 그는 상관치 않는다. 그의 마음을 대변해 줄 수 있는 노랫말이면 족했다.

밀입국 하면서 만났던 클라라. 밀입국 성공 후, 아무런 기약도 없이 헤어졌었다. 그런 클라라를 기적적으로 다시 만난 것이다. 조그마한 한국식당에 나양식 혼자 저녁을 먹으러 갔다가 본 낯익은 사람. 순간 나양식의 눈이 용수철처럼 튀어나와버렸다. 바로 클라라였다. 혼자 있을 때면 눈앞에 어른거리던 탱글탱글한 가슴, 흑마를 연상케 하는 쭉 뻗은 다리도 아직 그대로였다. 그런데 이상하게시리 나양식은 냉동실 동태마냥 입만 뻥긋 벌린 채 클라라를 부르지 못했다.

그날 나양식은 밥을 먹는 둥 마는 둥 식당을 나섰다. 그리고 주차장에서 클라라가 일을 마칠 때까지 기다렸다. 나양식이 클라라에게 다가갔을 때 그녀는 얼른 그를 알아보지 못했다. 하지만 곧 알아보고 무척이나 반가워했다. 그런데 그것이 전부였다. 언제 다시 만나자든지 식사라도 한번 하자든지 말도 없이 만나서 반갑다는 인사만 남기고 어둠 속으로 사라져버렸다.

그날 이후 나양식은 하루가 멀다 하고 일이 끝나면 식당 주차장으로 달려가 클라라를 기다렸다. 그런 그의 마음을 아는지 모르는지 클라라의 태도는 냉담했다. 처음엔 그저 우스개 소리로 그녀를 사랑한다고 떠들어댔었다. 그런데 언제부터인지 마음은 걷잡을 수 없이 뒤죽박죽이 되어갔고, 밥맛도 싹 떨어지고 없는데 몸만 이글이글 타오르고 있었다. 나양식은 누렇게 떠 있는 자신을 보고 정신 차리라는 한섭의 조언에 고깝다는 생각까지 했다.

'성님은 미스 조가 신혼처럼 받들어주고 있응께 형수님이 곁에 없어도 외롭지 않을랑가 몰라도, 난 시방 세포 하나하나가 뽀개지는 외로움을 징하게 느끼고 있다고요.'
하고 소리치고 싶었으나 나양식은 입을 꾹 다물고 말았다. 이상한 일이었다. 마음을 확실하게 보지 못했을 때는 실없는 소리도 하고 사랑의 대가처럼 씨부렁거리기도 했는데, 지금은 그럴 수가 없다. 아무 말도 하고 싶지 않았다. 그저 답답할 뿐이다.

"그래 요즈음에도 잠을 못 자나?"
뻔한 걸 한섭은 묻고 있었다.

"말도 마시요. 보여줄 수 있는 거라면 가심을 확 열어서 보여주고 싶응께요."

"그런 마음을 클라라도 언젠가는 알아주겠지. 기다려 보라구."

"그러다가 딴놈한테 덜컥 앵개불까봐 내 속이 타제라."

한섭은 나양식을 쳐다보며 씨익 웃는다.

"다음 룸이제라?"

나양식이 뾰로통한 얼굴로 지나치는 방번호를 확인한다.

"그러네."

한섭도 어깨를 펴며 심호흡을 들이킨다.

똑똑.

긴장이 되어서 그런지 노크 소리가 급하게 울린다. 누군가가 안에
서 문고리를 잡는 느낌이 울려왔다. 한섭은 다시 한번 심호흡을 들이
켰다. 처음 이 방에 들어왔을 때 봤던 정장을 한 젊은 사내가 한섭에
게 들어오라는 몸짓을 보인다. 한섭은 조심스럽게 카트를 밀고 들어
섰다. 사람이 있는지조차도 모를 정도로 분위기가 조용하다 못해 숨
이 막힐 것 같았다.

한섭은 디너를 끝내고 편안한 의자로 자리를 옮겨 앉아 있는 두 남
녀의 모습을 흘깃 쳐다본다. 시들해진 늦은 오후 햇빛이 엷은 커튼 사
이를 비집고 들어와 두 사람의 어깨에 걸려있다. 디너 테이블에는 주
방장이 혼신을 다해 만든 음식이 거의 손도 대지 않고 그대로 놓여 있
는 걸 본 순간 가슴이 덜컥 내려앉았다.

'맛이 없었을까? 아니면 음식에 머리카락이라도 떨어져 있었나?'

오만 생각이 한섭을 붙들었다. 이런 VIP 손님의 불평 한마디가 자
신들에게 얼마나 치명적인 결과를 가져다주는지 이들은 모를 것이다.
순간 비위가 확 틀렸다. 치밀어 오르는 아니꼬움을 억누르며 한섭은
두 사람이 앉아 있는 곳으로 다가갔다.

여인을 바라보는 노신사의 눈빛이 연민과 안쓰러움으로 노심초사하고 있었다. 짧고 풍성한 헤어스타일을 한 여인은 노신사만큼 나이가 들어 보이지 않는다는 것을 뒷모습만으로도 금방 알 수가 있었다. 이것이 바로 재력과 권력을 가진 자들의 숨겨진 흔적인가. 재민과 소이는 그래도 아름답다. 함께 나이 들어가고 있으니. 그러나 이 장면은 결코 아름다운 상상을 할 수가 없는 그림이다. 노신사와 여자.

그런데 어쩐 일인지 노신사의 모습이 낯설지가 않았다. 한섭은 조심스럽게 다가가 호화로운 과일접시를 두 사람이 앉아 있는 테이블 중간에 놓는다. 분위기로 봐선 예술품에 가까운 이 과일에도 전혀 손을 댈 것 같지가 않다. 한섭은 홀쭉하고 투명한 세련된 찻잔에 장미꽃망울 서너 개씩을 떨어뜨린다. 뜨거운 물을 부으면 마른 꽃잎 하나하나가 마치 식은 몸에 혼이 불어넣어지듯 되살아난다. 꽃망울이 다 펴지면 그 다음 단계로 얼음 서너 조각을 띄워주면 서빙은 끝나게 되어 있다.

한섭은 창문 쪽을 바라보고 있는 여자 앞에 놓여진 찻잔에 물을 따르며 여자의 모습을 흘깃 쳐다본다. 순간 한섭의 우직한 손에 들려 있는 앙증스런 주전자가 바들바들 떨리며 물이 흩어지기 시작한다. 여인은 어이없고 황당한 표정으로 흩어지고 있는 물줄기와 서빙하는 남자를 번갈아 보다가 뭔가에 감전된 듯 눈길이 고정되고 만다. 그러다가 가는 신음을 흘려보낸다.

"아~ 아~……."

한섭의 서빙하는 몸짓을 의미 없이 바라보고 있던 노신사 또한 어이없고 놀란 표정으로 어지럽게 흐트러지고 있는 물줄기와 한섭을 번갈아 보며 말을 잇지 못한다. 찻잔에 꽃송이는 서서히 물을 머금어 가고 있었다. 여인은 찻잔에 피어오르고 있는 붉은 꽃으로 눈길을 떨군다. 꿈속에서 바라보는 꽃인가 싶었다. 주전자를 들고 있는 울퉁불퉁한 손이 심한 경련이 일으키고 있다. 지금 떨고 있는 그 손은 자신이 평생 봐온 손이 아니다. 그 사람의 손은 이렇게 거칠지 않았었다. 일을 모르고 살아가는 여자의 손처럼 고왔다. 그런데 지금 이 손은 마디가 굵고 거친 남자의 손이다. 손마디 여기저기에 칼자국이 흩어져 있지 않은가. 여인은 속으로 부르짖는다.

'이건 그의 손이 아니야! 그런데, 왜 이 남자는 내 앞에서 이렇듯 바들거리고 있는 걸까?'

가슴이 울렁거리고 목울대에 뭔가가 걸려 숨통을 죄어오는 것만 같다. 여인은 다시 요리사를 올려다본다. 지금까지의 모습하곤 사뭇 다른 도전적인 눈빛으로. 도대체 당신이 누구이기에 지금 내 앞에 서 있냐는 눈빛이다.

"아!"

드디어 목울대에 걸쳐진 것이 툭 떨어지며 꼿꼿하게 앉아 있던 여인의 몸이 소파에 폭 박히고 만다. 그녀가 외쳤던 외마디가 몸속 저 깊은 곳으로 떨어지고 있었다.

"사라!"

왕지우는 벌떡 일어나 사그라져가는 소정을 끌어안는다. 한섭은 이제 떨어질 물방울도 없는 주전자를 그대로 든 채 왕지우와 아내 소정을 바라보고 있다. 처음 아내를 알아보고 놀라 벌어진 입과 초점을 잃은 눈동자가 풀린 채 그대로 너부러져 있다.

"사라! 사라! 정신 차리시오!"

왕지우의 모습은 마치 20대 청년이 사랑하는 여인을 품에 안고 오열하는 것과 같다. 한섭은 눈을 껌벅일 수도 숨을 내쉴 수도 없었다. 이대로 재가 되어 꺼져버리고 싶다. 지금까지 자신이 달려온 길이 이 것이었단 말인가! 식당 구석에서 구정물통에 손을 담그며 들었던 이 야기들. 젊은 여자가 돈 많은 홀아비 만나서 사는 이야기가 바로 이것 이었더란 말인가! 이것이 자신의 인생 청사진에 포진된 색채였단 말 인가. 허허! 한섭은 울려나오지도 않는 헛웃음을 소정과 왕지우의 머 리 위에 뿌리고 있었다.

27. 무엇을 위하여

이를 악다물고 한곳을 뚫어져라 쳐다보고 있는 한섭의 볼이 거칠게 구겨진다. 아무리 생각해도 믿을 수가 없고 기막힌지 다시 하늘을 올 려다본다. 구름도 없는 말짱한 하늘. 넋 나간 사람처럼 비가 오락가락 하더니 언제 그랬냐는 듯 다시 말짱해졌다. 구름이 웅성거려야 비가 내리는데, 맑은 하늘에서 생뚱스럽게 비가 내린다. 믿을 수 없는 일이 지만 믿어야 하는 것이 현실 아닌가! 구름은 없어도 비가 내린다! 무 엇 때문에 그런 현상이 일어나는지 알고 싶지도 않다. 바로 자신에게 일어나고 있는 어처구니없는 현실과도 같으니까.

하늘을 향해 있는 형형한 그의 눈빛이 늙은 노인 곁에 있는 소정을 다시 끌고 온다.

그렇게도 조신하던 아내가 목숨을 담보로 밀입국한 남편을 헌신짝 처럼 버리고 다른 사내 품에 안겨버렸다. 그것이 바로 생급스럽게 내 린 소낙비하고 뭐가 다르겠는가? 이 세상 여자들이 다 변심을 해도 아내는 그럴 여자가 아니라는 확신을 갖고 살아왔었다. 그만큼 순수하고 맑은 여자였었다. 남편의 그늘이 아니면 밟으려고도 하지 않았던 아내가 돈 많은 늙은이 하고 배가 맞아 버리다니! 그 늙은이가 가지고 있는 재물이 매혹적이기도 했겠지. 결혼 후 집에서 남편과 아이들 시중만 들던 여자가 만리타국에서 오독하니 혼자 살아가자니 팍팍하기도 했겠지. 남편이 오겠다던 시기에 나타나지 않으니 죽었다는 생각도 들었겠지. 그렇다고 늙은이의 품에 안겨 희희낙락하며 돈을 구걸했을 아내를 생각하니 분출하기 위해 시각을 다투는 용암처럼 가슴이 일렁거렸다. 결코 용서할 수 없을 것 같다, 결코.

한섭은 이런 꼴을 보려고 목숨을 걸고 밀입국을 했던가 생각하니 가슴이 터질 것만 같았다. 그 많은 유혹을 물리치고 지금껏 견뎌온 대가 치고는 너무 가혹했다. 한섭이라고 유혹이 없었겠는가.

한섭의 외모는 지나는 행인의 눈길을 붙잡기에도 손색이 없다. 백팔십의 키에 탄탄한 몸, 왕방울처럼 시원한 눈매에 눈꼬리가 섬세하게 말려 올라간 듯한 이지적인 모습, 악의 없는 얼굴에 활짝 피어오르는 웃음은 주방뿐만 아니라 홀에서 일하는 웨이트리스들 사이에서도 최고의 인기를 누렸다. 나양식의 성화에 못 이겨 가뭄에 콩나듯 가는 술집에서도 한섭의 파트너가 되기 위해 아우성이었다. 그럴 때면 나양식은 눈을 부라리며 여자들을 떼어놓기에 바빴고, 사람들은 혹시 두 사람이 '거시기' 아니냐고 수군거리기도 했다.

그런 모든 유혹들을 견뎌내기란 결코 쉬운 일이 아니었다. 고생스럽게 살 필요도 없이 쉽게 팔자를 고칠 수도 있었고, 불법체류자 딱지를 오래전에 떼어낼 수도 있었다. 그런 기회가 있을 때마다 한섭은 흔들리는 마음을 다잡기 위해 아내 소정을 악착같이 붙들곤 했었다. 아내와 아이들을 만날 때 당당하게 만나리라는 생각 하나로 버텨온 질곡이었었다.

한섭은 울컥 치밀어 오르는 감정을 어쩌지 못하고 고개를 떨구며 잔디를 마구 쥐어뜯는다. 사람들의 눈을 즐겁게 해주는 이 푸르름도 마치 아내의 모습 같아 싫다.

'아내를 품에 안은 그 늙은이의 몸짓 하나하나가 어찌 처음 해본 것이라 말할 수 있던가. 얼마나 오랜 시간을 함께했으면 그렇듯 자연스러울 수 있었을까.'

도저히 그 그림을 더 이상 지켜볼 수가 없어 한섭은 뛰쳐나왔다.

호텔을 빠져나온 한섭은 어디로 가야겠다는 목적지도 없이 발이 닿는 대로 무작정 달렸다. 바람 한 점 없는 날씨였지만 그가 내는 속력에 바람이 만들어지고 있었다. 지나는 행인들이 흘긋거리며 그를 쳐다보았지만 누구 한 사람 그를 잡고 왜 그런지 묻지 않아 오히려 다행스러웠다. 행여 누군가가 물었다면, 그 사람은 한섭의 불행에 전염이 될 수도 있었을 것이다. 행복과 불행. 실같이 그어진 선을 한섭은 넘어버린 것이다. 이제 그의 삶은 어둠 속에 갇혀 있다. 오직 짐작으로만 더듬어 나아가야 하는 지독한 어둠.

얼마를 달렸을까. 숨이 끊어질 듯한 고통과 함께 발이 멈춘 곳이 있었다. 확 트인 공간에 사람의 흔적은 찾을 수 없었다. 수백 년은 됨 직한 우람한 나무 두 그루가 정원 전체를 보듬고 있었다. 여름 햇빛에 지쳐 흐드러져 있는 꽃들이 꼭 늙고 지친 인생 같다. 얼만큼 피어 있다 보니 새로울 것도 없다는 모습. 피어 있으면서도 왜 피어 있는지 그 의미를 새김질해보고 싶지도 않다는 표정. 꽃은 꽃이라는 자부심을 갖고 있을 때 아름다운 것을. 인생도 살아가는 의미를 느낄 때 활력이 붙는 것이다.

한섭은 시큰둥하게 피어 있는 꽃들 곁에 철퍼덕 주저앉았다. 가슴은 '왜 이런 지랄 같은 인생이냐'고 퍼부어대고 싶은데 말이 나오지 않았다. 이제 어떻게 할 것인가? 자신의 보금자리는 이렇게 박살나고만 것인가? 심장 저 안쪽에서 파문이 일기 시작하더니 급기야는 출렁거리고 있었다.

"으흐흐흑. 야~~ 죽여버릴 거야. 다 죽일 거야! 너 죽고 나 죽으면 그만이야. 이런 세상 살아서 뭐 해! 다 죽일 거야. 갈기갈기 찢어죽일 거야. 어허헝엉."

한섭의 절규는 받아주는 이 없는 공간에 황망하게 흩어졌다.

"한섭이!"

그때 누군가가 발소리까지 죽이며 다가왔다.

"……?"

한섭은 어디선가 듣던 목소리에 고개를 들었다.

"자네 한섭이 맞지?"

분노와 절규가 얼굴 구석구석에 묻어 있는 한섭을 안쓰럽게 내려다보고 있는 사람이 있었다.

"……!"

한섭은 대답 대신에 그만 눈을 감아버렸다. 왜 하필이면 지금 이 순간에 나타났느냐고 소리치고 싶었다. 인생의 나락에 떨어진 이 처절한 모습을 즐기기라도 하겠다는 건가? 분명 고마운 친구다. 자신의 생명을 극적으로 건져준 친구 아니던가. 그때 차라리 자신을 그 위험에서 구해주지 않았더라면 나았으리라. 차라리…….

"그날 밤 이후 많이 궁금했었네."

재민이었다. 재민은 비서로부터 사라가 갑자기 실신을 해 병원으로
실려갔다는 다급한 연락을 받고 가던 참이었다. 와이키키의 복잡한
도로에서 급한 마음을 가누며 신호등이 바뀌길 기다리고 있는데, 한
남자가 미친 듯이 신호등도 무시한 채 달리다가 급정거하는 차와 맞
닥뜨려 길거리에 털썩 주저앉고 말았다. 무심결에 쳐다보니 한국 사
람 같았다. 무슨 일인가 싶어 별다른 생각없이 다시 쳐다보는데 순간
어디선가 많이 본 듯한 얼굴이었다. 길거리에 거의 나동그라져 있던
남자는 박힌 눈 똑바로 뜨고 다니라며 퍼부어 대는 운전자의 욕설을
듣는 듯 마는 듯 또다시 미친 듯이 뛰기 시작했다. 한섭! 한섭일지도
모른다는 생각이 들어 부리나케 차를 돌려 남자 뒤를 쫓았다.

　홍콩에서의 일 이후 문득문득 안부가 궁금해지곤 했었다. 과연 안
전하게 밀입국에 성공했을까. 우연이라도 마주칠 수 있었으면 하고
기대했지만, 그런 우연은 일어나지 않았었다.

　왕 회장의 부탁으로 사라의 신상조사를 하던 중에 사라가 한섭의
아내라는 사실을 알았을 때의 충격은 이루 말할 수가 없었다. 그리고
한섭의 행방이 무척 궁금했었다. 그러나 시간이 흐르면서 친구에 대
한 생각은 한 켠으로 미뤄지고 있었는데, 한섭은 여름밤에 번쩍하고
떨어지는 운석처럼 지금 재민 곁에 떨어진 것이다. 그렇게 떨어진 친
구의 모습이 땅에 떨어져 식은 운석과도 같다. 뭣 때문에 저 친구는
저렇게 괴로운 모습으로 달리고 있는지 궁금해 안달이 날 지경이었
다. 사라의 상태도 급했지만, 한섭을 놓치고 싶지 않았다. 한참을 달
리다가 한섭은 아름드리나무가 우거진 한 건물로 비틀거리며 들어섰
다. 재민은 주차를 해놓고 조심스럽게 한섭을 지켜보고 있었다. 한섭
은 갑자기 소리를 지르며 울부짖기 시작했다. 마음에 엉킨 분을 토해

내는 한섭을 보고 있다가 약간 진정을 되찾은 것 같아 다가갔다. 그에게 꼭 필요한 친구이고 싶었다.

한섭은 재민을 쳐다보지도 않고 허탈한 심정을 토해냈다.

"이렇게 초라한 모습을 보이고 나니 더 비참해지는구먼."

"그렇게 생각하지 말아주었으면 해."

"어떻게 나를 찾았나?"

"우연히……."

재민은 한섭의 곁에 주저앉았다. 파리도 엉덩방아를 찧을 만큼 반질거리는 재민의 구두가 한섭의 눈에 가득 들어왔다.

"홍콩에서 자네를 만난 이후 난 쭉 이런 꼴로 살아왔어."

"이런 꼴이라니. 그렇게 자신을 너무 비하하지 말았으면 좋겠어."

"현실이 이런 걸 어쩌겠나."

"그런데…… 가족은……?"

재민은 한섭의 눈치를 살피며 살짝 화제를 돌린다. 같은 하와이 바닥에 살고 있으니 혹시 부인의 행방을 알고 있을 수도 있을 거라는 짐작 때문이었다.

"가족? 가족이라……."

가족이라는 말에 한섭은 씁쓸한 미소를 거두지 못하며 말을 이어갔다. 무척이나 자존심이 상할 수 있는 지극히 개인적인 이야기인데도 한섭은 마법에 걸린 사람처럼 재민에게 모든 걸 털어놓고 있었다. 우연히 한식당을 운영할 수 있는 기회가 주어져 캘리포니아 생활을 청산하고 이곳에 왔다. 하지만 한섭은 그 한식 레스토랑이 재민의 호텔에 있는 것이라는 이야기는 하지 않았다. 그렇게 애타게 찾고 있던 아내를 기막힌 자리에서 마주치게 되었다. 그런데 아내는 이미 다른 남자의 품에 있더라. 한섭은 왜 이렇게 구질구질한 것까지 모두 털어내고 있는지 모르겠다며 멍한 눈빛을 허공에 두고 울먹거렸다. 가슴에 차 있던 이야기가 술술 빠져나가면서 땀에 흠뻑 젖었던 한섭의 옷깃도 가벼워지고 있었다.

재민은 금방이라도 땅속으로 스며버릴 듯한 한섭을 뒤로 하고 몇 개 되지 않은 계단을 터벅터벅 내려오다 직사각형 대형 분수대 난간에 털썩 주저앉고 말았다. 혼돈. 사라와 왕지우. 한섭과 소정. 그리고 아내가 어느 남자와 함께 있는 모습을 봤다면 그건 분명 자신의 호텔일 것이다. 자신에게 말하지 못한 부분이었지만, 한섭은 자신의 호텔 레스토랑에서 일을 하고 있다는 결론을 내릴 수 있었다. 부인이 사장으로 있는 레스토랑에서……. 그런데 한섭은 레스토랑 사장이 소정이라는 사실 또한 모르고 있는 것이 틀림없었다. 그런 한섭에게 재민은 소정을 알고 있다고 입을 떼지 못했다.

분수대 꼭대기에서 뿜어져 나오는 물이 종잇장처럼 얇게 퍼져나간다. 얇은 물종이가 떨어지는 것을 바라보며 재민은 지금까지 단 한번도 돌아보지 않았던, 아니 돌아볼 필요가 없었던 인생의 한곳을 향해 질문을 던져본다.

'산다는 건 뭔가? 왜 저 친구는 저렇게 힘든 삶을 살아야만 하는 걸까? 삶이 왜 이렇게 불공평할까?'

답답한 마음이 한숨에 밀려 나오고 있었다.

"아이고! 성님! 성님! 어째이라요? 이러시면 안 되지라. 그랑께 쬐끄만 진정하고 내 말 잠 들어보랑께라. 긍께 지가 성님 맘을 아조 백프로 이해를 허것당께요. 그란디, 이건 아닌 것 같으요. 시상에, 우리 성님이……쩌기 거시기 뭐시냐, 그랑께 예로부터……아조 맘이 급항께 생각도 안 나불구마잉. 그 뭐시냐. 사람이 못해도 시 번을 참으라고 안 합디여. 그라믄 징한 꼴 면한다고. 성님! 날 봐서 참으시오. 아니지, 날 봐서가 아니지. 그랑께 아그들을 봐서, 아그들을 봐서 참으랑께요. 이라고 성님이 일 저질러불믄, 아그들은 뭔 죄가 있다요? 입은 비뚤어져도 말은 똑바로 하랬드라고, 어른들 잘못에 왜 생판 아무것도 모르는 아그들의 인생까지 잡쳐 불라고 드요. 성님! 제발 진정하랑께라."

나양식은 어디선가 독기가 서린 혼을 걸치고 돌아온 한섭을 붙들고 애걸을 하고 있었다.

처음에 나양식은 한섭이 VIP 손님에게 저지른 엄청난 실수 때문에 피가 거꾸로 솟는 것 같았다. 이제 막 아메리칸 드림이 이뤄지려는 찰나에 그런 엄청난 실수를 저질렀으니 레스토랑 운영권을 빼앗길지도 모른다는 생각에 심사가 확 뒤틀리고 말았다.

그 점잖은 부인이 쓰러지고, 한섭은 뛰쳐나가고, 구급차를 부르고, 그야말로 아수라장이었다. 나양식은 전전긍긍하다가 구급대원들이 그 귀부인의 상태를 점검하고 있을 때 어딘지 모르게 참 낯이 익다는 생각이 들었다. 그때까지도 나양식은 끊어진 끈을 이을 수가 없었다. 혼자 끙끙거리며 상황을 추리하던 나양식은 그 귀부인이 병원으로 실려 나가고 나서야 엉덩방아를 찧고 말았다. 형수님이 틀림없었다. 신문에 광고 낼 때 봤던 그 모습이 분명했다. 독사진이 아니고 가족과 함께 찍었던 사진이라 얼굴이 확실하게 나오진 않았었지만, 의심의 여지가 없었다. 그제야 왜 성님이 미친 듯 그 자리를 박차고 나갔는지 이해가 되었다.

뒤늦게 상황 정리가 된 나양식은 한섭의 뒤를 쫓았으나, 이미 어디론가 사라지고 없고 유니폼만 바닥에 뒹굴고 있었다. 나양식은 이러다가 맘 잘못 먹고 큰일 저지르지 않을까 마음이 조마조마했다. 역시 밤이 되어도 한섭은 집으로도 레스토랑으로도 돌아오지 않았다. 그 다음날도……? 그리고 그 다음날도…….

나양식은 불안과 초조로 인해 누렇게 뜬 얼굴로 닭똥 같은 눈물을 뚝뚝 흘리며 혼자 넋두리를 늘어놓고 있었다. 멕시코에서부터 지금까지 한섭과 동행해 온 삶을 생각하니 서럽기도 했지만, 그래도 이 사건이 일어나기 전까지는 나름대로 행복했었다. 가족만 찾으면 꽃철과 같은 인생이 시작되리라는 희망으로 버텨 왔었는데, 이제 다 틀렸다 생각하니 억장이 무너졌다.

'그래, 남자도 힘든 이 타국생활을 여자 혼자 그것도 아이 둘까지 키우면서 살아가는 것이 어찌 어렵지 않았겠는가? 그래도 쬐끔만 더 참고 기다렸으면 참말로 다시 비단길을 걸을 수 있었을 틴디 그 새를 못 참고 다른 사내 품에 안겨부렀으니, 우리 성님 맴이 어디 맴이었는가? 시상에 얼매나 가슴이 아프까이잉.'

한섭의 처지를 생각하니 어처구니가 없어 몇 방울 남지 않는 소주병을 들어 입안에 털어넣었다. 또르륵 굴러 떨어지는 눈물의 짭짤한 맛이 김빠진 소주 방울과 섞였다. 그때 누군가 문을 두드렸다.

똑. 똑. 똑.

"누구시요? 성님이요?"

"……."

그렇게 새벽쯤에 집에 돌아온 한섭은 말이 없었다. 아무리 말을 시키려고 애를 써도 꾹 다문 입은 열리지 않았다. 그동안 세수도 하지 않았는지 헝클어진 머리와 제멋대로 자란 수염이 퀭한 얼굴을 뒤덮고 있었다. 나양식은 더 이상 아무것도 묻지 않았다. 그래도 이렇게 집이라고 다시 찾아와준 것만으로도 고마웠다. 한섭은 반기는 나양식을 쳐다보지도 않고 방문을 꽝 닫고 들어가 버렸다. 그리고 동면을 하고 있는 짐승처럼 잠을 잤다. 혹시 의식불명 상태가 아닌가 싶어 코끝에 손을 대보면 미미하게나마 숨결이 새어나오고 있었다.

꼬박 이틀을 죽은 듯이 자더니 일어났다. 나양식은 전복죽을 끓여 댔지만 전혀 수저를 들지 않았다. 죽기로 작정했냐며 나양식이 성깔을 부려도 시큰둥 대답이 없었다. 그런데 시간이 갈수록 이상하리만치 눈빛만은 날카로워지고 있었다. 지금까지 봐오던 한섭의 눈빛이 아니었다. 나양식은 그런 그의 눈빛에 간담이 서늘해졌다. 사람이 변하는 건 그렇게 긴 시간이 필요치 않구나 하는 생각이 들었다.

나양식은 그런 한섭의 모습을 보면서 처음으로 조물주를 생각하게 되었다. 눈을 감고 있는 얼굴에서는 심중을 가늠하기가 어려웠지만, 눈을 뜨고 있는 모습에서는 심중을 엿볼 수가 있기 때문이었다. 나양식은 사람의 얼굴을 이토록 장시간 빤히 쳐다본 적이 없었다. 얼굴에 뚫어진 구멍이 참 많다는 데에 놀랐다. 그 구멍들은 본인을 위한 것이었다. 그런데 상대방을 위한 곳도 한 군데 있었다. 바로 눈이었다. 마음의 반사를 쉴 새 없이 찍어대는 카메라. 세상에 아무리 좋은 기술을 가진 사진작가라도 마음을 찍을 수는 없을 것이다. 그런데 눈은 그걸 하고 있었다.

한섭은 저녁 때가 되자 나갈 채비를 서둘렀다. 나양식은 한섭의 눈에 찍혀 전해지고 있는 섬뜩함과 자신이 느끼고 있는 불길한 예감을 믿기로 했다. 지금 제지하지 못하면 자신도 평생 후회하며 살 것이라

결론을 내렸다. 무조건 한섭을 붙들어놓고 보자는 심사로 매달렸다.

"잉, 나가 이라고 사정을 하는디도 그냥 갈라믄, 날 여그서 콱 죽이고 나가시오. 나 안 죽이면 성님 절대로 여그서 한 발짝도 못 나가요."

나양식이 양팔을 대자로 벌리며 한섭을 막아섰다. 그런 나양식을 보면서도 한섭은 막무가내였다. 나양식은 한섭을 끌어안으며 매달렸다. 엉겁결에 끌어안은 나양식의 손에 딱딱한 물건이 잡혔다. 그건 분명히 총기였다. 나양식은 더욱 인사불성이 되어갔다. 실처럼 그어진 그의 눈에서 눈물이 철철 흘러내리고 있었다.

"성님! 가시더라도 나하고 딱 한 시간만 야그하고 가십시다."

어떻게 해서든지 한섭을 구해야겠다는 생각밖에 들지 않았다. 이 길로 가서 끝장내 버리고 나면 죽은 사람은 그렇다 치고, 본인 인생은 어떻게 될 것인가. 이러자고 목숨 걸고 건너온 땅이 아니었다. 인사불성이 되어 울면서 매달리는 나양식을 물끄러미 쳐다보더니 가스가 빠져가는 풍선처럼 한섭이 스르륵 주저앉았다. 한섭의 어깨가 조금씩 들먹거리더니 바위에 부딪히는 성난 파도처럼 맹렬하게 들썩이기 시작했다. 그러나 그의 통곡은 무거운 쇳덩이에 짓눌린 듯 새어나오지도 못하고 있었다.

28. 가시꽃

동네에 깊숙이 파고 들어와 있는 협곡에 붉은 계통의 지붕들이 어깨를 나란히 맞대고 들어서 있다. 바닷물이 밀려드는 작은 협곡이 그 집들의 뒷마당이다. 평일에는 고삐에 물린 망아지들처럼 꽁꽁 메어져 있던 소형 보트들이 오늘은 약속이나 한 듯이 망망대해를 향해 떠나고 없다. 그런 동네의 앞길은 유난히 한가로웠다.

"절간이구만, 절간. 사람은 씨도 안 보이고."

"……."

"……."

"여그 사람들은 뭔 재미로 시상을 사는지 모르것당께. 자기 일 끝나믄 누구한테 쫓긴 것 맹키로 집으로 쏙쏙 들어가불고. 또 아침엔 일하로 싹 가불고. 주말이믄 주말이라고 어디로 팽 가불고. 참말로 희한한 사람들이여. 그래서 난 와이키키가 좋당께. 낮이고 밤이고 사람들이 바글거링께. 축 처져 있을 시간이 없고 되레 기분이 팍팍 솟구치제. 난 이런 집 줘도 싫구마."

"……."

"……."

"앙그요 성님?"

나양식이 아무리 주워삼켜도 꿀 먹은 벙어리처럼 대꾸가 없는 한섭에게 대답을 받아내려 한다.

"난, 이런 집 공짜로 주면 덥썩 받겠다."

미스 조가 밉상스럽게 말을 받아친다.

"하이고, 꿀을 한 사발 머금고 있는지 알았등마 그것이 아니네.

나양식이 질세라 톡 쏘아 붙인다. 지금 미스 조의 마음이 어떨지 충분히 알고 남음이 있기에 나양식은 그나마 그 정도에서 입을 다물고 만다.

불효막심한 딸, 평생 보지 않고 살아가겠다고 이를 갈던 아버지가 재산을 정리하여 딸에게 집을 사주었던 것이다. 자식 이기는 부모 없다는 말이 하나도 그른 말이 아니었다. 마음으론 도저히 받아들일 수 없는 사위였지만, 그 사위가 사고로 장님이 되어버려 딸이 혼자 어렵게 아이를 키우며 생계를 이어간다는 사실을 알고 가슴앓이를 하다가 어렵게 내린 결정이었다. 벌을 받아 마땅할 사람이 벌은 커녕 대박 맞는 과정을 곁에서 빤히 지켜봐야 했던 미스 조는 날카로운 얼음조각으로 가슴을 후벼 파는 고통을 맛봐야 했다. 지켜보기만 했었어도 그 아픔은 덜 했으리라. 그런데 미스 조는 사장과 제인의 다리 역할을 하며 모든 의사전달을 해줘야 했었다. 남편과 제인은 그림 같은 집을 떡하니 사서 행복한 둥지를 틀게 되었다. 그동안 도와준 것에 대한 보답으로 부득부득 식사대접을 해야 한다고 해서 세 사람은 떨떠름한 기분으로 제인의 집을 향하고 있는 중이다. 한섭은 한섭대로 복잡한 마음을 추스르기가 힘들어 말이 없다.

미스 조는 이제 막 면도를 끝낸 남자의 머리처럼 잔디가 말끔하게 정돈된 집 앞에 차를 세웠다. 바비큐 그릴에서 올라오는 연기가 지붕을 넘어서고 있었다.

"냄새 한번 좋고……"

나양식은 눅눅하고 찝찔한 분위기를 바꾸기 위해 활기찬 목소리로 너스레를 떤다.

"자자, 모두 표정 관리 좀 잘하드라고잉. 초대한 사람에 대한 예의는 지켜야제."

나양식이 다시 한번 분위기를 환기시키려 든다.

미스 조와 한섭은 대답 대신 깊은 한숨만 들이켰다. 한섭은 티끌만큼도 이 자리에 끼고 싶은 마음이 없었다. 요즈음은 살아야 할 의미마저도 느끼지 못하고 있었으니까. 그런 마음을 뒤로 하고 이렇게 따라

나선 건, 나양식의 눈물겨운 노력이 고마워서였다. 그날 이후, 나양식
은 둘 사이에 아무 일도 없었던 것처럼 능청스럽게 행동했다. 그 길만
이 한섭을 예전의 모습으로 돌려놓을 수 있을 것 같아서였을 것이다.

"아이고메, 집이 대궐이시 대궐. 캬하! 바다가 뒷마당까지 들어와
불었구마잉. 환상이시 환상. 그랑께 이 집이 솔찬히 비싸제라?"

활짝 웃는 얼굴로 맞이하는 제인을 보고 나양식이 물었다.

"하와이 집값이 다 그렇죠."

제인은 담담하게 대답하려고 애를 쓰고 있었지만 새로운 보금자리
에 대한 만족스러운 표정을 감추지 못하고 있었다.

미스 조는 집구경을 좀 하겠다며 혼자 집을 둘러보기 시작했다.

회색빛이 감도는 두꺼운 카펫의 촉감이 부드러웠다. 미스 조는 아
기자기하게 정돈된 거실을 찬찬히 둘러보았다. 집을 구경하겠다는 것
은 작은 핑계일 뿐이었다. 남편의 모습을 보고 어떻게 대해야 할지 생
각을 좀더 정리하고 싶은 것이다.

'어떻게 인사를 해야 할까? 목소리를 기억하고 있을까? 있겠지. 그
런데 감히 상상도 못 하겠지? 다만 목소리가 비슷한 사람이라고 생각
할 거야. 만약 알게 된다면 어떤 반응을 보일까? 모른 척해야 하나?
아니면, 오늘 모든 것을 다 불어버리고 두 사람이 누리고 있는 이 행
복에 독을 뿌리고 말까?'

미스 조는 오늘 이 초대가 이뤄진 후 내내 그 생각에 골몰해 있었
다. 하지만 지금 이 순간까지도 결정을 내리지 못하고 있었다. 잊어주
자고 했는데 막상 이런 꼴을 보니 잊어줄 수가 없을 것 같다.

거실에는 대형 결혼사진이 걸려 있다. 남편은 천연덕스럽게 여유로
운 표정으로 행복한 모습을 하고 있었다.

'그래, 처음도 아니고 두 번째이니 여유가 있을 법도 했겠지.'

미스 조는 비웃음을 머금다 말고 얼굴을 실룩거린다.

'더러운 놈! 비열한 놈! 개 같은 자식!'

침이라도 뱉어주고 싶은데 어쩌자고 눈물이 먼저 앞을 가리고 만다. 거실에 놓여 있는 가족사진 중에 활짝 웃고 있는 아이의 얼굴이 찌그러진다. 미스 조는 얼른 눈물을 훔치고 집이 아기자기하게 잘 꾸며져 있다며 칭찬을 아끼지 않는다. 주방에 있던 제인은 아직 정리가 덜 되었다며 수줍게 칭찬을 받아들인다.

화장실과 세탁실을 거쳐 한 방문을 열었다. 파란 벽지에 비행기와 자동차들이 날아다니고 있고, 천장에서 내려온 모기장이 아기의 작은 침대를 감싸고 있다. 은은한 클래식 음악이 흐르는 가운데 아기는 깊은 잠에 빠져 있다. 미스 조는 천천히 아기의 침대 맡으로 다가선다. 두 사람의 결실이다. 그녀는 갑자기 이 천진한 아기를 저주의 결실로 만들어버리고 싶은 충동을 느낀다. 이 아기가 없어짐으로 해서 갈기갈기 찢기는 고통을 맛볼 두 사람의 모습을 그려본다. 특히 보이지 않는 눈으로 흘릴 그 눈물이 얼마나 비참한 꼴인지 확인하고 싶어진다. 그 꼴을 보면서 맘껏 조롱해주고 싶다. 결코 행복해져서는 안 된다. 몇 분이면 간단히 이들의 행복을 빼앗아버릴 수도 있다. 아주 간단히. 미스 조의 입가에 회심의 미소가 감돈다. 처음 시도했던 복수가 실패로 돌아간 후 얼마나 절망했던가. 그런데, 이런 엄청난 기회가 자신을 위해서 마련된 것이다. 확실히 신은 내 편……. 순간 문이 확 열린다.

"아니 지금 여기서 뭐하고 있는 게라. 집구경은 난중에 하고 싸게 나와서 이것 좀 거들어 주랑께. 날 새게 생겼당께."

아무리 기다려도 나오지 않는 미스 조를 찾아 나선 나양식이 아이를 골똘히 바라보고 있는 미스 조를 향해 다그친다.

"아, 알았……어……요."

미스 조는 황급히 아기 곁에서 물러나 나양식을 따라 방을 나간다.

"그랑께 다 잊고 싸게 싸게 결혼해부라고 내가 안 합디여. 결혼해서 미스 조도 그라고 이쁜 애기 낳으믄 옛날 야기 하믄서 살 수 있을 거랑께."

넋을 잃고 아기를 바라보고 있던 미스 조의 모습이 짠했던지 나양식이 기어코 한마디 하고 만다. 미스 조는 나양식의 말을 듣는 척도 하지 않고 휙 나가버린다.

"아이고, 자존심은 아조 바짝 마른 장작개비여, 장작개비……"

나양식이 미스 조의 뒤통수에 눈을 흘기며 뒤를 따른다.

"고기는 거의 구워졌죠?"

제인이 풍성한 야채샐러드를 테이블에 놓으며 한섭에게 묻는다.

"네."

한섭은 토막친 대답만 하고 만다.

"근디, 이게 정말 멧돼지 고기랑께라?"

나양식은 구수한 바비큐 냄새에 시장기를 느끼는지 코까지 벌름거린다.

"그럼요. 다른 고기는 매일 레스토랑에서 냄새 맡는 것만으로도 지겨우실 것 같아서 특별히 구한 거예요. 기름기가 없고 담백한 것이 특징이라고 그러더라고요."

"구우면서 보니까 정말 기름기가 없는 것 같아요."

한섭이 겨우 한 문장만 마치고 입을 다문다.

"꿀꿀거리며 온 산을 헤집고 다닝께 기름기가 아조 쏙 빠져부렀것

제라. 사람이나 짐생이나 몸 부지런히 놀리믄 비계가 붙어 있을 시간이 없는 법인디. 그나저나 비계가 한나도 없으믄 고기가 영 질길 것인디. 원래 고기라는 것은 기름기가 살 속에 흰 머리카락 맹키로 보일 듯 말듯 희끗희끗하게 섞여 있어야 맛있고 최상품인 것인디."

"허허허."

식당을 전전하면서도 고기 자르는 일은 해보지도 않은 나양식이 정작 고기라면 신물 나게 만지는 한섭보다도 더욱 전문가처럼 말하는 것을 바라보며 한섭이 오랜만에 활짝 웃는다.

"원래 진짜 전문가는 남 앞에서 쉽게 말을 떼지 않는 법이죠."

제인이 거든다.

"아니, 꼭 먹어봐야 맛인가? 진짜로 재능을 가진 사람은 보기만 해도 척척 알아 묵고 맛을 낼 줄 아는 거지라. 안 그요?"

일회용 접시에다 묵묵히 밥을 푸고 있는 미스 조를 향해 나양식은 아양기까지 섞인 목소리로 원조를 구한다. 그런 나양식에게 대꾸도 하기 싫다는 듯 미스 조는 눈만 흘기고 만다.

"어서 드세요. 그이 데리고 나올께요."

"……."

"……."

"……."

제인이 남편을 데리고 나온다는 말에 한섭도 나양식도 그리고 미스 조도 아무런 대꾸를 못 하고 있었다. 차라리 남편 없이 이렇게 저녁이 끝났으면 하는 바람이었다. 하지만, 세 사람의 마음을 알 리 없는 제인은 다시 한번 남편을 설득하고 싶은 모양이었다.

처음 그들이 집에 들어섰을 때 남편의 모습은 보이지 않았다. 한섭

이 인사치레로 남편의 안부를 묻자 제인은 난색을 표하며 샤워 중이
니 곧 내려올 거라고 얼버무렸다. 제인은 음식을 하는 중간 중간에도
2층을 오르락내리락 하더니 포기한 듯 한섭에게 심중을 털어놨다. 사
고 이후 어느 날부터인가 사람 만나는 것을 극도로 피하고 있다고 한
숨을 내쉬었다. 한섭은 잘됐다 싶어 얼른 제인을 위로하고 나섰다.

"그렇게 불편해 하시면 그냥 안에 계시라고 하세요. 저희들은 괜찮
아요. 다음 기회에 또 인사를 나눌 수 있을 테니까요."

"그래도 손님 대접이 그게 아닌데……."

"아이고, 우리가 뭐 손님인가요. 그냥 한 솥밥 먹는 식구나 마찬가
지제."

나양식도 한섭을 거들고 나섰다.

"그렇게 하세요."

그동안 입을 꾹 다물고 있던 미스 조가 착 가라앉은 목소리로 재빨
리 거들고 나섰다.

"그럼 이따 가실 때는 나와서 인사드리라고 할께요."

"식사나 한 접시 갖다드리제라. 시장하실틴디. 먹는 우리 맘도 편
치 않고."

나양식은 접시에 있는 고기는 제쳐두고 그릴에서 지글거리고 있는
고깃덩어리를 입에 넣고 질겅질겅 씹으면서 말한다.

제인이 샐러드와 구운 고기를 접시에 담아 들고 안으로 들어갔다.
미스 조는 허한 눈빛으로 제인의 뒷모습을 바라보다 황급히 눈길을
푸른 담장으로 돌린다. 옆집과의 경계선 표시로 심어진 나무의 강하
고 거친 줄기가 사람 중간 키 정도의 높이로 잘 다듬어져 있었다. 뿐
만 아니라 가시까지 성성하게 붙이고 있었다. 저 강하고 거친 뿌리와

넝쿨 그리고 앙칼지게 치켜진 가시의 보호 아래 작고 연약한 서너 갈래의 하얀 꽃이 있다. 앙칼진 가시 때문에 누구도 쉽게 손을 뻗치지 못할 것 같은 나무다. '앙칼진 가시. 바로 내 가슴속에 박혀 있는 것이 아니던가.'

제인이 돌아와 자리에 앉자 나양식은 멧돼지 고기를 질경질경 씹으며 말문을 연다.

"그란디 이것은 참말로 궁금해서 내가 묻는 건디요. 대답을 꼭 해줄라요?"

"그럼요. 뭔데 그렇게 뜸을 들이세요?"

나양식이 미스 조의 눈치를 살핀다.

"진짜 궁금해서 그라요. 나뿐만이 아니고 우리 성님도 그럴 거고, 또⋯⋯."

"알겠습니다."

제인이 활짝 웃어 보였다.

"긍께 남편께서 언제 뭔 일로 장님이 되부렀당가요?"

"⋯⋯."

제인은 말없이 고개를 떨구고 만다. 미소 조와 한섭의 놀란 눈이 동시에 마주친다. 물론 지금 나양식이 묻는 말은 세 사람이 늘 궁금해했던 점이었다. 미스 조가 라스베가스에 쫓아갔을 때만 해도 멀쩡하게 잔디를 깎고 있었던 사람 아니었던가. 그런 사람이 장님이 되어 나타났으니 어찌 궁금하지 않았겠는가. 하지만 감히 물을 수가 없었다. 그런데 오늘 나양식이 기어코 산통을 깨고 나선 것이다.

"제인, 엄청 미안하구만이라. 내가 너무 주책을 부렸는갑소."

말을 잇지 못하고 있는 제인의 눈치를 살금살금 살피는 나양식이 말꼬리를 축 늘어뜨린다.

"아니에요. 생각하면 기막힐 일이지요. 세상에 어떻게 그런 일이 일어날 수 있는지 지금도 이해가 가지 않아요."

제인은 눈물까지 글썽거린다.

"……."

나양식은 눈물까지 글썽거리는 제인을 바라보면서 괜히 주책스런 질문을 한 것 같아 마음이 편치가 않았다.

"그날은 우리 두 사람 모두 쉬는 날이었어요. 그래서 대청소를 하기로 하고 전문 카펫크리너까지 불렀죠. 저는 안에서 카펫크리닝 하는 것을 보고 있고 남편은 잔디를 깎았죠. 잔디를 다 깎고 난 남편이 집 앞에 있는 나무를 자르고 그곳에 꽃을 심겠다고 하더군요. 전 말렸죠. 꽃도 좋지만, 1년 내내 여름이어서 나무가 더 좋겠다고요. 그런데 남편은 말을 듣지 않았어요. 지나고 보니 그게 다 일이 그렇게 되려고 그랬었나 하는 생각도 들어요. 남편이 어디선가 들었는데, 집 앞에 큰 나무가 서 있으면 기를 막는다나요. 남편은 전기톱으로 나무를 자르기 시작했어요. 전기톱이 나무 허리를 약 반 정도 지나고 있을 때였어요. 갑자기 남편이 비명을 지르며 쓰러지는 거예요. 새파랗게 질려 남편에게 달려갔죠. 얼굴을 감싸고 있는 손 사이로 피가 철철 흐르고 있었어요. 남편은 얼굴에서 손을 떼지 못했어요. 눈을 다쳤던 거예요. 참 이상한 일이죠. 어떻게 그 나무에 총알이 박혀 있었는지 지금도 풀리지 않은 수수께끼예요. 톱이 지나가면서 나무에 박혀 있던 총알이 튕겨나와 남편의 눈을 친 거죠. 그 사고로 하루아침에 실명을 하게 됐어요."

제인은 눈물을 훔치며 한숨을 푸욱 내쉬었다. 제인의 그런 이야길 듣고 있던 세 사람은 입만 떡 벌리고 할 말을 잃었다. 이런 걸 기적이라고 해야 할까 아니면 천벌이라고 해야 할까. 아무런 대꾸도 위로도 못하고 있는 세 사람에게 제인은 오히려 미안했던지 분위기를 환기시키려 들었다.

"좋은 날에 괜히 우울한 이야길 꺼냈네요. 어서 음식이나 더 드세요."

미스 조는 입안의 고기를 천천히 질겅질겅 씹으며 앙칼진 가시의 호위를 받고 있는 하얀 꽃을 바라보며 고기와 함께 말을 꿀꺽 삼킨다. '넌 날 보지 못해도, 난 항상 널 바라보고 있을 거야. 그게 너에게 내려진 벌이야.'

29. 응달

'일어나야 하는데……이렇게 무작정 누워만 있으면 안 되는데…… 왜 이러는 걸까. 빨리 매듭을 지어야 한다. 어떤 매듭을 지어야 할까.'

소정은 자신과 두 아이들을 생각하고 있었다.

아빠 그리고 남편이라는 단어가 뇌리에서 어느 정도 정리가 되어가고 있던 찰나에 그는 환영처럼 얼굴을 쑥 내밀었다. 그도 자신의 배신 행위가 너무 부끄러워 그렇듯 넋이 나갔던 것일까? 아니면 너무나 씩씩하게 잘살고 있는 아내의 모습에서 열등감을 느껴서였을까?

'곡절이야 어쨌든, 서로 생각지도 못한 자리에서 어이없게 만났다. 그리고 다시는 만나고 싶지 않지만, 한 번은 더 만나야 한다. 따져볼

것이 있으니까.'

소정은 마음의 정리가 다 된 듯 표정을 바로잡는다. 그때 노크 소리가 들려왔다.

똑똑똑.

알록달록한 꽃무늬의 파란색 셔츠를 입은 삼십대 후반의 남자가 들어왔다. 동글동글한 얼굴에 왕방울만 한 눈동자만큼 몸도 둥글다.

"고마워요, 이렇게 와줘서."

소정은 헝클어진 머리를 매만질 생각도 하지 않았다.

"별말씀을요. 뭐든지 얘기하세요. 제가 힘닿는 데까지 노력하겠습니다."

"궂은 일로 부탁을 드려서 미안해요."

"그런 말씀 마세요. 항상 은혜 잊지 않고 있습니다."

"은혜까지야……."

소정은 깊은 한숨을 내쉬며 남자가 올 때까지 만지작거리고 있던 편지봉투를 내민다.

"이 사람 행방 좀 찾아주세요. 지금도 하와이에 있는지 없는지 모르겠어요."

"네. 알겠습니다."

남자는 편지봉투를 펴서 두어 장의 사진과 신상명세서를 훑어본다. 누구인지 묻고 싶지만 입을 다물고 만다.

"시간은 얼마나 걸릴까요?"

소정은 내일이라도 당장 알아내라고 부탁을 하고 싶었지만 차마 그러지 못하고 있었다.

"아무리 빨라도 2, 3주는 걸릴지 않을까 생각합니다."

"그래요. 미스터 진."

남자는 봉투를 플래너에 조심스럽게 넣고 문을 나섰다. 소정은 문을 나서는 미스터 진의 뒷모습을 물끄러미 바라본다. 이민 와서 첫 직장이었던 호텔에서 청소를 하면서 만났던 사람이다. 한국에서 왕비처럼 살지는 않았지만 청소부라는 말을 들을 때마다 깜짝깜짝 놀라면서 위축되었던 소정을 참 많이 위로해준 사람이었다. 미스터 진은 소정보다도 약 3년 먼저 이민 온 사람이었고, 한국에서는 사회여론을 좌지우지하는 신문사에서 정치부 기자로 맹활약하였으나, 시간이 흐를수록 정의가 설 수 있는 양지가 없음이 한탄스러워 훌쩍 이민 길에 올라버렸다 했다. 하지만 이곳에서도 역시 의기양양한 혈기를 반갑게 맞이해 주는 곳도 사람도 없었을 뿐만 아니라, 한국에서의 활약상은 이미 잊혀진 과거일 뿐이었다고 토로했다.

그리고 그 과거가 현재를 일으키는 데 일획의 도움도 되지 않는다는 사실을 인식하기까지 꼬박 2년이라는 시간이 걸렸다고 한숨을 내쉬었던 사람. 새로운 세상을 배우고 이겨나가기 위해서 가장 밑바닥부터 시작하기를 거부하지 말자고 자신을 타이르고 잡은 일자리가 바로 호텔 화장실 청소부였다고 했다.

두 사람은 같은 한국 사람이라는 이유도 있었으나, 이런저런 이유로 쉽게 속마음을 터놓을 수가 있었다. 소정이 왕지우의 도움으로 미스터 진보다는 훨씬 먼저 청소직을 그만두면서도 두 사람은 끈끈한 정을 계속 이어나갔다. 미스터 진의 능력과 지식을 썩히지 않도록 용기를 주어 여행 잡지사를 열도록 한 것도 소정이었다. 거기에는 물론 왕지우의 도움이 있었다. 남편이 없는 소정에게 미스터 진은 듬직한 남동생과 같은 존재였다.

소정은 미스터 진이 나간 문을 멀거니 바라보며 생각에 잠시 잠겨
갔다. 마음이 아려온다. 지금까지 보여주지 않았던 자신의 일면을 몽
땅 보여줘야 할 시간이 다가오는 것 같아서였다. 앞으로 일어날 일들.
생각만 해도 끔찍하다. 실오라기 하나 걸치지 않는 자신의 모습을 타
인에게 보여야 하는 순간이 이런 걸까 하고 생각해 본다.

사람은 태어날 때 알몸으로 태어나 남의 손에 의해 그 알몸이 씻겨
진다. 아이러니하게도, 이 생을 떠날 때도 그렇다. 우리는 생소한 사
람에 의해서 옷이 벗겨지고 씻겨진다. 결국 우리는 아무리 애를 써도
올 때와 마찬가지로 마지막 갈 때도 감출 것이 전혀 없어지고 마는 것
이다.

그래. 남편과 혜림. 자신과 왕지우. 이제 곧 알몸이 되어야 할 시간
이 다가올 것이다. 내 인생무대에 꼭 올려져야 할 장면이라면 두려워
하지 않으리라. 거부하지 않으리라. 언어도, 문화도 그리고 음식도 다
른 곳에서 혼자 두 아이를 키워내지 않았던가. 그것보다 더 힘겹고 무
거운 짐이 또 있을까.

또한 이 넓은 땅덩어리에 와 살면서 죽고 싶도록 외롭고 힘들 때,
전화라도 걸 수 있었던 친정어머니와 동생 그리고 동생 가족 모두를
한꺼번에 잃은 슬픔까지도 맛보았다. 그런 걸 보고 마른하늘에 날벼
락이라고 하는 걸까. 소정이 동부로 이사를 하고 나서 얼마 지나지 않
아서였다. 이사한 딸이 어떻게 살고 있는지 눈으로 직접 확인해야 마
음이 놓이겠다며, 부득부득 동생가족을 이끌고 캘리포니아를 출발해
서 동부에 살고 있는 소정에게 오던 중 자동차 타이어가 바나나 껍질
처럼 벗겨져버린 사고로 차가 전복되고 말았다. 생존자는 없었다. 소
정은 하루아침에 천애고아로 전락해버렸다. 그 사고 소식을 듣는 순

간 세상은 암흑 그 자체였다. 세상에 어떻게 온 가족이 몰살하는 경우가 있을 수 있을까. 아무리 생각하고 또 생각해도 하늘이 원망스럽기만 했다.

그런 상황에서도 이를 악물고 키워낸 두 아이들. 어떤 돌풍이 또 자신을 친다 해도 이 두 아이들만큼은 반드시 지켜내리라. 결코 상처를 주지 않으리라. 그 애들이 헤쳐온 길이 얼마나 험하고 어두웠던가. 그럼에도 불구하고 엄마인 자신보다도 더욱 씩씩하게 버텨오지 않았던가.

그렇게 자신과 힘겨운 싸움을 벌이고 있는 소정의 어깨에 따스한 손길이 얹어졌다. 말하지 않아도 돌아보지 않아도 그의 손길임을 알 수 있었다.

"기분이 좀 어떻소?"

언제나처럼 부드럽고 나직한 음성이었다.

"이렇게 계속 방에만 있으면 몸이 더 상할 것 같소. 우리 바람이라도 좀 쐽시다. 당신과 나 모두 할 말이 많은 사람들 아니오. 조금이라도 맘을 비워야 병이 덜 깊어질 것 같소."

소정은 그의 속 깊은 배려에 다시 한번 흔들리고 있다. 어떻게 이런 사람이 자신의 원수가 될 수 있단 말인가. 호텔에서 자신이 쓰러지던 그 순간 그 자리에서 이상한 기류를 느낄 수도 있었을 텐데, 지금까지 그는 그것에 대해서 단 한마디의 언급도 없다.

왕지우가 직접 운전하는 차는 별로 넓지 않는 길을 따라 계속 산속으로 향하고 있다. 소정은 행선지를 묻지도 않고 왕지우도 말하지 않았다. 해는 산 끝자락에 걸려 떨어지지 않으려고 안간힘을 쓰고 있다. 얼마를 달렸을까, 왼쪽에 가늘게 그어진 산길로 왕지우는 차머리를 돌렸다. 차가 비포장도로에 적응을 하지 못하고 잠시 요동을 치더니 곧 잠잠해졌다. 굳이 따지자면 차가 적응을 한 것이 아니고, 차에 타고 있는 사람이 차의 동요에 적응이 되어가고 있는 것이다. 우리가 인생을 살면서 단련되어 가듯이.

하와이는 잦은 비로 인해 유난히 잡목이 우거져 있다. 시내가 내려다보이는 이 산자락의 수목은 치렁거리다 못해 원시림을 연상케 한다. 지금까지 왕지우와 만나면서도 이곳에 와보긴 처음이다. 원시림 속에 지어진 집. 집 한 채가 앉아 있는 면적은 족히 3천 평은 되어 보였다. 옆집이라고 해봤자 무슨 일이 생기면 도움을 청할 처지도 아닐 성싶었다. 오직 운둔자들만이 모여 쉬쉬거리며 살아가고 있는 듯한 인상. 무엇이 그리 복잡하고 숨길 것이 많아 이렇듯 사람을 피해서 살아가야만 할까 하는 의문마저 든다. 이와는 반대로 저 아랫동네는 누가 떼어내기라도 할까 봐 서로서로 머리를 맞대며 살아가고 있는 모습이다.

그런 아랫동네를 비추고 있는 따사로운 햇빛이 이 적막한 산자락에는 벌써 지고 없다. 같은 세상에 살면서도 어둠이 빨리 찾아오는 동네. 그곳에 살고 있는 사람들.

"조용한 곳이 필요할 것 같아 이곳으로 왔소."

왕지우는 집 가까이에 차를 세우며 소정에게 말을 건넸다. 어쩌면 지금 이 순간은 그런 말조차도 불필요한 것처럼 생각되었다. 불필요한 말을 해야 하는 사이는 그만큼 불편한 사이임을 암시한다.

소정과 왕지우가 집 안에 들어서자, 집은 사람의 온기를 반기듯 터무니없이 요란한 소리를 낸다. 왕지우의 손길에 의해 집 안 구석구석이 불빛으로 환한 웃음을 머금는다. 왕지우가 창문을 열어젖히자 불

빛을 기다렸던 하루살이들이 문전성시를 이루기 시작한다. 왕지우가
처마 끝에 매달린 갓등의 스위치를 켜자마자 집안으로 들어오기 위해
창문에 헤딩을 해대던 벌레들이 일제히 처마 끝의 갓등으로 우르르
몰려간다. 그 광경이 치열하기 짝이 없어 보인다. 동물의 속성은 저렇
듯 다 같은 건가 하고 소정은 생각에 잠긴다.

"아이스티 한 잔 내올 테니 여기 편하게 앉아요."

소정은 안락의자를 권하는 왕지우에게 아직 아무런 말도 대꾸도 없
다. 어깨너머로 달그닥거리며 찻잔 부딪히는 소리가 들려온다. 혜림
을 만나서 좀더 자세한 이야길 듣고 이 자리에 오는 것이 현명하지 않
았을까 하는 후회도 해보지만 너무 늦어버렸다. 차를 준비하고 있는
왕지우의 모습이 유리창에 반사되어 보이고 있다. 갑자기 그의 모습
이 짝 잃은 외기러기마냥 쓸쓸해 보인다. 소정은 소스라치게 놀라는
표정을 지으며 무엇인가를 털어내듯 고개를 젓는다. 이런 사사로운
감정에 치우쳐서는 안 될 일이라고 속으로 되씹는다.

유연한 허리선을 자랑하는 한 뼘 높이의 유리찻잔이 소정 앞에 놓
여 있다. 유리찻잔에 담겨 있는 꽃망울이 입을 벙긋 벌리더니 투드득
피어오르기 시작한다. 소정은 지금까지 골몰해 있던 복잡한 생각에서
벗어나 물속에서 피어나는 꽃을 바라본다. 전혀 생명이라곤 없어 보
이던 마른 꽃망울이 물을 머금자 새 생명처럼 되살아나고 있다.

"당신에게 주고 싶었던 꽃차요."

왕지우는 소정의 곁에 놓여진 의자에 앉으며 말했다.

"꽃차."

소정은 몽롱한 목소리로 중얼거린다.

"그래요. 난 이 차를 마실 때마다 그 속에서 인생을 만나요. 당신도

내 인생에 이 꽃과 같은 존재요. 세상에서 가장 값진 것은 본인에게 의미를 부여해 준 것이라고 생각해요. 그 의미라는 것이 유형이 아니기에 난 좋소. 유형은 필멸이지만 무형은 불멸이니까. 무형이 불멸인 것은 그 무형 자체가 아니라 그 무형을 바라보는 사람의 마음일 거요.

명예와 재력이 대지를 덮고 하늘을 찌른다 해도 그것을 성취하고자 했던 사람에게 특별한 목적과 의미가 없다면 전혀 가치가 없는 것이라 생각해요. 그런데 말이오. 내가 이 날까지 살아오면서 또 한 가지 얻은 것이 있다면 모든 걸 가진 자에게 있어서 미덕이 곧 치유약이라는 사실이오.

세상에서 유형의 것을 가지면 가질수록, 쌓으면 쌓을수록 그 높이만큼 마음은 허해지지. 그 허한 마음을 채울 수 있는 건 미덕 외엔 아무것도 없다는 사실을 좀더 젊었을 때 깨우쳤더라면 인생이 더욱 풍요롭지 않았을까 하는 생각을 해보오.

오늘밤 나에게 하고 싶은 말을 다 하도록 해요. 당신이 하는 말이면 뭐든 다 들어 줄 생각이오. 나한테 모진 소리를 해도 괜찮아요. 이곳에는 당신 그리고 나 외에는 아무도 없소. 하지만 한 가지 부탁을 하고 싶소. 오늘 밤 당신이 무슨 말을 하든 다 들어주겠소. 그런데, 이 밤이 지나면 그런 모든 이야기는 이 숲 속에 묻어두고 떠납시다. "

"그게 가능할 거라고 생각하세요?"

활짝 핀 꽃을 가득 안고 있는 찻잔을 바라보며 왕지우의 이야기를 듣고 있던 소정은 왕지우를 직시하며 가시 돋친 목소리로 내뱉는다.

"세상에 불가능한 것은 없다고 생각해요."

"역시 능력 있는 사업가라 다르시군요."

"세월이 준 교훈이오."

"불가능한 것이 없어서 제 아버지를 그렇게 폐인으로 만드셨어요? 제가 누군지 알고 계시겠죠? 불가능한 것이 없기 때문에 이미 저의 뒷조사도 했을 테니까요. 제가 생각할 수도 없는 홍콩의 부호시라고요? 어쩌죠? 그동안 몰라봐서. 왜요? 제가 너무 직설적인가요? 지금까지 봐왔던 모습하곤 달라서 무척 놀라우신가요? 그러면 좀더 들으셔야겠어요. 제 아버지의 사업 아이디어를 빼앗고 다시는 한국을 벗어나지 못하도록 족쇄를 채우기 위해서 빨갱이 누명까지 씌우셨어요? 당신으로 인해 아버지 그리고 우리 가족이 얼마나 기막히고 험난한 세상을 살았는지 아세요? 그것도 실수고 오해라고 하실 건가요? 당신의 그런 실수도 제가 덮어주는 가덕을 보여야 하는 건가요? 그런 가증한 일을 저질러놓고 이제 와서 미덕이 치유약이니 뭐니 하는 말로 자신의 죄를 덮고 싶은가 보죠? 네?"

소정은 왕지우의 곁에 앉아 있는 것조차도 모욕이라는 듯 의자에서 벌떡 일어나 창가로 다가선다.

"사라!"

왕지우는 감정으로 물든 얼굴을 두 손으로 감싸며 고개를 숙이고 꺼져가는 목소리로 소정을 부른다.

"왜요? 제가 이 모든 사실을 알고 있으리라고는 상상도 못 하셨나요? 어쩌죠? 너무나 소상히 알고 있어서. 더욱 충격적인 말씀을 드려야겠네요. 당신이 채워준 그 족쇄 때문에 저희 엄마는 평생 행상으로 전전해야 했어요. 그런 엄마가 가족들의 허기진 배를 채워주기에는 턱없이 부족했죠. 급기야는 어느 미국 집에 가정부로 취직을 했었다는 것을 모르실 리 없겠죠. 그런데 평생 고생만 하시던 엄마가 교통사고로 비참하게 생을 마감하셨어요. 엄마의 혼이 어디에서 편히 쉴 수 있으리라 생각하세요? 한국? 미국? 이게 다 당신 때문이에요. 당신 때문에……."

소정은 말을 채 끝맺지도 못하고 설움에 복받쳐 거실 바닥에 주저 앉아 기어이 울음을 터뜨리고 만다.

"사라! 미안해요. 미안해요. 어찌 됐든 다 내 잘못이오."

소정을 껴안고 용서를 구하는 왕지우의 까칠한 얼굴에서도 눈물이 구른다. 지금 소정의 눈물이 비참하게 생을 마감한 부모를 위한 거라 면, 왕지우의 눈물은 자신의 어머니에 대한 안쓰러움과 아버지에 대 한 분노였다.

왕지우는 박상호가 원망스러웠다. 무덤까지 간직하고 가길 바랐는 데……. 왕지우 얼굴에 팬 굴곡을 타고 흐르는 눈물에서 소정에게는 차마 말할 수 없었던 이야기가 함께 구르고 있다.

아버지는 홍콩 사람으로 사업을 하던 분이었다. 주로 손을 댔던 사 업은 광산업이었다. 사업상 이곳저곳 여행이 잦던 아버지는 일본에서 어머니를 만나 사랑에 빠지게 되어 결혼을 한 후, 홍콩으로 돌아가지 않고 일본에 정착을 하게 되었다. 아버지의 천부적인 사업수완으로 사업은 날로 번창해가는 데 비해 어머니는 그만큼 불행해져 가고 있 었다. 그건 아버지의 애정행각 때문이었다. 집을 떠나 있는 시간이 많 으니 자연 여기저기 여자도 많았다.

그런데 아버지는 유독 한 여자에게 남다른 애정을 보이기 시작했 다. 자식뻘밖에 되지 않은 앳된 한국 여자였다. 그 여자는 소위 말하 는 신여성으로 해박한 지식까지 겸비하고 있었다. 서류상으론 일본인 양녀로 되어 있었으나 그 속사정은 알 길이 없었다. 그 젊고 아리따운 새 여자의 출현으로 어머니는 매일 고통스러운 나날을 보내다가 결국

274

어느 추운 겨울 날 행방불명이 되고 말았다. 왕지우는 어머니를 애타게 부르며 미친 듯이 찾아 헤맸지만 그 어느 곳에서도 흔적을 찾을 수가 없었다. 그해 봄. 날이 풀리면서 산에 눈이 녹기 시작하였다. 높은 산 바위 밑에서 동사체로 발견되었던 어머니. 그 모습은 처참했다. 나무토막처럼 딱딱하게 굳어 있던 어머니. 퉁퉁 부은 얼굴에 동상으로 얼룩진 어머니를 부둥켜안고 피를 토하듯 오열했었다. 평생을 잘도 참아오셨는데 왜 좀더 참지 못하셨느냐고. 남편 대신 자식을 바라보며 살 수는 없었느냐고. 재력도 자식도 어머니의 마음을 채워주지 못했었느냐고.

왕지우는 결코 아버지와 그 여자를 용서할 수가 없었다. 왕지우는 김은심이라는 아버지의 여자에게 어떤 방법으로든 복수를 하기 위해 주변을 서성거렸다. 그런 왕지우의 행동을 눈치 챈 사람은 그 당시 일본에서 유학중이던 한국인 친구 박상호였다. 박상호도 왕지우의 아버지와 김은심의 은밀한 관계를 알고 있던 터였다. 불길한 낌새를 알아차린 박상호는 왕지우를 설득하고 들었다. 어머니를 두 번 돌아가시게 하지 말라는 것이었다. 하늘에 가 계신 어머니가 아들이 망가지는 모습을 보고 과연 기뻐하겠냐고 호소하며 다른 제안을 내놓았다. 김은심을 함께 유학하고 있는 한국 친구에게 소개시켜서 자연스럽게 아버지 곁을 떠나게 하자는 것이었다. 처음에 왕지우는 그렇게 할 수 없다고 완강히 버텼다. 하지만 박상호의 간절한 설득에 왕지우는 꺾이고 말았다.

그렇게 해서 김은심은 장덕우를 만나 결혼을 하게 되었다. 박상호와 함께 유학을 하고 있던 장덕우는 힘든 가정에서 자란 머리 좋은 친구였다. 일본 유학을 마치고 돌아가면 가난한 가족을 책임져야 할 힘겨운 상황이었다. 그런 상황에서 재정적으로 부유한 김은심을 만난 건 장덕우에게 행운이었다. 물론 김은심의 재산이 왕지우 아버지로부터 받았다는 사실은 극비에 부쳐졌다. 장덕우와 결혼함과 동시에 일본을 떠난다는 조건으로 왕지우가 김은심을 설득한 것이었다. 만약에 그 약속을 이행하지 않을 경우 김은심의 생명을 보장할 수 없다고 왕지우는 협박했다. 그렇게 하여 장덕우와 김은심은 한국으로 돌아가게 되었다. 그 후 얼마 되지 않아 일본이 패망하자 왕지우는 한국에 있던 광산을 박상호에게 넘겼다. 그리고 왕지우는 어머니를 빼앗아간 일본 땅이 싫어 아버지를 버리고 홀로 홍콩으로 가서 살게 되었다.

그러나 아무리 멀리 가 있어도 왕지우의 마음은 늘 불안하기 짝이 없었다. 아무리 과거를 숨긴다고 해도 그것이 영원할 것 같지가 않았다. 만약에 김은심의 과거가 남편에게 발각될 경우, 이혼은 불 보듯 뻔한 일이었다. 그런 일이 닥친다면 김은심이 찾아올 곳은 딱 한 곳. 자신의 아버지뿐이라는 생각이 들었다. 그래서 좀더 모든 걸 확실하게 하기 위해 장덕우를 적색분자로 몰았다. 그렇게 함으로써 김은심의 발목을 단단히 잡아두려 했던 것이다.

그런데 세월이 흐르면 흐를수록 마음 한구석에 장덕우에 대한 죄책감이 꺼지지 않고 있었다. 당시 좌익이라는 죄명이 대한민국에서 얼마나 치명적인지는 왕지우도 잘 알고 있었기에, 종종 장덕우 일가에 대한 상황을 박상호를 통해서 알아보곤 했었다. 정상적인 사회생활을 할 수 없었던 장덕우는 이것저것 사업에 손을 댔으나, 원래 사업 기질이 없던 터라 하는 것마다 실패를 한다고 했다. 가진 재산을 모두 탕진한 장덕우. 족쇄가 채워진 장덕우. 그런 장덕우의 가족이 힘겹게 살아가고 있을 거라는 건 박상호에게 듣지 않아도 짐작이 가는 부분이었다. 그래서 장덕우 가족에게 재정적인 지원을 해주기로 맘을 먹었다. 물론 그런 도움은 모두 박상호가 해주는 것으로 해야 했다. 박상호도 별다른 반대 없이 그렇게 해주기로 동의했다. 박상호는 장덕우가 오해를 사지 않도록 다양한 방법으로 도움을 주었다.

그렇게 해오던 중, 하루는 장덕우의 큰딸이 대학을 중도에서 포기하고 말았다는 연락이 왔다. 그리고 장덕우가 세상을 떴다는 소식도. 장덕우가 세상을 뜨자 왕지우는 마음이 무거우면서도 안심이 되었다. 죄책감은 늘 주위를 맴돌고 있었지만 마음은 한결 가벼웠다. 김은심의 과거로 인해 일어날 수 있었던 불길한 씨앗이 영원히 사라졌다는 생각 때문이었다. 그 이후, 왕지우는 좀더 적극적인 방법으로 장덕우 식솔들에게 도움을 주기 위해 김은심을 미국 샌프란시스코에 살고 있는 한 절친한 바이어의 집에 알선을 해주게 되었다.

그런데 소정이 이 김은심의 딸이라는 기막힌 사실을 알게 된 것이다. 처음 이 사실을 알았을 때 왕지우는 인정하고 싶지 않았다. 어떻게 얽혀도 이렇게 얽힐 수가 있을까! 인정하고 싶지 않았으나, 결국 만 리 이국땅에서 힘들게 살아가는 김은심의 딸 소정을 만난 것은 자신이 뿌린 씨를 거둬야 하는 숙명으로 받아들이기로 마음을 먹었다. 소정이 자신의 어머니에 대한 과거를 모르고 있는 것은 오히려 잘된 일이었다. 특히 그 어머니도 이미 다시는 돌아올 수 없는 곳으로 떠나고 없지 않은가. 그렇다면 자신만 입을 다물면 이 비밀은 영원히 암흑으로 묻힐 수 있다는 결론이었다. 그러기에 왕지우는 더욱 소정을 떠나보내고 싶지 않은 것이다.

30. 암흑의 동반자

"안녕하세요. 수라간 미스 좁니다. 네. 몇 분이십니까? 그러믄요. 자리는 충분히 있습니다. 그러면 스물다섯 분. 오늘 저녁 7시 30분. 네, 알겠습니다. 특별한 주문 사항이 있으신지요? 아예, 준비하도록 하겠습니다. 죄송하지만, 손님 성함이 어떻게 되시는지요? 아예, 박용훈 님요. 네. 감사합니다."

예약 명부에 손님 이름을 기록하는 미스 조의 모습은 분주해 보였다. 저녁식사 시간이 시작되기 전이라 손님이 아직 많지는 않았지만, 그래도 테이블 여기저기에 손님들이 앉아 있었다. 전화벨은 쉴 새 없이 울려댔다.

"네. 수라간입니다."

"……."

"수라간 미스 조입니다."

"……저……저……."

"네. 손님 말씀하세요. 예약하실 건가요?"

"……수, 수아야."

더듬거리던 목소리가 겨우 이름을 불렀다.

"네? 수, 수? 네? 어머! 네! 누……!"

그동안 까마득히 잊고 살았던 자신의 이름을 누군가가 정확하게 부른 것이다. 주위 사람들, 아니 미국에서 진짜 자신의 이름을 아는 사람은 아무도 없었다. 다만, 그 사람만이……. '그런데 어떻게 이 전화번호를 알았을까? 내가 이곳에서 일한다는 사실을 어떻게 알았을까?

어떻게…….'

　미스 조는 자신을 향해 질주해 오는 토네이도를 바라보고 있는 사람처럼 두려운 표정으로 떨고 있었다.

　"헤더 언니 왜 수화기는 들고 그렇게 멍하니 있어요?"

　제인이 미스 조의 옆을 지나치며 말을 흘리고 간다.

　"아, 아, 예, 예……그런데……그……."

　"듣고만 있어. 이번 주 쉬는 날 오전 10시에 바람산으로 나와. 기다릴게."

　이쪽의 대답은 듣지도 않고 전화가 찰칵 끊기고 만다. 미스 조는 수화기를 놓지도 못하고 또 멍하니 있었다.

　"아니 언니! 정말 무슨 일 있어요? 오늘 따라 왜 그러세요?"

　제인이 또 미스 조를 지나치며 걱정스런 눈빛으로 말한다. 미스 조는 손에 들려 있는 수화기를 얼른 내려놓았다. 아무리 생각하고 이해를 하려 해도 거미줄처럼 얽혀서 복잡하기만 했다.

　'눈먼 사람이 내가 이곳에서 일을 하고 있다는 사실을 어떻게 알고 있었을까? 그 사람 앞에서 말을 한 적도 없었던 것 같은데. 지난번에 제인 집에 갔었을 때도 그 사람을 만나지 못했었다. 혹시! 자신에게 총부리를 겨눴던 사람이 나라는 사실을 알고 있는 걸까? 아니야, 아니야, 그럴 리가 없어. 그럴 리가…….'

　미스 조는 갑자기 으슬으슬 한기가 들면서 빈혈기까지 느껴졌다. 자신의 곁을 지나치는 제인의 얼굴을 똑바로 쳐다볼 수가 없었다. 일부러 제인과 눈을 마주치지 않으려니 눈빛이 더욱 허둥거렸다.

　"헤더 언니! 언니 정말 오늘 이상하네. 어디 아파요? 넋을 빼놓고 있는 사람 같아요. 얼굴도 창백해 뵈고. 어떡하지? 어지간하면 그냥 들어가서 쉬어야 할 것 같은데, 오늘은 유난히 예약 손님이·줄을 잇고 있어서. 견딜 수 있겠어요?"

제인은 미스 조의 핏기 없는 얼굴을 보고 애가 타는지 걱정을 놓지 않았다.

"조금 지나면 괜찮겠지. 점심 때 먹은 것이 잘못된 것 같아."

미스 조는 얼렁뚱땅 얼버무렸다.

"그래요? 그러면 진작 그렇다고 말을 해야죠. 키친에 소화제 있을 거예요. 잠깐 기다려요. 가지고 올 테니까."

미스 조는 진심으로 자신을 챙기고 있는 제인을 기가 막힌 모습으로 바라보았다. 제인이 저렇게 착하지만 않았더라도 벌써 머리끄덩이를 쥐고 흔들어놓았을 것이다. 만약 자신이 남편의 전 부인이었다는 사실을 알게 되면 제인은 어떤 반응을 보일까. 한 남자 때문에 구겨진 인생을 사는 건 자기 혼자로 끝나야 될 것이라는 다짐을 골백번도 더 했었다. 이제야 가까스로 마음을 다잡아가고 있는데, 개 같은 자식이 지랄 같은 전화를 해서 속을 다시 만신창이로 만들어놓고 말았다.

미스 조는 집을 나서며 구물거리는 하늘을 올려다보았다. 쨍쨍한 날에도 바람산에 가면 중심 잡기가 어려운데, 오늘 같은 날은 바람이 더욱 사납게 할퀼 것 같다는 생각이 들었다. 하고 많은 좋은 장소 다 놔두고 왜 하필 바람산인지 속이 뒤틀렸다. 그러다 문득 앞도 보지 못하는 사람이 그곳은 어떻게 오려고 할까 하는 염려 또한 떨치지 못하고 있었다. 그렇다고 제인이 데려다줄 리는 없을 거고.

미스 조는 차의 백미러를 통해 자신의 얼굴을 한번 더 들여다보다 어이없는 웃음을 흘리고 만다. 화장까지 하고 나선 모습에 스스로 어처구니가 없다는 생각이 들었다. 뭐 하러 옷은 이렇듯 화사하게 챙겨

입었을까. 앞이라도 볼 수 있는 사람이라면, '너 없어도 난 이렇게 보란 듯 잘살고 있다'고 보여주기 위해서라고 하겠지만, 지금 그 인간은 그런 당당함마저도 봐주지 못하는 위인 아니던가. 그런 인간을 위해서 빼입고 나선 자신이 맘에 들지 않아 그녀는 신경질적으로 시동을 걸었다.

오전 9시 45분 팔리 하이웨이에 위치한 바람산 입구에 노란색 택시 한 대가 멈춘다. 까만 양복바지에 구두 그리고 엷은 하늘색 셔츠를 입은 남자가 택시에서 내린다. 택시 기사는 바람산을 향해서 뚜벅뚜벅 걸어가는 남자의 뒷모습을 한동안 바라보다 남자의 모습이 더 이상 보이지 않자 잠시 망설이는 듯하더니 차머리를 돌린다. 이렇게 이른 아침에 관광객도 아닌 사람이 바람산을 찾는 모습, 결코 쉽게 지나칠 수 없는 예감이 들었던 것일 게다. 남자는 바람산 벼랑 끝까지 주저없이 뚜벅뚜벅 걸어간다.

구물거리는 날씨와는 달리 바람은 예상 외로 순했다. 남자가 벼랑 끝까지 걸어가는 동안 한번도 뒷걸음질쳐지지 않는 걸 보면 오늘의 바람산은 완전히 성깔을 죽이고 있는 거나 다름없었다. 양손을 바지 호주머니에 쿡 찌른 채 고개를 푹 숙이고 걷는 남자의 모습은 몹시 초췌해 보였다. 남자는 깎아지른 깊은 절벽을 한참 동안 내려다보더니 절벽 아래로 발길을 더듬기 시작했다.

"거기 멈춰요!"

날카로운 여자의 목소리가 뒤에서 남자의 발길을 붙잡는다. 남자는 더 이상 나아가지 못하고 그 자리에 우뚝 멈추어 섰다.

"……."

발길을 멈춤과 동시에 남자는 눈을 지그시 감는다.

"이런 꼴을 현장 목격하라고 날 부른 거예요?"

미스 조는 주차장에 차를 세우면서 한 남자의 뒷모습을 보았다. 분명히 그였다. 미스 조는 차에서 내려 심란한 마음으로 남자를 향해 발걸음을 옮기기 시작하였다. 절벽 끝에 서 있던 남자가 갑자기 발길을 더욱 앞으로 옮기는 걸 본 미스 조는 자신도 모르게 헐레벌떡 뛰어와 외치고 말았다. 순간 분한 마음이 솟구쳤다. 결국 자신을 부른 것이 이것이었나 하는 생각 때문이었다. 미스 조의 흥분된 음성과는 달리 남자의 몸짓은 침착해 보였다. 자신을 붙잡는 외침에도 뒤를 돌아보지 않고 있었다.

"난 당신에게 할 말이 많아요. 죽고 싶어도 다 듣고 나서 죽어요."

악에 받친 듯이 미스 조는 소리를 악악 질러댔다.

"……"

남자는 천천히 몸을 돌렸다. 진한 선글라스를 쓰지 않은 남편의 모습에 미스 조는 황당한 표정을 지었다. 약간 어색하지만 멀쩡한 눈이었다. 입을 다물지 못하고 서 있는 미스 조에게 남자는 침착한 목소리로 입을 열었다.

"놀라지 마."

"그, 그럼 다 연극이었어?"

감정을 추스르지 못한 미스 조의 몸이 부르르 떨렸다.

"다는 아니야."

"다든 아니든 어쨌든 연극이었네? 허어!"

헛웃음과 함께 미스 조는 두어 걸음 뒷걸음질을 쳤다.

"흥분하지 마."

"지금 내가 흥분하지 않게 생겼어? 날 한국에 보내고 감쪽같이 재

혼한 것도 부족해 이런 어처구니없는 연극을 해? 이참에 아주 할리우
드로 진출하지 그래? 그런 정도의 연극이면 브로드웨이에서도 받아
줄 만하겠어."

미스 조의 비아냥거림이 바람에 실려 계곡을 휘감고 있었다.

"당신이 뭐라고 하든 난 변명하고 싶지 않아. 다만 당신을 꼭 한 번
은 만나야 한다는 생각을 쭉 해왔었어. 그뿐이야."

"그래, 두 부인이 함께 일하고 있는 모습을 얼마나 즐겼어? 통쾌하
던가? 당신이 이토록 잔인한 사람인 줄 알았으면, 내 인생을 이렇게
까지 허비하지 않았을 거야."

"날 어떻게 생각하든 맘대로 해. 내가 사고를 당한 후 당신을 처음
봤던 곳은 와이키키 호텔 로비에서야. 그때 아이 엄마는 호텔 레스토
랑에 면접을 보러 간다면서 집에 있겠다는 날 부득부득 데리고 갔었
지. 딴에는 집에만 박혀 있던 내가 안쓰러운 생각이 들기도 했겠지.
그때까지만 해도 완전 장님은 아니었어. 한쪽 시력이 아직 미미하게
나마 남아 있었으니까. 그런데 그곳에서 당신을 본 거야. 우리가 로비
로 들어서는 걸 보고 당신이 다가오다가 쓰러지는 모습을 봤어. 그때
부터 난 완전한 장님이 되기로 했어. 그리고 당신과 아이 엄마가 한곳
에서 일한다는 사실도 알게 됐어. 레스토랑 식구들이 집에 함께 왔을
때도 위층에서 난 당신의 희미한 모습을 바라보면서 얼마나 후회했는
지 몰라. 이미 엎지러진 물, 후회해도 돌이킬 수 없는 일이지만 미안
하다는 말 그리고 나에 대한 미움 다 버리고 새로운 인생을 찾아가라
고 말해주고 싶었어. 당신을 만나 늘 받기만 했던 것을 이제야 알 것
같아. 지금 아이 엄마를 만난 것은 당신이 미워서라기보다는 솔직히
영주권을 얻는 데 더 큰 목적이 있었던 것이 사실이야. 믿지 않겠지만

영주권 얻고 이곳에서 자리를 잡으면 당신에게 모든 사정을 말하고 다시 미국에 데려오려 했었어. 그런데 살다보니 아이 엄마가 너무 착해 버리지 못했어. 그리고 지금 내 눈은 외관상으로만 멀쩡하게 보이도록 수술한 거야."

미스 조는 대사를 외우듯 줄줄 읊어대는 남편의 모습에 어처구니가 없었다. 듣기 좋으라고 한 소리인지 진심인지 알 길이 없었지만, 지금 한 말이 모두 사실이라면 진짜 나쁜 놈이라는 생각이 치고 올라왔다. 이런 남자를 남편으로 믿고 잠시나마 살을 섞었다는 사실이 끔찍할 따름이었다. 솟구치는 감정을 이기지 못하고 통곡하며 남편에게 달려들었다.

"이 나쁜 놈아! 내가 그런 널 믿어주고 받아줄 줄 알았어? 이 나쁜 놈! 내가 너 때문에……아! 어어! 아~ ~ 아~아~ㄱ~ ~."

외마디의 외침과 함께 두 개의 가랑잎이 까마득한 절벽 밑으로 나풀거리며 사라져 갔다. 동시에 한 줄기의 바람이 외침의 가는 선율을 휘감고 가파른 산을 넘고 있었다.

31. 진혼곡

"동훈아! 엄마 왔다."

현관문을 들어서면서 제인은 아들의 이름을 정겹게 불렀다. 미스 조가 쉬는 날이라 끝마무리까지 다하고 오느라고 시간이 유난히 지체된 것이 남편과 아들 동훈에게 미안해 신발도 아무렇게나 벗어던지며 마루에 올라섰다.

“늦으셨네요?”

뜻밖에 이웃에 살고 있는 중학교 2년생인 린다가 와 있었다. 가끔 필요할 때면 아기를 맡기기도 하지만 오늘은 전혀 부탁을 하지 않았었다.

“아니? 네가 이 시간에 웬일이니? 아저씨는?”

“아저씨요? 어? 아줌마도 아저씨가 어디 가신지 모르세요? 저희 마미에게 아침 일찍 동훈이를 부탁했었대요. 그런데 오후가 되도록 돌아오지 않으셔서 마미가 아줌마 일 마치고 오실 때까지 동훈이를 돌보고 있으라고 하셨어요.”

“그래? 어디 가신다는 말씀도 없으셨고?”

“아마 그랬나봐요. 저희 마미에게 물어보세요.”

“그래. 어쨌든 수고했다. 그런데 동훈이는 칭얼거리지 않았니?”

“네. 잘 놀았어요. 지금 자요.”

“고맙다. 엄마한테도 고맙다고 전해드려.”

제인은 지갑을 열어 20달러짜리 지폐를 두어 장 집어 린다에게 건네주면서도 머리는 온통 이 시간까지 남편이 어디에 있을까 하는 생각으로 얽혀 있었다. 혹시 우울증이 재발해서 어느 술집에 틀어박혀 있는 것은 아닌가 하다가 고개를 저었다. 지난번에 의사가 처방해준 약이 남편에게 딱 들어맞아서 기분이 훨씬 좋아졌다고 말하지 않았던가. 어디 갈 만한 곳도 없는데. 제인은 서둘러 남편의 서재로 올라갔다. 혹시 자신이 바쁜 줄 알고 전화 대신 메모를 남겼을지도 모른다는 생각이 들어서였다. 제인은 서재의 불을 환하게 밝혔다. 남편이 집에 있을 때는 늘 불이 희미하게 켜져 있던 서재였다. 남편은 앞이 전혀 보이지 않으면서도 이상하리만치 환한 불빛을 싫어했다. 하도 신기해서 밝은 불빛인지 아닌지 어떻게 구별이 가능하느냐고 물었더니 그냥 느낌으로 안다고 했다. 사람이 어느 한 감각을 잃으면 또 다른 감각이 유별나게 발달되나 보다 생각했다.

환한 불빛과 함께 서재의 모든 것이 한눈에 들어왔다. 남편이 배우고 있는 점자판. 예전에 보던 책들 그리고 자잘한 사무용품들. 제인은 그런 것들을 둘러보며 어쩌면 이렇게 깔끔하게 정돈을 잘해뒀을까 놀라웠다. 평소에 서재 청소만은 본인이 하겠다고 고집을 부려 그렇게 하라고 했었다. 괜히 청소를 해준답시고 물건을 조금이라도 옮기면 본인이 찾지 못하는 불편함도 있을 것 같아서 더더욱 그렇게 했었다.

그런데 앞을 보는 사람보다도 더욱 깔끔하게 정돈해 둔 서재의 분위기에서 제인은 왠지 모르게 서늘한 느낌을 떨쳐낼 수가 없었다.

'이 사람이 앞을 보고 살았나?' 하는 어처구니없는 상상을 순간적으로 하다가 그만 피식 웃고 말았다. 자신의 얼토당토않은 욕심이 갑자기 부끄러워서였다.

'그런데 어디를 갔을까. 왜 메모 한 장 남기지 않고 이렇게 연락이 없을까. 그럴 사람이 아닌데. 혹, 혹시 집으로 오던 중에 사고를 당한 것은 아닐까?'

제인은 갑자기 마음이 다급해졌다.

'그럼 사고를 당했는지 어쨌는지 어떻게 알아봐야 할까. 어디에다 연락을……'

제인은 허둥지둥 거실로 내려갔다. 집 안에 있는 모든 전등을 켰다. 그래야 조급하고 불안한 마음을 가눌 수 있을 것 같아서였다. 그러나 대낮처럼 환한 불빛도 불안감을 진정시키지는 못했다.

'911로 연락을 해야 할까? 아니지. 그곳은 사고를 당했을 때, 오직

286

응급시에만 전화를 하는 곳이 아닌가? 그럼 어쩌지?'

떼르릉~.

"어머 깜짝이야!"

제인은 전화기 앞에서 허둥거리다 갑자기 울어대는 전화벨 소리에 깜짝 놀라 주저앉고 말았다.

떼르릉~.

급하게 울어대는 수화기를 훔치듯 거머쥐었다.

"헬로우?"

제인의 떨리는 음성보다 더욱 허둥거리는 음성이 들려왔다.

"저, 저, 저기, 제인이지라? 나, 난디요. 그랑께 그것이⋯⋯그랑께⋯⋯."

나양식이 횡설수설이었다.

"네. 저예요. 무슨 일 있으세요?"

"아이 참, 수화기 이리 줘."

신 주방장의 목소리였다. 제인은 더욱 다급해졌다.

"저, 신한섭입니다."

침착하려 애쓰는 목소리였다.

"네에. 제인이에요. 무슨 일 있으세요?"

"그, 그러니까. 실은⋯⋯."

"실은요?"

"아따 참말로 성님도 말씀을 못함스롱 수화기를 뺏고 그래쌌소."

다시 양식이 수화기를 낚아채는 것 같았다.

"그랑께라. 뭐시냐. 지금 쥔 양반 집에 계신 게라?"

"네 아이 아빠요?"

"야아. 지금 옆에 있으시요?"

"아뇨."

"워메! 일나부렀네. 그것이 사실잉게라?"

나양식은 넋두리와 함께 따지듯 다시 다그쳤다.

"그래요. 저도 지금 어디로 연락을 해야 하나 혼자 궁리하던 중이었어요. 아이를 봐 준 옆집 아이 말로는 오늘 아침 일찍 나가면서 동훈이를 맡겼다는데 아직 집에 들어오지 않고 있어요. 혹, 혹시 사고라도 당했으면 어쩌나 혼자 애를 태우고 있었어요. 그런데, 무슨 소식 들었어요? 아이 아빠에 대해서? 그래요? 사고예요?"

"아이고! 이걸 어째야 쓴다냐!"

나양식이 철퍼덕 주저앉는 소리가 들렸다.

"사고예요? 맞죠? 어디서요?"

"우리도 지금 경찰서로 가야 한당께요."

"네? 경찰서요? 어느 경찰서요?"

"아이고, 이 지랄 같은 것을 어디서부터 어치께 설명을 해야 한다냐. 그랑께, 쥔 양반이 아니고요. 지금 미스 조가 죽었는갑소. 지미럴."

"네에? 헤더 언니가 죽어요? 왜요? 어디서요? 어떻게요?"

제인은 이게 또 무슨 날벼락인가 싶어 숨도 제대로 쉬지 못했다.

"하여튼 성님하고 나가 번뜩 경찰서에 가서 미스 조 물품인지 어쩐지를 확인하고 올텡께 집에 가만있으시오. 설명은 나중에 할 것잉게."

제인의 묻는 말에는 대답도 없이 나양식은 전화를 철커덕 끊고 말았다.

'헤더 언니가 죽었다? 왜? 교통사고인가? 참! 그런데 왜 아이 아빠가 집에 있느냐고 물었을까? 그렇지, 아이 아빠가 집에 있으면 동훈이를 아빠한테 맡겨두고 함께 경찰서에 가자고 전화를 했을 거야. 그래, 그랬을 거야. 그런데 이제 이걸 어쩐담. 남편은 집을 나가 소식도 없고, 헤더 언니는 죽고.'

제인은 눈길을 어디에 둬야 할지를 몰라 양손을 모아 쥐고 거실만 황망하게 왔다 갔다 했다.

'하느님, 부처님, 예수님, 알라신님 또 누구 없나요? 우리 도와줄 신 없나요? 정말 헤더 언니가 죽었을까? 아직 확인된 것은 아니니 확실한 것은 아닐 거야. 그런데 당신 지금 어디 있는 거예요. 이럴 때 당신이라도 있으면 내가 이렇게 불안하진 않을 텐데. 여보, 어디 계세요. 제발 전화라도 좀 해주세요. 나 불안해 미치겠어요. 네? 여보! 여보! 제발!'

띵동~.

힘없이 느린 도어 벨이 울렸다. 그 소리에 제인의 눈빛이 반가움으로 반짝거렸다.

"당신이에요?"

제인은 남편의 행방불명을 경찰에 신고하지 않은 자신의 판단이 옳았음을 너무 기뻐하며 문을 열어젖혔다.

"아니……!"

현관문 앞에 서 있는 사람은 양식과 한섭이었다. 양식과 한섭은 남편을 반기는 제인의 모습을 보고 아무런 말도 할 수가 없어 제인만 물끄러미 쳐다보았다. 두 사람의 눈은 이미 벌겋게 충혈되어 있었다. 설명하지 않아도 비보를 안고 온 것이 틀림없었다.

"그럼 결국……헤더, 헤더 언니가……"

제인은 말을 마치지도 못하고 스르륵 고꾸라지고 말았다.

"아이고! 제인! 제인까지이라면 안되지라잉."

나양식이 왈칵 울음을 터뜨리며 까무러치는 제인을 붙들었다. 한섭도 흐르는 눈물을 구태여 감추지 않았다. 앉지도 못하고 선 채 망연자실 천장을 바라보고 있던 한섭의 눈길이 소파에 눕혀진 제인의 팔다리를 주무르는 나양식에게 옮겨졌다. 이 기막힌 상황을 어떻게 설명해야 할까. 지금까지 경찰이 조사한 바에 의하면 남녀 두 사람이 함께 절벽으로 떨어진 것이 분명하다는 것이다. 떨어지면서 여자의 핸드백이 절벽 근처 나무에 걸려 있는 것을 관광객들이 발견했다고 했다. 이른 아침에 한 남자를 이곳에 내려준 택시 기사의 증언도 확보했다는 이야기였다. 여자의 핸드백에서 나온 신분증과 수첩을 보고 한섭과 나양식에게 연락이 닿은 것이다.

처음에 남자와 함께 자살했을 가능성이 높다는 말을 듣고 믿을 수가 없었다. 사귀는 남자가 있는 것도 아니었고, 힘든 시간을 겪기는 했지만 전남편과 제인에 대해서도 감정을 추슬렀다고 믿고 있었기 때문이었다. 그런데 느닷없이 자살이라니! 소식을 듣고 경찰서로 가기 전에 혹시나 해서 제인에게 남편이 집에 있느냐고 물었었다. 관광객들이 미스 조의 핸드백을 발견한 시간이 대략 오후 3시쯤 된다고 했으니, 분명 두 사람이 그전에 그곳에서 만난 것이 틀림없었다.

그렇다면 결국 미스 조는 남편에게 복수를 그렇게 하고 떠난 것일까. 몹쓸 사람. 경찰 측은 내일 날이 밝으면 다시 시신 찾는 일을 계속하겠다고 했다. 상황이 이렇게 되었으니 자신들이 두 사람의 관계를 알리지 않아도 제인은 알게 될 터였다. 그렇다면 오늘 밤 제인에게 모든 것을 알려야 하는데 어떻게 서두를 꺼내야 할지 몰라 한섭은 답답할 뿐이다.

290

32. 두 남자

산등성이에 깔린 새파란 잔디가 한 치의 오차도 없이 정돈되어 있다. 인조 잔디를 깔아놓는다고 저렇듯 반듯할 수 있을까. 그 산등성이를 돌아 더욱 깊이 들어가면 암자가 작은 연못 가운데 서 있고, 그 암자 뒤에 병풍처럼 펼쳐진 위용이 넘치는 계곡은 사람들의 발길을 거부하고 있는 것처럼 보인다. 초록 잔디, 용암의 손길로 빚어놓은 듯한 검푸른 산봉우리, 시시각각 때 묻은 공기를 바람으로 쓸어내는 청정 하늘. 그 하늘을 유회하는 버섯 같은 구름송이들. 산이 깊어 슬픔을 삼켜버린 탓일까. 묘지가 산등성이를 덮고 있는데도 슬픔의 흔적은 보이지 않는다. 오히려 평화로움이 짙게 깔려 있다. 까만 상복을 입은 두 남녀의 또박거리는 구두 발자국의 울림은 마치 계곡이 눈물을 똑똑 떨어뜨리는 소리 같다. 절대로 다시는 만나고 싶지 않았던 두 사람은 장례식이라는 운명의 장난으로 또 만나버렸다. 소정과 한섭.

갑작스런 미스 조와 제인 남편의 죽음. 그들의 죽음이 자살인지 사고인지 확실하게 규명되진 않았지만 경찰 측에서는 두 사람이 실랑이를 하다가 일어난 우발적인 사고로 마무리 지었다. 허우적거린 듯한 두 사람의 발자국이 그런 심증을 뒷받침해 주고 있었다. 한섭도 제인도 경찰의 결론을 받아들였다.

한섭은 제인에게 미스 조와 남편과의 관계를 말하지 않을 수 없었고, 제인은 그 충격으로 하혈을 하며 정신을 잃었다. 임신 3개월째였다. 자신이 임신한 줄도 모르고 일에 매달렸던 제인. 정신이 들고 나선 차라리 잘된 일인지도 모른다며 하염없이 울었다. 그 울음은 미스 조와 남편에 대한 서운함과 분함보다는 자신의 암담한 신세와 아들 동훈이의 운명이 처량해 울부짖는 모성이었다.

제인의 남편 사고 소식은 식음을 전폐하고 누워 있던 소정을 일으켜 세웠다. 사람이란 원래 내가 당한 일보다도 더 큰 일을 보면 용감해지는 걸까? 소정이 그랬다. 소정은 제인을 부둥켜안고 울었다. 그동안 울지 못했던 설움이 제인을 빗대어 터져나온 것 같았다. 제인도 그녀의 품이 친정엄마의 품인 양 안겨 울었다. 아무리 눈치가 없어도 그렇지 그렇게 바보처럼 아무것도 모르고 지내온 그 세월이 도둑맞은 것 같아 울었다.

그날 한섭은 미스 조의 일로 인해 눅눅한 마음을 떨치지 못하고 레스토랑에 들어섰다. 그때 담배 한 가치 피우려고 막 밖으로 나오던 버스보이 김 군과 마주쳤다. 김 군은 지금 오너가 와서 제인을 부둥켜안고 울고 있다는 귀띔을 해줬다. 한섭은 오너가 어떻게 생긴 사람인지 궁금해 특실 문을 빠끔히 열고 안의 동정을 살피다가 얼어붙은 듯 움직이지 못하고 말았다. 아내 소정이었다. 도대체 아내가 이 레스토랑의 오너라니! 허! 허! 억장이 무너지면서 온 천지가 흔들렸다.

'그렇담, 자신은 지금껏 아내가 준 빵부스러기를 주워 먹으며 살아왔단 말인가? 따지고 보면 이 레스토랑도 아내의 몸을 담보로 얻어낸 거나 다를 바가 뭐란 말인가?'

한섭은 숨통이 막혀 한쪽 구석에 구겨진 종잇장처럼 쭈그려 앉았다. 이젠 도망칠 출구도 없어 보였다. 출구가 있다 해도 도망가고 싶지 않았다. 지금까지 받아온 더러운 돈을 아내의 면상에 냅다 뿌리고 남자답게 나가고 싶다는 생각만 굴뚝같을 뿐 자신에게는 그럴 힘도 능력도 없다는 비굴함이 그를 조롱하고 있었다. 그날 두 사람은 질긴

악연을 한탄하면서 고용주와 고용인으로 마주 앉게 되었다. 그리고 오늘 장례식에서 또 만났다.

미스 조와 남편. 그들은 결국 함께 가고야 말길을 멀고도 험하게 돌고 돌아왔던 것이다. 이렇게 같이 갈 길이었으면 서로 찢고 할퀴는 일만은 자제했으면 좋았으련만……. 삶의 마지막 점인 무덤에 나란히 누워 있는 두 사람의 관을 한섭은 눈물을 감추며 바라보았다.

한섭은 장례식을 마치고 공동묘지 뒷산자락에 앉아 있는 암자를 향해 걸으며 삶을 생각하고 있었다. 삶은 주욱 그어진 선이 아니고 섬세한 붓끝으로 꼭꼭 찍어놓은 점에 불과했다. 어제도 점이었고, 오늘도 점이고, 내일도 점일 것이다. 우리는 비틀거리더라도 삶의 징검다리인 점에 매일 매일 안착을 해야만 한다. 그래야 인생의 선을 이어갈 수가 있는 것이다.

한섭은 아내 소정을 떠올렸다. 소이와 함께 그곳에 와 있는 걸 보면서도 애써 모른 척 발길을 돌렸다. 혼자이고 싶었다. 인생 길목에 이런 운명이 자신을 기다리고 있는 줄 알았더라면 절대로 이 길을 선택하지 않았을 것이다. 좀더 나은 삶을 살고자 길을 나섰는데 이런 수렁에 빠진 자신의 모습을 추호도 인정하고 싶지 않았다. 더더구나 아내보다도 더 초라해져 버린 자신의 모습에 진저리가 쳐졌다. 만약 미스 조와 남편의 죽음이 아니었다면, 한섭은 결코 아내를 이대로 내버려두지 않았을 것이다. 치솟는 용암처럼 그의 분노도 폭발했을 것이다. 하지만 두 사람의 죽음을 보면서, '산다는 건 뭔가?' 하는 질문을 스스로에게 다시 던졌다. '누굴 위해 그리고 무엇을 위해서 살아가고 있는가?' 갑자기 산다는 자체가 허망해졌다. 그 허망함이 가슴을 휘저으니 미움도 복수도 다 부질없이 느껴졌다.

어느새 암자가 한눈에 들어오고 있었다. 한섭은 발걸음을 멈추고 암자 앞에 우뚝 섰다. 연못에 연꽃이 피어 있었다. 하얀 꽃이다. 지금까지 연꽃은 신비로운 꽃으로 기억 속에 담겨 있었다. 그런 기억 속의 꽃보다 지금 본 연꽃의 실체는 그렇게 아름답지가 않았다. 이끼가 가득 낀 물속에서 완벽하게 순결하다는 듯 소슬하니 피어나 있는 그 꽃이 아내 소정이라는 생각이 불현듯 떠올랐다.

또박, 또박.

한섭은 아내에 대해 생각하다 말고 다가오는 발자국 소리에 귀를 기울였다. 익숙한 발자국 소리였다.

"당신을 받아들이고 싶은 마음은 추호도 없어요."

소정의 당찬 음성이었다.

'받아들이고 싶은 마음이 없다?'

누가 할 소리를 하고 있는지 몰라 한섭은 속으로 픽 웃고 만다.

"당신이라는 사람에게 미련이 있어서 뒤쫓아온 거 아녜요. 아무리 당신이 싫어도 우리에겐 아이들이 있어요. 당신을 조용하게 꼭 한 번은 만나서 이야기를 해야겠다고 생각하고 있었어요. 아이들을 찾지 말았으면 해요. 지금까지 당신은 이 세상 사람이 아닐 거라고 생각하면서 아이들을 키워왔어요. 아이들도 그렇게 생각하고 있구요."

'아이들! 그래. 내 피와 살 같은 아이들이다. 상희, 상훈을 생각하면 자다가도 벌떡 일어나 얼마나 울부짖었던가. 그런 아이들을 이제 더 이상 생각하지 말란다. 허허허! 갈기갈기 찢기고 곪은 이 상처를 아내라는 여자가 더 찢고 후벼 파겠다고 덤빈다.'

지금까지 죽음으로 인해 다독여지고 있던 상처에 다시 피가 줄줄 흐르기 시작했다.

'이 아픔, 이 고통을 어느 누가 이해할 수 있을까. 신이라 할지라도 어찌 골수의 진까지 녹아나는 아픔을 이해할 수 있단 말인가. 상희야! 상훈아!' 한섭의 눈에 눈물이 핑글 고여 금방이라도 흘러내릴 것 같았다.

그때 연꽃 위를 휙 지나가는 새가 물 위에 뭔가를 떨어뜨렸다. 물이 출렁이며 주름이 잡혀갔다. 그 주름이 한섭이 서 있는 가장자리 가까이에 와 멈추었다. 물속에 비친 소정과 자신의 모습이 실처럼 가는 물주름에 함께 엉키고 있었다.

"그것은 당신이 결정할 일이 아닌 것 같은데? 떠날 사람은 당신 아니야?"

한섭은 가슴속에 있던 응어리를 빼서 소정에게 던지고 말았다.

"제가 아이들을 떠나요? 허! 양심이 손끝만큼이라도 있는 사람이라면 트인 입이라고 그렇게 함부로 말하면 안 되죠."

소정의 목소리가 점점 격앙되어 갔다.

"뭐? 트인 입? 그래 돈 많은 늙은이 만나 사니, 나같이 돈 없고 희망 없는 인간은 이제 필요 없다 이거야?"

한섭의 대꾸도 거칠어졌다.

"뭐라고요? 당신이 어찌 감히 그런 소릴……"

"왜? 부끄러워? 숨기고 싶어? 아직도 순수하고 고고하게 보이고 싶어?"

"당신이 뭔데 날 창녀 취급하는 거예요? 그럴 자격이나 있어요? 난 부끄럽지 않아요. 최선을 다해 열심히 산 것이 다예요. 그 사람 욕하지 말아요. 미워해도 내가 해요. 당신은 그럴 자격이 눈곱만큼도 없는 사람이에요."

소정은 몸까지 부들거리며 대들었다.

"그래? 그 사람이라고? 그렇게 소중한 사람이야? 당신에게? 언제부터? 언제부터 눈이 맞았길래?"

"이 파렴치한 인간아! 니가 한 짓은 깨끗하고 정당화될 수 있다고 생각해? 세상 사람이 다 배신해도 너는 그러지 않으리라고 생각하고 살아온 세월이 분하고 억울해서 그 사람 만났다, 왜?"

"짓? 내가 뭘 잘못 한 거야. 목숨 걸고 밀입국한 것이 죄야? 죄? 다 누굴 위해 선데?"

"누굴 위해서? 그래 처자식을 위해서라고 포장하고 싶은 거겠지? 혜림이 왜 그렇게 나에게 당당한데? 왜? 말해봐! 그래도 할 말 있어? 처자식 떠나보내고 그렇게 홀가분하든? 그래서 맘 놓고 그 짓을 한 거야?"

"혜……림……? 아니, 다, 당신이 어떻게 그걸…….'"

한섭은 순간 뒤통수를 얻어맞은 듯 정신이 혼미해지며 말을 더듬거렸다.

"왜? 양심이 찔려?"

한섭은 지금까지 살면서 결코 들어보지 못한 소정의 악다구니를 듣다 말고 혼선된 머리를 정리하려 들지만 가닥이 잡히지 않았다. 아내가 어떻게 혜림과의 일을 알고 있단 말인가. 뭔가 잘못돼도 한참 잘못된 것 같았다.

"여보!"

한섭은 소정에게 다가선다.

"가까이 오지 마. 소름 끼쳐!"

한섭의 손끝이 멈칫거렸다.

"그래. 내가 죽을 죄를 졌다고 치지. 내 모든 것 한 치의 숨김도 없이 당신에게 다 이야기할 거야. 그런데, 당신이 어떻게 혜림을……."

"어어엉, 어어엉~ ."

소정은 물가에 풀썩 주저앉아 통곡하기 시작했다. 누구에게도 말하지 못했던 것을 울음으로 토해내고 있었다. 그동안 느껴왔던 배신감이 전신을 감고 늘어졌다. 남편이 먼저 혜림과의 관계를 실토하고 용서를 빌 길 얼마나 고대했던가. 그런데 남편은 끝까지 혜림과의 일을 숨기고 자신만 비천한 여자 취급을 하지 않는가. 소정의 입으로 끄집어내니 비굴하게 낮은 음성으로 다가서다니. 소정은 그 속성에 치가 떨렸다.

한섭은 뭐가 뭔지 모르겠다는 표정이었다. 어떻게 홍콩에서 도둑맞은 자신의 시간을 그렇게 훤히 알고 있단 말인가? 귀신이 곡할 노릇이었다. 한섭은 울고 있는 소정의 곁에 아무렇게나 주저앉았다. 다행히 지나는 행인도 없었다. 이제 아내와 아이들에게 받아들여지긴 틀린 일이라 생각하니 눈앞이 캄캄해졌다. 차라리 무덤 속에 들어가 있는 미스 조와 그 남편이 부럽기까지 했다. 어디서부터 잘못된 것일까.

두껍고 푸른 잎사귀 위로 봉긋이 올라와 있는 연꽃을 다시 바라본다. 결혼 전 아내는 백합 같은 여자라고 생각했었다. 꼭 보호가 필요한 꽃. 다루는 손길이 조금만 거칠어도 바로 상처가 날 것 같은 꽃. 차라리 아내가 지지리도 못살고 있었더라면, 힘들고 지친 모습이었더라면, 자신이 이렇게까지 비참한 마음은 들지 않았으리라.

그런데 아내는 지치고 힘든 이민생활 속에서 더욱 능력 있고 아름다운 자태를 하고 있는 것이다. 저 연꽃처럼……. 이끼 가득한 물속에서도 고고하고 순결한 자태를 자랑하는 꽃.

한섭은 울음 끝에 달린 자신의 초라함을 삼키며 소정을 가만히 일
으켜 세운다. 아내도 조금 전과는 달리 한섭의 손길에 몸을 맡기고 있
었다. 그런 아내의 행동은 남편에게 순종하는 몸짓이 아니고, 체념의
상태처럼 보이기도 하고 분노를 토해내고 난 뒤의 허탈감에서 나오는
것 같기도 했다.

한섭과 소정은 더 이상 말이 없었다. 너무나 많은 이야기를 해야 하
는데 둘 다 더 이상 말을 꺼내지 못하고 있었다. 한섭은 고개를 들고
칼날처럼 날카로운 계곡을 올려다본다. 자신과 아내 사이에 놓인 장
벽 같다는 생각이 들었다.

"사모님!"

젊은 남자의 다급한 목소리가 한섭과 소정의 사이를 비집고 들어선
다. 사모님이라는 단어에 한섭과 소정은 동시에 고개를 돌렸다. 무표
정해 있던 소정의 얼굴에 감정이 다시 살아나고 있었다. 뭔가 급한 일
이 있는 것 같은 젊은 남자의 표정 때문이었다.

"……."

남자를 쳐다보는 소정의 표정이 무슨 일이냐고 묻고 있었다.

"빨리 숙소로 돌아가셔야 할 것 같습니다."

"무슨……?"

남자가 한섭의 눈치를 살피며 머뭇거리다가 말문을 연다.

"회장님께서 조금 전에 그만……."

"네에……?"

"회장님이라면……."

한섭이 중얼거린다.

"지체할 시간이 없으십니다. 서두르셔야……."

남자가 또 한섭의 눈치를 살피며 말꼬리를 늘어뜨렸다.

소정은 한섭에게 잘 가라는 인사도 없이 총총히 사라져갔다. 한섭은 허한 눈길로 소정의 그림자만 쫓고 있었다.

33. 나락

히잉거리며 할퀴고 지나는 바람에 창문이 덜컹거렸다. 빗줄기가 꼭 유리창을 깨고 들어올 것만 같았다. 우르릉 쾅쾅 내리치는 천둥 번개가 천지를 뒤흔들며 흐흐거렸다. 와이키키 해변의 물살이 거세지고 있었다. 도로변에 사람들의 모습도 뜸했다.

제인은 오늘따라 성난 빗줄기가 고맙기만 했다. 이렇게 폭우가 쏟아지는 계절이면 와이키키도 잠시 휴식을 맞는다. 레스토랑 입구에 '임시휴업, 내부수리 중'이라고 걸려 있는 사인을 물끄러미 바라본다. 참 복잡다난한 상황을 가장 심플하게 설명하고 있는 단어라는 생각이 들었다. 인생에도 '임시휴업'이 가능할까? 그런 게 있으면 좋겠는데 목숨을 놓기 전까지는 결코 용납되지 않은 문구다. 제인은 자신의 길지 않은 인생을 소급해 올라가본다. 오늘 이 날씨가 제인의 생을 대변해 주고 있는 것만 같다.

'산다는 게 뭘까?' 그 질문이 갑자기 생소하게 느껴졌다. 종이 한 장과 같은 벽이 가로 놓여 있는 것이 삶과 죽음인 것을. 어제 밟았던 그림자의 흔적을 찾을 수 없을 때 찾아오는 외로움. 아니 무서움. 그게 절망의 시작이었다. 절망! 한 인간을 가장 처절하게 파멸시킬 수 있는 힘을 응축하고 있는 단어가 아닌가 싶다. 제인은 그 절망의 손짓을 받고 있다. 몸이 한기로 으스스 떨려왔다. 앞에 놓인 술잔을 집어 들었다. 식어버린 피를 뜨겁게 하고 싶은데 이 술도 그 역할을 해주지 못한다.

"아니 어쩔라고 이라요잉."

나양식은 테이블에 너부러져 있는 독한 술병들을 보면서 자신의 가슴을 쥐어뜯는다. 요즈음 나양식은 몸이 붙은 쌍둥이처럼 제인의 곁에 붙어 있다. 어디서 정신을 놓고 머리를 풀어헤치지는 않을까. 넋을 놓고 정처 없이 걷다가 달리는 차를 향해 뛰어들지는 않을까 하는 걱정 때문이다.

제인은 의문투성이인 두 사람의 죽음에 대해 한동안 너무나 조용했다. 한섭과 나양식은 제인의 그런 반응에 당혹스러웠다. 한섭은 제인의 심리상태를 짐작할 수가 없어 더 안절부절이었다. 뭘 알고 있는 건가. 아니면 충격 때문에 보이는 단순 반응인가. 그렇게 고민을 하고 있던 어느 날, 드디어 세 사람은 조용한 시간을 마련했다. 너무나 길고 긴 그들의 인연이었고 만남이었기에 국물을 넘기듯 후루룩 끝낼 수가 없었다. 한섭은 어렵게 서두를 꺼냈다. 나양식은 제인의 표정 살피기에 급급했다. 여차하고 쓰러지면 먹일 청심환 두 알이 손바닥에서 나는 진땀으로 눅눅해지고 있었다. 침착한 한섭의 모든 설명에 드디어 마침표가 찍혀졌다.

그러나 나양식이 안절부절 걱정했던 것과는 달리 아무런 일도 일어나지 않았다. 그제야 나양식은 가슴이 불뚝 올라오도록 안도의 한숨을 내쉬었다. 최소한 제인이 헤까닥 가버리진 않을 성싶었다. 미동도 없이 오직 움직이는 거라곤 가끔 그것도 겨우 깜박거리는 눈밖에 없던 제인이 스르륵 일어나더니 뒷마당으로 나갔다. 한섭과 나양식은 서로의 얼굴을 머쓱하게 쳐다봤다. 충격과 혼란스러운 머리를 정리하기 위해서려니 했다. 순간, 무슨 생각이 들었는지 나양식이 후닥닥 일어나 제인의 뒤를 따랐다. 그런데 보트를 묶어놓은 베란다 끝에서 뭔가 폭 떨어지는 게 보였다. 나양식은 뒤뜰 좌우를 둘러보다가 자지러지듯 소리를 질렀다.

"워메! 어, 엄~니~."

처절한 외침이 잠에 빠져 있는 밤하늘을 뒤흔들었다.

"뭐야?"

한섭이 놀라움에 튕겨지듯 뒷마당으로 뛰쳐나갔다.

"풍덩!"

물 속으로 떨어지는 나양식의 모습이 눈에 들어왔다.

"야! 양봉!"

이미 물속으로 사라지고 없는 나양식을 붙잡겠다고 허공에 팔을 휘저었다. 나양식과 제인이 사라진 자리에는 흩어진 물살이 어지러운 선을 긋고 있었다. 한섭은 물로 뛰어들려다 말고 주위를 두리번거렸다.

'줄, 줄, 밧줄. 줄이, 줄이.'

허방을 짚듯이 허둥거리다가 한섭이 소리를 질렀다.

"Help! Help!"

한섭의 외침이 밤하늘에 촘촘히 박힌 별들에게 전해지자 약속이나 한 듯이 집들의 유리창이 어둠을 밀어내기 시작했다. 동네가 대낮처럼 환해졌다. 순간 물 위로 나양식의 머리가 쑥 올라왔다가 다시 사라졌다. 사람들이 달려왔다. 누군가가 밧줄을 가져왔다. 어느 새 스쿠버다이버 차림으로 또 다른 사람이 물속으로 뛰어들었다. 그 뒤를 이어 또 다른 스쿠버다이버가 첨벙하고 물속으로 사라졌다. 또 다른 이웃이 보트를 띄워 제인을 찾겠다고 바둥거리는 나양식을 건져냈다.

구급차 소리가 숨가쁘게 들려오고 어지러운 경찰차의 불빛이 별빛을 대신하고 있었다. 캄캄한 밤에 물속에서 사람을 찾는 것은 진흙에서 진주를 찾는 작업이었지만 다행스럽게도 능숙한 스쿠버다이버들의 도움으로 제인은 구사일생했다.

목숨은 건졌지만 제인은 발작증세를 보이기 시작했다. 가만히 누워 있다가도 쏜살같이 뛰어나가 어딘가를 헤매곤 했다. 그럴 때마다 나양식은 가슴이 철렁해 제인 뒤를 밟았다. 그렇게 집을 뛰쳐나간 제인은 바닷가에서 하염없이 앉아 있기도 하고 모래사장을 뒹굴며 울부짖기도 했다.

어느 날 제인은 또 집을 나섰다. 그날은 다른 날과 달랐다. 옷을 말끔하게 차려입었다. 그런 제인을 보자 나양식은 심장이 벌벌 떨렸다. 필시 완전히 돌아버린 거라는 생각이 들었다. 제인은 택시를 불렀다. 어디를 가고 싶으면 운전을 해주겠다는 말을 하고 싶었지만 나양식은 묻지 못했다. 택시가 집에 도착하자 나양식은 급하게 택시기사에게 뒤를 따를 터이니 자신이 택시를 놓치지 않게 해 달라고 부탁했다. 그리고 나양식은 제인의 아들을 차에 태웠다. '지 아무리 정신을 놓았다고 한들 아들은 알아보것지.' 모성애라는 것은 본래 고래심줄보다도 더 질긴 것이니, 무슨 일을 저지르려고 할 때 아들을 들이밀면 본인도 생각이 달라지겠지라는 생각에서였다.

택시는 팔리 하이웨이를 타고 있었다. 뒤를 쫓는 나양식의 가슴이 쿵쾅거렸다. 혹시 바람산으로 가고 있는 것은 아닌가. 그렇다면 큰일이다 싶었다. 두 사람이 죽은 그 자리에서 자신의 생명도 버릴 참인가 생각하니 심장이 오그라드는 것 같았다. 옆에 얌전히 앉아 있는 어린 동훈이를 보니 더욱 하늘이 노래지는 것 같았다. '저 어린 것을 두고 어쩌자고 저런 철없는 생각을 한단 말인가.' 나양식은 호주머니에서 청심환을 꺼내 입에 넣고 오물거렸다. 아무래도 제인이 쓰러지기 전에 자신이 어떻게 될 것만 같다는 생각이 들었기 때문이다. 한섭은 한섭대로 복잡한 인생 때문에 제인의 안전을 전적으로 나양식에게 맡기고 있는 상태였다. 이렇게 제인의 뒤만 졸졸 따라다니다 보니 클라라도 안중에 없어진 지 오래였다.

택시는 예상대로 바람산 입구에서 멈췄다. 나양식은 숨을 죽이며 택시에서 내리는 제인을 지켜보았다. 제인을 내려준 택시의 꽁무니가 언덕 너머로 사라져갔다. 나양식은 서둘러 아이를 품에 안고 제인의 뒤를 따라 바람산 길을 따라 들어섰다. 저만치에 제인의 모습이 보였다. 오금이 저려왔다. 제인이 금방이라도 벼랑 너머로 팔랑거리며 떨어져버릴 것 같은 불안감에 사로잡혔다. 바람이라도 세게 불고 있으면 좋으련만 오늘따라 유난히 잠잠했다. 제인이 걸음을 멈췄다. 나양식은 소리 없이 깊은 한숨을 들이켰다. 제인의 몸짓으로 보아 무슨 일을 낼 것 같지는 않았다. 한 시간, 두 시간. 제인은 박혀진 말뚝처럼 한곳에 서 있었다. 그러다 집으로 돌아왔다.

그날 이후, 제인은 미친 듯이 술을 마셔댔다. 아니 그건 마시는 게 아니라 퍼부어 넣고 있었다. 몸이 더 이상 술을 받아들이지 못하면 쓰러져 잠이 들었다. 나양식이 끓여주는 해장국도 처음에는 쳐다보지도 않더니 시일이 흐를수록 한 모금, 두 모금 먹기 시작했다. 그러더니 오늘은 내부 수리 때문에 임시휴업이라고 문을 닫아놓은 레스토랑에

와 있는 것이다. 이렇게 계속 놔두면 알코올중독자로 전락할 것 같아 나양식은 구멍 뚫린 제인의 공간을 비집고 들어서기로 맘을 먹었다. 이쯤 되면 설득을 해도 먹히겠다는 생각이 들어서였다.

"산 사람은 살아야제라. 제인이 이라고 있으믄 동훈이는 어찌 되것소. 아들 생각은 통 안 해불라요?"

제인의 마음을 다잡아 놓을 수 있는 것은 이 세상 어떤 것도 아닌 바로 아들이라는 생각이 들었다. 나양식의 예감이 들어맞았는지 아들이라는 말에 제인은 나양식을 빤히 쳐다보았다. 그 눈빛은 잊고 있었던 귀중품의 소재지를 찾았다는 소식을 듣는 것과 같았다.

"아들 말이요. 제인한테는 알톨 같은 동훈이가 있당께라. 그거를 잊어불면 안 되제라. 안 그라요."

나양식의 말에 측은지심이 가득 실려 있었다.

'그렇다. 나에겐 아들 동훈이가 있었구나. 다 날 배신하고 떠났다고 생각했었는데, 그 아이가 날 기다리고 있었구나.'

절망의 그림자 뒤에 서광이 비쳐오는 것을 보기라도 하듯 제인의 가슴은 뜨거워지고 있었다. 그제야 저 가슴 깊이 꽉 뭉쳐있던 응어리가 풀리는 듯 어깨가 들썩거리더니 요동치기 시작했다.

"끄으으어억~ 어~어엉~."

"워메! 인자 울음보가 터져부렀능갑네!"

나양식은 또 다른 둑이 무너지고 있는 제인을 기막힌 듯 쳐다보다 혼잣말처럼 중얼거렸다.

"하기사, 막혀 있는 것이 뚫려야 치료가 되제. 안 그라믄 죽는 길밖에 없응께. 그라시요. 실컷 울어부시요."

그렇게 말하고 있는 나양식도 눈물을 훔쳤다. 나양식은 운다는 것은 저 밑에 있는 감정이 살아난다는 징조이니 이젠 제인도 동훈이도 살 수 있는 희망이 보이는 것이라고 생각했다.

34. 길목

소정은 미스터 진이 건네준 서류를 보면서 억장이 무너져 내리는 걸 느끼고 있었다. 더 넓은 세상에서 더욱 힘차게 살아보자고 온 땅에서 더 비좁고 어두운 골목을 헤매고 다닌 꼴이었다. 인생이란 다 이런 건가! 이렇게 허우적거리다 어느 날 홀연히 떠나는가. 홀연히……떠난다……. 그 사람처럼……. 그 사람……. 소정은 갑자기 뭔가를 잃어버린 사람처럼 후닥닥 일어섰다. 카운터를 보고 있는 미스 최에게 잠깐 나갔다 오겠다는 말만 남긴 채 우산도 들지 않고 횡하니 바람처럼 빠져나갔다. 미스 최는 '임시휴업, 내부수리 중' 이라는 표를 떼어낸 후, 제인 대신에 들어온 홀 매니저다. 미스 조의 불행한 사건으로 침체된 레스토랑 분위기를 바꾸기 위해 실내장식도 모두 바꿨다. 아니 어쩌면 곳곳에 남아 있던 남편의 손길을 모두 지워버리고자 했던 마음이 더 강했을 것이다. 이제 한섭도 나양식도 더 이상 이곳에서 일을 하지 않고 있었다.

소정은 실성한 사람처럼 빗속을 허우적거리며 뭔가를 찾고 있었다.
'여기 어디에 묻혔다고 했는데.'
소정은 마음의 짐을 부리고 싶었다. 그 사람을 용서하지 못할 이유가 뭔가 아무리 찾아도 없었다. 용서하지 못하겠다고 벼르는 마음은 결국 자신의 이기였다.

'다 떠나고 없는데. 아버지도 엄마도 그리고 동생도……. 가족들을 그렇게 보내고 나 혼자 살아 있는데, 도대체 그 미움이라는 것이 뭐란 말인가? 내가 뭐길래 그 사람을 용서할 수 없다는 건가?'

그런데 아무리 둘러봐도 세워진 비석에 그 이름 석자 '왕지우'가 없었다.

"미안해요. 미안해요. 날 용서해줘요."

소정은 빗속에서 울부짖으며 주저앉았다.

'어쩌자고 마지막 가는 길마저 보길 거부했을까. 그분이 아니었던들 오늘 내가 있을 수나 있었을까.'

소정은 미친 듯이 울부짖다 울음을 뚝 그쳤다. 자신이 쓰러진 바로 그곳에 그 이름 석자 '왕지우'가 새겨져 있는 것 아닌가. 소정은 그의 이름을 어루만지며 몸부림쳤다. 그런 그녀의 모습을 저 멀리에서 누군가가 지켜보고 있었다.

휠체어에 몸을 겨우 지탱하고 있는 사람. 그 옆에 젊은 남자가 우산을 받쳐 들고 있었다. 파리한 얼굴에 이미 죽음의 그림자가 덮친 지 오래돼 보였다. 우산을 받쳐 들고 있던 젊은 남자는 휠체어를 돌려 리무진에 올라탔다. 소정의 통곡이 빗소리와 함께 휠체어에 탄 사람의 귓전에도 울리고 있었다.

잠시 후, 또 다른 두 사람이 다가와 소정을 부축하여 차에 태운다. 소정은 비척거리며 두 사람이 안내한 방으로 들어서다 말고 다시 충격에 휩싸인다. 검은 상복을 입은 낯익은 몇몇 사람들. 재민, 소이, 왕 회장의 두 아들 그리고 변호사. 모두들 소정의 넋 나간 모습에 애처롭지만 안도의 한숨을 내쉬고 있었다.

"아니, 당신들은……?"

"언니!"

소이가 소정을 껴안으며 고맙다는 말과 함께 눈물을 흘린다. 재민이 목례로 답한다. 두 아들들도 소정에게 깍듯한 예우를 차렸다. 저만치 휠체어가 보였다. 야윌대로 야윈 사람이 침대에 누워있었다. 소정은 그 사람을 얼른 알아보지 못했다. 아니 누군지 상상도 하지 못했다. 겨우 실눈을 뜨고 숨을 가쁘게 몰아쉬며 문을 들어서고 있는 소정을 바라보고 있는 사람의 입가에 편안한 미소가 번지고 있었다.

"누……구……?"

소정이 의아해하는 눈길로 침대에 누워 있는 사람에 대해서 물었다.

"회장님이십니다."

재민이 소정의 귀에 대고 속삭였다.

"네? 도, 돌아가신 부……ㄴ……."

믿을 수 없다는 듯 눈을 동그랗게 치켜뜨더니 충격을 이기지 못하고 넘어가고 만다.

"언니 정신 차려요. 회장님 지금 돌아가셔요! 마지막 가는 길 지키셔야죠. 회장님께서 언니가 찾아올 때까지 버티고 계신 거예요. 의사 선생님들께서도 기적이라고 하셨어요!"

소이가 하는 말이 웅웅거렸다.

"그, 그분……은……돌아가……?"

겨우 말을 배우기 시작한 아이처럼 더듬거렸다.

"알아요. 언니가 받고 있는 충격을. 자세한 것은 차차 설명 드리겠

어요. 빨리 회장님 눈을 감겨드려야 해요. 어서요! 저렇게 기다리고
계시잖아요."

소정은 비척비척 왕지우에게 다가갔다.

"정말, 정말 당신이에요?"

소정의 손길이 왕지우의 얼굴을 감싸 안았다. 냉동실에서 꺼내온
것처럼 싸늘했다.

"으흐흑흑, 끄으으어~~."

우는 소정의 품에서 왕지우는 편안한 얼굴로 잠들어가고 있었다.
왕지우 회장은 약 2개월 전에 뇌출혈로 이미 세상을 떠난 사람으로
되어 있었다. 왕지우는 자신의 죽음을 세상에 공표하게 하고 장례식
을 하와이에서 거행하도록 했다. 그리고 소정이 무덤을 찾아와 용서
하는 모습을 보고 세상을 떠나겠다고 버텼다.

소정이 무덤을 찾아오던 날, 왕지우는 죽음의 선을 몇 번이나 넘나
들고 있었다. 하지만 포기하지 않고 매일 그가 했던 것처럼 휠체어에
앉아서 자신의 무덤을 바라보고 있었지만 정오가 되어도 역시 사라
는 나타나지 않았다. 모두들 포기하고 누군가가 빨리 가서 사라를 데
려와야 한다는 의견에 일치를 보고 있던 중 소정이 나타난 것이었다.
지성이면 감천이라더니 바로 이것을 두고 한 말이라고 모두 입을 모
았다.

소정과 왕지우 그리고 재민과 소이가 처음 만났던 곳, 와이에미아
폴스 레스토랑에 검은 예복을 입은 세 사람이 함께 자리를 하고 있다.
비어 있는 좌석에는 왕지우 회장을 애도하는 한아름의 꽃바구니가 놓
여 있다. 재민은 검은 상복을 입고 있는 소정을 바라본다. 왕 회장의

여인이었고 친구의 부인이었던 여인. 태산이 무너지는 일을 겪었고 또 겪고 있으면서도 흐트러진 모습을 엿볼 수가 없다.

'누가 이 여인에게 그토록 강인한 힘을 주었을까. 이 광활한 땅에서의 삶이 그녀에게 물려준 유산인가?'

왕 회장이 죽음의 커튼 뒤에서 숨을 죽이고 기다렸던 여인. 그렇게 완강하게 고집을 부린 단 한 가지 이유. 자신이 사랑했던 여인으로부터 용서를 받고 가고 싶다는 것. 평생 자신이 쌓아놓은 명예도 부도 이 생의 연을 끊는 순간에는 부질없음을 재민에게 가르쳐 주고 떠난 것이다.

재민은 왕지우 회장이 떠난 후 소이를 바라봤다. 지금까지 바라본 그 눈이 아닌 다른 눈으로. 불평 없이 자신의 그림자로 살아온 여자. '도대체 무엇을 위하여 지금까지 응달에 핀 꽃으로 살아와야 했단 말인가? 내가 소유한 재력이 사랑하는 사람을 숨겨야 할 만큼 중요했단 말인가? 그 재력이 한 여자의 인생을 희생하도록 요구할 만한 당당한 거였던가? 그 재력 위에 핀 명예에 그어질 흠집이 그렇게도 두려웠었던가?'

재민은 어제의 자신이 부끄러워 고개를 숙이고 말았다.

오직 나만을 위한 사랑을 요구했던 치졸한 자신. 재민은 이제 '나'이고 싶었다. 사랑에 당당해지고 싶었다. '나'를 위한 사랑이 아니라, '널' 위한 사랑을 하리라. 소이 아니 '재원'을 찾아 주리라. 그리고 지금까지 화려한 허울만 뒤집어쓰고 살아왔던 부인에게도 활기찬 날개를 달아주리라.

"저어~."

재민은 이제부터 왕지우 회장의 유언에 따라 소정에게 설명하려 한다. 재민은 말을 하려다 말고 소정을 물끄러미 바라보며 왕지우 회장의 모습을 떠올린다. 왕 회장이 뇌출혈로 쓰러지고 회생 가능성이 없다는 의사의 판명과는 달리 기적이 일어나고 있었다. 어눌하지만 말문도 열리는 듯했다. 재민의 호텔 지분 20%와 하와이에 있는 자신의 별장을 포함해서 목장을 그녀에게 남겼다. 소정에게 남긴 유산은 변호사로부터 위임을 받아 재민이 소정에게 넘겨주도록 했다. 그리고 어떤 경우라도 소정의 어머니와 자신의 아버지와의 관계를 발설하지 말라는 유언도 있었다. 모든 미움과 원망은 자신이 가지고 가겠다고 했다. 그런 모든 일을 끝내고 나서 왕지우 회장은 두 번째 뇌출혈을 맞았다. 그 후, 왕지우 회장의 공식적인 장례식은 거행되었다. 그의 생은 세상에 와서 큰 획을 긋고 떠난 인물로 마감되었다. 하지만 그는 자신을 원망하고 떠난 소정을 기다리고 있었다. 그녀의 용서를 받지 않고선 편안한 마음으로 이 세상을 떠날 수 없노라고 했다. 그런 그에게 소정은 가장 큰 선물을 안겨준 셈이었다.

35. 회로

한섭은 옷장에 걸려진 옷들을 뒤적거리며 뭔가를 찾고 있었다. 옷장에는 반바지와 짧은 셔츠들만 즐비했다. 맨 안쪽 구석에 처박혀진 양복을 꺼냈다. 미국에 도착한 이래로 양복을 입어본 일이 거의 없었다. 입을 기회가 없었다는 표현이 맞을 것 같다. 그래서일까. 이제 양복과 넥타이는 그의 옷이 아닌 것처럼 거북하기만 하다. 한국에 있을 때는 양복이 아니면 외출을 못하는 줄 알고 살아왔던 그였는데.

후줄근한 양복에 희끗희끗 묻어 있는 먼지와 함께 너덜너덜 누더기가 되어버린 아메리칸 드림이 어우러지고 있었다. 아메리칸 드림! 참 풋풋하고 가슴 벅찬 단어였었다. 반듯하게 잡혀진 양복바지의 주름처럼 그의 아메리칸 드림도 마음속에서 그렇게 번뜩이고 있었는데……. 이 기회의 땅에만 도착하면 일이 그저 술술 풀릴 줄 알았는데……. 그런데, 이 기회의 땅에도 가시덤불이 곳곳에 도사리고 있었다. 불법체류자로 있을 때는 영주권만 있으면 못할 것이 없어 보였다. 당당하게 번 돈이 빼곡히 쌓일 것만 같았다. 그런데 세상이 어디 그리 만만하던가!

"오늘은 꼭 양복을 입어야 하는데……."

한섭은 양복에 묻은 먼지를 강력 스카치 테이프로 떼어내 보지만, 이제 막 드라이를 해서 아내가 입혀주던 양복하고는 냄새부터가 달랐다. 퀴퀴한 냄새가 훅하고 코끝에 닿았다. 이럴 줄 알았으면 돈이 들더라도 드라이클리닝을 맡겼어야 했는데……. 없어진 주름을 대강 다림질해서 바지를 걸쳤다. 입으면서 보니 가을 양복이었다. 다리에 바지가 척척 감기는 느낌이 들었다. 그렇다고 일생일대의 결혼식에 반바지 차림으로 갈 수는 없지 않는가.

"성님! 준비 다 됐는게라?"

양봉의 성급한 목소리가 밖에서 들려왔다.

"응!"

한섭은 다리미 코드만 뽑아놓고 급히 신발을 찾는다. 입구에 놓여진 건 슬리퍼나 샌들뿐이었다. 양복에 구두를 신어야 하는데……하고 두리번거리며 신발장을 뒤적인다. 구석에 처박혀 있는 거무튀튀한 구두가 눈에 띄었다. 구두약을 칠해주지 않아 검은색이 희끄무레하게 변해 있었다. 한섭은 또 다급하게 구두약을 찾기 위해 더듬거렸다.

"참말로 뭘 그라고 때 빼고 광내느라고 시간이 이라고 걸린다요. 새색시 분단장하요?"

양봉이 다시 다그치며 문을 확 열어젖힌다.

"알았어. 사람 성질 급한 거 하곤……."

한섭은 나무라듯 나양식을 향해 눈을 흘긴다.

"성님 지금이 몇 신줄 아요? 거기까지 갈라믄 못해도 1시간 반은 잡아야 한당께. 그러다가 재수 없게 관광객 차라도 앞에서 거북이처럼 가불면 2 시간은 얄짤 없당께요. 그라고 나가 해봉께, 이라고 바쁘게 서둘면 귀신 맹키로 알고 꼭 관광객 차가 걸리등마요."

"알았어. 세설 그만 까고 얼른 차에 타!"

참새처럼 재잘대는 양봉에게 손짓까지 해대며 말을 막았다.

"워메! 우리 성님이 나하고 한솥밥 묵어불등마 그런 말도 막 써부요잉~! 낄낄낄."

양봉의 웃음에 한섭도 빙긋 웃는다. 한섭은 자신도 모르게 가끔 나양식의 말투를 훔치듯 쓰곤 했다.

"제인 많이 기다렸지? 너무 오랜만에 양복을 입으니까 꼭 남의 옷을 찾아 입는 것처럼 낯설어서, 허허허."

뒷좌석으로 옮겨 앉는 제인을 향해 한섭은 변명 아닌 변명을 늘어놓았다.

"아니예요. 너무 잘 어울리는데요?"

폭풍우가 쓸고 지나간 제인의 모습에서 서서히 밝은 빛이 감돌고 있었다. 제인이 이렇게 자리를 잡아가고 있는 것은 순전히 나양식의 헌신적인 노력의 결과라고 봐야 했다. 제인이 물속으로 뛰어든 이후 나양식은 아예 제인 집에서 함께 눌러 살고 있다. 처음에는 극구 사양하던 제인도 이젠 묵묵히 나양식의 친절을 받아들이면서 새 생활에 적응해 가고 있다. 예전에 살던 집은 팔고 한적한 아파트로 이사도 했다.

오늘은 재민과 소이의 결혼식 날이다. 재민은 그동안 이어왔던 대외 홍보용 부부생활을 청산했다. 며칠 전 한섭을 찾아온 재민의 모습은 무척 평온해 보였다. 이제껏 무엇을 위해서, 누굴 위해서 그렇게 살아왔는지 한심스러울 뿐이라고 했다.

결혼식장은 와에미아폴스 식물원이다. 한섭은 식물원 입구에서 식장 손님들을 태우는 셔틀버스에 몸을 실었다. 아직 관광객이 입장하기에는 이른 시간이라 그런지, 셔틀버스에는 오직 재민의 결혼식에 참석하기 위해서 온 손님들로 북적거렸다. 유리창도 없는 셔틀버스가 식물원 언덕길을 오르기 시작했다.

자연이 만들어낸 색감에 사람들 입에서는 연신 감탄사가 흘러나왔다. 화가가 아무리 채색을 잘한다고 한들 자연이 뿌린 색채를 뛰어넘을 수 있을까? 식물원 야외결혼식장은 그야말로 한 폭의 그림이었다. 한때는 정글에 서 있었을 거목들. 오랜 세월 풍파에 맞서온 저력이랄까. 푸릇푸릇한 잎들로 우직한 풍채를 치장하고 있는 모습. 사람도 세월 속에서 저 거목처럼 여린 싹을 키워낼 수 있다면 그것이 진정한 행복이 아닐까.

아무리 가까운 지인들만 초대한 결혼식이라고 하지만 식장은 사람들로 붐볐다. 재민이가 특별히 이 양지바른 식물원을 결혼식장으로 선택하게 된 배경에는 특별한 의미가 있으리라 한섭은 생각했다. 소이를 음지에서 양지로 인도하는 의식. 그 어느 결혼식보다도 훈훈하고 밝게 느껴졌다.

결혼식장은 화사하게 피어나는 꽃처럼 아름답고 화기애애한 분위기다. 신랑과 신부의 자유로운 모습. 그건 속박에 묶여 있었던 사람들만이 만끽할 수 있는 부분일 것이다. 평소 소이를 감싸고 있던 소슬한 분위기는 없었다. 다만 그 옛날, 한섭이 처음 재원을 만났을 때의 그 생채가 그녀를 휘감고 있었다.

안내자가 예정된 좌석을 찾아주기 위해 한섭에게 이름을 묻는다. '신한섭'이라고 간단하게 대답했다. 오지 않을 수 없는 결혼식이지만, 한섭은 자신의 초라하고 누추한 모습에 얼굴이 화끈거렸다. 다려서 입고 온 양복도 이곳에 온 사람들과 비교하니 유행을 한참 뒷걸음질친 차림새였다. 가을 양복도 이곳에 와서 보니 더욱 눈에 띄게 칙칙하고 무거워 보였다. 안내자가 알려준 테이블에 자신의 이름 석자와 또 다른 이름. 한섭의 얼굴이 침통하게 굳어졌다. 잘못을 저지른 사람처럼 황급히 사람들 사이를 빠져나갔다.

재민이……어쩌자고……그것도 신랑, 신부 좌석 바로 앞에 아내 소정과 함께 자리를 마련해둔 것이다. 결혼식장에 올 때까지만 해도 한섭은 재민과 소이의 얼굴이나 보고 조용히 그곳을 빠져나가려고 했었다. 그는 이미 호수에 살고 있는 물고기가 아니었다. 그저 어느 이름 모를 웅덩이에서 먹이를 찾아 헤매며 살아가고 있는 잡어일 뿐이었다. 한섭은 충혈된 눈에 그렁거리는 눈물을 붙잡지 못하고 만다. 그냥 축의금이나 나양식 편에 보내고 말걸. 한섭은 걸음을 재촉하고 있었다. 어딘가에 자신의 모습을 감추고 싶었다. 이 넓은 숲 속에 자신 하나 담을 곳이 없을까.

축 늘어진 한섭의 그림자를 따라 다박다박 걷는 발자국 소리가 있었다. 힘없이 떨구어진 남자의 고개를 바라보는 여인의 눈에서도 눈물이 쉼 없이 구른다. 한 손에 네모진 소형가방이 들려 있다.

한섭은 한적한 코너에 있는 벤치를 보고 시름에 젖은 몸을 철퍼덕 부려버린다. 발걸음이 천근만근의 무게로 느껴져 더는 걸을 수가 없었다. 다박거리며 걷던 발자국 소리도 멈춘다. 동시에 그림자가 한섭에게 포개진다. 한섭이 하늘을 향해 고개를 젖히다 말고,

"아니, 다, 당신……."

뜻밖의 모습에 말을 더듬거린다. 아내 소정이었다.

"왜 이렇게 못난 모습으로……."

"그래. 난 못난 놈이요. 그걸 이제 알았소?"

한섭은 분에 받친 듯 퉁명스럽게 내뱉는다.

"그래요. 당신 못났어요. 하지만, 오늘은 못난 짓 하지 마세요. 하려거든 내일부터 해요."

"……."

한섭은 그렇게 말하고 있는 아내를 새롭게 바라본다. 자신이 자리를 비운 사이 아내는 분명 다부져져 있었다. 그렇다고 억척스럽고 천한 모습은 결코 아니었다. 이런 아내의 모습에 왕지우가 반했던 것일까?

한섭은 부티 나 보이는 아내의 후광에서 왕지우의 지긋한 모습을 끄집어내고 있었다. 미스 조의 장례식이 끝나고 암자에 있을 때, 왕 회장이 갑자기 쓰러졌다고 소정을 데리러 왔던 그 젊은 남자가 어느 날 한섭을 찾아왔었다. 왕 회장이 꼭 만나고 싶어 한다는 전갈이었다.

한섭이 병원으로 그를 방문했을 때는 상태가 무척 좋지 않아 보였다. 왕 회장은 한섭 외에 다른 사람들은 나가게 했다. 노신사는 한섭

을 찬찬히 뜯어보았다. 아내의 정부를 이렇게 마주보고 있어야 한다는 사실에 한섭의 맘은 적이 불편했다.

"와줘서 고맙습니다."

"처음 뵙겠습니다."

한섭은 예의는 지켜야겠기에 깍듯이 인사를 차렸다.

"우리는 초면이 아닌 것 같군요."

한섭은 노신사의 말에 기억을 더듬어보지만 깜깜절벽이었다.

"죄송합니다. 저는 기억이……."

"그렇기도 하겠지요. 그냥 스치듯 만났던 사람이었으니까요."

더욱 아리송한 말이었다.

"언젠가 한국식당에서 마주친 적이 있었지요. 당신의 시원스런 인상과 왼쪽 손등에 난 상처를 기억해요. 손을 씻을 때 유난히 그 상처가 눈에 들어오길래 참 이상하다 싶었는데, 오늘 그런 당신을 알아보게 될 줄은 몰랐소."

한섭은 그제야 뇌의 회로가 연결되는 것을 느꼈다.

"아! 그렇다면, 그때 화장실에서 뵈었던 그……."

한섭은 어이없는 만남에 입을 다물지 못했다. 아내의 남자를 그렇게 스치다니!

"그렇소. 만남이라는 것 결코 쉽게 흘려서는 안 되는 거라는 걸 난 인생을 하직하는 날까지 배우고 가는구려. 우리가 이 세상에 온 목적은 결국 뭔가를 배우기 위해서인가 보오."

그 날, 왕 회장은 사람의 운명 그리고 만남은 결코 인위적으로 만들어지는 것이 아니라고 했다. 그리고 소정을 흠 없는 사람으로 받아들

316

여 달라는 부탁도 했다. 소정의 인생에서 한섭이 잠시 자리를 비운 틈을 빌려 자신이 저지른 업보를 조금이나마 청산할 수 있는 기회를 주기 위해, 어쩌면 하늘이 소정을 만나도록 주선해 준 것이 아닌가 하는 생각을 한다고 했다. 그리고 소정의 부모님과 얽힌 믿을 수 없는 이야기를 털어놨다. 자신에게 들은 이야기를 비밀로 간직하고 소정의 아픔을 안아달라는 간곡한 부탁이었다. 그리고 얼마 되지 않아 왕 회장은 세상을 떠나고 말았다.

"이거……."

소정은 손에 들고 있던 가방을 내밀었다.

"……?"

한섭이 의아한 눈빛으로 소정을 올려다본다.

"소이 씨가 준비한 거예요. 갈아입으세요. 탈의실은 저쪽에 있어요."

소정은 새침한 얼굴로 앞서서 걷기 시작한다. 한섭은 멀거니 앉아 있다가 소정의 뒤를 따른다. 그녀의 가는 어깨가 안쓰럽게 다가온다. 왕 회장의 마지막 부탁에도 불구하고 아내를 편안하게 대할 자신이 없어 아직 찾지 않았던 것이다. 아무리 생각해도 자신 외에 다른 남자를 품었던 아내를 예전처럼 대할 수가 없었다. 아무리 타당한 이유가 있다 할지라도 그의 가슴 저 깊은 곳에서 거부하고 있었다.

"워따메? 아니 이분이 우리 성님 맞당게라?"

결혼식장으로 돌아온 한섭을 보고 나양식의 입이 쫘아악 벌어졌다. 한섭은 전혀 다른 사람처럼 둔갑하고 나타났다. 소이의 특별 배려로

헤어디자이너에 분장사까지 동원해서 한섭을 가꾸어낸 것이다. 처음
엔 어색해 어쩔 줄 모르던 한섭도 신랑 재민의 다독임으로 8년의 지
친 세월을 벗어내고 있었다.

36. 묘목

"맘! 맘!"

"그래 상훈아, 엄마다."

"I got in! I got in!"

상훈이가 원하는 대학에 합격을 했다고 흥분을 감추지 못한다.

"정말? 정말이니?"

"Of course! I told you. I could do it!"

"잘했다. 너무 잘했다. 내 아들. 너무……."

자기는 합격할 줄 알았다는 아들의 자신만만한 말에 소정은 지나
간 모든 풍상이 주마등처럼 눈앞을 스쳐 목이 멨다. 이제 끝났다는
안도감. 자신의 의무를 다했다는 벅찬 감동. 남편 없이도 잘해냈다는
뿌듯함.

3년 전 딸 상희가 기특하게도 그렇게 들어가기 힘들다던 대학으로
부터 입학통지서를 받았을 때도 이렇지 않았다. 아마도 상훈이가 아
직 남아 있다는 부담 때문에 그랬던가보다.

"엄마, 언제 집에 올 거야?"

"내일이라도 바로 가야지. 우리 아들이 대학에 합격을 했다는데 여
기가 뭐가 좋다고 더 있을까. 기다려. 엄마가 가서 상훈이가 좋아하는

맛있는 한국 음식 많이 해줄게.”

“Thank you, mom. I love you!”

“그래 엄마도. 엄마도 우리 상훈이 정말 사랑하고 고마워, 고마워!”

소정은 아들과 딸에 대한 미안함으로 가슴이 미어졌다. 내가 잘못하고 있는 건가. 아이들에게 아빠가 살아 있다는 사실을 진즉 알렸어야 하지 않았나. 진즉 알렸더라면 이런 기쁨을 온 가족이 함께 맛보며 더욱 행복하지 않았을까. 자신이 행여 자식들의 행복까지 앗아다가 구석에 처박아버린 것은 아닌가.

상희와 상훈이는 순간순간 깜짝깜짝 놀랄 정도로 의젓하고 속이 차 있었다. 싱글맘으로서 한국 땅도 아닌 이 만리타국에서 반벙어리 그리고 반귀머거리 신세를 겨우 면한 상태로도 실망하지 않고 악착같이 버틸 수 있었던 것도, 오직 두 아이들이 있었기 때문이었다. 그렇게 악착같이 버티다가도 힘이 들어 주저앉고 싶을 때, 두 아이들은 엄마를 따뜻하게 위로하고 감쌌다.

소정은 두 아이들에게 부지런히 공부만 하라고 당부했지만, 상희가 16살이 되면서부터 엄마 몰래 아르바이트를 해서 동생 용돈까지 챙겨 주곤 했었다는 걸 상희가 대학 입학허가를 받고 나서야 알았다. 둘은 혹시 엄마가 알까봐 쉬쉬하면서 숨겨왔다고 했다. 소정이 집을 떠나 있을 때 수시로 아이들에게 전화를 했었다. 어떤 때는 상훈이만 집에 있었다. 그런데 아주 능수능란하게 둘러댔다. 너무나 천연덕스럽게 둘러대서 소정은 감히 상희가 아르바이트를 하고 있다는 걸 상상도 하지 못했다.

경제적인 것은 엄마가 얼마든지 해결할 수 있으니 걱정하지 말고

열심히 공부하라는 말을 하면, 상희는 "우리를 너무 여리게 키우지
마세요"하고 어른스럽게 굴었다. 그땐 그 말이 뭘 의미하는지 알지
못했다. 그런데 상희가 대학 합격통지서와 함께 돈뭉치를 떡하니 소
정에게 내밀었다. 소정은 그 돈뭉치를 보고 질겁했다. 감히 돈의 출처
를 물을 수가 없었다. 반듯한 아이라는 걸 의심치 않았지만 도저히 태
연할 수가 없었다. 때론 부모가 자식을 제일 모른다고 하잖는가. 특히
아버지도 없는 아이들을 휑한 집에 두고 자신은 많은 날들을 타지에
서 보냈다. 그 사이 두 아이들은 이 돈을 모으기 위해서 도대체 뭘 했
단 말인가? 그때 상희가 눈물을 글썽이며 모든 사실을 털어놓았다.

"엄마, 그동안 고생 많으셨어요. 더 많이 모으려고 했는데, 그렇게
하지 못했어요. 상훈이 외식도 시켜주고 가끔 필요한 것들을 사주고
하는 바람에……. 죄송해요. 엄마에게 허락도 받지 않고 방과 후에
맥도날드에서 아르바이트를 했었어요. 그리고 엄마가 생활비하고 용
돈 하라고 주신 돈은 상훈이와 의논해서 꼭 쓸 곳만 쓰고 모았어요."

"……!"

소정은 할 말을 잃었다. 세상에! 어쩌면……. 한참 좋은 것 입고 싶
고 사고 싶은 나이 아니던가! 그런 물욕을 다 억눌렀을 딸을 생각하니
회한이 밀물처럼 밀려왔다. 누가, 그 무엇이 이 아이를 이렇게 빨리
성장시켜 버렸을까. 딸의 말을 들으며 눈물을 후드득 떨어뜨리고 있
는 소정을 딸 상희가 가만히 끌어안았다. 상훈이도 제법 굵어진 팔로
소정을 껴안았다. 그날 밤 셋은 울고 또 울었다. 그건 기쁨의 눈물이
기도 했다. 의젓한 딸의 모습. 듬직한 아들의 모습을 이 세상 어느 누
구에게, 그 무엇에 비할 수 있단 말인가.

딸 상희는 자신의 첫 등록금을 그 돈으로 내겠노라고 했다. 소정은

그 돈은 절대로 학비로 쓸 수 없다고 못을 박았다. 그만큼의 액수를 소정이 대신 주고 그 돈은 고이 간직하겠다고 했다. 두 아이들의 노력, 절제, 사랑 그리고 의지의 혼이 들어 있는 그 돈뭉치를 소정은 평생 곁에 두면서 살고 싶었다. 두 아이들이 모두 장성해 자신을 떠난다 할지라도, 그 돈의 냄새를 맡으면 외롭거나 서글프지 않고 아이들이 곁에 있는 것처럼 훈훈할 것 같았다.

소정은 그날 밤 상희가 준 돈뭉치를 풀어서 하나하나 세어보다가 또 흐느끼고 말았다. 상희가 돈을 벌어오면 상훈이가 구겨진 돈을 다림질해서 차곡차곡 모았다고 했다. 얼마나 열심히 다렸는지 어떤 돈은 누렇게 변색이 되어 있었다. 1달러짜리도 구겨진 곳이 없었다. 이렇게 착하고 잘 자란 아이들을 보지 못하고 살아가는 남편이 미웠다. 하지만 어쩌랴! 부부로서의 연은 이미 자신이 한국을 떠나올 때 다한 것이었는지도 모른다는 생각이 들었다. 상희와 상훈이는 자신도 모르는 사이에 그렇게 영글어 있었다.

소정은 그렇게 기특한 아이들을 한시라도 빨리 보고 싶어 얼굴에 묻은 눈물자국을 훔치며 자리를 떨치고 일어섰다. 이렇게 급하게 비행기표가 있을지 모르겠지만, 대기자 명단에 올려놨다가 자리가 나면 타고가고 싶었다. 하루빨리 아이들을 만나서 또 한바탕 기쁨을 나눌 생각을 하니 마음이 급해졌다.

소정은 간단하게 짐을 챙겨놓고 상훈이에게 줄 특별한 선물을 사기 위해 아파트를 나섰다. 그동안 상훈은 소정에게 아들이자 남편이었다. 상희가 아무리 어른스럽게 굴어도 집안이 늘 휑뎅그렁했다. 그런데 어느 날 소정이 집에 전화를 했는데 바리톤에 가까운 남자의 목소리가 들려왔다. 깜짝 놀라 누구냐고 물었더니 껄껄 웃으며 엄마는 아들 목소리도 잊었냐고 했다. 순간 소정은 자신도 모르게 양 어깨에서 시름이 벗겨지는 것을 느꼈다. 든든한 버팀목이라고 하는 것이 바로 이런 것이구나! 라는 생각이 들었다.

그리고 그런 아들의 얼굴에 수염이 거뭇거뭇 나기 시작하면서부터는 집안이 꽉 차오르는 것 같았다. 더 이상 여리고 나약한 세 식구가 사는 집이 아니었다. 이제 아무리 험상궂은 강도가 들어와도 두려울 것 같지가 않았다. 팔목이 굵고 어깨가 떡 벌어진 상훈이가 버티고 있으니까. 그렇게 듬직하고 멋진 아들에게 가장 잘 어울리는 선물이 뭘까 생각하며 소정은 알라모아나 쇼핑센터로 핸들을 꺾었다.

쇼핑센터는 늘 그렇듯 관광객들과 현지인들로 바글거렸다. 소정은 곧바로 3층으로 발길을 옮겼다. 그곳에는 고급브랜드가 즐비하게 들어서 있었다. 지금껏 살면서 명품을 사준 적이 없었는데, 오늘만큼은 돈에 구애받지 않고 상훈이에게 딱 어울리는 것을 골라잡으리라 마음먹었다.

한 남자가 에스컬레이터를 타고 내려오려다가 흠칫 머뭇거린다. 그렇게 서 있는 남자를 사람들은 끊임없이 비켜가고 있었다. 남자는 얼어붙은 듯 서서 소정이 에스컬레이터를 타고 올라오는 모습을 지켜본다. 남자의 손에는 큼직한 쇼핑백이 들려 있다. 소정의 모습에 홀린 듯 남자는 그녀의 뒤를 따른다. 소정은 여러 매장을 거치며 쇼윈도의 제품들을 살피다가 한곳에 발걸음을 멈춘다. 남자도 따라서 발걸음을 멈춘다. 남자가 들렀던 젊은 남성복 매장이었다.

소정은 한참만에 큼직한 쇼핑백을 들고 매장을 나왔다. 남자는 아직도 그 자리에 그대로 서 있었다. 소정이 문을 슥 밀치고 나오다가 놀란다.

"어머? 아니……!"

"……!"

"여길……어떻게……?"

"에스컬레이터 타고 올라올 때부터……."

한섭은 약간 어색한 모습을 감추지 못했다.

소정의 눈길이 한섭이 들고 있는 쇼핑백에 머물렀다. 한섭은 멋쩍은 모습으로 말했다.

"상훈이 생일이 곧……."

"……."

가슴이 뭉클해짐을 느꼈지만 소정의 표정에는 변화가 없었다.

"조용한 곳으로 갑시다."

한섭은 소정의 대답도 기다리지 않고 앞장섰다. 소정도 묵묵히 뒤를 따랐다.

소정은 남편의 뒷모습에서 황혼의 그림자를 걸치고 가는 남자의 모습을 보았다. 여자의 손길로부터 멀어진 모습이 초췌해 보였다. 그의 성실함, 자상함 그리고 따뜻한 손길을 느끼고 살았던 적이 있었나 하는 의심이 들 정도로 지금 둘 사이는 장벽이 놓여 있다. 한때는 사랑하는 부부로 살았기에 그런 벽쯤은 쉽게 무너뜨릴 수도 있을 것 같은데, 뭔지 모르게 서먹하고 어색한 기류가 역류하지 못하고 있었다.

한섭은 조용한 일식집 앞에서 걸음을 멈췄다. 유리창에 정갈한 스시가 담긴 접시의 사진이 음식이라기보다는 예술작품처럼 보였다. 한섭이 문을 열고서 소정이 먼저 들어가도록 배려를 한다. 들어선 그들에게 기모노를 입고 젓가락처럼 생긴 것으로 머리를 틀어 올린 웨이트리스가 눈웃음을 살살 치며 반갑게 맞이한다. 테이블에 앉을 건지, 부스에 앉을 건지를 묻는다. 한섭은 혹시 조용한 방이 있느냐고 묻는다. 웨이트리스는 이인용 방은 없는데 하며 고개를 갸웃거리다가 안내한다. 네 명이 앉을 수 있는 자리였다.

두 사람은 대화의 실마리를 풀지 못하고 식사를 끝냈다. 웨이트리스가 후식으로 그린티와 생강 맛이 나는 아이스크림이 있는데 어느 것을 원하는지 묻자, 한섭과 소정은 동시에 티가 있느냐고 묻다가 서로 눈이 마주쳤다.

"아이들은 잘 있소?"

한섭이 소정을 만난 이래 처음으로 어렵사리 안부를 묻는다. 처음부터 아이들의 안부를 묻고 싶은 마음 굴뚝같았지만, 어지러운 둘의 정황 때문에 물을 수가 없었다.

"네."

소정은 짧은 대답으로 끝내고 만다.

"몰라보게 컸겠네."

한섭은 묻고 싶은 말들이 너무 많았다. 상희는 이미 대학생이 되었을 거고, 상훈이도 대학갈 나이가 되었는데 어느 대학을 지원했는지, 키는 얼마나 큰지, 아이들이 아빠의 존재를 알고 있는지 아니면 아직 모르는지…….

"……."

소정은 대답도 없이 찻잔만 만지작거린다.

"……."

한섭도 두 손으로 찻잔만 꼭 쥐고 있다.

중형 노란 택시가 미끄러지듯 나무들이 아름드리 드리워진 집 앞에 멈춘다.

"엄마!"

택시에서 내리는 소정을 보고 뛰어나오며 상희가 어린아이처럼 외친다.

"그래, 엄마 왔다."

소정도 어린아이와 같이 딸을 얼싸안는다.

"맘!"

상희의 외침에 상훈이도 달려 나오며 엄마 품에 뛰어든다.

"시간을 알려주셨으면 우리가 마중을 나갈 텐데 그러셨어요."

딸 상희가 소정의 언니나 된 듯 어른스럽게 말한다.

"아유, 복잡하기만 하지. 그리고 스탠바이로 있어서 그 비행기를 탈지 어쩔지도 몰랐는데 뭐."

"어쨌든 무사히 도착하셨으니 다행이에요. 피곤하시죠?"

"아니."

소정은 고개까지 살래살래 흔들어 보인다.

"마미가 아무리 아니라고 해도 비행기 타는 건 항상 피곤한 거예요."

상훈이가 옆에서 거든다.

"너희들이 나의 피로회복제인걸?"

하하하, 호호호, 깔깔깔.

집은 세 사람의 웃음소리로 가득 차오른다.

이른 아침. 아이들과 함께 맛있게 먹을 아침상을 마무리 짓고 소정은 앞치마를 벗었다. 아이들은 아직 곤한 잠에 빠져 있다. 세 사람은 밤늦게까지 재잘대다가 새벽녘에야 잠자리에 들었다. 하지만 소정은 뜬눈으로 밤을 지새웠다. 하와이를 떠나오기 전에 본 남편의 모습 때문이었다.

부엌 창문을 통해서 보이는 뒤뜰이 한가로웠다. 담장에는 아이들과 함께 심은 장미넝쿨이 제법 뿌리를 내려 계속 퍼져나가고 있었다. 내년쯤이면 울타리를 다 덮을 것 같았다. 장미를 담장에 심자고 제의한 것은 상희였다. 장미는 가시가 있어서 사람이 쉽게 담을 넘지 못할 거라는 생각에서였다.

오른쪽 코너에 심어놓은 밤나무가 제법 늠름하게 자리를 잡고 있었다. 밤나무는 소정이 낸 아이디어였다. 집을 비우는 시간이 많아 늘 마음이 불안했다. 행여 강도라도 들면 어쩌나. 아이들의 안전 때문에 늘 바늘방석이었다. 집에 알람 장치를 할까도 생각을 했었으나 그 알람이 잘못 울렸을 때 경찰이 집에 들이닥치게 되면 그것도 당혹스러울 일이었다. 그래서 생각한 것이 바로 밤나무였다. 밤나무에 밤이 열리면 그 밤송이를 따서 집주위에 뿌려놓게 했다. 집주위를 서성거리다가 밤송이를 밟으면 소리 지르지 않을 사람이 어디 있겠는가? 밤송이를 곳곳에 배치하는 건 상훈이의 몫이었다 어떤 땐 소정이 무심코 밤송이를 밟아 야단이 난 적도 있었다.

뒤뜰 중앙에는 지난 봄 상훈이가 심어놓은 은행나무가 영 뿌리를 내리지 못하고 비실거리고 있었다. 친구 집에 갔다가 가을에 물든 은행나무를 보고 반해 심은 거였다. 은행나무가 자라 뒤뜰을 완전히 차지하고 나면, 그 밑에 엄마를 위해서 예쁜 테이블과 의자를 손수 만들어주겠다고 벼르고 있는데, 쑥쑥 자라기는커녕 시들어가고 있는 것이다.

소정은 뒤뜰로 나섰다. 살 가망이 없으면 아예 뽑아버리고 새로운 나무를 사다가 심어야 할 것 같아서다. 아직 봄기운을 느끼기에는 이른 철이라 가지만 앙상하게 남은 나무가 더욱 안쓰러워 보였다. 가까이 가서 보니 뿌리가 얼지 않도록 플라스틱으로 덮여 있고 또 비닐로 꼭꼭 싸여져 있었다.

"맘, 아직 추워요."

언제 나왔는지 상훈이가 소정의 어깨에 두꺼운 스웨터를 걸쳐준다.

"더 자지 않고 벌써 일어났니?"

아들의 따뜻한 손길에 눈시울이 뜨겁게 달아오른다.

"마미가 집에 오니까 좋아서 잠도 안 와요."

"……."

소정의 눈앞에 있는 앙상한 은행나무 가지가 가물가물 다가온다.

"맘, 아버지는 정말 돌아가신 걸까요?"

갑작스런 상훈이의 질문에 소정은 가슴이 뜨끔해진다. 지금까지 살아오면서 그런 질문을 한 적이 없었기 때문이다. 다만, 아빠가 밀입국을 하다가 연락이 끊긴 걸로 알고 있고, 그건 가족 모두에게 아버지가 국경을 넘던 중에 잘못된 것으로 받아들여지고 있었다. 물론 상희는 다르게 생각하고 있지만, 상훈을 위해서 입을 다물고 있었다. 그건 또한 이국땅에서 혼자 힘겹게 살아가는 엄마에게 효도할 수 유일한 방법이라고 생각했기 때문이었을 것이다.

"상훈아! 봄이 오면 이 나무를 아예 뽑아버리고 새 나무를 심을까?"

소정은 얼른 화제를 돌린다. 상훈이도 엄마의 가장 아픈 부분을 건

드렸다는 생각이 들어선지 얼굴에 미안한 표정이 묻어난다.

"아뇨. 제가 꼭 살려낼 거예요."

"어려울 텐데……."

"이 나무도 우리처럼 자기가 살던 곳을 떠나와서 새로운 곳에 적응하느라고 무척 힘들 거예요."

소정은 쪼그리고 앉아 있다가 아들 상훈이의 대답에 그만 차가운 땅바닥에 퍽 주저앉고 만다. 매서운 추위에 후들거리고 있는 어린 나무가 눈에 가득 들어온다.

"우리도 이 나무처럼……이 나무처럼……."

앙상한 가지를 어루만지는 소정의 떨리는 손등에 눈물이 후드득 떨어진다.

"그래, 살리자꾸나……살리자……."

소정의 중얼거림이 떨어지는 눈물방울과 함께 나뭇가지에 걸린다.

사랑과 격정과 신생의 대서사
이성애 소설론

유성호(문학평론가, 한양대 교수)

1.

　말할 것도 없이, 소설(小說)이란 '이야기(narrative)'를 바탕으로 하는 문학 양식이다. 소설에는 다양한 인물들이 나오게 되고, 그들이 일정한 사건을 벌이고 해결해 나간다. 그 사건을 서술하는 것을 '서사(敍事)'라고 하는데, 그 점에서 소설을 '서사문학'이라고도 한다. 이때 '이야기'는 인간의 삶을 해석하고 새로운 삶의 형식을 제시하는 것을 목표로 한다. 당연히 그 안에는 인간의 삶이나 사회에 대한 작가의 경험과 사유가 포함된다. 따라서 소설은, '이야기' 속에 작가의 경험과 사유를 담아내는 문학이라고 할 수 있다. 또한 소설은 '허구(fiction)'의 문학이다. 작가는 현실을 바탕으로 하여 새로운 진실을 창조하고, 이를 통해 자신이 의도한 바를 독자에게 전달한다. 그리고 이 과정에서 '허구'를 통해 사실보다 더 진실한 사건을 만들어내고, 독자들은 허구를 통한 진실을 새롭게 경험하게 된다. 결국 소설은 작가가 꾸며낸 '진실한 거짓말'이라고 할 수 있을 것이다. 또한 소설은 현실을 반영한다. 비록 꾸며낸 이야기라고 할지라도, 소설 안에는 우리가 살아가는 현실이 담겨 있다. 가령 학교를 무대로 한 소설이 있다고 가정해보자. 물론 거기 나오는 학생들이나 학교의 모습은 전적으로 작가가 꾸며낸 것이지만, 그 안에는 우리 시대의 학교의 모습이 작가의 상상력을 통해 반영되게 마련이다. 결국 소설은 작가가 꾸며낸 허구적 이야기를 담고 있지만, 그 안에는 우리가 살고 있는 현실이 반영되어 있고, 우리는 소설을 읽음으로써 인생의 진실에 대해 눈뜨게 되는 것이다.

이성애 장편소설 『바다에 피는 꽃』(마음풍경, 2010)은, 소설의 이러한 '허구적 진실'로서의 속성을 매우 밀도 있고 심미적으로 형상화한 의욕적 성과라고 할 수 있을 것이다. 평양과 북경과 하와이를 오가며 벌어지는 후계자의 사랑 이야기를 다룬 장편 『후계자의 사랑』(박문각, 2005, 같은 해 『하와이의 민들레』로 재출간)에서 이성애 작가는, '사랑'이야말로 우리 삶의 유일무이한 존재 형식이며 구원의 방법이라고 역설한 바 있다. 그 후 5년 만에 출간하는 이 장편은, 자신이 그간 겪어온 삶의 굽이굽이를 새롭게 탐사하고 기억하면서, 인간이 필연적으로 마주치는 사랑과 격정 그리고 신생의 과정을 그려 보여주는 작품이다. 이 글에서는, 시공간의 간단치 않은 스케일과 심미적 문체의 결속으로 얻어진 이번 작품을 대상으로 하여, 이성애 소설 미학의 정수에 다가가 보고자 한다.

2.

우리의 삶은 우연한 계기의 연속으로 구성된다. 물론 예측 가능한 절차나 과정에 합리적으로 대처하고 반응하는 일도 우리 삶의 중요한 속성을 이루지만, 이러한 이성적 해석과 판단을 무색케 하는 이런저런 삶의 예외적 순간들은 우리로 하여금 합리성의 덧없음과 한계를 절감하게 한다. 이처럼 실제 삶에서 이성과 탈(脫)이성의 힘은 늘 어긋나고 비껴가면서 삶의 어둑한 양면성을 형성한다. 그래서 우리는 합리적 계측으로 역사와 현실을 논하기도 하지만, 그와 동시에 비합리적인 일상이나 욕망에 대해서도 관심의 끈을 놓지 않는다. 어디 그뿐인가. 아폴론적 질서와 디오니소스적 열정의 상호 작용과 얽힘도 우리 삶을 신비롭고 불가해하게 만드는 중요한 측면이라고 할 수 있다. 특히 합리적이고 점진적인 이해력보다는 심미적 도취나 순간성에서 자기 본령을 획득하는 예술의 경우, 그 같은 얽힘의 양상은 더욱 심화된다. 따라서 모든 예술은 인간의 심미적 이성과 그것으로는 포착하기 어려운 일상이나 욕망을 동시에 사유하고 표현하게 마련이다.

그런데 합리성으로는 착안할 수 없는 인간의 욕망을 그릴 때, 문학 작품이 우선적으로 포착하는 것은 역설적이게도 가장 친숙하고 예측 가능한 '일상성'의 미세한 결들이다. 어떻게 생각하면, '일상성'은 비상한 인지적 충격을 주기에는 다소 적절치 못할 법도 한데, 작가들은 그것을 통해 때로는 권태와 결핍과 허무로 때로는 절망과 광기와 병리적 이미지로 삶의 중요한 본질을 새삼 은유한다. 따라서 일견 무의미한 관성의 집적으로 보일 뿐인 '일상성(Täglichkeit)'은, 어느 제도적 형식이나 사물보다도 한 시대를 예리하게 징후적으로 알 수 있게 하는 보고(寶庫)라 할 수 있다. 이처럼 '일상성'은, 고도로 조직화된 자본과 제도의 힘에 의해 분배되는 시간의 균질성을 중요한 속성으로 삼고 있기 때문에, 한 사회의 욕망의 표정을 선명하게 간취할 수 있는 가장 좋은 대상이 된다.

이성애 소설에 나오는 인물들의 성격은, 이러한 우연적이고 충동적이고 일상적인 욕망의 모습을 함유하고 있다. 가령 이 소설의 인물들은 확연한 선악이나 일관된 윤리적 계열체로 구획 지을 수 없는 다양성과 복합성을 가지고 있다. 인물들끼리 우연의 힘을 빌려 얽히고설킨 그물망이 복잡한 다수의 다발로 이루어져 있다. 또한 소설의 공간 역시 한국을 비롯하여 홍콩, 마카오, 멕시코, 미국 등으로 다양하게 산포되어 있다. 이러한 복합적 구성과 커다란 스케일을 가진 이 소설은, '사랑'이라는 힘에 의해 이합집산을 거듭하면서 전개되는 특성을 지닌다. 소설의 경개(景槪)를 따라가보자.

3.

1980년대 초반, 든든한 출신 배경과 남다른 노력 그리고 두터운 신망으로 금융업계에서 출세가도를 달리던 신한섭은 뜻하지 않은 장모의 초청 이민에 응하기로 마음먹게 된다. 합법적 이민을 위해 아내 장소정과 위장 이혼을 하고, 딸 상희와 아들 상훈을 아내 편에 먼저 미국으로 떠나보낸다. 멕시코를 통한 밀입국을 위해 한섭은 홍콩으로 떠나고, 소정은 하와이에 도착하여 그야말로 '바다에 피는 꽃'을 발견하면서 남편을 기다린다. 이 소설의 제목이 직접 나오는 유일한 대목이다.

꽃이 피는 바다. 소정은 산과 들에만 꽃이 피는 줄 알았다. 그런데 바다에도 꽃이 핀다는 사실을 하와이에 와서야 알게 됐다. 사람이 새로운 사실을 발견하고, 사물에 대한 관찰에서 이치를 캐어내고, 내면의 성찰과 자각으로 깨달음을 얻는다는 건, 이제까지 살아온 공간에서 또 다른 공간으로의 관입이 아닐까 하는 생각을 소정은 바다꽃을 바라보며 하게 되었다.

소정은 아름다운 하와이 바다에 피는 '꽃'을 발견한다. 그리고 성찰과 깨달음의 과정에 진입하는 것이 새로운 공간으로 나아가는 것임을 절감한다. 이제 그 '바다에 피는 꽃'이 어떻게 새로운 생을 열어가게 될까. 소정은 처음 도착한 미국에서 다문화와 이중 언어 속에 살아가는 이들의 어려움을 경험한다. 한편 한섭은 홍콩의 한 푸드코트에서 옛 여자친구인 혜림을 우연히 만난다. 자신을 사랑했던 여인이자 아내 소정의 단짝이었던 혜림, 그녀를 15년 만에 만난 것이다. 학창 시절에 혜림과 소정은 마치 "활짝 핀 가시 돋친 빨간 장미와 수줍은 듯 고개를 살짝 숙인 백합의 조화"처럼 단짝으로 지냈고, 한섭은 그녀들 가운데 결국 소정을 택한다. 그러자 혜림은 재일교포 학생을 사귀어 결혼하여 일본으로 향한다. 그런 그녀가 이혼을 하고 마카오에서 호텔 딜러로 일하고 있다는 것이다.

혜림은 여전히 "명석한 두뇌, 이지적인 멋 그리고 착한 심성까지 갖춘" 한섭에게 접근하지만, 한섭은 비록 혜림에게 미안한 마음이 있다 할지라도 아내 생각에 그녀의 손길을 결국은 뿌리친다. 혜림은 한섭의 싸늘한 반응에 실망하여 그를 인신매매단에 넘겨버린다. "이렇게 해서 한섭은 영원히 소정의 곁을 떠나게 된 것이다." 동족에게 사기를 당한 혜림이 택한 일은, 홍콩이나 마카오에 온 한국인 또는 일본인에게 덫을 놓아 그들을 이렇게 넘겨주는 역할이었던 것이다.

하와이에서 고급호텔 메이드로 일을 하기 시작한 소정은 남편이 혜림과 같이 있는 사진을 익명의 우편(나중에 혜림이 보낸 것이 밝혀진다)으로 받아들고 "지금까지 미련하게 살아온 지난 세월의 서러움에 대한 폭발"이기나 한 듯이 오열한다. 아버지의 불륜을 알아버린 상희가 실어증에 걸리자 소정은 사랑과 정성을 다해 딸을 대한다. 자신의 아픔과 함께 한 엄마를 상희는 받아들인다.

한편 한섭을 결박하고 항해하던 배가 침몰하고, 불법 도박하는 배에 가까스로 올라탄 한섭은 거기서 우연히 자신의 첫사랑 소이를 만난다. 소이의 본명은 재원으로서, 그녀는 오래 전 한섭의 친구 재민과 함께 행방을 감추고 말았었다. 그러다가 소이가 영화배우로 명성을 날리게 되고, 그 스폰서 역할을 재민이가 맡고 있다는 사실을 한섭은 알게 되었다. 바로 그들을 이 머나먼 이역의 바다 위에서 만나, 그들의 도움으로 한섭은 멕시코에 도착하게 된다.

멕시코를 통한 미국으로의 밀입국 과정은 심각한 어려움에 빠진다. 멕시코 미국 접경에 도착한 한섭 일행은 길 선택을 고심하면서, 돈을 받고 밀입국을 시켜주는 사람을 고용하기로 결정한다. 한섭은 캘리포니아에 도착하여 하와이로 갈 예정이었고, 나양식은 국내 조폭의 일원이었는데 한 여자의 돈을 가로채 미국으로 도망가고 있는 중이었고, 유일한 여성인 미스 조는 미국에서 공부하고 있는 남편으로부터 이혼을 당해 그 복수를 위해 밀입국을 하려는 것이다. 그녀가 원하는 경로는 리오그란데 강을 건너는 것이었다. 한섭은 미스 조를 혼자 보내지 못해 그녀와 합류하기로 결정한다. 양식도 불평을 하지만 마침내 합류하게 된다. 그런데 강을 건너려는 계획은 여러 난관 끝에 수포로 돌아간다. 그리고 2차 시도는 미스 조의 제안대로 여자 길잡이를 고용해 조깅 커플로 위장하여 해변을 통과한다는 것이었다.

처음 멕시코에 도착했을 때 모든 것이 낯설고 생소했다. 사람들도 그렇고 건물도 그랬다. 특히 색감에 있어서 튀지 않는 한국의 주택과 건물. 그렇게 평범한 건물의 색감과 건축양식에 익숙해져 있던 자신 앞에 펼쳐진 멕시코는 한섭을 이방인이라고 알려주는 종소리와도 같았다. 건물이 박스처럼 각이 진 것도 생소했지만, 핑크빛이나 노란색 그것도 부족해 보라색으로 칠해놓은 집과 건물은 촌스럽기 그지없었다. 그런데 그 며칠 사이에 촌스럽게 느껴져 비하했던 풍경이 푸근하게 느껴진 것이다. 어쩌면 또 다른 땅으로 가야 한다는 것에 대한 걱정과 불안을 떨치기 위해 며칠의 인연이라도 동여매어 마음을 안정시키려 하고 있는지도 몰랐다.

이렇게 정들기까지 한 멕시코를 등지고 일행은 여러 난관 끝에 국경을 넘어 미국에 들어간다. 밀입국에 성공한 미스 조는 애리조나로 곧바로 떠나고, 한섭과 양식은 돈이 든 가방을 잃어버린 채 페인트칠과 식당 주방 일로 돈을 모아간다. 그 과정에서 한섭은 하와이로 가 아내가 살던 집을 찾아가지만, 그 집에는 이미 다른 사람이 살고 있음을 확인한다.

이때 호텔에서 룸 청소를 하던 소정에게 홍콩 경제 거물 왕지우가 나타난다. 그는 자신의 신분을 숨기고 소정에게 새로운 기회를 열어주기 시작한다. 동부로 거처를 옮겨 워싱턴 디시 호텔에서 일하던 소정은 비행기 승무원으로 직업을 바꾼다.

그렇다. 나방이 되어보자. 아무도 없는 곳으로 떠나 새롭게 시작하자. 그런데, 어디로? 이 땅에서 온전한 인간으로 살지도 못하고 그저 반벙어리 신세로 살아가는 처지인데 어디로 무작정 간단 말인가? 딸을 위한 첫 단계로 다른 아파트로 이사를 결심했다. 타주로 이사를 하는 것은 좀더 차근차근 준비를 하기로 했다.

이렇게 생활 거처를 옮긴 소정은 새로운 삶을 시작한다. 다시 하와이를 찾은 한섭은 알라모아나 쇼핑센터 신문 자판기에서 재민이 와이키키에 호텔을 세운다는 기사를 보게 되는데, 순간 복잡한 감정이 뒤엉킨다.

애리조나에서 '수라'라는 이름으로 가게에서 일하던 미스 조는, 라스베가스에서 남편을 발견하지만 죽이려던 계획은 실행하지 못하고 한섭과 양식을 찾아간다. 그런데 가게 주인 부인이 자살을 하는 사건이 일어난다. 가게 주인에게는 외동딸이 있었는데 그 딸이 이혼남(나중에 미스 조의 전 남편임이 드러난다)과 결혼을 하면서 부모와 인연을 끊게 되었고, 부인은 자살을 선택한 것이다. 엄마의 자살 소식에 딸은 조산을 하게 되고, 산후 조리를 미스 조가 맡는다. 고마움을 잊지 못해 딸은 미스 조에게 하와이에 꼭 와달라는 당부를 한다. 그런데 그 사장 딸 곁에 있는 전 남편을 보고 미스 조는 충격으로 쓰러진다. 그때 한섭이 미스 조를 안는다. 그 광경을 우연히 소정이 보게 되고 소정은 미스 조를 혜림으로 착각하여, 순간 분노와 허탈에 휩싸여 홍콩의 왕지우에게 전화를 걸고, 왕지우는 천리길도 마다않고 소정을 찾아온다.

남편도 없이 힘겹게 살아가면서도 결코 흐트러짐이 없는 그녀의 모습은 마치 꽁꽁 언 겨울 땅을 헤집고 제일 먼저 올라오는 꽃, 크로코스와 같이 경이로웠다. 처음엔 단지 무거워 보이는 그녀의 어깨를 잠시 쉬게 하고 싶었는데, 이제는 그녀가 그의 인생을 거들고 있다는 생각이 든다. 그런데 무슨 일일까? 자신 앞에 무너진 그녀의 모습이 마냥 고맙고 안쓰러워 눈물이 차오른다.

왕지우는 이렇게 소정에게 마음을 빼앗기고, 소정도 차츰 왕지우에게 마음을 열게 된다.

소정은 걸음을 우뚝 멈추고 노을에 물들어 있는 남자의 얼굴을 빤히 쳐다본다. 맑고 투명한 빛. 왕지우에 대한 그녀의 느낌이다. 각이 지지 않은 타원형 얼굴선이 한없이 부드러워 보인다. 그런 얼굴에 사려 깊은 눈이 조심스럽게 놓여 있다. 눈길이 깊다. 그렇지만 우울해 뵈진 않는다. 다만 세상을 정확하게 꿰뚫어보고 있다는 느낌이다. 반듯하게 선 콧날. 정결한 입매. 가끔 안경을 쓰기도 하지만, 근래에 들어서는 안경을 쓰지 않는 날이 더 많다. 소정은 자기가 한 말 때문일까 하고 생각해 본다. 안경을 벗으면 더욱 젊어 보인다고 했던 말. 그럴 리가 없을 거라고 생각하면서도 한편으론 그러길 바라고 있었다.

그러던 어느 날 하와이에 온 혜림이 왕지우와 소정의 관계를 알고는, 왕지우와 소정의 부모 사이에 얽힌 비밀을 소정에게 폭로한다. 충격을 받은 소정은 왕지우 도움으로 하게 된 호텔 식당 운영을, 미스 조가 일하던 가게 사장 딸 제인에게 맡긴다. 그리고 제인은 미스 조에게 식당 운영을 제안한다. 하지만 미스 조의 전 남편이 전화를 걸어와 바람산에서 만난 두 사람은 흥분하다가 계곡 아래로 떨어지고 만다.

그렇다면 결국 미스 조는 남편에게 복수를 그렇게 하고 떠난 것일까. 몹쓸 사람. 경찰 측은 내일 날이 밝으면 다시 시신 찾는 일을 계속하겠다고 했다. 상황이 이렇게 되었으니 자신들이 두 사람의 관계를 알리지 않아도 제인은 알게 될 터였다. 그렇다면 오늘 밤 제인에게 모든 것을 알려야 하는데 어떻게 서두를 꺼내야 할지 몰라 한섭은 답답할 뿐이다.

한편 소정과 한섭은 두 사람의 장례식에서 만나 어색해하고, 상호간에 서운함과 배신감을 감추지 않는다. 한섭은 오랫동안 흔들려온 자신의 삶을 이렇게 성찰하기 시작한다.

한섭은 장례식을 마치고 공동묘지 뒷산자락에 앉아 있는 암자를 향해 걸으며 삶을 생각하고 있었다. 삶은 주욱 그어진 선이 아니고 섬세한 붓끝으로 꼭꼭 찍어놓은 점에 불과했다. 어제도 점이었고, 오늘도 점이고, 내일도 점일 것이다. 우리는 비틀거리더라도 삶의 징검다리인 점에 매일 매일 안착을 해야만 한다. 그래야 인생의 선을 이어갈 수가 있는 것이다.

그렇게 한섭에게 소정은 가물거리기 시작한다. 그녀는 한때 한섭에게 "백합 같은 여자"였다. 그러나 지금은 "다루는 손길이 조금만 거칠어도 바로 상처가 날 것 같은" 꽃에서 "지치고 힘든 이민 생활 속에서 더욱 능력 있고 아름다운 자태를 하고 있는" 꽃으로 바뀌어 있지 않은가.

한편 재민은 왕지우 부탁으로 소정을 조사한다. 조사 과정에서 소정이 한섭의 부인임을 알게 된다. 재민은 소정 부모와 관련된 일로 불편해진 왕지우와 소정을 자신의 호텔에서 만나도록 주선한다. 재민의 호텔에 있는 소정의 레스토랑 운영권을 이어받아 훈련을 받고 있던 한섭은, 룸서비스 과정에서 소정을 만나게 된다. 그 순간 한섭은 자신이 무엇을 위하여 이 난관들을 물리치고 밀입국을 하고 온갖 유혹을 떨치고 이곳까지 오게 되었는지 회의한다.

호텔을 빠져나온 한섭은 어디로 가야겠다는 목적지도 없이 발이 닿는 대로 무작정 달렸다. 바람 한 점 없는 날씨였지만 그가 내는 속력에 바람이 만들어지고 있었다. 지나는 행인들이 흘긋거리며 그를 쳐다보았지만 누구 한사람 그를 잡고 왜 그런지 묻지 않아 오히려 다행스러웠다. 행여 누군가가 물었다면, 그 사람은 한섭의 불행에 전염이 될 수도 있었을 것이다. 행복과 불행. 실같이 그어진 선을 한섭은 넘어버린 것이다. 이제 그의 삶은 어둠 속에 갇혀 있다. 오직 짐작으로만 더듬어 나아가야 하는 지독한 어둠.

얼마를 달렸을까. 숨이 끊어질 듯한 고통과 함께 발이 멈춘 곳이 있었다. 확 트인 공간에 사람의 흔적은 찾을 수 없었다. 수백 년은 됨 직한 우람한 나무 두 그루가 정원 전체를 보듬고 있었다. 여름 햇빛에 지쳐 흐드러져 있는 꽃들이 꼭 늙고 지친 인생 같다. 얼만큼 피어 있다 보니 새로울 것도 없다는 모습. 피어 있으면서도 왜 피어 있는지 그 의미를 새김질해보고 싶지도 않다는 표정. 꽃은 꽃이라는 자부심을 갖고 있을 때 아름다운 것을. 인생도 살아가는 의미를 느낄 때 활력이 붙는 것이다.

왕지우는 소정 가족들과 얽힌 자신과의 인연을 떠올리면서 "어떻게 얽혀도 이렇게 얽힐 수가 있을까!" 하고 되묻는다. 뇌출혈로 죽어가면서도 소정을 받아들이려는 왕지우의 모습을 보면서, 재민은 소이를 아내로 맞이하고자 마음먹는다. 그녀의 희생에 대해 "도대체 무엇을 위하여 지금까지 응달에 핀 꽃으로 살아와야 했단 말인가?" 하면서 뉘우친다. 한섭과 소정은 재민과 소이의 결혼식장인 와에미아폴스 식물원에서 다시 만난다.

아들 상훈이 대학을 가게 되고, 소정은 아들 선물을 사러 쇼핑센터에 들러 그곳에서 다시 한섭을 만난다. 한섭은 어색하게 아들 생일 선물을 소정에게 건넨다. 그리고 소정은 집으로 돌아가 뒤뜰에 시들어가는 '은행나무 묘목'을 들여다본다. 아들은 우리가 이민 와서 뿌리내리기 위해 힘들었던 것처럼, 이 나무도 시련을 견디고 있을 거라며 살리겠다는 의지를 피력한다. 소정은 이 나무를 살려내듯이, 자신의 가정도 살려내야 함을 느끼게 된다.

"아뇨. 제가 꼭 살려낼 거예요."
"어려울 텐데?"
"이 나무도 우리처럼 자기가 살던 곳을 떠나와서 새로운 곳에 적응하느라고 무척 힘들 거예요."
소정은 쪼그리고 앉아 있다가 아들 상훈이의 대답에 그만 차가운 땅바닥에 퍽 주저앉고 만다. 매서운 추위에 후들거리고 있는 어린 나무가 눈에 가득 들어온다.
"우리도 이 나무처럼…… 이 나무처럼……"
앙상한 가지를 어루만지는 소정의 떨리는 손등에 눈물이 후드득 떨어진다.
"그래, 살리자꾸나…… 살리자……"
소정의 중얼거림이 떨어지는 눈물방울과 함께 나뭇가지에 걸린다.

언젠가 재민이 뇌었던 "얽히고설킨 인연에 어지럼증"을 일으킬 정도의 관계를 정리하고, 소정의 가정은 '묘목'을 기르면서 새로운 가정을 꾸며갈 것이다. 생각해보니, 이 소설의 소제목들은 '빈 땅'으로 시작되어 '묘목'으로 끝이 난다. 폐허에서 생성으로 진행되는 흐름을 보여준 것이다. 주요 키워드만 나열해보아도 '빈 땅'에서 시작하여 '배반' '덫' '탈출' '길' '흔적' '꿈' '응달' '나락'을 거쳐 '묘목'에 이르는 장중한 서사를 일관된 흐름으로 담고 있지 않은가.
또한 이 소설은 양식 면에서 '사랑소설'이나 '가정소설'의 외관을 취하고 있다. 하지만 이 작품은 한국 사회와 미국 사회의 풍속과 삶의

양식을 동시에 보여주는 '사회소설'이기도 하다. 그 점에서 이 소설은 여러 가지 사회적 삽화를 곁들이고 있다 할 것이다. 가령 1980년대의 억압적 정치 현실도 실감나게 표현되어 있고, 지역 차별이나 사회적 모순 양상도 다양한 후경(後景)으로 깔려 있다. "거칠고 억센 군화가 더욱 종횡무진하고 있는 사회"를 보여주기도 하고, 아메리칸 드림의 허(虛)와 실(實)을 보여주기도 한다. 그런가 하면 다문화와 이중 언어 속에서 살아가는 이들의 어려움을 보여주기도 한다. 하지만 무엇보다도 이 소설은 다양하게 얽힌 인간관계를 통해 인간들 사이에 일고 무너지는 사랑과 격정을 실감 있게 보여주고, 나아가 새로운 신생(新生)을 예비하는 주제를 담고 있다 할 것이다.

4.

최근 우리는 동일한 혈통과 언어를 바탕으로 하는 국민국가가 매우 활발한 균열 과정에 접어들게 되었음을 경험하고 있다. 왜냐하면 물리적으로나 심리적으로나 '글로벌 시대'가 가시화되면서, 우리 안의 타자라고 부를 수 있는 복합적 요인들이 우리 사회에 광범위하게 섞여 들어오게 되었기 때문이다. 여기서 '타자(他者)'란, 주류화된 존재들과 달리 그러한 동일성에 편입되지 못하고 그것에 균열을 일으키는 일체의 요소를 지칭한다. 우리 시대의 소수자(minority)를 포함한 '타자'는 외국인 노동자, 결혼이민자, 성적 소수자, 장애자, 극빈자 등을 구체적으로 함의하고 있다. 이와 마찬가지로 한국도 단일 민족 신화의 견고함이 이완되면서, 새로운 '코리아'를 새롭게 구성해 가고 있다. 그만큼 우리도 '다민족 국가'로 나아가는 도정에 놓여 있으며, 교육과정에서도 '국어'라는 개념보다는 '한국어'라는 다소 보편적이고

객관적인 용어를 선호하게 될 것으로 보인다. 이성애 소설은 이러한 '글로벌'로의 방향을 서사적으로 반영하면서, 그리고 소설 공간을 국외로 적극 펼치면서, 한국 소설의 외연을 확장하고 있다는 점에서, '이민자 소설'로서의 그녀의 위상을 높이 올려놓을 것이다.

그런가 하면 그녀의 소설은 '사랑'의 미학을 구체화한 결과로도 평가받을 만하다. 우리의 독서 경험을 통해 보건대 사랑의 고전들, 이를테면 셰익스피어의 비극『로미오와 줄리엣』이나 괴테의『젊은 베르테르의 슬픔』, 포의 서정시「애너벨 리」등은 모두 이루지 못한 사랑으로 우리의 뇌리에 깊이 각인되어 있다. 다시 말해 그들의 사랑이 제도적으로 승인되기보다는 운명이나 불가항력적인 타자의 개입으로 인해 소멸 또는 유보되는 것이 문학의 정수로 남아 있는 것이다. 우리는 이성애 소설에서도 이 같은 사랑의 미완 형식을 경험하게 되고, 그녀가 사랑을 성적(sexual)인 것이 아니라 감각적(sensual)인 것으로 묘사하고 있다는 점을 기억하게 될 것이다.

사실 하나의 작품을 이해한다는 것은 그 내적 형식을 파악함은 물론, 작품 속에 담겨 있는 시대정신 속에 다시 작품을 역대입해 봄으로써 작품의 성격을 인식하는 것이다. 우리는 이성애 소설을 통해 이러한 내적 형식으로서의 '사랑'과 시대정신으로서의 '글로벌'을 한껏 느낄 수 있을 것이다. 그녀의 장편『바다에 피는 꽃』은 이러한 내용과 형식을 두루 갖춘, 사랑과 격정과 신생의 대서사라 할 만한 것이다. 이제 그 서사에 우리가 동참할 차례이다.

바람의 손을 잡으며……

미국 땅에서 약 26년을 살아오면서 주위에 많은 이민 가족들을 봐왔다. 때론 잘 준비된 사람들도 있었지만, 종종 너무나 준비없이 후닥닥 짐을 싸들고 훌쩍 비행기 트랩을 밟는 사람들 또한 있었다. 그들이 살던 고향을 떠나올 때 희망을 두고 온 사람은 아무도 없을 것이다. 그러나 호락호락하지 않는 현실 앞에서 처절한 모습으로 서 있는 그들을 보면서 언젠가는 저 많은 사연들을 꼭 글로 남기리라고 다짐했다.

이 책은 멀리 보이는 아름다운 숲을 향해 무작정 산을 오르려는 사람들에게 잠시 숲속에서 일어나고 있는 예기치 못한 일들에 대한 이야기를 들려 주고 있다.

이민! 그 목적에는 좀더 나은 삶을 살고 싶어서, 혹은 자녀교육을 위해서라고 말하는 사람들이 대부분이다. 더 나은 삶을 일구어 나가는 데는 더 많은 땀을 흘려야 하고, 더 좋은 교육의 기회를 자녀들에게 제공해 주기 위해서는 더 많은 시간을 할애하고 인내해야만이 이뤄진다는 사실을 대부분의 사람들은 인식하지 못하고 살던 땅을 떠나오고 있는 것 같다.

우리는 종종 시련과 역경은 내 몫이 아닌 타인의 몫이라고 생각하기 쉽다. 그러나 사람들이 이민 가방을 꾸리는 그 순간 그들은 시련과 역경도 함께 꾸리고 있음을 또한 알아야 하지 않을까 하는 생각으로 이 글을 쓰게 되었다.

미지의 땅! 그곳에도 별과 구름 그리고 바람도 있더라고…….

2010년 9월
이성애